马来法曲艺文集

吴文科　主编

浙江古籍出版社

图书在版编目(CIP)数据

马来法曲艺文集 / 吴文科主编. — 杭州：浙江古籍出版社, 2020.8
ISBN 978-7-5540-1776-0

Ⅰ. ①马… Ⅱ. ①吴… Ⅲ. ①曲艺－作品综合集－中国－当代 ②曲艺－艺术评论－中国－文集 Ⅳ. ①I239 ②J826-53

中国版本图书馆CIP数据核字(2020)第140053号

马来法曲艺文集

吴文科　主编

出版发行	浙江古籍出版社 (杭州市体育场路347号　电话：0571－85068292)
网　　址	www. zjguji. com
责任编辑	徐晓玲
封面设计	新华图文
责任校对	吴颖胤
责任印务	楼浩凯
激光照排	浙江新华图文制作有限公司
印　　刷	浙江海虹彩色印务有限公司
开　　本	710mm×1000mm　1/16
印　　张	18.25
字　　数	290千
版　　次	2020年8月第1版
印　　次	2020年8月第1次印刷
书　　号	ISBN 978-7-5540-1776-0
定　　价	68.00元

序　言

吴文科

马来法先生是20世纪中叶以来的知名曲艺家。他1939年6月5日（农历四月十八）出生于浙江省杭州市的一个平民家庭。少年时代学习刻字，青年时期从事摄影。因爱好文艺，从17岁起，积极参加杭州市的职工业余文艺活动，并以表演杭州独脚戏（编者注："杭州独脚戏"是杭州的"相声类"曲艺形式，亦即杭州方言相声。2008年入选《第二批国家级非物质文化遗产名录》。本书遵从曲艺的专业规范及《名录》称谓，相关表述均作"独脚戏"）和编演杭州评话见长。又因夫人崔文彩是苏州弹词演员（先后在杭州市上城区业余文艺宣传队和江苏省无锡评弹团任演员）的缘故，积极学习苏州弹词的曲本创作，是20世纪六七十年代杭州著名的业余曲艺演员和曲本作家。

"文化大革命"结束后，随着拨乱反正、解放思想和改革开放在中国大地的渐次展开，马来法的曲艺创演活动，也进入了活跃又高产的时期，所编演的部分曲本及节目如《茅山风云》和《周总理来到楼外楼》等，获得了"浙江省业余文艺创作汇演"优秀创作奖和优秀表演奖、"浙江省1981—1984曲艺作品评奖"一等奖及"全国优秀短篇曲艺作品评奖（1976—1979）"二等奖等荣誉。

正是凭着这样的实力与表现，马来法由一个热切的文艺爱好者及业余曲艺创演的积极分子，迅速成长为业界公认的曲艺家，并在1981年8月调入浙江省文学艺术界联合会，以中国曲艺家协会浙江分会（今浙江省曲艺家协会前身）副秘书长的身份主持协会日常工作，成为该会自1958年成立以来的第一个专职驻会干部，并逐步成长为全国知名的曲艺活动家。

成为浙江省曲艺家协会的专职干部之后，马来法虽将主要精力转向全省曲艺创演和活动开展的组织与领导方面，但却坚持进行曲本的创作整理及节目的排练指导，同时兼事曲艺书刊的编辑工作和曲艺新作的评论推介，撰写了许多曲本作品及评论文章。其间，历任浙江省曲艺家协会秘书长、副主席和主席，兼任中国曲艺家协会理事、中国说唱文艺学会理事、浙江省曲艺团副团长及杭州市曲艺家协会副主席；与人合作的短篇苏州弹词曲本《将错就错》获得了文化部和中国曲艺家协会联合主办的“1986年全国曲艺新曲（书）目比赛”创作奖；1984—2006年，参与了“国家社科基金资助重大项目及国家艺术科学规划重点项目”《中国曲艺音乐集成·浙江卷》的编纂工作并任副主编；1986—2008年，又参与了“国家社科基金资助重大项目及国家艺术科学规划重点项目”《中国曲艺志·浙江卷》的编纂工作并任副主编。

1999年7月退休之后，马来法继续应邀在浙江各地指导曲艺工作，包括辅导曲本创作、举办曲艺讲座、进行节目排练。经他辅导过的节目，有的获得了全国“群星奖”曲艺类节目奖，有的获得了中国曲艺“牡丹奖”。特别是从21世纪初叶国家开展非物质文化遗产保护工作以来，他将主要精力和热情倾注到这一时代使命之中，为浙江曲艺的传承保护和健康发展，付出了大量心血，发挥了积极作用。他的曲本创作激情和曲艺评论热情，也空前高涨。2011年72岁时，他凭借对浙江曲艺传承保护的杰出贡献，获得“首届浙江省精神家园守护者荣誉奖”；2012年73岁时，因在浙江省申报人类非物质文化遗产和国家级非物质文化遗产工作中成绩突出，被浙江省人民政府授予“特别贡献专家”称号；2017年78岁时，获得浙江省文化厅颁发的“浙江省非物质文化遗产保护（曲艺）专家特别贡献奖”。

马来法的曲艺生涯及其成就与贡献，不只是他个人的努力与造化，同时也是时代的折射与写照，堪称一个行业的缩影与标本。

为了保存马来法先生从事曲艺工作以来的主要艺术资料，给浙江乃至全国的曲艺创演提供借鉴和参考，同时也为当代曲艺的学术研究积累文献，为浙江乃至全国的曲艺传承与保护提供助力，中国艺术研究院曲艺研究所、中国说唱文艺学会、浙江省文学艺术界联合会和浙江省非物质文化遗产保护中心，联合编纂了这部《马来法曲艺文集》。

由于历史和现实的种种原因，马来法的曲本创作及曲艺评论尽管数量不少，但发表留存下来的确乎不多。收入本书的篇章，仅是已知发表和有所记录的一部分。本书以“曲本集”和“谈艺录”的方式，分为上、下两编；每编的内容，又以写作及发表的先后时序依次排列。为帮助读者全面了解马来法先生的曲艺生涯，书中还设置了“附编”，收录《马来法曲艺活动年谱》及一篇评述马来法曲艺活动的专文。书前插页中的一组照片，对于了解和理解马来法先生的曲艺贡献，同样具有特殊的作用；而让文字与图片相互映衬，也是本书编纂存史留真的重要初衷。

是为序。

2020年1月18日夜于北京

目　录

▶1959年马来法参加浙江省音乐舞蹈曲艺木偶戏会演时表演杭州独脚戏《发中取宝》的演出照

◀1976年6月马来法在北京参加全国曲艺调演时表演杭州评话《爆炸军火》的演出照

▲1976年12月马来法在杭州表演杭州评话《周总理来到楼外楼》的演出照

▲马来法与张永春合作的杭州评话《茅山风云》获1980年由浙江省文联颁发的文艺作品荣誉奖的奖状

▲1980年马来法（中）在杭州与著名北京评书艺术家刘兰芳（左）及其丈夫王印权（右）合影

▲1983年马来法（左二）与浙江省文联秘书长张育品（左一）一起在杭州接待著名剧作家曹禺（左三）及金山（左四）、赵寻（左五）

▲1983年马来法（右）在杭州与著名文学家夏衍（左）在一起

▲1987年马来法（右）与中国曲艺家协会主席骆玉笙（左）交谈

▲1989年5月马来法（右二）在杭州接待日本新内艺术家冈本文弥（左一）率领的中国曲艺鉴赏访华团一行

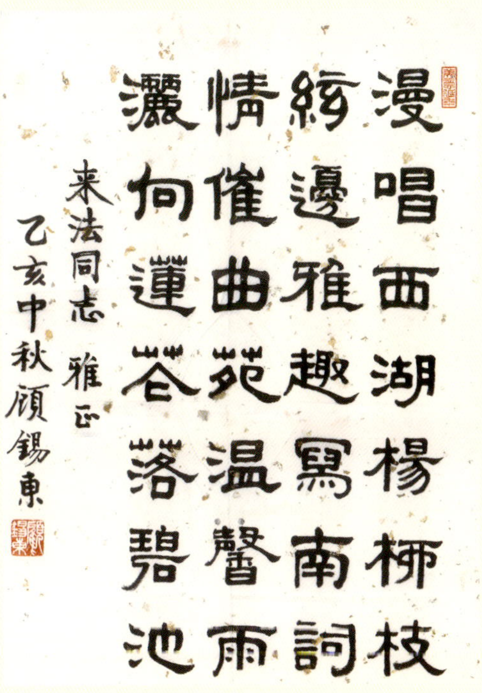

◀1995年著名剧作家、浙江省文联主席顾锡东为马来法题赠的诗作

▲1998年马来法（右）与中国曲艺家协会主席罗扬（中）和浙江省文联主席张浩（左）合影

▲2014年7月26日马来法在绍兴市文化馆为曲艺类非物质文化遗产代表性传承人授课

▲2014年12月3日马来法（观众席前排右四）在丽水市莲都区考察丽水鼓词传承情况

▲2015年12月24日马来法（左一）在绍兴市指导绍兴词调《苦楝树下》的排练

▲2017年马来法（右一）接受浙江省文化厅授予的“浙江省非物质文化遗产保护（曲艺）专家特别贡献奖”

▲2018年马来法（左）在宁波市象山县文广局副局长吴健（中）陪同下指导青年演员李素琴（右）练习宁波唱新闻的演唱技巧

上编

曲本集

杭州评话　短篇曲本

赵勇刚虎穴除奸

在敌人盘踞的县城里，“当啷！当啷！呜呜……”救火车飞驰而过。“突突突——哗！”摩托车横冲直撞。日本鬼子如临大敌，风声鹤唳，草木皆兵。“嚯——”汉奸特务一群一群像无头苍蝇到处乱窜。街上，商店关门，行人稀少。

“轰!”“劈劈啪啪——”火光冲天，火星四溅。车站附近的小饭馆内，老百姓三三两两，纷纷低声议论，有的说：“看见吧？日本人的粮食仓库火烧啦，活该!”有的说：“前几天，城外的炮楼被八路军烧掉了！我就知道这把火一定要烧进城来的!”“喂！轻点!”“怕啥？哼！我看啊，鬼子汉奸是十月里的蚱蜢，活不长了!”正当俩顾客高兴地举杯要干的时刻，大街上，迎面大摇大摆地走过来两个人。前面一个：头戴金丝草帽，身穿淡灰色长衫，拿一把水墨丹青的折扇，稍微有点打开，脚上白袜布鞋，一副生意人打扮，但是两道炯炯有神的目光，流露出坚韧不拔、机智勇敢的神态，立起来，像挺拔的青松；坐下来，稳若泰山。他是谁呢？他就是使日寇汉奸闻风丧胆，革命群众一致称赞的八路军排长，优秀的共产党员赵勇刚。后面这位随从打扮的青年，是战士李虎。赵排长自从带领小分队下了太行山，来到千里平原，依靠群众，炸铁路，断桥梁，烧炮楼，救乡亲，声东击西，来无影，去无踪，打得日本鬼子队长龟田晕头转向，活像一只老母猪跌进了烂泥沟里。今天赵排长又化装进城，烧了敌人粮仓。为了进一步摸清敌人军火情况，他来和八路军的秘密工作人员碰头。这时候，只见赵排长大踏步来到小饭馆门口。“香烟要哇？”耳边传来了一句熟悉的叫卖声，原来是装扮成小贩的战友送过来的暗号，只见赵排长抬起手，“哗啦”掀开门帘走进饭馆。

饭馆“伙计”三十几岁年纪，肩上搭一块毛巾，腰间围一条围裙，正忙着接待顾客。但是他眼观六路，耳听八方，随着“卖烟”的一声暗号，只见门帘一动，盼望已久的赵排长顶天立地般立在门前。“伙计”像招待老主顾一样迎了上去。

“噢，王掌柜，长远不见啦！”

“是啊！”

“您的‘生意’好吗？”

“刚才成交了一批‘货’，下一步还要看看‘行情’啊！”

“没说的，您是生意兴隆通四海啊！”

“您有啥新鲜好‘菜’吗？”

“您喜欢‘吃’的，我都给您准备好啦！”

“哈……真是财源茂盛达三江啊！”

“您请坐！红烧狮子头，中盘炒肉片，半斤衡水老白干！”

两人表面上讲了几句生意经和客套话，实际上用暗语迅速交换了情况。赵排长的意思是：刚才已经烧掉了鬼子的粮食仓库，现在需要敌人的军火情报。而“伙计”的巧妙回答，说明情报已经到手了。现在赵排长脸朝里背朝外，往当中桌子旁大大方方坐定。“伙计”用肩上的毛巾揩一揩菜桌以后，离开店堂往里走去。站在门口负责警戒的李虎，看见几个化了装的战友已向饭馆靠拢，所以和一班长一前一后走进了饭馆。李虎以随从的身份坐在排长身边，一班长和另外两个顾客并桌，警惕地注视着四周的动静。“来啦，酒菜全来啦！”“伙计”左手托菜盆，右手执酒壶，手脚轻快，赛过一阵风似的来到赵排长身边，将酒菜摆好。赵排长晓得情报来了，“嚓”从长衫袋里摸出一只金光锃亮的香烟盒，“啪”烟盒打开，递到“伙计”面前，“来，抽根香烟”。

“谢谢！”“伙计”从香烟盒里拿出一根香烟，手里将一张折得像香烟一样的纸头“嗒”放进了烟盒，对赵排长轻声说：“这是火车站的地形图，鬼子的军火都在这里集中。”“啪！”赵排长将烟盒一关，十分坚定而严肃地对“伙计”说：“这是他们进山的本钱，我们要想办法尽快把他……”“嚓！”“伙计”划燃了一根火柴，“蓬”火光一闪，顺手一挥，意思就是将这批军火用火烧掉。赵排长一看，点了点头，两人相视一笑，接着“伙计”对赵排长说：“王掌柜，看来你是要急着做成功这笔大‘生意’啦！”

“‘生意’越大，越要仔细，我们还要回去盘算盘算。今天是到车站看看这批货色的情况。”

“不行，车站戒严了，三步一岗，五步一哨，根本进不去。”

“哦！……”赵排长想：“眼前是车站上戒备森严多障碍，真好比船行险滩浪打来。我们有毛主席的教导指方向，把阶级重托记心怀。那军火本是敌人命根子，定叫它一把烈火化尘埃！地动山摇志不改，风波浪里把船开！”赵排长想到这里，觉得浑身是劲。接着就问“伙计”：“难道日本人也不能进车站吗?”“伙计”给赵排长一句话所提醒：“嗳，昨天大和洋行的人倒是进站提过货。”

“大和洋行?”赵排长晓得“大和洋行”名义上是日寇的经济机构，实际上是个特务机关，所以果断地对李虎说：“马上到洋行把他们的关系弄清楚!”“伙计”一听，连忙轻声告诉赵排长：“眼下要进洋行，除掉日本人，就要有特务队的通行证。”

“唔，这样说来还要和特务队的长官打打交道了?我们马上寻他们去!”正在这时候，店门口突然传来了一声：“老刀牌香烟!”李虎一听，晓得是负责警戒的同志发现特务队发出了警报，所以对赵排长轻声说：“特务队!”赵排长已经胸有成竹，不慌不忙地说：“来得正好。”“伙计”已经领会赵排长的意图，暗暗高兴地说：“通行证有啦!”“对!”

赵排长和李虎仍旧神态自若，坐着吃酒。另外两个顾客向“伙计”付饭钱，“伙计”收了钞票往里面而去。两个顾客正要出门，只见门帘一动，一前一后闯进了两个家伙：前面这个，满脸横肉，杀气腾腾，倒挂眉毛，三角眼睛，凶相毕露。此人从前开过煤窑，迫害工人不知其数，抗战以后，投靠日寇，到处烧杀掳掠，无恶不作！他就是血债累累、恶贯满盈的汉奸特务队长孙守财。后面那个家伙是他带来的小特务。他俩刚刚走进饭店，迎面碰着两个顾客要出店门，孙守财恶狠狠地拦住盘问：“站住！哪里的?”

“我们是本街的老百姓。”

“本街的?”

“是本街的。”说着，顾客从身上摸出了“良民证”递给孙守财。孙守财接过来一看，神气活现地说：“发现八路军赵勇刚马上报告。去!”他朝当中桌了一看，只见有两个人安闲自得、笃笃定定在吃酒。喔唷，他想刚才我喉咙三板响，这两个人觉都觉不着。孙守财对李虎做一个手势：

“过来！哪里人？”

“城西刘家桥。”

“进城做啥？”

“到一家登门拜访。”“嗯！登门拜访？”孙守财听到这句话，觉着非常耳熟，一想：啊呀，前几天赵勇刚叫人带信给龟田大队长，说：“改日登门拜访。”莫非他们就是八路？想到这里，孙守财汗毛都竖起，一把抓牢李虎说：“拜访谁？快讲！”不晓得话音未落，腰里只觉着一样硬邦邦的东西顶牢了。原来一班长“啪”跳过来，一支乌黑锃亮的手枪逼住了孙守财：“长官，你不是要问拜访谁吗？不讲不知道，一讲你要吓一跳！”李虎乘势“嗖”从两个特务身上卸掉了手枪，“走”！用手枪逼住小特务，推进了店堂后面。孙守财一看这副阵势，一转念头想：倘若是八路，一时不敢开枪，只要我闯出店门，就是我孙守财的天下。刚想拔腿就逃，只见一班长“啪”一巴掌，“叭”，孙守财一个狗吃屎跌倒在地上。

这时候，赵勇刚同志摘下草帽，拍案而起，别转身体——真是仇人相见，分外眼红。看见这个孙守财，赵勇刚想起了自己当年做苦力的苦难生活；看见这个孙守财，想起了自己父亲惨遭杀害；看见这个孙守财，想起了英勇牺牲的张大娘；看见这个孙守财，想起了平原上多少不幸惨死的苦难同胞。赵勇刚剑眉倒竖，怒目圆睁：“孙守财！”像一个闷雷震得孙守财浑身发抖。抬头一看：“啊！赵勇刚！”这一吓真吓得他冷汗直流，全身发软，想不到“铁腿夜眼神八路”威震平川的赵勇刚就像泰山一样立在自己面前。但是孙守财这条久经日本鬼子训练的恶狗，哪里肯死心，贼脑筋一转，就慢慢地从地上爬起来：“噢，是赵先生！您有啥吩咐？”

“跟我们走一趟！”

“啥地方？”

“大和洋行！”

“大和洋行？嘿嘿，大和洋行是日本人的地盘，兄弟我……”

“你有通行证！”

“通行证？”孙守财听见赵勇刚讲起通行证，要紧用手揿牢上衣袋。哪晓得一班长眼灵手快，“嚓”从孙守财袋里搜出了一张蓝皮面子的“特别通行证”。孙守财一看，通行证已出送，如今赵勇刚得到这张通行证就可以在城里到处闯荡，贼眼笃碌碌一转，三十六计走为上策：“好！赵先生，通行证兄弟奉送，大路朝天，你我各走半边!”一面讲，一面想往饭馆门口溜。

赵排长想：你还想溜？真是白日做梦！眼前日寇龟田部队已跌进了我们平原抗日军民人民战争的汪洋大海之中，你这个汉奸是龟田的一根拐杖，现在将龟田的拐杖打掉，叫他两眼一抹黑，加速完蛋！于是对孙守财说：“你还想走?!”孙守财连忙停住，吓得面如土色！但他还要垂死挣扎：“姓赵的……你放明白点，此地是日本人统治的县城，不是你张庄!”赵排长面对这个民族败类、汉奸走狗，坚定地回答：“中国人民的土地，任我们自由来往!”这句气吞山河的豪言，震得孙守财心惊胆碎，他牙齿缝里又挤出了两句话：“街头街尾都有皇军特务队，你休想出城!”阶级仇，民族恨，一齐涌上赵排长心头，对这个卖国贼、民族败类就要坚决镇压！“扎!”粗壮有力的大手抓住了孙守财：“城里城外，到处是抗日群众，定叫你难逃罗网!”“呼!”赵排长赛过老鹰捉小鸡，将孙守财凌空提起“嘚儿……噌”掼倒在地，扭转了他的臂膀，“嗨”提起左脚踏在他背脊上。“孙守财！你想逃脱人民的惩罚是痴心妄想！血债一定要用血来偿。我们要把旧世界彻底埋葬，迎接新中国灿烂的阳光!”这辰光，李虎从里面出来，看见孙守财被排长打翻在地，还想挣扎，“嗖”从腿上拔出一把寒光闪闪的匕首，“啪”一个箭步来到孙守财旁边，孙守财“啊”字还未出口，“哧”一匕首刺进了他的胸膛，狗命立即报销，这就是汉奸卖国贼的下场！赵排长一声命令：“撤!”顺手把长衫一脱，更显出他雄姿英发，正气磅礴。

这正是：

赵勇刚虎穴除奸，出奇制胜拴龟田。

（此曲本为1973年根据现代京剧《平原作战》选场改编，自编自演，演出场次甚多。1974年在《杭州文艺》第2期发表。1975年由浙江人民出版社更名为《袭扰县城》以单行本出版。）

智取炮楼

甲　〔韵白〕抗日战争相持年代，在那冀北平原上。

乙　从太行山上，下来了一支八路军小分队。

甲　依靠群众，发动群众，割电线，撬铁轨，挖地道，埋地雷，敌后的武装斗争蓬勃展开。

合　打得日寇寸步难行，闻风丧胆。

甲　〔表〕“嘚儿……驾！”“啪！”鞭子声划破长空！通往日本军队的据点——中心炮楼黄土筑成的一条公路上尘土飞扬，五辆大马车飞驰而来。那第一辆大车上的“车把式”：唷！看上去神气！你看他三十岁左右年纪，体格强壮，头上白毛巾包头，绾一个英雄结，上身穿件白土布背心，外罩蓝布短衫，敞开前襟，扎一根黄布腰带，蓝土布裤子，脚穿白土布山袜，麻筋草鞋，左手抓住马缰绳，右手紧握一根红缨赶车长鞭，长鞭提起来在半空中“啪”划出一道圆圈，发出的声音清脆响亮。拉车的是匹枣红马，只见那马头一昂，“嘘——”一声马嘶，四蹄撒开，车轮滚滚，“哈嘞喇……”这辆马车飞奔向前……驾车的“车把式”稳坐车头，随着马车的奔驶上下起伏，看上去真是英俊威武！他，就是八路军某部排长赵勇刚。赵排长自从带领小分队下了太行山，来到冀北平原，时而分，时而合，声东击西，用灵活机动的战略战术，打得驻扎在县城里的日军队长龟田瞎碰乱撞。龟田因为昨天晚上接到上峰命令，今朝天刚亮，集结了县城里以及周边炮楼的主要日本兵兵力，还有一个团的皇协军部队，直扑八路军控制的张庄一带，进行扫荡。常言道：“魔高一尺，道高一丈。”赵勇刚率领的八路军小分队早已接到命令，预先得知龟田要出动日军主力和皇协军进兵张庄一带扫荡，妄图歼灭小分队。赵勇刚亲自带人经过侦察，并和张庄的中共党支书李胜进行周密的布置：一方面组织老乡们暂时撤离张庄一带；另一方面由龟田日本军队控制的交通枢纽中心炮楼，目前兵力空虚，前几天日本兵从县城周边四邻八乡抢去的粮食也堆放在炮楼里，这座中心炮楼又是日军相互增援的交通要道。赵勇刚就果断决定：你龟田扑向八路军的堡垒村张庄一带，我就冲向你目前兵力空虚的中心炮楼，你打你的，我打我的！而且在侦察中又得到一个重要情报：前天中心炮楼日军曹长带着人，亲自跑到靠近炮楼最近的高庄，强迫高庄“维持会”会长，派出五辆马车，要在今天正午之前到中心炮楼装运粮食。赵勇刚仔细一分析：说明敌人出动主力扑向张庄一带，迫切需要军粮跟上，好！今朝就要来个出其不意，切断日军之间交通通道，掐牢龟田的咽喉，拔除炮楼，夺回粮食，逼得敌人从张庄退兵。所以赵勇刚巧妙利用日本兵要高庄派五辆马车的时机，带领小分队战士乔装改扮成“车把式”，现在“当啷啷”车轮滚滚，尘土飞扬，五辆大马车直往日本军队在冀的军事要地中心炮楼而来。

乙　〔表〕中心炮楼建立在冀北平原一条黄土公路的中心，算是战争时期这一带的交通要道，地势险要，戒备森严，但只见四周壕沟挖得深，沙包层层叠得高，铁丝网密密围得紧。炮楼高七丈有余，四壁有黑洞洞的枪眼，范围有两个篮球场大小，顶层上面插一面膏药旗，要进炮楼的唯一通道就是架在壕沟上面的一座吊桥，过吊桥就是进炮楼的门洞。现在辰光吊桥高高盘起，炮楼的门洞口各站两名日本兵、两名皇协军。这座中心炮楼好像一头凶恶的饿狼，兀立在公路旁侧。中心炮楼里面，初看看分为两层，一层是仓库，堆放枪支弹药，平常辰光日本兵、皇协军把守严密。现在因为主要兵力由龟田抽调出去扫荡张庄，留下的日本兵不多，以所谓的皇协军，也就是伪军守备部队防守为主。二层是日军驻中心炮楼办公和起居的地方，有一条楼道直通三楼顶层，可以瞭望四周，架有两门小钢炮、两挺重机枪，而且架有强光探照灯，到了晚上在炮楼顶上四处照射。现在顶层上头荷枪实弹站立两个日本兵和两个伪军放哨。龟田敢于将这炮楼里日本兵的主要兵力抽去扫荡八路军，只留下部分日军和伪军守备部队守护，因为他认为中心炮楼军事设施完备严密，可以说是固若金汤，稳如泰山！

现在辰光已近中午时分，炮楼中心地面当中是一片操练场，除了站岗放哨的，中心炮楼日本兵、伪军全部集中在操练场上。一个日本鬼子兵曹长双手叉腰，脚蹬皮靴，腰挎战刀，神气活现地对着一群日本兵和伪军在训话："龟田队长已把张庄包围，赵勇刚的很快消灭。命令我们把这里的粮食快快地运到县城，进山增援。统统加强戒备!""嗨!"正在这辰光，一个日本兵"噔噔噔……"冲出一层楼，来到曹长面前："报告！急电!""嗯!"曹长接过电报译稿一看，格张脸原来是猪肝颜色，马上变成青灰颜色！为啥？原来这份电报是龟田队长发来的命令："堆陈在中心炮楼的这批粮食，必须在天黑之前运到县城，否则就按军法处置。"想想自己昨天上午亲自赶到高庄，命令高庄的"维持会"会长准备五辆大马车，必须在今朝中午之前赶到中心炮楼来运粮食，现在，他抬头看看太阳，太阳当顶！啊！时间已经日当正中，要高庄派的马车到这时分还未到，一点动静没有！心里如何不急！他对着最前面站着的一个伪军就喊："喂！你的出列!""是！太君!""要高庄'维持会'派的马车还不来，你的快快的去催!"

甲 〔表〕用不着催，来啦!"当啷啷……"马铃声声，马蹄"嘚嘚"，五辆大马车正在靠近高高盘起的吊桥前面，壕沟边沿。"咕……"勒住马缰绳，扣牢马头，五辆大马车在壕沟前面平平稳稳地停了下来。

乙 "嗳！你们是哪里来的?"

甲 "我们是高庄的马车，是皇军要我们来的。"

乙 〔表〕在炮楼门洞口站岗的伪兵一听，连忙回转身"哈哒哒……"一口气跑进里面操练场上对日军曹长说："报告太君，高庄的五辆马车来啦。""嗯!"日军曹长一听，想想中国人还是怕死的啊！昨天被我一吓，今朝老老实实准时将五辆马车赶来啦！命令放吊桥，先放一个人进来问问清爽。

甲 〔表〕"嘎！嘎嘎嘎……"一名伪军在炮楼顶上将吊桥的绞绳盘启动，盘起在深沟上方的吊桥桥板慢慢地落下。"砰!"吊桥桥面平铺。"啪!"从马车上跳下来一位老伯伯，看上去虽然上了年纪，从他由马车上向下一个跃身后平稳落地的身手来看，这位老伯伯绝不是等闲之辈。因为当时日军为控制冀北平原的交通线，在占领区域的公路两侧的村庄，强迫农民维持公路畅通，强行建立由村民组成的"护路队"。这位老伯伯姓高，表面上是日本鬼子护路队的"护路人"，实际上是我们八路军的老交通员。他表面上是护路队的"护路人"，暗中积极搜集敌人情报，为部队护送伤员，是位久经考验、饱受风霜的中国共产党老党员。今朝他就是利用“护路人”的合法身份，配合赵勇刚率领的八路军小分队前来拔除这座中心炮楼，夺取粮食的。现在他走过吊桥，稳步踏进炮楼。

乙 〔表〕日军曹长一看，嗯，一个老头儿？再仔细看看，喔，认得的，是高庄护路队的“护路人”。

“护路的，你们高庄的马车为什么这么晚的才来？”

甲 “啊呀！太君！我们高庄村子小，马车少，一下子很难凑齐五辆马车呀！马车凑齐了，马儿要喂料；马儿不喂饱，马车难走道；马脚泥别牢，马儿不肯跑……”

乙 “嗯！老头你的说什么？叫你们领头的快快的进来！”

甲 “好！”

〔表〕高大伯回转身走到炮楼门口朝外面一望：只看见吊桥那端，桥两边的吊绳边上各站立一个自己人，这架吊桥是进出炮楼唯一通道，晓得吊桥已经被自己人控制，所以高大伯对炮楼外面一声高叫：“喂，领头的进来！”赵勇刚一听，手执红缨长鞭，不慌不忙地稳步走过吊桥，大踏步往炮楼里进来，在操练场当中一站，真像一个健壮年轻的当地农民。他嘴角带着微笑，这种不卑不亢的样子，活脱脱像是个跑码头的赶车人。

乙 〔表〕日军曹长见进来的领头人年纪非常轻，穿一身当地农民常穿的蓝土布短衫裤，虽然显得破旧，看上去年纪轻精神十足，大概因为一路上赶马车过来，灰尘满身，脸孔上也布满了尘土，但他的那双眼睛显得特别地亮。心里想想近段时期，从太行山上下来一小股八路军，活动得非常厉害，要小心为妙，刚想盘问——

甲 〔表〕旁边的高大伯已经看出日本鬼子曹长的意图，连忙上前一步说：“太君，他就是……”

乙 〔表〕日军曹长用手将高大伯一拦，围着赵勇刚足足走了两圈，脚上穿的这双皮靴在操场的碎石地上发出“咔嚓、咔嚓、咔嚓”的声音，两只贼眼死死盯牢赵勇刚……

甲 〔表〕炮楼里面鸦雀无声，空气显得非常紧张！但只见赵勇刚他撩起敞开的蓝布短衫衣襟，擦一擦脸上的汗水和尘土，朝日军曹长露出憨憨的一笑，还躹躹身子，这副憨兮兮的样子，活脱脱像一个当地的农民小伙子。

乙　“你的，哪里的？”

甲　“高庄的。”

乙　“高庄我的去过，怎么没有见过你？”

甲　“太君，我知道你到我们高庄来过好几次了。你来的时候，我们村的‘维持会长’要我们待在家里，不准出来的呀。太君你的前后左右，不是大小乡长，就是‘维持会长’，哪能看得见我这个赶马车的呀？我是小小的良民，你是大大的皇军……”

〔衬表〕格几句说话拍得小鬼子的骨头蓬蓬松！

乙　“哦？你真是赶马车的？”

甲　“自从你们到了这个地方，我就开始干这一行了。不管刮风还是下雨，不管是六月里太阳当头照，还是冰冻下雪的日子里，我都要载着货物，赶着马车赶路哪！什么调皮难逗的马匹牲口，我坐在车头上这么一挥鞭子，马儿就很听话，它们都会规规矩矩、老老实实！”

甲　〔表〕赵勇刚说到这里，顺手将手里的红缨长鞭一甩，“嘚儿……啪”！车鞭甩得有力，鞭子声打得清脆。

乙　〔表〕那日军曹长一看，心里想想：唷！这个赶马车的说得头头是道，甩起马鞭动作利索，一言一行一举一动是个赶马车的行家里手。再一想，慢！听说从太行山下来的那股八路军，经常神出鬼没，打起仗来狡猾得很，而且经常与老百姓混在一起，不得不防啊！他眼珠一转，对着皇协军用手指一指：“何的，你的过来，你见过八路军，快过来看看，他是什么人？”

〔表〕被日军曹长点着的人叫何小顺，是伪军的一个班长。现在看见日本佬指牢自己鼻头叫自己去认人，心里“别别别”发跳。为啥？就在几天之前的一个晚上，何小顺回村里去看自己的老娘，回炮楼的路上，在铁路边碰着赵勇刚的小分队，背着的枪被缴掉，当时想想总以为性命完啦，想不到赵勇刚对他说：“你叫何小顺，家里还有个老娘，你名字叫小顺，对你娘还算孝顺的。”当时我想八路军怎么样样都晓得的啊？赵勇刚还说：“抗日军民掌握你们伪军的‘生死簿’，你们伪军中如果哪一个做坏事就记个‘黑点’，到时候总算账，假如能改邪归正做点好事就记个‘红点’，还可以立功受奖。八路军不是好惹的，可得小心。”现在何小顺跑过来抬头一看，啊，眼前不是别人，正是铁路边上碰着过的赵勇刚！他的嘴巴张开闭不拢啦……

甲 〔表〕赵勇刚早就警惕鬼子曹长的一举一动，看见他叫来伪军班长何小顺，想想前几天得知这个伪军班长要回村看他娘的消息，所以在铁路边对他进行过教育，何小顺也说只是为了混口饭吃才当的伪军，而且表示决不与八路军为敌，不欺压老百姓，所以当时就放了他。但是今朝情况不同啊！这里是敌人的中心炮楼，日寇曹长又在旁边威逼，万一何小顺说出真情，就会影响我们夺取炮楼的整个计划。严峻的考验摆在赵勇刚的面前！赵勇刚想此时此刻绝不能乱，要从容镇定，就紧紧抓住何小顺吓得发呆的时机，决不能让他先开口！他快步上前先拱一拱手，来个先发制人：“啊！何班长，好几天不见啦！”

乙 〔表〕何小顺心里想想在铁路边见面到现在倒是有好几天了：喔唷，你看这个赵勇刚，勒这个刀锋浪大的当口，还笑嘻嘻的！再一想，他今朝敢走进这座炮楼，肯定是有周密准备，我一个不小心就会小命不保！现在日本佬在旁边逼问我：“他是什么人?”我是讲也不好，不讲也不好。“你……”下面的话再也讲不出来了。

甲 〔表〕赵勇刚一看，这何小顺说话吞吞吐吐，犹豫不决，那就决不能再让他开口！说时迟，那时快，马上抢前一步。

“何班长，多日不见，家里老娘好的吧？今儿我们村里的人可都来了。”

〔夹表〕意思是告诉你：我们的火力全上来了，你要拎得灵清！

乙 〔表〕鬼子曹长看不懂啦！这个赶车的对何小顺非常熟悉，你看还亲热地拍拍何小顺的肩膀；再看看何小顺，说话结结巴巴。嗯，苗头不对！

“何的，你的认识?”

甲 “岂止认识，我们还是老交情呢？我常给他们家捎东西。”

〔夹表〕回过头来，又对着何小顺亲热地说：

“何班长，上次你托我捎的豆子，在铁路边交给你了，你要的可是‘红豆’啊!”

〔夹表〕喂！意思懂不懂?

乙 〔表〕懂！何小顺想再不懂，我这脑壳就要搬动！“红豆”就是“红点”，前几天铁路旁边同我说得清清楚楚明明白白，今朝是要我兑现！再看看这位八路军神态自若，他绝对不会冒险，说不定我看不见的一支枪口已经瞄准我何小顺的脑壳。再看看眼乌珠凸出的日军曹长，日本赤佬，我估计你今朝活得差不多了！

“太君，别看他年纪轻，他是高庄有名的车把式！”

甲 〔表〕旁边的高大伯这颗心一直绷着，看见赵队长机智勇敢，从从容容应对日本鬼子，现在又听见何小顺终于说出赵队长是“高庄有名的车把式”，心里暗暗高兴。

“太君，要不是驾车技术好的，我能带他上这儿来吗？”

乙 “嗯！你们要快快地干活。喂！这里的粮食要全部运走！天黑之前的必须运到县城！”

甲 “太君放心，一粒粮食也不会给你留下的。太君，马车和我的伙伴还在外边呐！”

乙 “好，叫他们统统地进来！喂！放进来！”

甲 〔表〕赵勇刚想，今朝来当然要运光你们从老百姓那里抢来的粮食，但不是运到县城，而是绕道运到我们八路军根据地。现在，赵勇刚朝炮楼外面高叫一声：“乡亲们进来吧！”“哗——”乔装改扮成赶车的的八路军小分队战士们，在炮楼外面放开马缰绳，“嗒啷啷……”马车铃响，五辆马车先后过吊桥，进炮楼，在操练场上停下。赵勇刚把手一挥：“乡亲们，装车！”战士们马上将炮楼里的粮食搬的搬，装的装，抬的抬，扛的扛，速度真快啊！

乙 〔表〕但是，鬼子曹长还嫌慢，拼命指手画脚地催：“快快的，快！”

甲 〔表〕赵勇刚用眼睛略略朝四面一扫，只见几个鬼子兵和一群伪军，手里拿着步枪，眼睛盯牢在监视战士们装粮食。那不来事的！等一歇一动手，我要让他们至少有一半人要将手里的步枪乖乖放下。介格办？他眼睛一转，马上心生一计：眼前你日本鬼子运粮心急，我偏偏要把装车速度放慢，牵牢你的牛鼻子！所以赵勇刚两只手一合，手心一搓，这是预先定下的暗号：意思是放慢速度！战士们当然会意，不用开口，粮食装车的速度马上就慢了下来。

乙 “嗯！赶车的，你的太慢了。今天一定要把这里的粮食统统地运走！”

甲 “太君，人少粮多，时间可来不及啊!”

乙 “你的办法的想想!”

甲 “太君，让我想办法?”

乙 “嗯!”

甲 〔表〕嘿，格猪头三！让我想办法？办法我老早想好了。现在我就牵牢你这条野牛鼻子跟我转！赵勇刚用手指一指伪军。

“太君，办法倒是有啊！这么多的老总，都可以来帮忙的嘛！不过，他们熬更守夜的也够‘辛苦’的呵！你看……”

乙 “什么辛苦辛苦的!”

〔表〕遭末上当！鬼子曹长还认为这个赶车的想的办法灵光！想想这批中国人也太适意啦！所以对着何小顺说：“何的，警备队休息的不要，统统地装车!”“是!”这批伪军听见鬼子命令装车，不敢怠慢，只好动手去背粮食装车，但是手里都拿着枪，背起粮袋来不便当，所以把手里的步枪全部架在一起。

甲 〔表〕赵勇刚一看，伪军已经全部被拴制住，等歇战斗一打响，先收掉伪军的步枪，伪军就失去战斗力，为拔除中心炮楼，提供了有利条件。眼下，装运粮食的速度马上加快，眼看炮楼里的所有粮食已全部装上马车，而且叠得严严实实，满载满车。

乙 〔表〕哇！鬼子曹长心里高兴啊！用手拍拍赵勇刚肩膀说：“呵呵……你为皇军出力，良心大大的好。”

甲 〔表〕赵勇刚一听，哼！等一会战斗打响，用力的辰光还在后头哩！笑嘻嘻地说：“太君客气，我们该出力的时候，还在后头呢!”

乙 〔表〕“嗯!”正当鬼子曹长交关得意的时光，“哒哒哒……”从炮楼外面气喘吁吁奔进来一个鬼子兵，在鬼子曹长面前一个立正：“报告，龟田队长紧急命令!”顺手将一封信件交到了他手里。鬼子曹长接过信想要拆开看，一想，慢！有个赶车的中国人就在身边，不能泄露军事秘密，所以急忙带着送信的鬼子兵往炮楼顶上奔去。

甲 〔表〕日本鬼子的一举一动，哪能逃得过赵勇刚的眼睛！现在龟田突然来了紧急命令，情况肯定有变化。看来，狡诈的龟田在张庄扑空，起了疑心，害怕我们打他的据点，所以，给这里的鬼子下了紧急命令。虽然不知道这道命令的详细内容，但可以断定，这对我们夺取炮楼绝对会不利！在这紧要关头，赵勇刚冷静地作了分析。为了掌握主动，必须当机立断，按原计划提前行动，来个短兵相接，夺取机枪，歼灭鬼子，拔除炮楼。只见一班长背了粮袋往自己这边走来，就对一班长使了个眼色。一班长一看，懂啦！故意装作脚上被石头一绊，人往前一冲，赵勇刚连忙过去将一班长扶住，轻声地下了战斗命令："龟田突然来了紧急命令，提防他要花招，按原计划提前行动！""是！"一班长马上将排长的命令传给战士们，战士四面散开。赵勇刚手执红缨长鞭，站立在炮楼当中的操练场上，像棵挺拔的青松。

乙 〔表〕就在同一时刻，鬼子曹长像只疯狗一样"哒哒哒"往操练场上扑了过来。原来，他接到龟田的紧急命令说："现在张庄寻不着赵勇刚，赵勇刚踪迹不明，可能会来袭扰炮楼，中心炮楼要特别当心。万一粮食被夺，炮楼有失，你这中心炮楼的曹长马上枪决。"鬼子曹长接到命令，哪敢怠慢，又想到刚才运粮食的"车把式"个个都生龙活虎，气势非凡，会不会都是八路？想到这里，他吓得舌头都发麻啦！气急败坏地喊了一声："紧急集合！""哗——"日本兵、伪军是一片混乱。八路军战士已经严阵以待，只等排长一声命令，马上杀敌。尤其那批伪军听见"紧急集合"，急忙将背在身上的粮袋朝地上一丢，要想跑步去拿步枪，朝架枪的地方一看，"啊"！一支枪也没有啦！两手空空，于是更加乱了。那个伪军班长何小顺，就趴在车顶上拼命装粮食，因为他心里明白：赵勇刚带领八路军已在身边，眼看炮楼就要完蛋，想快点把粮食装好，等八路军驾着马车早点儿送出，我就好乘机溜之大吉。那个鬼子曹长一看：啊！何小顺真当卖力啊，还在大车上装粮食，连忙绝喊绝叫："何的，粮食停运，统统地卸车！"何小顺晓得苗头不对，对鬼子曹长说："太君，粮食装上了，好不容易啊！""八格！龟田队长从张庄来了紧急命令，赵勇刚踪迹不明，严防他炮楼的袭扰。"说着，用手将赵勇刚一指，抬起头朝炮楼顶层绝叫枉天："机枪准备！""哗——"鬼子兵将赵勇刚团团围住。鬼子曹长对赵勇刚恶狠狠地说："统统地卸车！"

甲 〔表〕哼！赵勇刚想：你末日已到，还想卸车，真是白日做梦！于是斩钉截铁地说："粮食装上了，就得运走！"话音刚落，将手里的红缨长鞭用力“嘚儿……啪”一甩！鞭子声就是战斗令！“杀——”战士们从四面冲上来，“哗——”将鬼子一个反包围！

乙　〔表〕鬼子曹长一看，不得了！气急败坏地问：“你的，什么人?”

甲　“八路军!”

乙　“啊!”

甲　〔表〕说书表两支，话分两头说。就在同一时刻，一班长带领战士，“啪！啪！啪”架起人梯，“唰”飞身上了炮楼顶，只看见鬼子机枪手正向操练场上的八路军战士瞄准，说时迟，那时快，一班长手里的那把匕首“唰——”一道白光直刺鬼子机枪手咽喉，“嚓”立即毙命！还有一个鬼子兵是机枪的弹药手，刚想抵抗，一班长已经飞身来到鬼子身边，飞起一脚，“别”！鬼子兵从炮楼上悬空直跌下来。炮楼里日本鬼子的格挺机枪已在八路军战士掌握之中。

乙　〔表〕日本鬼子曹长眼乌珠暴出。“八格!”“哐!”从腰里拔出钢刀。

甲　〔表〕赵勇刚眼明手快，“叭”！将手里的红缨长鞭用力压牢鬼子曹长的钢刀，一声高叫：“同志们！打!”“杀——”战士们和日寇短兵相接，打得非常激烈!

乙　〔表〕那个日本鬼子曹长用尽力气，拼命从赵勇刚压勒鞭子底下“嚓”抽出钢刀，举起来对准赵勇刚当头就是一刀!

甲　〔表〕赵勇刚一闪身避开钢刀，趁鬼子曹长一刀劈空，用手里赶马车的红缨长鞭“啪”用力一鞭，正打在鬼子曹长的手背上。

乙　〔表〕“当!”刀落地。

甲　〔表〕赵勇刚“叭”飞起一脚，踢中鬼子曹长的前胸。

乙　〔表〕“啊!”“嘚儿……噌!”鬼子曹长跌翻在地。

甲　〔表〕赵勇刚又顺手抓起一百多斤重的一袋粮食，对准鬼子曹长的头部猛力砸去。

乙　〔表〕“别!”正好砸在这家伙的头上。

甲　〔表〕赵勇刚用脚将地上的钢刀往上一挑，钢刀飞起，“嚓”抓在手中，对着鬼子的头上左砍右劈，刀光闪闪。

乙　〔表〕那日本鬼子曹长毕竟受过严格的格斗军事训练，虽然被粮袋砸得七荤八素，但他在地上左滚右闪，避开赵勇刚劈过来的刀，顺手从地上抓起一把石沙往赵勇刚面门上直撒过来。

甲 〔表〕赵勇刚纵身一闪一避。

乙 〔表〕他趁这个机会，一个鲤鱼打挺，翻身跃起，要想逃……

甲 〔表〕格末谈也别谈！赵勇刚一个箭步，飞身过去，抓住鬼子曹长的颈部，手起刀落，“嚓嚓”连砍两刀，日本鬼子曹长立即毙命。这场战斗真是速战速决，没有多少时候，鬼子兵死的死，伤的伤，俘虏的俘虏。这批伪军在何小顺的鼓动下，全部投诚。敌人的枪支弹药和粮食一起装上大车，赵勇刚一声命令：“同志们，放火烧炮楼！”

乙 〔表〕“轰——”“噼噼啪啪！”一时，火光冲天！

甲 〔表〕战士们和民兵驾起大车，赵勇刚稳坐车头，挥动红缨长鞭“嘚儿……驾”！“当啷啷……”直往公路上驶去。

合 〔韵白〕英雄排长赵勇刚，威震平川美名扬。

智取炮楼神八路，人民战争威力强。

（此曲本于1974年与杭州曲艺团主要演员、时被下放工厂的朱伟芳根据现代京剧《平原作战》选场合作改编并拼双档演出，演出场次甚多。1975年在浙江省文化局出版的《文艺宣传资料》第1期发表。）

杭州评话　短篇曲本

爆炸军火

〔表〕来啦！“呜——扩扩扩扩扩……”在抗日战争时期的冀中平原上，一辆火车头冲破茫茫的黑夜，朝着日本鬼子占据的县城火车站飞驰而来。它以风驰电掣、排山倒海之势“轧轧轧轧——”冲过日本鬼子设在铁道旁边的水泥碉堡，冲过火车进站的扬旗，冲进铁轨岔道，“轧轧轧轧——”直插月台。“啡——”火车头在火车站紧贴月台边沿刚刚停稳，“啪啪”！只看见从车头上边跳下两个人来，一色铁路员工打扮，你看，先落地的那位：〔念〕双脚着地，稳稳挺立，中等身材，年近廿七，长方脸形，棱角分明，两道剑眉，向上扬直，一双朗目，黑白剔透。他，就是来自太行山抗日根据地的八路军排长，现在正活跃在冀中平原的八路军游击分队分队长赵勇刚。紧跟其后的小伙子叫李虎，手里拎一只皮箱。这只皮箱由上等牛皮制成，黄铜包角黄铜锁，是只高级的日本货，要晓得：这只皮箱里装有烈性炸药！因为昨天晚上，赵勇刚游击分队得到情报：日军大队长龟田，要将刚刚搬进火车站的军火弹药，在今朝半夜十二点整装上火车，运进正在激烈作战的山区抗日根据地，增援日本鬼子的火力。八路军游击队获得情报，赵勇刚立即请示上级作战方案并经团长批准，现在他和战友乔装改扮，通过地下交通线，飞车进城，冲进火车站，就是要用这只皮箱里的炸药，炸掉日本鬼子堆放在火车站里的全部军火。

现在赵勇刚和李虎跳下火车头，双脚刚落地，站立月台上三步一岗五步一哨的日本鬼子一阵骚动，“咔、咔、咔……”一阵步枪的枪栓打开的声音，“三八大盖”枪头上的刺刀寒光闪闪，“哗——”将赵勇刚和李虎来了个团团包围！“嗯！”赵勇刚心头不由得一紧，两条浓眉一竖，莫非今朝的行动暴露？再一想，不可能！他面对着这群日本兵手里端着的上着刺刀的步枪，昂然挺立，从容镇定。他两眼四面一扫，只见当中一个日本军官，肩膀上挂着少佐军衔，手里拄着一把日军指挥军刀。赵勇刚马上看出，此人就是日军大队长兼日军宪兵队队长，占据县城的日军最高指挥官，名氏叫龟田。只见他矮墩墩的身材，脸孔上的肌肉绷紧，毫无表情，一双眼睛射出两道凶光直逼自己。好！看来他还黑铁墨嗒吃我们不熬是究竟啥个来路。格末现在就撞你一撞！所以赵勇刚抬起手，格开横在自己面前的鬼子的两把刺刀，大步坚定沉着地向着龟田迎了上去。

那日军大队长龟田自从发现这辆火车头开进车站就交关紧张，火车头在铁轨上“轧轧轧轧……”朝车站里开，龟田格心脏就“哒哒哒哒……”格往上跳！为啥？因为围剿八路军战事吃紧，司令官不断来电催要军火，今朝好不容易把军火运进车站，夜里十二点正要准时发车运往前线，为了防止意外，所以下了一道死命令：一切车辆不准进站。他怕出啥意外情况，自己特地赶到火车站来检查。现在一辆火车头突然进站，他的心脏已经提到喉咙口啦，再抬头仔细一看：嗯！喔唷！走过来的两个中国人，足足比自己高出一个半头，望上去威风凛凛。想想自从平原上来了个赵勇刚，竟然弄得电话不通，指挥失灵，饭吃不落，觉困不着，草木皆兵，寸步难行。现在突然开进一辆火车头来，眼前又过来两个又高又大的中国人，吓得他倒退几步，眼睛乌珠暴出，左手抓牢刀梢，右手死死捏紧刀把。

龟　田　你，干什么？

赵勇刚　火车头要加水！

龟　田　你，什么的干活？

赵勇刚　我是开车的，他是烧火的，你的明白？

〔表〕龟田近来是样样事体弄得不明不白，样样事体弄得“浑沌沌”！因为赵勇刚一歇歇化装成个车把式：“嘚儿——驾——”一车鞭就甩掉了他的中心炮楼；一歇歇又改扮成个头戴金丝草帽、身穿长衫的生意人，“蓬”一把火烧掉了他的粮仓，“咔嚓”一刀杀掉了他的特工队长。多年研究战略战术的龟田，从来没有看见过打仗有格种样式的打法。今朝事关重大，我不得不防。再朝李虎一看，嗯？苗头不对！只看见那个烧火的年轻人手里拎着一只高级皮箱，凭你们这样两个穷工人哪里会有这种贵重的皮箱？这只箱子里面装的是啥花头?

龟　田　这箱子是你的?

〔表〕赵勇刚想：不出我的所料，龟田果然盯上了这只皮箱。今朝赵勇刚就是要用这只皮箱牢牢拴住龟田的牛鼻子。

赵勇刚　我是一个穷司机，哪能有这个?这是天津的祥顺号王掌柜托我带给大和洋行经理犬养太君的。

龟　田　哦!犬养太君?……嗯!

〔表〕龟田再朝赵勇刚看看，想想不对：你是个小小的火车司机，不可能认识大和洋行总经理犬养中佐!因为犬养表面上是个日本商人，实际上是平津一带的特务机关的总头目，不仅军衔比自己高，而且是个能够左右华北日本军界的实力派人物。

龟　田　犬养中佐的，你的认识?

赵勇刚　太君，我们开车的，凭车牌，走南北，各种各样的人物见得多了去啦!有的朋友交往可是很深啊，这铁路和洋行之间的往来你还不知道吗?

〔衬表〕赵勇刚是拴牢龟田的纽绳，掼句亮话拨你听听：我们吃铁路饭的同大和洋行的关系不是一般的，明白不明白?

龟　田　……这个我的明白。嗯，大和洋行你的去过?

〔衬表〕赵勇刚想，非但去过，而且我还狠狠地打过。

赵勇刚　我是常来常往。

〔表〕龟田想，啥花头啊?大和洋行现在的地方非常保密，除了日本人和犬养的特工队员以外，一律不准进出。噢!你好随随便便常来常往?你当小菜场里去买菜还是混堂里洗浴?格末我倒要有意试探你一番。

龟　田　说起大和洋行，那可是个好地方啊!左有荷花池，右有杨柳树，门口还有一块大大的……叫什么石?喔!对了，你们中国人的叫上马石。

〔表〕哼!赵勇刚想想，这个龟田个子矮，一肚坏，果然奸刁狡猾!自从上次我们打掉大和洋行，日本特务机关马上秘密又搬到一个新的地方，幸亏我们因为及时得到情报，现在胸有成竹，笃定!

赵勇刚　太君，你说得不对，那里没有荷花杨柳，倒有机枪两挺!

龟　田　啊……这大门口呢?

赵勇刚　有一座暗堡。

〔表〕龟田一听，故意来了个虚张声势，“嗒”将腰里的指挥刀刀柄抓牢，“哐，铮——”将刀拔出来一半。

龟　田　地点不对，地形有差，你——良民的不是！

〔表〕面对着龟田这副张牙舞爪的样子，赵勇刚心里暗暗好笑，想想你现在神气活现地将指挥刀拔出来，我马上就叫你乖乖地收回去。

赵勇刚　太君，这可是都要怪你啊！

龟　田　嗯？

赵勇刚　因为你的“安全区”里不安全哪！

龟　田　你说什么？

赵勇刚　咦！难道太君您不知道？就在本月初的一个晚上，犬养太君正在洋行算账，突然灯火灭了，就听“叭叭”两声枪响，两个掌柜的这儿（指胸口）多了两个洞……

龟　田　多了两个洞？

赵勇刚　对！一人多了一个洞，躺在地上不动。

龟　田　不动？

赵勇刚　死啦！后来才知道是八路的游击队闹了县城，打了洋行。两天以后，犬养太君就把洋行重新搬了家。所以，您的安全区里并不安全嘛！

〔表〕唷！龟田想，这可是绝对的军事秘密，他介格晓得的？

龟　田　你的很清楚？

〔表〕赵勇刚想：我自己动手打的还会不清楚吗？

赵勇刚　太君，你说对吗？

〔表〕龟田弄不灵清了。大和洋行搬房子还是两天以前的事体，你竟然将洋行的内情说得头头是道，看来你是犬养方面的人啦！“喀——壳！”指挥刀收了进去。再一想，慢慢交，八路军神通广大，我还是小心为上。想到这里，眼睛乌珠“滴溜”一转，对旁边的鬼子小队长说：

龟　田　你的，叫他们把箱子打开，检查检查。

〔表〕“哈依！”鬼子小队长过来要抢李虎的箱子，赵勇刚一看：“慢！”就抬起左手，往鬼子右手手腕上“扎”一把抓牢，用力“嗨”朝外一拎，这个家伙“嘚儿——沉”掼出去足足有三四丈。

赵勇刚　太君，这可是犬养中佐的东西！

〔表〕赵勇刚是话中有刺，意思是这是你们秘密特务机关的东西，你敢碰！那么龟田懂不懂？当然懂。但是今朝事关重大，万一军火有失，我的脑袋难保！现在还管他啥格“犬养”“狗养”。

龟　田　不管谁的，统统检查！

〔表〕赵勇刚早就料到龟田不看这只箱子是不会死心的，所以把手一扬。

赵勇刚　好！小李，把箱子放下，我也正想看看里面装的到底是什么。

〔表〕李虎将箱子在龟田面前一放。鬼子小队长要想动手开箱子，龟田连忙将小队长一拦：“八格！”龟田心里想，眼睛面前这两个中国人身份不清，来历不明，万一是乔装改扮混进来的八路军游击队，箱子里装的啥花头就蛮清爽啦！你箱子一开，它“轰”的一来，你我和所有的军火统统完蛋！

龟　田　快快拿到安全地方，你的仔细检查！

〔表〕赵勇刚见龟田贪生怕死，就死死抓住这个有利战机，来了一个先发制人。

赵勇刚　太君，怕不安全吗？我们给你打开！

〔表〕小李非常机灵，抢步上前，“啪”将箱子盖打开。鬼子小队长把头伸过来一看，只见一整箱用牛皮纸包装的纸包儿，排得整整齐齐。他弯下腰去“扎”抓起一包用手一捏，硬邦邦的。“嘶——”撕开来一看；黑黪黪，黄苍苍，啥花头？拿到鼻头底下闻闻，有股香味。“嗯，烟土！”“报告队长，全是烟土。”“哦！烟土？”龟田想：看来是犬养的私货。格末让他们带走？不，这箱鸦片里会不会有另外花头？我现在马上要出发进山，来不及仔细检查，倒不如先将箱子没收，以后查清如果是犬养的东西，再派人送到大和洋行。想到这里，老奸巨猾的龟田突然把脸一变。

龟　田　皇军法令，严禁走私，烟土的不行，统统没收！

〔表〕“哈依！”鬼子小队长要想动手抢箱子。赵勇刚想，格末你谈也不要谈！我们在出发之前，就制订了周密的计划，就是要用这箱炸药，炸掉日军进山清剿八路军根据地的计划。今朝要是万一发生意外，就立即开枪，打响炸药，强行爆炸！因为如果火车站鬼子的军火运出车站，就增强了敌人在八路军根据地的作战火力，日本鬼子就会在根据地实行灭绝人性的烧光、杀光、抢光的“三光”行动，根据地就会血流成河，老百姓就会惨遭涂炭！此时此刻的赵勇刚，为了挽救民族危亡，不惜流尽最后一滴血！赵勇刚高叫一声：“慢！”说时迟那时快，“唰”一个箭步纵上前，“噔”一抬左脚，“叭”踏牢皮箱，“豁啦——”解开上衣纽扣，腰里露出一根阔板皮带，横插一支乌油闪亮的快慢机，两条锐利的目光“唰”射向龟田。整个车站里顿时紧张万分！吓得龟田头上的冷汗答答滴，眼睛面前“哧哧哧哧”金星直冒：

龟　田　啊？索格！你是八路的？

赵勇刚　哈哈哈哈！只怕八路在你面前你也认不出来！

龟　田　你——到底什么的干活？

赵勇刚　虚虚实实。

龟　田　这虚的是？

赵勇刚　火车司机。

龟　田　这实的呢？

赵勇刚　犬养中佐特工队！

〔表〕“哺！”赵勇刚摸出一张犬养特工队的证件。“嗒！”龟田接到手里一看，喔唷！这两个中国人是犬养的特工队队员。如果今朝得罪犬养，我肩膀上的少佐军衔就不要想挂了。连忙双手将证件奉还给赵勇刚。

龟　田　呵呵呵呵！军情重大，不得不盘查盘查，请转告犬养中佐，我的，失礼！

赵勇刚　太君放心，只要东西还在，事情准——能——办——好！

〔表〕赵勇刚是一语双关，意思是：只要箱子在，你的军火就会统统报销。此时此刻的龟田想：我马上要将军火装上火车，部队要出发，这两个中国人应该叫他们立即离开，所以对鬼子小队长说：

龟　田　叫他们快快出去，部队马上出发，开路！

〔表〕“啯碌碌碌碌碌！”龟田带了一批鬼子离开了月台。鬼子小队长把手一挥，说道：“军事重地，快快地出去！”

赵勇刚一看：时机已到！

赵勇刚　好，马上就走！

〔表〕说着，“呼”一伸手，“扎”抓牢这家伙腰里的刀柄，“哐——铮——”“啊！”鬼子小队长想了想：你寻啥个开心啊？两只手连忙来夺刀，“呼——嚓……”做啥？这个家伙刀柄没有抓牢，却抓在刀锋上，“咔嚓”十只手指头儿去掉八只，还剩下两只大拇指头儿，啊唷老天喂！格两只手指头儿粗倒蛮粗，但是一点儿也派不来用场滴！赵勇刚顺手就是一刀，鬼子连人带刀跌翻在地。赵勇刚拔出手枪。

赵勇刚　小李，点火！

〔表〕“是！”小李动作格末真叫快。“扎！”皮箱拎在手里，人好像猛虎下山，“合突突突突”就向堆放军火的地方奔了过去。

正在这紧要关头，一个鬼子哨兵已经发现了李虎的行动，举起步枪正向李虎瞄准。赵勇刚看得真切，一抬手，“啪”一枪。这枪不偏不歪，正中鬼子脑袋。

赵勇刚这里一枪打掉了鬼子哨兵，李虎已经冲到军火堆里，炸药箱安装好，“嗤——”拉响导火索。

正勒格歇辰光，只听见一声汽笛长鸣：“呜——轧轧轧轧轧！”火车头沿着月台铁轨开了过来。原来那隐藏在火车头上的另一位八路军战士听见枪声响，按照赵排长预先布置的作战计划，将火车头启动开了过来。“上车！”“唰！唰！”两位英雄纵身跳上火车，赵勇刚昂首举枪，面向前方，挺立车头。迎风“拂——”吹着他敞开的上衣，像一只矫健的雄鹰，在祖国的大地上，展翅飞翔。火车头刚刚冲出车站，军火已经爆炸！“轰！”这声音惊天动地，侵略者血肉横飞。

〔念〕千里平原春雷动，英雄壮志贯长虹。
　　人民战争威力大，爆炸军火建奇功！

（此曲本1975年根据现代京剧《平原作战》选场改编，自编自演，演出场次甚多。1976年3月参加浙江省曲艺会演并被选入浙江省代表队，于同年6月赴北京参加全国曲艺会演。1976年在浙江省文化局印行的《群众演唱》第3期发表。）

杭州评话 短篇曲本

茅山风云

〔表〕“嘘……”（马嘶口技）战马长嘶，苏南茅山地区的一个山坡上“哈哒嘚……”两匹战马飞奔而来。前面一匹，毛片纯白如雪，前腿如龙，后腿如弓，两耳直笃，双眼微突，喷气如雷，四蹄生风，真是一匹罕见的骏马。马背上，稳稳当当坐着一位年近四十的军人，英武非凡。只见他：肩阔背厚长方脸膛，天庭饱满鼻正口方，虎叉突起剑眉高扬，丹凤大眼流星闪光；一顶深灰色军帽，端端正正戴在头上，身穿一套半新旧灰布军装，左臂挂一块蓝底白字符号，“新四军”三个字清清爽爽；腰扎皮带，足蹬布鞋，绑腿布扎得整齐稳当。此人骑在马上真叫威风凛凛，气宇轩昂。后面紧跟一匹枣红色战马，马背上是个二十几岁的青年，同样一套灰布军装，腰间别一支勃朗宁手枪，望上去好像有点文质彬彬，但眉宇之间分明透出一股英武之气，锐不可当。现在这两匹战马，“咯啦……”奔出山口，直进王家庄，来到一座楼房面前，将马扣住（扣马口技声）。

只见前面“噗——”有一座二层楼的古式建筑，画梁飞檐，气势蛮大，旁边假山点缀，绿树环绕，原是个幽雅去处。不过今朝这里气氛紧张，阵势吓人，只见楼前空地上五十个广东兵呈扇形摆开，一个个横刀竖站，荷枪实弹，如临大敌。楼两边街路上三步一岗、五步一哨，戒备森严。现在看到庄外奔进来两匹骏马，内中一个小头目赶紧上前一拦，喝声：“呔，站住！什么人?”

陈 江南陈毅！

〔表〕这四个字赛过洪钟震响在茅山上空，王家庄内余音回荡，小头目连忙喊一声：“立正！”其实他不喊都有得多，这批广东兵老早立得毕恭毕敬了。“啪啪！”陈毅和同行的王参谋跳下马背，把缰绳交给上来的两个广东兵，就雍容大度迈步上前。小头目提高喉咙喊一声：“陈将军到！”

〔表〕格末今朝陈毅为啥到王家庄来呢？因为王家庄有个赫赫有名的民族资本家叫纪成纲，此人原籍广东，来到茅山开设一家“茅麓公司”，专门经营茶林、柴火、稻米、蚕桑，苦心经营二十年，投资四十万，建房五百间，拥有茶园田地六百亩。他为了护家看园，安居一方，拉起一支二百多人的武装，全部清一色的广东兵。抗战形势的发展，使王家庄这个原来“三不管”的地带，变成了共产党和国民党、日本鬼子“三争夺”的地方。为了执行党中央、毛主席要新四军“巩固南面，向东进攻，向北发展”的指示，为了建立茅山根据地，陈毅同志经过多方工作，和纪成纲搭上关系。前几天有书信往来，约定今天前来王家庄谈判，争取纪成纲站到抗日统一战线一边来。经过周密的分析，陈毅同志决定这次不带武装，单骑赴会。王参谋想想总归放心不下，因为他知道王家庄人员复杂，秩序混乱，真是三教九流乱如云，“队长”“司令”多如狗，而且离日本鬼子最近的一个小据点“太岁庙”仅五六里之遥；再加今朝一到王家庄，纪成纲就如此布阵列势，炫耀武力，说明这批长衫马褂总归靠不牢，弄不好就是个“鸿门宴”。想到此，王参谋紧一紧腰间手枪，更加感到肩胛上责任重大。所以他下得马来，很机警地把眼光“唰”一扫，只见得意楼对面一片小酒馆里，临窗桌面旁坐着一个人，头戴礼帽，眼架墨镜。咦！此人面熟，似在啥地方见过？王参谋定神一想，啊呀，想起来嘞：抗战前在南京国民党监狱里见过他。此人姓顾，是个阴险的特务，听说他老早投靠东洋鬼子，今朝为啥在此地呢？肯定善者不来，来者不善，赶紧想和陈毅同志打个招呼，但已经来不及了。“忽隆隆——”，得意楼上下来一帮人。这批人倒五光十色，花色品种齐全格！有的头戴瓜皮帽，身着对襟中衫；有的头戴礼帽，身穿长袍；有的西装革履，一身洋气；有的头扎发结，身披鹤氅。这群人都是当地名流，乡绅土豪，帮头会首。今朝是应纪成纲邀请前来赴会助阵。这时，纪成纲抢步上前。

纪　陈将军驾到，纪某有失远迎！

〔表〕陈毅朝此人定睛一看，只见他中等身材，脸色红润，身体保养得很好。年纪五十左右，穿一件淡灰色哔绉长衫，罩一件玄色纱团花马褂，白袜，皮底圆口布鞋。不问可知，此人即是纪成纲。陈毅一拱手。

陈　纪先生客气。今日幸会！

〔表〕纪成纲一声“请”，全体上楼，双方一一介绍，在一片寒暄声中坐定。手下人奉献上等“茅峰茶”。等茶过一巡，原该主人开口，但为啥得意楼上会得毕毕静？原来纪成纲没有料到共产党的一员名将，竟会单刀赴会。陈毅的非凡胆略，不正是对自家的信任和对谈判所抱的诚意么！

再讲陈毅，用十分从容、安详的眼光，将满座环视一周。但只见，得意楼上摆一堂红木家具，件件精工细作。左手墙边摆几件古董玩物；右手临窗有一张红木琴桌，上摆一盆景，怪石嶙峋，花草相掩，颇有几分情趣。中堂之上高悬一块横匾，黑底上三个描金大字“得意楼”，下挂一张八大山人的《苍鹰巨石图》。陈毅看到这里，眼睛蓦地一亮，呷了一口茶，不紧不慢地开了口：

陈　好茶哟！这里不但茶好，而且这茶楼的名称也好哇！得意楼，“春风得意马蹄疾”嘛！不过，我看现在是应该“万马奔腾齐抗日”啰！纪先生的茶楼果真名不虚传，布置得雅而不俗。特别是你胞弟成祥兄的书法很有功底，可称龙飞凤舞，遒劲有力。哎，今天怎么不见这位大书法家呐？

〔表〕纪成纲心想，你问我，我去问啥人？我也正在等着他！原来纪成纲有个胞弟，是茅麓公司常驻上海的代表，此人不仅爱好书法，而且精通生意，实系纪成纲的得力助手。这次谈判，正需他同来出谋划策，去信催归，不见到来，因而心里十分焦急。见陈毅问及，只好搪塞：

纪　贱弟公务在身，恐不能前来。至于将军对其赞赏，纪某代为领受！

〔表〕陈毅听了，心想，好，僵局打破，我就来个长驱直入吧！一指中堂的挂画，说：

陈　这八大山人的真迹确是难得的珍品。朱耷这个光头和尚是很喜欢用枯笔的，所以形成的风格是秃笔藏锋，蕴藉刚劲，笔触含蓄而又纵健。纪先生你说可对么？

〔表〕纪成纲听得发呆，一则，陈毅谈吐自如，学识渊博，看来琴棋书画均有很高造诣；二则，纪成纲也摸不透陈毅为啥避开正题，侃侃谈起古画来。

纪　想不到陈将军竟是文武双全，对书画有如此真知灼见，令人钦佩！

〔表〕旁边乡绅名流，乐得撑顺风船，也冒充文雅，“精辟！精辟”“钦佩！钦佩”地奉承起来。陈毅朝大家淡淡一笑，心里想，勿要客气，我下面还有话咪！

陈　可惜呀可惜！朱耷纵有一手好画，却只能削发去当和尚。明朝皇帝的宗室，为啥落得这么个下场？皆因明朝皇帝把江山丢了个精光。纪先生，我们在赏画玩古之际，不是也很值得深思嘛？保家不卫国，最后只得剃个光脑壳！

〔表〕喔唷！听到这句话，纪成纲心里“怦”一下，脸孔叫啥马上觉着热辣辣。为啥？因为他感到陈毅实在不简单，话锋一转，一针见血刺中了他的心病。原来他为了保住名节，守牢家产，已费尽心机。日本人请他出任“维持会”会长，他断然拒绝；国民党送来“保安司令”的委任状，他也婉言推辞；今朝共产党新四军又来谈判，还是老办法：硬来避，软来粘，三方勿搭界！他想：至于陈毅你说我会不会当和尚么？茅山当道士倒便当的，我哪会落到朱耷这副田地呢？所以他冷冷地叹口气说：

纪　陈将军言之有理，国家兴亡，匹夫有责。

〔表〕说罢，手一挥，从大厅后面走出两个人来，每人手里托一只木盘，盘中堆满用红纸封好的一封封光洋，在大厅正中红木圆桌上一放。纪成纲开口了：

纪　陈将军，贵军是抗日仁义之师，世人皆知，而贵军的处境艰辛，给养短缺，也是不容忌讳的。这区区薄礼，望将军笑纳，也算是我纪某不愿当光头和尚的一点表示吧！若贵军需借我穷乡僻壤暂作休整，或借道东进，均可商议；只是将军信中所提成立什么“抗敌总动员会”之说，纪某实难从命！

〔表〕陈毅一听，“嗒”！就像看病搭脉一样，马上摸准纪成纲的病情根源，你这记生活谁不知，这叫“破财免麻烦，下趟莫再来”，明知对方用意，偏偏还要一问：

陈　这里有多少数目？

纪　不多，略表心意，一千块光洋。

陈　哈哈哈哈，好大的数目哟！纪先生，你也太小看人啰，把我们新四军当成个要饭的！

〔表〕纪成纲听到这句反讥之言，呆了一阵，一时想不出啥个解脱的话来，只觉得脸孔上的肌肉有点不大活络。不晓得旁边“啪”站起一个人，一脸横肉，白纺绸短衫敞开前胸，腰里斜插一支驳壳枪。此人叫张宝山，是这一带帮会头目，自己号称“司令”。因为他的父亲与纪成纲有老交情，临死前将其托付给纪成纲，所以平时他喊纪成纲为“爷叔”。谁知这小子从小游手好闲，将地主老子的家当荡个精光，拉了七八支枪搞起拦路抢劫的勾当来了。平时仗着与纪成纲的这点特殊关系，在纪家直进直出，神气活现。这回，他耐不住了：

张　呸！我爷叔今天以礼相待，你不赏脸，不要敬酒不吃吃罚酒！

〔表〕陈毅同志稳如泰山，头都不回，眼皮也不抬一抬，只是威严地问了一句：

陈　说话者是什么人？

〔表〕旁边一个小绅士连忙结结巴巴介绍：“这……这是张……张宝山司令！”陈毅一听，微微一笑。

陈　哦，原来是个唱花脸的角色！你这个司令我也是久仰大名的了，人不过十几个，枪不过七八支！当然，比起光杆司令来是要神气得多啰！

〔表〕“哗——”陈毅这几句柔中带刚、诙谐嘲弄的话一出口，引得满堂哄笑，叫啥张宝山赛过一只泄气的皮球，“吱——”马上又收拢架势，坐了下去。大家可能会问，这人是否有点神经兮兮？不，张宝山跳起又坐倒是有特殊原因的。原来，这家伙不久前就被刚才王参谋看见的小酒店里那个姓顾的特务拉去当了汉奸，几天前还利用同纪成纲的特殊关系，劝他爷叔投靠日本人，不料却遭到一顿痛骂。而后，姓顾的特务便天天潜进王家庄，一则紧紧盯住纪成纲，看他怎么动作；二则伺机再作劝降。今天碰上陈毅前来谈判，他急得如热锅上的蚂蚁，马上命令张宝山登楼监视，如发现纪成纲有倒向共产党之意，即来它一个大闹得意楼。不过再三关照，毛躁脾气不要发，莫让人再说是草包。所以今天他耐了耐性子压了压火，“啪嗒”又坐了下去。他这突然的一起一落，早引起王参谋的警觉。陈毅将军也看出了其中的奥妙，于是抓住有利时机，站起身来。

陈　诸位，抗日民族统一战线是我党领袖毛泽东同志提出来的，是我党抗战时期的总路线、总政策。

〔表〕接着，陈毅同志以高屋建瓴之势，从“西安事变”讲起，一直讲到南方八省游击队成立新四军挺进苏南的意义以及我党关于国共合作的主张，滔滔不绝，说得得意楼上不少乡绅发出赞叹之声。当听到要成立“抗敌总动员会”时，座客纷纷把目光集中到纪成纲身上，很明显，要看纪成纲的态度如何。纪成纲沉吟不语，他心想：陈毅之言虽然有理，但新四军毕竟是凑合之众，要和日军作战，岂不是以卵击石！想了半日天，说：

纪　陈将军，贵党贵军的抗日热忱实为可贵，不过恕我直言，目前你们人比枪多，枪比弹多，毕竟势单力薄，如何作战？

〔表〕纪成纲这几句闲话着实厉害，可陈毅却不作正面回答，另起话头，问道：

陈　纪先生，你恐怕身体有病啰，要不要我给你诊治开方呢？

〔表〕啊？纪成纲丈二金刚摸不着头脑，我身体蛮好嘛！

陈　我看，有点“恐日病”！来来来，你来看看，我们的力量大得很咪。

〔表〕边说边拖了纪成纲走到窗口，“啪”推开窗子，指着楼下说：

陈　你看，这些都是我们的队伍啊！

〔表〕啊！纪成纲不由大吃一惊，莫非新四军大队人马已经进庄，将得意楼团团围住？再一想，勿对，我的广东兵为啥没有动静！赶紧朝下一看，又没有啥个队伍，只有下面聚着许多想见见陈毅将军的老百姓。纪成纲倒有点不解。只听陈毅讲：

陈　看，我们的人多得很哪！四万万同胞，这个数字是世界上任何强敌都击不败的！

〔表〕纪成纲也是个有血有肉的中国人，听到此地，不禁心中暗暗称赞陈毅。想想不知为啥，刚刚同他接触没有多少辰光，就觉得心胸开阔不少，人也好像成熟了不少。正想讲话时，忽听得一阵急促的脚步声“噔噔噔”跑上楼来。大家扭头一看，见进来一个人，头戴金丝草帽，身着派力司浅灰长衫，脚穿黑色风凉皮鞋，行色匆匆，风尘仆仆。纪成纲一看，呀，赶紧上前。

纪　二弟！

弟　大哥！

纪　为什么此时才到？又为何如此模样？

弟　大哥，你不知，我接信后按期出发，火车开到无锡附近，突然停车不前。发生什么事呢？一问才知道，新四军袭击日本车站及军车，扒掉铁轨，沪宁全线都被迫中断啦！

〔表〕纪成纲二弟所讲之言使满座失惊，纷纷站离座椅，围拢去想听个究竟。纪成纲更是性急，连连追问："此事当真？"

弟　何能戏言，我亲眼所见，光日本人的尸首就拉了一大卡车！

〔表〕"哦——"得意楼上一片惊嘘之声，只听二弟接着说：

弟　这还不算，等我换车绕道赶至镇江，只听满城百姓纷纷传言，说三天前，新四军在卫岗初战告捷，日本人五辆军车遭到伏击，全军覆没，无一生逃。被新四军缴获的弹药，不计其数！

〔表〕纪成祥讲得手舞足蹈，众士绅听得目瞪口呆，有的张大嘴巴，有的屏住呼吸。纪成纲猛然想起，新四军的将军就在这里嘛！忙拉胞弟上前相见。纪成祥一听面前这位气度非凡的军人就是新四军将军陈毅，马上上前行礼：

弟　贵军真乃神兵天将，我纪某今日拜服了！

〔表〕旁边王参谋接过话头：

王　刚刚纪先生胞弟所讲卫岗之战，确实打得痛快，我军以劣势装备，全歼日寇精锐，捷报传来，我陈毅司令员还口占一绝，以志庆贺呢！

〔表〕众人闻说，纷纷要求陈毅吟诵一遍；而纪成祥则马上命人取来文房四宝，上前相求：

弟　久闻将军是诗人，今日幸会，万望将军留下名句墨宝，以饱我辈眼福，不知肯赐教否？

〔表〕陈毅想，纪成纲这个二弟来得正好，做了个义务宣传员。为了趁热打铁，陈毅提起狼毫，饱蘸墨汁，欣然命笔：

　　弯弓射日到江南，终夜喧呼敌胆寒。

　　镇江城下初遭遇，脱手斩得小楼兰。

〔表〕"好诗！好诗！""好书法！好书法！""此诗格调高，气魄大！""这手笔铁画银钩，字字入木三分！"一霎时，赞声四起，"哗——"响成一片。纪成祥更是爱不释手，赞不绝口。站在一旁的纪成纲这辰光心情复杂得一塌糊涂，听听这些抗战捷报，作为一个有良心的中国人当然也高兴振奋；但要答应陈毅共同搞啥"抗敌总动员会"，总归下不了决心，想想这份家产实在舍不得！想了半天，抬起头对陈毅讲：

纪 陈将军，我纪某亦系黄帝子孙，岂无爱国之心，但实在有难言之苦啊！……

〔表〕他欲言又止。其实陈毅早就明了，来了个将心比心：

陈 是啊，先生之苦，我也能猜中一二。茅麓公司这么大，背又背不动，带也带不走，你的这个病根就在——茅麓公司是不能打游击的，对吗？

纪 将军眼力过人，纪某正为家业发愁，不然……

〔表〕话没说完，“砰”！有人将台子一拍，跳将出来，不是别人，又是张宝山。他听到茅麓公司要去打游击，不禁吃了一惊。只见他“哇啦”一声怪叫，“咯啦啦”将胸口二十档密排纽扣拉开，从腰里“嚓嚓”拔出两支快慢机，“嘚嘚”打开机头，对准陈毅。

张 姓陈的，不要花言巧语，我早就看穿你的鬼名堂，无非是抢武装、争地盘！爷叔，千万不能上他的当，我手中的二十响可不是吃素的！

〔表〕张宝山的话音未落，旁边“啪”又跳出一个人，“嘣”一声推倒身边的椅子，窜到张宝山侧面，亮出勃朗宁，怒喝一声：“你敢动？”

啥人？王参谋，他老早在注意这个草头王的动静了。现在枪口对枪口，眼珠盯眼珠，双方剑拔弩张，紧张万分，好像只要划一根火柴，空气就会“轰”爆炸一样。突如其来的情况把得意楼上的名流绅士都吓呆了，纪成纲像个木头人。这时，只见陈毅缓缓站起身来，好像眼面前没有发生啥事体一样，毫不搭界。他踱着方步，笃笃定定地走到窗口红木琴桌前，好像对盆景很感兴趣，微微侧着头，眯眼观赏起来。过了一歇，才转过身，双手叉腰，语气平稳地说：

陈 你算是哪路英雄？我眼红你的地盘么？我看你这点地盘还比不上这盆景里的一块小小顽石。告诉你，中国大地都是中华民族的地盘，到头来恐怕就是没有你的份！

〔表〕边说着，两条浓眉一挑，两只眼睛“唰”射出两道锐不可当的目光。陈毅将军的浩然正气一下子就威慑住了邪恶。张宝山虽然手握双枪，仍然觉得脚下发虚。喏，本来他想这一跳，总归有个人帮腔的，想不到一个个都成了木头人，自家真当成了唱独脚戏的花脸。而且，现在别说唱，就是动都不能动，一动，旁边这支勃朗宁就要动，格是我头上七个洞马上要变九个洞！念头转了转，现在还是做做木头人，不动！王参谋见这恶棍暂时不敢动，就掼亮话给纪成纲：

王　纪先生，我们陈司令对您信任，单骑赴会。想不到，在这幽雅的得意楼上竟有这等鼠辈！

〔表〕纪成纲一听，想想刚刚蛮好的气氛给这小子冲掉了，看看镇定自如的陈毅将军，比比这张牙舞爪的张宝山，确实觉着这种人真不如盆景中的一棵枯草，本来就讨厌他，加上今朝三番五次给自己坍台，所以气愤得“啪”一拍台子。

纪　放肆！陈将军乃是我请来的座上客，岂能容你如此胡闹？我这得意楼上容不得你，请便吧！

〔表〕说着，头一别，手一摆，意思说，你滚吧！张宝山的面孔，这辰光像肉店里卖不出的猪肝，青一块紫一块。想想专门在这里做木头人也不是个事体，好汉不吃眼前亏，我君子报仇三年不迟，乐得此时借台阶下台，所以双枪一收，朝陈毅把手一拱。

张　好，我们后会有期！

〔表〕说罢，别转身子“咯仑噔噔”滚下楼梯，出得意楼，去找小酒店里那姓顾的日本特务了。两人碰头，鬼鬼祟祟又钻进酒馆，商定一条毒计。他们自以为做得诡秘，谁知却被站在窗口的陈毅看了个一清二楚。

第二天清早，“威嗨……”一顶双人小轿出了王家庄，抄小路“咯吱咯吱”抬进山去。轿子左右各一个肩挎驳壳枪的随从。一行人速度来得快。轿内啥人？纪成纲。他这时正坐在那里想着心事：昨天得意楼上初见陈毅，他那雄才大略、儒将风度确实使人心服口服。看来同这样的人合作共事，前途光明坦荡。纪成纲当即要表示态度，陈毅却说：“还是三思而行吧！”因此当时分手约定，今朝纪成纲回访陈毅，再作商议。陈毅曾说要派人前来迎接，被纪成纲再三谢绝。他也效仿陈毅，仅带两个随从。“威嗨！咯吱咯吱！”轿子刚刚抬出王家庄五里之遥，拐过一个山脚，突然，轿子前后，山道边，树木后，草丛中，“啪啪啪”窜出十几个人，手执步枪，拦住去路，大喝：“站住！”两个随从一看苗头不对，要想拔枪，哪里来得及！“嘣嘣”几记敲翻。

轿子里纪成纲听到响动，赶忙“嗒”将轿帘掀起一看，只见眼面前十几个人，一色新四军的打扮，哦，笃定！看来是一场误会。马上说：

纪　哎，不要误会，鄙人是茅麓公司经理纪成纲，今朝应贵军陈毅将军之约前来赴会。

〔表〕哪晓得，这批新四军并不搭理，反而一拥而上，将纪成纲“嗒”劈胸一把揪住，拖出轿来，拿出麻绳，“嘞嘞嘞”把他五花大绑起来。混乱间，一个随从乘人不备，猛然翻身冲进草丛，滚下山坡，溜走了。纪成纲终于被捆绑停当。他气得咬牙切齿，破口大骂：

纪　快放开！你们用这种卑鄙的绑架手段对付我，真是言而无信，行而无礼。什么仁义之师？我要当面责问你们的陈毅！

〔表〕一伙拦路绑架的人，不由分说，将纪成纲往轿子里一塞，好比往油豆腐里塞肉一样，轿帘一放，用枪逼着两个轿夫抬起轿子就跑。纪成纲被这突如其来的袭击搞得混里混沌，只觉得这顶轿子七高八低，颠来倒去。跑了大约个把钟头，突然停住，轿帘“哗”一声拉开。“出来！”双手反绑的纪成纲被踢出轿门，立定一看，啊呀完了！只觉得脑子里“轰”的一下，原来轿子抬到日本人据点太岁庙前。庙门口立着两个日本兵，手里端着上好明晃晃刺刀的三八枪。奇怪的是这十几个抓他来的新四军，一见日本人都点头哈腰，直到日本兵一挥手，他们才押着纪成纲踏进庙门。哪晓得纪成纲踏上大殿，抬头一看，差点气得人昏去，胡子会得根根竖起！原来，大殿正中摆一张方桌，有两个人正在聚精会神地下象棋，一个是戴副金丝边眼镜的日本军官，万万没想到，对面一个，不是别人，正是约纪成纲来谈判的新四军一支队司令员陈毅！纪成纲被眼前的情景弄得呆住了。接着，更奇怪的事又发生哉！叫啥殿后冲出一批日本兵，喊一声中国话：“缴枪不杀！”就三下五除二干净利索地将拦路绑架的新四军缴了械。纪成纲这辰光真怀疑自己会不会在做梦，真叫做肉骨头敲鼓——昏冬冬了。再看看陈毅，好像走棋入了迷，手中高举一只棋子，一边在说：

陈　同志哥，你忘记我这里伏下了一只沉底炮，现在我这只车再往你头上一推，你这位大帅就没得动了。将！

〔表〕纪成纲一见陈毅若无其事地在下棋，心里的火勒勒教吊起来，直呼其名道：

纪　陈毅！你葫芦里到底卖的什么药？把我弄到此地，究竟居心何在？

陈　慢发火嘛！

〔表〕陈毅一边站起身来，和那个日本人一起给纪成纲松绑，一面说：

陈　请你来看看，我这步棋走得好不好。

〔表〕纪成纲心中怒气未消，“晃”把头别转，刚好与这边的日本军官打了个照面，只见他头发油光，笑容可掬。咦！这张面孔好面熟！仔细一看，哦，这不是昨日得意楼上陪同陈毅的王参谋吗！只是鼻梁上多架了副金丝眼镜。纪成纲这回更加糊涂了。

纪　你们到底唱的是哪出戏？

〔表〕陈毅笑着说：

陈　我们唱的是《野猪林》！算你林冲得救，我权且当个鲁智深吧！要知这出戏的底细，还得请解差上堂。

〔表〕随着陈毅“押上来”一声令下，几个新四军从里面押出一个人。纪成纲一看，不是别人，正是那小子张宝山。张宝山一见纪成纲，好像碰着救命王菩萨，“嘚儿”跪倒在地，“砰砰砰”在方砖地上磕起响头来。

张　爷叔，救命哇！

纪　到底怎么回事？

〔表〕原来，日本鬼子得知纪成纲第二天要去新四军驻地继续谈判，就密令张宝山的土匪队伍改扮新四军，半路绑架纪成纲，送入太岁庙软禁逼降。另外以新四军名义贴出布告，宣称之所以绑架纪成纲，是因为他不肯搞统一战线，杀一儆百，以警告大小绅士。这一来，人心惶惶，联合抗战势必付诸流水。但敌计虽毒，终难出我陈将军妙算。陈毅亲领战士，抢先一步，乔装改扮，智取太岁庙，全歼守敌，活捉日寇少佐及汉奸张宝山，救下了纪成纲。现在真相大白，纪成纲真如噩梦初醒，用尽平生吃奶力气，“啪”一记耳光，打得张宝山像只半死的癞蛤蟆！

正在这时，太岁庙外“砰砰”枪声四起，“哗——”一片杀声。从外面“噔噔噔”跑进来一位战士。

战　报告，从王家庄方向来了一支部队向我开枪。

〔表〕这时，纪成纲又有点紧张，而陈毅却胸有成竹，轻轻地拍了拍纪成纲的肩膀说：

陈　别怕，退兵之计，全仗先生的了！

〔表〕说罢，挽起纪成纲的手臂，同出大殿，到滴水檐前站定。只见围上来的是自己的广东兵，领头的正是自家二弟。那纪成祥一见陈毅，举枪要打。纪成纲连忙一声喝住："不得无礼！"

弟　新四军出尔反尔，威胁不成，又行绑架，兄长为何反而如此宽容！

〔表〕格末纪成纲一五一十将原委讲了个清清楚楚，把个阿弟讲得悔愧交加，赶紧赔礼道歉。陈毅连连摆手。

陈　区区小计，何足挂齿！

〔表〕手一指太岁庙前缴获的日本枪支弹药，诙谐地说：

陈　怎么样，今后还是让我们团结一心去动动这个太岁头上之土吧！

〔表〕纪家两兄弟在事实面前明白了只有联合起来抗日才有出路，激动地回答："好！"

从此，新四军在茅山地区打开了局面，统一战线日益巩固扩大，抗日烽火在苏南很快燃成燎原之势！

这正是：

陈将军单骑赴会，为民族不顾安危。

巧周旋运筹帷幄，党政策终显神威。

抗日寇高竖战旗，茅山麓风云际会！

（此曲本1979年春与张永春合作编写，由马来法演出达百场。初在浙江省文化局出版的《群众演唱》1979年第9期发表，后被多家刊物转载，浙江人民美术出版社还曾改编成同名连环画出版。后获1980年《曲艺》编辑部和中央人民广播电台文艺部联合举办的全国优秀短篇曲艺作品评奖二等奖、浙江省1980年文学作品奖荣誉奖。1981年收入四川人民出版社出版的《全国优秀短篇曲艺获奖作品集》。）

杭州评话　短篇曲本

祭坛前的剑影

上篇：王参谋乔装会故友　张匪首设计陷救主

醒木一响，书说《祭坛前的剑影》一节。列位，常言道：峨眉仙子能化蝶，崂山道士会捉妖。意思是说，仙子道人，各有技法，其变化之繁，奥妙之深，多使我说书人瞠目结舌。

话说神州河山，锦绣千里。大江之南，有一座有名的茅山，峰峦起伏，竹木茂盛，白云生处，寺观隐显，是四方道士云集的地方。唉，自从日寇铁蹄南下之后，茅山地区，腥风恶雨，连绵不断，刀光剑影，相映逼人。为了消灭刚刚落脚的新四军，侵华日军头目冈村宁次特地从沈阳赶到南京，调集大批日伪顽军，以一种所谓“梅花桩”的战术，分兵五路，对新四军茅山根据地大肆进行扫荡。其中小野黑郎少佐一路人马，在当地土匪头子张宝山的引导下，出乎意料地奔袭位于三茅峰东南十余里的茅麓公司，软禁了总经理纪成纲。阳春四月天，本是采收茅峰春茶的佳期，但这大好春光竟被大扫荡弄得像严冬腊月一般死沉、萧条。你看，王家庄内那条石板街路上竟无一副茶担可见，只有两三个瞎眼瘸腿、衣衫褴褛的残疾人在跪街求乞。

这辰光，忽听得“威——嗨”“闪开！闪开”，一阵吆五喝六声由远及近。一乘软座凉轿，由两个壮汉抬着，横冲直撞而来。轿中端坐一人，头戴藏青高级礼帽，身穿一套薄花呢西服，足蹬锃亮的大英黑皮鞋，两条卧蚕眉浓且粗，难辨年龄几何；一副大墨镜架起，窥不明尊容相貌。此人坐在轿中派头十足：二郎腿翘起，一抖一颤；脑袋瓜昂起，一摇一摆，耀武扬威，直朝得意楼而来。

轿子来到得意楼正门前停下。这位西装先生并不出轿，只是威严地对站在石狮旁的哨兵做了个“过来”的手势。哨兵晓得此人来头不小，岂敢怠慢，连忙趋近轿旁，听候吩咐。西装先生旁若无人地抽出一张烫金名片，哨兵接过一看，上面都是歪七歪八的洋文，立即转身，“哈哒哒……”小跑步进得意楼报告，一息息工夫又奔出来，到轿前“啪”一个立正：“我们队长吩咐：有请！”来人这才欠身出轿，架势十足地往楼上走去。他的脚刚跨进大门，即听见有人在厅内得意地哼京戏：“将酒宴摆置在分金亭上，唤一声众贤弟……”顺声音朝正厅看去，只见堂前太师椅上坐着一个人。怎的打扮？喏，黑灰礼帽歪戴，花呢长衫敞开，腰系铜头宽皮带，长衫袍角撩起来，半片塞进腰带里，两把匣枪身后摆。啥人？土匪头子张宝山。这家伙一年半前在太岁庙被乔装改扮的新四军生擒活捉后，见了纪成纲，一口一个“爷叔”，一声一记“饶命”，一把眼泪一把鼻涕，表示要改恶从善。纪成纲心肠一软，丢给他十块光洋，让其永远滚出茅山。谁知这是放虎归山——张宝山得此生机，岂肯善罢甘休？他窜到南京，公开投敌。这次大扫荡，给日寇少佐小野黑郎当了个急先锋。兵占茅麓，软禁纪老，摇身一变，混上了“亲善和平军”的队长。于是，更如疯狗一般，无恶不作。真所谓：子系中山狼，得志更猖狂。刚才哨兵送进一张名片来，他凭着当年在上海外滩学来的那点“洋泾浜”，认出来者是东亚洋行的代办，心想定是财神爷送上门了，更加得意，便哼起了他当年的拿手好戏《连环套》来。正哼着，来人踏进正厅。张宝山忙把酒杯一放，站起身来，双手一拱：“失迎！失迎！请坐，请坐。”来者不卑不亢也把双手一拱说：“鄙人是东亚洋行的代办，专程来此采办驰名中外的茅峰新茶，恳望队长助小弟一臂之力。”说着，从怀中摸出一只沉甸甸的纸封包，欲递上，又朝门旁的哨兵瞟了一眼。张宝山是个踏着尾巴头会动的家伙，对方的这一暗示，岂会不懂？赶紧手一挥，令哨兵退下，亲手将厅门带拢，两只眼珠早死死盯住那纸包，心想：这一大包硬货，少说也有两百。

“区区薄礼，不成敬意，请队长笑纳。”这位洋行代办满面堆笑，将手中纸包递上前来。张宝山连说“不用！不用”，手却赶快伸了出去。说时迟，那时快，代办手中的纸包突然落地。他双手合掌，一个“童子朝拜”之势，将手插到张宝山胸前，变个“野马分鬃”，用力分开。张宝山的手臂像挨了铁棒一般，痛得一声惨叫，忙将两手荡开，来个“宫门挡驾”。这位代办的确身手不凡，顺势在张宝山腰间一摸，“啪啪”两下，双枪已经夺到手中。他低声喝道：“不许动！”张宝山毕竟是久闯江湖的老手，忙整整衣衫，拱一拱手说：“五湖四海皆朋友，三山五岳留友情，岸上不见水里见嘛！有什么吩咐，尽管直说不妨，何必如此呢？”张宝山一边讪笑着，一边偷偷朝对方移近，乘人不备，猛然一个“饿虎扑食”，朝来人当胸狠命一拳。此招厉害，名曰“黑虎偷心”。洋行代办不慌不忙，见拳近身，身一侧，一个“顺手牵羊”，扭住张宝山手腕，借力一拽，张宝山哪能收脚，“嘚儿——扑”，一个“饿狗抢屎”，跌翻在地。他跌得快也爬得快，一个“鲤鱼打挺”，又从地上蹿起。正想舍命打斗一番，谁知脸面前亮出一支乌洞洞的枪口，而且眼前这位洋行代办也变了脸，摘掉墨镜，抹掉了浓眉，恢复了本来面目。张宝山不看则已，一看这张面孔，就像触着高压电一样，浑身痉挛，心跳一下子增加到每分钟二百三十下。“啊——”一声惊叫，瘫倒在地。

你道来者何人？不是别人，正是新四军一支队的王参谋，陈毅将军身边的一员虎将。他乔装到此，事出有因。原来，自从新四军挺进苏南后，陈毅将军以非凡的胆略，王家庄单骑赴会，得意楼舌战群儒，太岁庙巧计解围，很快争取了苏南首屈一指的民族资本家纪成纲，由其出面，组织成立了“抗敌总动员会”，使茅山抗日根据地日益发展壮大。一年多来，接连打了大小一百多个胜仗，直打得坐镇南京的日寇头目坐卧不宁，所以才在清明节来了个“梅花桩”战术，突然兵占茅麓，软禁纪成纲，妄图通过逼降，瓦解茅山地区抗日统一战线。这一毒计，自然立即被陈毅将军识破。为了扭转局面，王参谋遵陈将军之命，怀揣密信，乔装改扮，星夜兼程，二进王家庄，再闯得意楼，要完成一项重要使命。

再说，吓倒在地的张宝山看清这位洋行代办系王参谋之后，心里又恨又怕。不过，他拼命自己关照自己：怕点啥！虽则当年自己大闹得意楼时曾败在他手下，而后在太岁庙又被其生擒活捉，但今朝我张宝山已非昔日的草头王了！何况得意楼四周都是自己的手下人，你一个王参谋，纵有三头六臂，恐难逃脱。想到此，胆气长了些，人也慢吞吞地爬将起来：“哦，原来是王参谋，久仰了，有何公干呐？”王参谋单刀直入：“请你队长带路，面见纪经理。”“这……”张宝山眼珠骨碌碌一转，“纪经理身体不适，不能会客，恐无法从命。”“我既然来了，就非见不可！”说着，王参谋将手中的勃朗宁手枪一抖。不料，张宝山却“哈哼”冷笑两声说：“姓王的，你敢开枪吗？这得意楼已非昨日之得意楼，你进来容易出去难，还是想你的退路吧！这四周都是我的人，只要我一喊……”

哪知，张宝山话音未完，王参谋早抢步上前，起一个“霸王敬酒”之势，用右手的拇指和中指交叉成月牙形，在张宝山嘴边腮骨上“嗒”扣牢，轻轻一摇，只听“咔”的一声，张宝山的下巴又酸又痛，又麻又辣，嘴巴张得大大的，再也合不拢了——这是点穴功。现在张宝山只能发出“唔唔唔”的声音，休想再说一句话了。王参谋将刚才缴下的双枪卸掉弹匣，丢还张宝山，命令道：“把枪照样插好，老实带路！如果想要花招，哼！”

这个“哼”字分量重啊！张宝山不得不捂牢个下巴“唔唔”点了点头。表面上是点头，心里却在暗暗盘算：要我张宝山替你当通行证，哼，没介便当！是青龙还是白虎，待会揭锅再说，只要……他诡计想定，人装得格外老实，言听计从，挂好空枪。王参谋重新粘好卧蚕眉，架好墨镜，喊声：“张队长，请！”随即一只手插进裤袋，紧握勃朗宁；另一只手和张宝山亲热地拉在一起，两人肩并肩步出大厅。朝右手一拐，沿曲廊回道，穿中堂，过月洞门。但只见，后花园中假山石林，玲珑剔透；洞壑相叠，嶙峋峥嵘。曲径通幽处，迎面一块山石上，镌刻着“仙迷”两字，刀法遒劲，字形古朴。两人正趋近，忽听得石山背后“当啷”一声，似金属相击。注目审视，隐约间见假山里露出一把寒光闪闪的刺刀尖来。王参谋早已警觉三分，连忙迟步退身。哪知刚一分神，“哧溜——”张宝山一甩手，转身钻入假山洞。王参谋急忙一个箭步窜上前，伸手便抓。狡猾的张宝山肩膀一耸，来了个“金蝉脱壳”。王参谋仅抓到一件空衫，忙掏出手枪，追入山洞。

原来，此处假山取名“仙迷”，确比迷宫更胜一筹。它布局巧妙，通道诡秘，洞中有山，山中藏洞，洞路连环，曲折多变，状如迷津。生人进去，一时三刻休想转得出来。诡计多端的张宝山，早想好这条脱身之计，有意将王参谋领到此间，借机遁入洞中。现在他托着下巴，惶惶然如丧家犬，急匆匆似报丧神。钻出假山洞，正好在暗哨前面。他急于叫手下人抓新四军，无奈下巴脱落无法讲话，只好“唔唔”地哼着，朝哨兵打着手势。暗哨见队长手托下巴，指手画脚，一时弄不懂啥意思。心想：队长今天是中邪了还是喝醉了？吃不准，只好直愣愣地呆看着。张宝山气得直跺脚，正欲进一步发作，肩膀“啪”一记，被一只大手搭牢，扭头一看，哎呀，又是克星王参谋！只见他笑眯眯地说：“张队长，你可真会开玩笑啊，跟我捉起迷藏来了！”

诸位肯定要问，既然“仙迷”如此诡秘，王参谋初来乍到，如何能这般快捷闯出呢？

原来，适才张宝山一脱手，王参谋知事不妙，扑进山洞，早无踪影。经验丰富的王参谋，遇事并不慌张，他马上将耳朵紧贴在石壁上，静听细辨张宝山的脚步声，循声而进，出其不意绕到张宝山背后，一把搭牢。张宝山心里发了毛：今朝真要命，非但腰插双枪派不来用场，连嘴巴也说不出半句话来。别看王参谋面带笑容，一只手亲亲热热地搭在张宝山肩上，但另一只手仍插在裤袋里。只要他裤袋里的手指头一扣，姓张的就会立即扑地，所以他只好乖乖地继续给王参谋当“通行证”。

且不说这个哨兵疑疑惑惑看两人手拉手走进去，单说王参谋和张宝山从假山背后一拐弯，里边豁然开朗，又显出偌大一个庭院来，别有一番气势。有诗为证：

翘檐青瓦如游龙，雕花凤窗漆朱红。

金匾题书碧云轩，异卉名花众星拱。

这原是纪成纲的藏书之屋，但今朝却成为他的囹圄。就在王参谋逼着张宝山走近雕花长窗的时候，只听里面传出一声长叹：“唉——”接着“嗯咳咳”一阵咳嗽。听声音便知是茅麓公司总经理纪成纲。纪先生软禁此处已经三日，坐卧不安，心乱如麻。恨只恨东洋鬼子突如其来占领公司；气只气张宝山如恶狗欺主，扣押家小；急只急自家身陷囹圄，无法脱走；虑只虑二百名看家护院的广东兵，是否安全隐蔽山中，有无意外；想只想新四军今日在何方，是否会远走高飞？整日整夜，纪成纲只在想三个字：怎么办？日本鬼子只给了十天期限啊！纪成纲想得脑袋发胀心发疼，想到底还是三个字：没办法！他随手从书架上抽出一本书来，想借文字暂避这无穷尽的愁思苦绪，不料一看封皮书款：《道学真谛》，正触着心痛之处，故而长叹一声，咳嗽不已。正在这时，“格嘚儿”一声，门开了，见张宝山陪着一人进来。那人正摘掉浓眉，去掉墨镜。纪成纲眼珠蓦地发亮了，连忙立身相迎：“哎呀，王参谋，你可是从天而降啊！”王参谋并不搭腔，将手中的勃朗宁手枪一亮，指着张宝山，压低声音命令道：“张队长，委屈尊驾，请你面向墙壁站一会，不准动弹，否则，休怪子弹不认人。”张宝山一听，心想：我今朝是腰挎双枪空神气，堂堂队长站墙角了。不过也没办法，站就站，我可趁机听听你们谈点啥，再作计较。所以蛮听话，马上面朝墙，站得笔直，一动勿动。纪成纲手拈胡须暗思忖：喔唷，新四军硬是厉害，张宝山这恶狗腰挎双枪也会如此听话呢！他马上拱手相迎：“贵客临门，未及远迎。我纪某今日处境为难，身不由己，谅必王参谋不会见怪吧？”哪知王参谋像未听到这番话一般，勃然变脸，神态严肃，口气强硬地说：“在此刀斧剑丛之中相见，何用客套？我今日冒死前来，是受陈毅司令员之命，请问你一句话：你纪成纲甘愿当汉奸，被天下人耻骂为卖国贼吗？”纪成纲一惊：“这……”一时语塞。

王参谋在押着张宝山一路进来时就打好主意：自己一个人既要控制住张宝山免出意外，又要完成送信任务，且不能让张宝山知情，只有“站壁角”一计，让他来个听得见看不到，语气要厉害，过门的动作要快而清爽。自然，这一切纪成纲不曾明白，刚才这一连串突如其来的责问，使他感到委屈万分。但留神一看，哟，不对！王参谋为啥朝他嘴歪歪，眼眨眨，用手朝张宝山背脊指指，看来另有一番名堂。因此，“这……”话到嘴边又闭口了。旁边这位站壁角的朋友听得倒蛮高兴，心想，是要你新四军对纪成纲不信任，那么纪老头子对抗日的信念就会动摇，我再从中趁势拉一把，不愁他不死心塌地倒向日本人。倘若逼降成功，我张宝山就是立了头功。暂且让我忍一忍，再听下去，因而耳朵竖得更高。只听王参谋这时口气更强硬了：“纪成纲，想不到你竟是‘风吹墙草两边倒’的人物。你插旗挂牌，认贼作父，又和张宝山这种民族败类同流合污。你想过没有，过得了今日，可过不了明朝和后天！”王参谋喉咙拉得极响，手脚更不慢，飞快从怀中取出一封信，朝纪成纲手里一塞。纪成纲自然立即藏好。所有这一切，不会超过两个“的嗒”。张宝山面对墙壁，对这些举动，当然一无所知，真赛过新鲜活死人。

俗话说，隔墙有耳，现在却是隔窗有人。啥人？就是那个“仙迷”假山旁的暗哨。此人是警卫班班长，精明鬼。刚才他见队长托着个卜巴和一个陌生阔佬一起进了碧云轩，感到有些异样。心想，队长平日喉咙蛮响，今朝为啥“唔唔唔”地说不出话来？他跟在阔佬身旁，为啥脸上表情好像不很情愿？为此，他偷偷潜到碧云轩长窗前察看。定神一瞥，惊得他大气都不敢喘一口！只见队长站在壁角里一动不动，纪成纲也垂头丧气闷声不响，只有穿西装的阔佬在训话，完全是新四军的口气，难怪刚才队长气急败坏。好哇，我命该有这回好运，活捉新四军，我要抢他一个头功。想到此，心头一阵狂喜，跌跌撞撞地冲到外面，集合了全班弟兄，一个个刀出鞘，弹上膛，扑进庭院，将个碧云轩团团围定。这个小班长抢在前面，对准门“砰”的一脚，跳将进去，把枪一横，喝道：“统统不许动！”“队长，我救，救……”定睛一看，呆如木鸡，全身冰凉，连舌头都结冰啦！碧云轩里完全不是他刚才从窗缝里看见的光景：张宝山端坐在太师椅上，穿西装的阔佬站在其身后，亲热地摩肩搭背，头靠头，像在密谈要事，而纪成纲则躺在红木靠椅上闭目养神。张宝山见一伙人横枪冲进来，两眼一瞪，厉声骂道：“混蛋，谁让你们来的？”“队长，他，他。刚才，你，你……”未等班长说完，张宝山一拍茶几：“滚，都给我快滚！”“忽隆隆”，这批喽啰灰溜溜滚出碧云轩，一路上都在骂这个小班长。这家伙暗自叫苦不迭，他无论如何想不透，究竟是怎么回事。原来，这哨兵偷听后匆匆离去时发出的轻微响动，被王参谋察觉了。他知情况有变，立即作出安排：上好张匪首的下巴，命他坐上太师椅，自己用枪暗暗顶住他的腰眼，逼其上演适才一场好戏。总算张宝山在上海滩戏台上混过几年，今日竟瞒骗过了他的手下。现在，王参谋见一切办妥，转身对张宝山说：“张队长，还要劳驾你送我出庄。请！”张宝山就此认输，很不甘心；但在枪口之下，无法可想，只好再当一次活的“通行证”，眼睁睁看王参谋出得意楼扬长而去。

等张宝山再次回进碧云轩，走到月洞门前，但听得里面人声嘈杂，乱作一团。赶紧过去一看，纪成纲躺在卧榻上，双目紧闭，牙关紧咬，面冒虚汗，脸色苍白。急问：“出了什么事？”手下人说，刚才纪经理突然大喊一声，扑倒在地，人事不省了。张宝山听此暗想，恐是被新四军吓煞气坏了的。真因此，我是因祸得福了。他马上拿出看家本领——唱戏的做功，抢步上前，声调急切地喊了起来：“爷叔！爷叔！你醒醒啊！”边喊还边硬挤出两点泪水。

歇了片刻，只见纪成纲半睁开眼睛，“嘘——”出一口粗气，对张宝山望望，心想，你介会做戏呀。今朝我倒也要唱本戏给你看看。纪成纲伤心地说：“唉，宝山贤侄，真正人心叵测呀！我对他们义重如山，他们竟然翻脸无情。唉，真气煞我也！”张宝山一听，正中下怀。于是火上添油：“爷叔的为人，茅山一带，谁人不知晓？共产党惯会过河拆桥，投石下井。现在爷叔明白过来也为时不晚。其实，爷叔的难处，小辈也晓得。不过，做人最难就是面面俱到。依我之见，还是答应小野少佐的条件吧！这样，对你，对婶娘，对公司都有好处。”但是，尽管张宝山说得喉咙冒烟，舌头起泡，纪成纲就是眼睛半开半闭，闷声不响，终不表态。此后，一连两日，茶不思，饭不进，眼看病势日趋沉重。张宝山没办法，只得如实向日本小野黑郎报告。不过，对王参谋如何进庄，却只字不提。小野黑郎接到报告，为了笼络收买纪成纲，立即特派军医前往碧云轩探视。纪成纲婉言拒绝，说平生只信中医，信奉天命，提出要去三茅峰九宫观烧香求医。因为九宫观有位清风道长，医术高明，专治疑难绝症，能妙手回春，方圆数百里，无人不晓。小野黑郎为此找张宝山密谈一番，最后决定，让其出庄烧香，以示皇军的宽厚人道；但暗中布置张宝山拉上“亲善和平军”的精干兵卒，名为护送，实为监视。其计端的如何，下篇为解。

下篇：神龛下道长传谶语　祭坛前将军擒敌酋

列位，这《祭坛前的剑影》上篇已经交代，那日寇少佐小野黑郎为了破坏我新四军的统战政策，唆使土匪头子张宝山，借护送民族资本家纪成纲去九宫观求医之际，意欲软其意志，探其虚实，并利用他来离间新四军和抗日民众的深厚情谊。但计谋人人会施，巧妙各有不同，究竟此行能否成功，还得拭目以待。

交代已清，言归正传。话说王参谋二闯王家庄的第三天清晨，纪成纲便乘一顶软座小轿，前往三茅峰九宫观问仙求医。张宝山受小野少佐的密令，率领一队贴心的“和平军”，荷枪实弹，前呼后拥，以防万一，连轿夫也换上了心腹之人。一行人浩浩荡荡进山坳，跨溪涧，穿竹林，过半亭。行至中午时分，远远传来一阵丝竹之声。众人抬头一看：喃，到啦！但见四面群山环抱，三百余级石阶直通九宫观山门。山间云雾深处，隐约可见红墙黄瓦。上台阶，过龟亭，一座拱形石桥，横跨溪上。桥边立一石碑，上书“伏魔桥”三字。传说汉代茅盈、茅衷、茅固弟兄三人在此修炼时，与谷中一恶魔搏斗了七天七夜，战得天昏地暗。后来恶魔被茅氏弟兄斩于桥下，故此桥就称为“伏魔桥”了。过桥，一座观宫坐北朝南屹立面前，殿宇巍巍，气派非凡；楼阁层层，古朴肃穆，偏殿房廊，回转曲折。观内外数株银杏，枝叶参天，蔽阴遮日。游人至此，真有步入仙境之感。纪成纲的轿子就歇在头山门前。张宝山立即指挥队伍四面散开，严密把守九宫观前后左右。自己则假献殷勤，抢步上前，扶着纪成纲，步入头山门。

前殿正中，供奉着灵官天君，左手捏诀，右手执锏，怒目圆睁。左右哼、哈二将分立，面目狰狞，凶相毕露，看得那张宝山汗毛凛凛。穿过前殿，猛抬头，见正殿台阶前站立着一个人。见他头戴莲花束发冠，身着法衣长袍，手执纯阳白拂尘，足蹬皂色珠罡鞋。此人胡须飘银，寿眉如霜，满面红光，慧眼半张，好一副仙风道骨、飘逸如神的风采。列位不问便知，此乃清风道长是也。只听得他开口道：“无量寿佛。纪老先生光临，难得啊难得！贫道稽首有礼。”纪成纲一边回礼，一边客气着：“纪某偶染邪疾，特来仙宫求医，何劳鹤驾出接！不敢当。”只见清风道长手一挥，出来两个道童，左右扶着纪成纲进入正殿。张宝山刚想抬脚跟进，清风道长手中的拂尘在他面前一横：“且慢！”“做啥？”“呜呀！看张队长印堂发黑，面罩乌云，贫道掐指一算，近日之内，定有杀身之祸！”那张宝山倒吃了一惊，念头一转，想自家走南闯北廿来年，江湖骗子见得多，想不到这个老道士噱头摆到我的头上来了。眼睛一突说：“勿要瞎讲！”说罢，人仍旧要往正殿里闯。清风道长并不让开，仍慢悠悠地说：“张施主万勿动气，恕贫道直言。”说着，将手中拂尘朝天一指，口中念念有词：“八卦轮转算阴阳，三日之前露血光。午时劫难命运危，灾星来自东南方。无量寿佛。信则灵，不信则迷，施主自便吧！”说罢，清风道长把拂尘一扬，别转身，步罡踏斗而去。张宝山被清风道长这番话一说，全身三十三万七千八百六十四根汗毛，根根笔直！为啥？张宝山一想：三日之前，中午时分，不正是自己被克星王参谋下巴点落、手枪顶牢的辰光吗？要不是自己能屈能伸，差一点脑袋搬家啦！况且，新四军不正是驻扎在王家庄的东南方向吗？这位道长非仙即神，至少是个半仙，否则如何能知道得一清二楚？如今乱世年间，道士的话也不可不信。不信则迷，怎么个迷法？我今朝非要问个一清二楚。因此忙赶上前，拦住清风道长问道：“仙家留步。请问仙家，在下的劫难是否已尽？”清风道长并不搭理，闭目捻须，慢悠悠地又念出四句诗来：

尔虽生就富贵相，无奈克星留世上。

五行缺水求甘霖，时辰错过一命丧。

张宝山听如此说，更加心慌，越发要拖住清风道长问个究竟了。“动问仙家，未知是啥时辰？可有解救法？”清风道长仍然慢悠悠地说道：“求生还须心笃诚，自有真君护尔身。施主休要惊慌，消灾除祸，原是道家之本分。来，随贫道前往。”张宝山此时已身不由己，战战兢兢尾随清风道长，步下右边台阶，进入偏殿。只见正中供奉的一尊神像，披件蓑衣，是传说中的“雨神”。清风道长关照张宝山在莲花蒲座前跪下。他手执桃木剑，口念“天皇地君急急如律令”开始画符作法，为张宝山消灾除祸。这里暂且按下不表。

书分两头。且说两个小道童扶着纪成纲步入正殿，关定殿门，随即悄然退下。纪成纲站稳身体朝大殿四周看看，空无一人。只见神坛前红烛高烧，香烟袅袅，杏黄色幡旗低垂。三茅祖师的神像端坐莲花座上，金粉装身，神态安详。看着这超脱红尘的环境，纪成纲不免又触动心头隐痛，忍不住双泪潸下。想起一年半前，与陈毅将军初会得意楼，他曾指着楼厅正中挂着的那幅八大山人的《苍鹰巨石图》，暗喻自己千万不能学朱耷——“保家不卫国，最后剃个光脑壳”。唉，现在自己的处境比那朱耷更为尴尬为难！真想家事国事两者俱抛，出家学道，朝朝暮暮伴青灯，落得个六根清净，安闲自得，也好为后世留个清名。想到此，不由双膝一软，跪在莲花座前，祷告起来：“三茅祖师在上，弟子纪成纲欲遁入空门，了却这红尘间永无休止的烦恼。”

纪成纲话音刚落，突然大殿神像后面有人搭话，声若洪钟，余音绕梁：“无量寿佛！九宫观虽大，却不能收你这样的弟子。”随着话音，杏黄色帐幡一掀，走出一个人来，并非道家打扮，气概非凡。只见他：头戴藏青礼帽，身穿哔叽长衫，脸上笑容可掬。纪成纲一见此人，不由得心头一阵狂喜，满脸愁云顿时一扫而光。他——不是别人，正是新四军一支队司令员陈毅将军。

陈毅将军怎会突然出现在九宫道观呢？全部奥秘就在三天前，王参谋独闯王家庄，暗送给纪成纲的那封密信上。信里陈毅亲笔写了八个大字："三日之后，九宫求医。"正在走投无路的纪成纲就遵照陈毅将军之计，假戏真做。本来他略受风寒，现在装作病重，瞒过了张宝山和小野黑郎，如期赴约。九宫观安全吗？安全。当年，新四军初进茅山时，陈毅就上三茅峰拜会清风道长，进九宫观作彻夜长谈，而后又做了大量工作。清风道长联合附近几个宫观的道士，秘密成立了道家抗敌会。因此，这九宫观早已成为新四军的一个秘密活动点。而且，今日王参谋早在道观内外作了周密安排。清风道长略施小技，支开了张宝山，陈毅则亲赴正殿来做纪成纲的工作，共商统一战线之大计。

纪成纲见陈毅将军突然出现在自己面前，真是又惊又喜，又愧又羞。惊的是陈将军胆略过人，居然不顾个人安危，亲临九宫观面谈；喜的是自己在疑难危急之中能见到陈将军这样的真朋挚友，想必定有破敌良策；愧的是茅麓公司被占，日本鬼子和汉奸在王家庄横行不法，自己无能为力，一筹莫展；羞的是刚才自己跪在三茅祖师前的胡言乱语，陈司令必定听得清清爽爽。惊、喜、愧、羞的复杂心情，倒弄得纪成纲一时语塞，有点手足无措。陈毅却抢步上前，一把握住纪成纲的双手，和蔼地问："纪老先生，这几天受苦啰！家小是否安然无恙啊？听说你略感风寒，我托乡亲们上山采了点草药。哎，你可不要小看它，疗效好得很呢，不妨一试。"纪成纲听了这几句体贴入微的话语，接药在手，不由心头一热，眼睛一酸，老泪纵横："陈将军情谊，纪某没齿难忘。为我一个老朽，将军居然不辞辛劳，不顾安危，亲临九宫，叫我纪某如何担受得起！"陈毅听罢，很不以为然："哎，这算啥。实话相告，光为你一个老头子，我就不来啰。嘿嗨，你现在不仅是一个总经理了，而且身价高得很呀！你纪成纲与我陈毅一样嘛，是属于茅山抗日统一战线的。这就是你我相约来这儿面谈的基础啰。"一番话，说得纪成纲频频点头。不晓得啥道理，自己每次和陈毅将军接触都会觉得心胸开阔。今日之话虽然说得很随便，但令人听了十分舒坦。于是不胜感慨地说："将军的开导，纪某铭记在心。但眼下日寇已抢先设下一步毒棋，纪某身陷囹圄，实无路可走。今日来九宫观，真想就此脱离尘世。"陈毅听了，微微摇头道："哦，遭禁数日，纪老先生居然对道学发生兴趣。巧得很，我这里正有一个道学的问题，百思不得其解，未知纪先生肯赐教否？”纪成纲一听，连忙摇着双手说道：“不敢啊，不敢！”心里却暗暗纳闷：你堂堂新四军的支队司令，哪有闲情逸致去研究道学？再说，现在是啥时候，观外到处都是咬人的疯狗。正转念间，但见陈毅微蹙双眉，轻声问道：“纪先生，九宫观之大，天下少有。我所不解的是：在这崇山峻岭、野兽出没之所在，如此壮丽的宫观，又是从啥子地方冒出来的？”纪成纲答道：“此乃后人之功啊！据说为修这宫观，仅铺路的石阶，就整整凿了两年有余。”听到此，陈毅高兴非凡，笑道：“足下，这就对头啰！‘世上本无路，辟而有之’嘛。古人为建道观，尚且有如此的勇气和毅力，我等为抗日救国，难道就没有踏平荒山、驱赶野兽的气魄吗？”哦，纪成纲这才明白，兜了一个大圈子，陈毅将军还是在开导自己呀。连忙表白自己的心迹：“陈将军，实不相瞒，我纪某也是堂堂正正的黄帝子孙，父母养育的血肉之躯，岂肯屈膝降敌而遭世人唾骂！我早暗下决心：真逼急了，纪某将抛家小，丢茅麓，离家出走，遁入空门，也要争个清白名节。”陈毅听罢，神态显得严肃起来，说：“这样就不对头啰。纪老先生，请你记住我陈毅的一句话：出家不等于出国。你看，像清风道长这样德高望重的人物都参加了抗日，成了我军的击剑手，你岂能独善其身，得道成仙呀？”纪成纲被陈毅一句话问倒了，一时无言以对。陈毅像看透了他的心思，说：“路，我这里倒有一条。嗨，这还是一条大路，你可以既不当汉奸，又不丢茅麓公司，更用不着去当啥子茅山道士，你还是当你的总经理。足下尊意如何？”纪成纲初一听，真喜出望外。有这样的路，哪有不走之理？他想，陈将军语重如山，既一出口，定有锦囊妙计。因此，像久病之人巧遇良医，求诊心切，连连催促快讲。只听陈毅说：“这条路可不好走啊。光用两只脚不行，得用脑子，用计谋，还要有勇气，路才走得通。”“只要你陈将军领路，我纪某万死不辞！”“好，既如此，请纪先生附耳过来。”陈毅将拟订的破敌之计，如此这般地讲了一遍。纪成纲一面听一面连连点头，不断称好。“陈将军，今日纪某九宫求医，能遇你这位良医，真是三生有幸。将军涌泉之恩，没齿不忘。”陈毅一听，连连摆手：“嘛，好啰，好啰，客气话暂存你处，留到抗战胜利后再讲吧。”

正当陈毅和纪成纲在大殿里谈得火热之时，有一个人却不耐烦了。谁？

张宝山。他跪在偏殿里，只觉双膝酸痛，眼前金星直冒。再看那清风道长，摇动响铃，画符念诀，又将符纸挑在桃木剑上，用火点燃，口中念念有词："天皇地君，太上老君，急令……"双眼半开半闭，动作慢得像现代电影里的慢镜头。张宝山偷眼一看，心想，今朝我来九宫观做啥？七搅八搞被这道士拖到此地，跪在地上成何名堂？万一现在纪成纲出个意外，日本人怪罪下来，岂不照样要脑袋搬家吗？想到这里，倒吸一口冷气，额上的汗吱吱地往外钻。他蓦地蹦起，拔出双枪，打开机头，往外便冲。清风道长一看，双眼怒睁，用桃木剑在张宝山面前一拦："冲撞法事，冒犯真君，灾上添罪，天地难容！"张宝山却强横地说道："呸！我问你，既然今日纪经理来此求医，你怎不去替他诊断，反而缠住我呢？老实说，你内中要的啥花枪？"清风道长淡淡一笑："无量寿佛。贫道诊病之规矩你却有所不知。求医者必先熏香静坐半个时辰，待万念俱灭，六根清净，方能一诊而断，一药而愈。此间，贫道不正好替你消灾除祸吗？你怎可口出狂言，污辱道教圣地！"张宝山恼羞成怒，心里想，我还与他啰唆什么？看住纪成纲要紧。所以他两手执枪，用肩膀朝清风道长猛力撞去，想夺门而走，谁知，这一撞如同撞在石头狮子上一样，疼痛万分。看来这老道必有气功。张宝山赶紧头一缩，身子一躬，从清风道长的桃木剑下钻过，"哈哒哒……"直奔正殿而去。清风道长并不追赶，只在他身后大声喊道："罪恶深重，不可救药也！无——量——寿——佛！"这后面四个字喊得既响又长，余音回荡。

那张宝山张牙舞爪，状如恶狼，扑上正殿，"砰"一脚踢开殿门。只见纪成纲盘腿坐在莲花座上，双眼微闭，双手护膝，身旁一个道童正在神座前上香。张宝山并不放心，手执双枪，又把个正殿里外前后都搜寻了一遍，没发现半点异样情况，心神才稍稍定下。双枪一收，侍立在纪成纲身后。纪成纲看着这个瞎眼苍蝇，暗暗好笑，因为陈将军早从收藏经文的夹墙中安全出走了。

片刻之后，清风道长来到，正式替纪成纲看病，作法画符，切脉配药。张宝山紧跟在旁，寸步不离；眼睛盯牢，一眨不眨。诊断完毕，纪成纲拜谢清风道长，道长亲自送至山门，上轿下山，一路无书。

纪成纲进山求医后没几天，王家庄里沸沸扬扬传出几条消息，颇有点惊人：一是说，纪成纲已暗投日本人，愿任“四县维持会”会长，近日要接受委任状，日本人因而放归其家小；二是说，纪成纲将分散隐蔽在山中的两百号广东兵又召集起来，同意改编为“亲善和平军”，并亲自提名由张宝山担任大队长；第三条更为玄乎，说“和平军”与新四军接了一次火，居然“打败”了新四军，还“缴获”了战利品——一支老套筒，两把大朴刀。这一下还将了得？日军少佐小野黑郎亲上得意楼向纪成纲祝贺，并说，只要纪成纲接受了委任状，日军立即撤出茅麓公司。纪成纲满口应承，并提出要求照祖上“出仕为官，必先立神位祈天祭祖”的先例，隆重办理。小野黑郎为了笼络纪成纲，一切应允。

这一天，东方露白，九宫观里出来七七四十九个道士，在清风道长的带领下，肩挑香担，身背法器，下茅峰，进王家庄，为纪成纲祭祖做道场。中午时分，得意楼上，祭坛高筑，果品供奉，焚香点烛，丝竹合奏，幡旌飘荡，钟磬齐鸣。广东兵巡逻放哨，老百姓围观热闹，小商贩高声叫卖。楼外宾客如云，马嘶人叫，挤得水泄不通。得意楼正厅、边厅、楼厅已摆好二十桌酒席。纪成纲今日换一身长袍马褂，显得精神焕发、神采奕奕。他先在祭坛前焚香跪拜，郑重其事地祭了祖先；又特地过去拜谢了清风道长当日施医除病之情；接着，四面张罗，忙着应酬各路宾客。今朝席面上的大小乡绅、当地名流的面孔，显得不大活络，各有各的心事，各有各的盘算：对纪成纲一反常态投降鬼子，有的暗暗称奇，有的表示怀疑，有的摇头叹息，有的跟着捧场，也有的是先辨风向再轧苗头。但只见：有的正襟危坐，有的侧目旁观，有的窃窃私语，有的谈笑风生。只有张宝山顶神气，像煞是个“主角”，指挥着“亲善和平军”庄前庄后巡查防范，不时还窜到人群之中发威作恶，肇事寻衅。

辰光已过正午，乡绅们早已饥肠辘辘，偏不见主人纪成纲吩咐开席。原来，那纪成纲正在等一个重要角色，此人不到，戏难开场，而且也收不了场。啥人呢？日军少佐小野黑郎。纪成纲现在心里有点紧张，这个刽子手会老实就范吗？按计而行设下的三步伏棋，谅他不会不来。正焦急间，“哈哒哒……”奔进一个家丁，喊声：“报——皇军小野黑郎少佐到!”纪成纲心里像一块石头落地，好戏开场啦。急忙吩咐：“快请!”自己随即迎出门去。只听“咔咔咔”一阵皮靴响，进来一群鬼子。为首一人，黑胖矮子，斗鸡眼，仁丹须，黄呢军装，搭角皮带，腰里“丁零哐啷”拖一把镶金嵌玉的指挥刀，手上戴副白纱手套，旁边陪着个面孔白净的翻译，后面是整整十名全副武装的日本兵，张宝山点头哈腰，奴颜媚骨，像只哈巴狗儿在前引路。纪成纲连忙抢步上前，面带笑容，强作应酬：“太君亲临寒舍，真是蓬荜生辉。”其实，纪成纲心里讲的是另外一句话：“鬼子敢来赴宴，叫你尸骨成灰！”纪成纲将小野黑郎迎到大厅主席位上坐定，又安排好十个日本兵分在边厅落座，当即关照：“开席！”因为今日是纪成纲祈天祭祖，所以席面上用的是素肴，做工精巧，烹调讲究，配以山珍海味，显得十分丰盛。一霎时，只听得外厢吹吹打打，里边杯盏交错。席间，小野黑郎对纪成纲笼络安抚，恩威并施。纪成纲则不卑不亢，从容应酬。

酒过三巡，菜上数道，突然，一阵优雅的丝竹弦乐声从厅外飘来。清风道长手执桃木剑，烧符喷水，带领七七四十九个道士鱼贯而入。他朝大厅正中上首一站，四十个道士两边分立，余下九个在大厅口、楼梯边等进出处斩符念经，那小野黑郎见状好生奇怪，急问翻译：“这个，什么的干活？”翻译自己也不懂，管他三七二十一，瞎说一句：“这是中国人做道场！”正疑惑间，“哈哒哒……”奔进来一个家丁：“报——新四军代表到！”“哗——”这一声报，如颗重磅炸弹在众人的头上爆炸：有的惊掉了筷子，有的甩脱了酒杯。张宝山一口素火腿正咬在口中，如此一吓，正好卡住喉咙，噎得眼泪直淌。翻译眼睛一白，身子一软，钻进桌子下。小野黑郎抬头一看，啊！只见一位年轻英俊的新四军大步流星朝祭坛走来。

这意外的情况使小野黑郎如噩梦初醒。他“哇啦啦”连声怪叫，想召他的十个日本兵上前抵抗。谁知，说时迟，那时快，众道士“嗒嗒”已将道袍全部卸掉，亮出短刀短枪。一时间，得意楼上刀剑飞舞，四十几个道士对十个日本兵，来个四比一，当场格斗起来。小野黑郎“嚯”的一下抽出指挥刀，清风道长不慌不忙地举起桃木剑相迎。小野黑郎心想：这个中国道士发昏了，你一把木头剑想来挡我的纯钢指挥刀？哼！他运足气力，朝清风道长顶门上一刀劈去，恨不得将道长劈成两片。不料，清风道长将剑一扬，“嗖”一声，桃木剑鞘脱去。再看那剑：三尺长，三指宽，薄如纸，亮如银，寒光逼人，真是剑起压风雨，剑落惊鬼神。此剑名曰伏魔剑。但见清风道长将此剑轻轻朝劈来的指挥刀一挡，只听得“哐”的一声，火星四迸，那小野黑郎手中的钢刀早成两截。清风道长又将伏魔剑朝天一扬，“杀——”顿时杀声震天，十个日本兵便一一就擒。小野黑郎心里更慌，猛一掷，半把断刀脱手，朝清风道长脑门飞来。道长一侧身，用伏魔剑一拨，断刀落地。小野黑郎回手去腰里掏枪，但一摸一个空。原来，纪成纲已从背后卸掉了小野的手枪。清风道长将伏魔剑指向小野黑郎的胸口，刽子手动弹不得，连连后退，而后束手被擒。那张宝山一看苗头不对，三十六计，走为上计，“砰”一脚踢翻了酒席，蹿上窗台。正要往下跳，一看，归自己指挥的“亲善和平军”正执枪扑进庄来，心里高兴万分，急忙呼救：“快来呀，快……”再定神一看，不对，连忙住嘴。原来，冲过来的广东兵一见张宝山，个个横眉怒目，枪口对准了他。张宝山吓得脚一软，跌下窗台。早已进了大厅的王参谋一个箭步过去，用脚踏住了他的前胸：“哦，张队长，我们又见面啦！”张宝山碰着克星，立即像癞皮狗般瘫倒在地。

正在这时，大厅内外人群两厢分立，“哗——”一阵掌声过后，得意楼外出现了一位年近四十的军人。唷，好气概：雍容大度，英武非凡。何人？陈毅将军。但见他健步走进大厅，握了握纪成纲的手，然而用洪亮的四川口音对大家说道：“诸位，请坐下！”那被生擒活捉的小野黑郎仍在不停地“哇啦啦”乱喊乱叫。陈毅轻蔑地朝他斜睨了一眼就道：“现在这般光景，你还叫个啥子名堂唷？”一旁的王参谋把小野黑郎的话翻译给陈毅听：“这家伙说他不服气，说我们只会搞诡计，不敢跟他们公开地打仗。”陈毅一听，哈哈大笑：“强盗被活捉，居然也谈什么仁义道德！正告你们，野牛冲进中国人民的火海之中，那只有被烧死、烧焦、烧烂的可耻下场！”“哗——”得意楼上滚过一阵热浪。纪成纲接过话头，激动地说：“我纪某自以为清廉一世，实则混沌半生，幸蒙陈将军不断教诲指点，才寻得余烛残年的光明之路。我决定，自今日始，将全部家业、人马枪支交与抗日大业，正式请求参加新四军！”“哗——”得意楼上再一次滚过热浪，有不少人鼓掌喝彩，也有的乡绅当即表示向新四军献款献物。陈毅同志见此情形，高兴地对大家说：“记得我第一次来得意楼与纪老会面时，曾说这茶楼的名称取得好，‘春风得意马蹄疾，万马奔腾齐抗日’嘛！你们听，新的战斗打响啰！”这时，王家庄东北方向的日本鬼子据点里，突然枪声大作，号角嘹亮，浓烟滚滚，火光冲天。新四军健儿如下山猛虎，出海蛟龙，奋勇冲向敌阵。据点内的日本鬼子已经群丑无首，乱作一团……

从此，苏南茅山地区的抗战局面又开始了一个新的阶段。

这正是：

自古名将多智谋，捷足先登得意楼。

祭坛前后剑影舞，熊熊烈火烧野牛。

（此曲本1981年夏与张永春合作于莫干山庾村，马来法演出数十场。初发表于浙江省文化局出版的《文化娱乐》1982年第1、2期，后被山西人民出版社《通俗文学选刊》1982年第6期转载。）

杭州评话　短篇曲本

坐山观虎斗

一九四〇年的隆冬时节，苏南茅山脚下王家庄内的得意楼上，临窗立着一人。此人身着长袍马褂，双手交背，遥望关山，显得焦躁不安，心神欠宁。他是谁？他就是苏南地区赫赫有名的茅麓公司经理纪成纲。这个家财万贯的民族资本家倒很有点中国人的骨气，他与我陈毅将军，推心置腹，结成好友。他不但靠拢我新四军，而且还出任了苏南四县抗敌总会会长。平日里，这纪经理谈笑风生，高朋满座。格末今朝他为何愁眉不展，心事重重呢？

原来，国民党第三战区游击区副总指挥冷欣，遵循蒋介石的密令，带兵来茅山与新四军争夺地盘，企图借日寇之手置我抗日军民于死地。我新四军主力撤离王家庄时，陈毅将军亲自将保护伤病员的重任托付给纪成纲先生。纪成纲对新四军的信任十分感动。可是眼前局势紧张，如此重任，岂可儿戏！冷欣部队趁新四军北移之隙已步步进逼，尾随而来。纪成纲原先的二百名广东兵早都已加入新四军，只剩下六七名亲兵看家护院。新四军的伤病员倒是有四十二名，可是能拿枪打仗的轻伤员及医务人员却不满十名，况且枪支弹药不足，如果出个意外，叫我纪成纲如何担当得起呢？所以昨夜彻夜未眠，今朝起床像热锅上的蚂蚁，坐立不安。正在这时，“噔噔噔”，家人登楼通报：“报，有三位客人求见！”咦！此时此刻有谁还来这是非之地？“请！”“噔噔噔……”楼梯响动，上来三个人。前面那位身材魁梧，气度非凡，披件灰布棉军大衣，上得楼来抖一抖身上的雪花，整一整头上的棉军帽，开口言道：“哈哈，纪老先生，老朋友你认不得啦？有句话叫士别三日，刮目相看，你我分别才两天呀！”

纪成纲仔细一看，眼睛面前好像一亮！唷！是陈毅将军！后面两位是王参谋和警卫员。

纪成纲想，我再愁下去要像古代伍子胥过昭关那样，头发、胡子都快愁白了！现在陈毅将军到来就好了，刚才的愁苦忧烦马上烟消云散。

“将军，你这一来我就放心啰！”

“先不要高兴得太早，我带来的可不是好消息。”

情况确实要比纪成纲估计的还要严重。陈毅介绍说：冷欣暗中配合日寇，乘新四军北移之机不断挑衅，用借刀杀人之计，将王家庄茅麓公司有新四军医院的消息故意放风给日本人。估计这一两天内，鬼子就要对王家庄的伤病员下毒手了……纪成纲一听，刚刚平静的心又吊了起来！“这这这……”急得在得意楼上转起了圈子来。忽然想到陈毅将军此时赶来岂不太危险了吗？他正想开口说，哈哒哒，又一名家丁冲上楼来：“报，王家庄外突然来了一支队伍，穿的是国民党军队服饰，二百余人，带有机枪、小炮，离庄只有二里之遥！”这一来，得意楼上的空气一下紧张起来。“啪！”王参谋和警卫员一齐机警地抽出了匣子枪。纪成纲一听，惊得“噔”地跌坐在红木太师椅上。陈毅闻听却十分镇定，只见他两条剑眉一扬，眼神一闪，自言自语地说：“哦，来得这般快么？王参谋！”

“到！”

“带上警卫员到前面看看！”

“是！可是你……”

“我怎么啦！有纪先生陪着我哪！你快去！”

“是！”

王参谋和警卫员应声而去。陈毅笑眯眯地转过身来说：“莫慌，莫慌！没有什么大不了的。古语说：兵来将挡，水来土掩嘛。”

纪成纲朝陈毅看看，我倒是想“莫慌”，但不行啊！兵，都是伤兵，打不得仗；枪，不满三十支，如何挡得住带有小炮的二百人？因此，纪成纲忧心忡忡地说：“话虽不错，可是，你陈将军系抗日救亡之重任于一身，出个意外，我纪成纲如何向世人交代？”说罢，纪成纲转身快步走进屏风后，一会工夫，他双手捧着一个包裹出来，又将包裹打开，里面是三套便服。

“陈将军，事已至此，请你们赶快换上便衣走吧！后庄有条小路直通山里。这里由我纪某应付。”

陈毅见纪成纲这番举动，不由得哈哈大笑：“纪老先生，你要我陈毅临阵脱逃吗？你看我到茅山两年多，枪林弹雨都闯过来了，何曾碰伤过一根毫毛？告诉你，要打中我陈毅的子弹恐怕还没有造出来哩。”

正在这时，王参谋回来报告说：庄外确是国民党的冷欣部队，现在已经成战斗队形散开，看样子是来者不善，目标也是对准伤病员。陈毅听了，淡淡地一笑：“好嘛！冷欣也赶来凑热闹了！”说到这里，他猛然转过身来问纪成纲：“纪老，你可曾读过《三国》？”

纪成纲不懂，这是什么意思，在这节骨眼上突然提出这个问题？抬头看看陈毅的脸：两眼发亮，神采飞扬，不慌不忙的样子。好，我真服了你陈毅啦！

“读过，不知陈将军何意？”

“《三国演义》中有一节精彩的故事叫‘武侯弹琴退仲达’，诸葛亮摆了个‘空城计’。纪老，我们也来摆它个‘空城计’如何？”

“这……”

“哎，不要担心嘛。常言道：三个臭皮匠，顶个诸葛亮。哦，请纪老算一算，四十二个伤病员，加上你那七位武装，我也算上一个，还有王参谋他们两位，能顶多少个诸葛亮啊！何愁‘空城计’摆不成？”

接着，陈毅如此这般地作了一番布置。纪成纲听了感到实在太冒险，但事已至此，只好听命。

再讲庄外这支部队，是国民党第二师的一个加强营，带队的是一位少校营长，名叫冷炳发，是国民党第三战区游击区副总指挥冷欣的嫡亲侄子。此人阴险狡诈，横行霸道，绰号叫“阴山虎”。他不仅鬼点子多，而且心狠手辣，想得出，说得出，做得出！昨日，冷欣将其召去，给他下了道密令，要他连夜带领人马直扑王家庄，来个“饿虎扑食”，吃掉新四军设在王家庄的后方医院。冷炳发连夜带了队伍，顶风冒雪，七跌八撞地行军一夜。但是来到王家庄外却不敢贸然行动。因为他知道国民党的情报往往不是过时就是假的。而共军神出鬼没，陈毅、粟裕二人又善用计谋，难道真的把四十几个伤病员在毫无武装保护的情况下丢在王家庄？且慢动手！待我探明实情。想到这里，他立即命令队伍成战斗队形散开，自己趴在一个土坎后面，拿着望远镜朝王家庄方向窥望，但只见庄内寂静无声，白茫茫一片。风雪虽然停了，但王家庄仿佛还没有从睡眠中醒来，只有几户人家的屋顶上升起了袅袅炊烟。整个环境显得十分安谧宁静，看不出半点有部队驻扎的气息。冷炳发正咬咬牙想下令进攻，突然，庄后传来一阵纷沓的马蹄声，人喊马嘶，雪花飞扬。他赶紧用望远镜再一望，庄后山林之中隐隐约约见着几个穿灰布大衣的新四军干部模样的军人在走动。啊！冷炳发看到这里心里一紧，望远镜差点滑脱手。看样子这地方有新四军的大部队。真是活见鬼！看来情报确实不准，幸好我冷炳发足智多谋，早有准备，不然岂不吃了大亏！可是，冷炳发毕竟不是草莽之徒，再想想，部队，既然王家庄驻有新四军的主力部队，为何这庄前却无设岗安哨呢？他用望远镜再仔细一看，只见王家庄庄口突然出现了一名年轻的新四军战士，身后牵着一匹战马。再朝这匹战马一看：哦嗬！这匹战马漂亮啊！毛片纯白如雪，前腿如龙，后退如弓，体高腰细，雪地行走，鬃毛抖擞，两耳笔笃，喷气如雷，四蹄轻轻伸屈，像脚不沾地一般。这位身穿灰布军装的战士牵缰带马的姿态被雪地反光一衬，显得英武非凡。冷炳发看见这马，便觉从头顶心一直冷到脚底心——冰冰冷！因为他知道此马非比寻常，乃是新四军江南指挥部总指挥陈毅的坐骑。何以见得？马在人在，既然陈毅在此，必有精锐部队相随。哎呀！我是相差一毫险失三军啊！转念一想，难道陈毅真的在此？天下白马多得很，人的面貌也有相像的。今日我冷炳发如果被一匹白马吓倒，岂不被人取笑！有了，上次听陈毅的随从说，此马遇枪不惊，遇炮不慌，今日我何不一试。随即“唰”地从腰间拔出手枪，对准白马的上空“啪啪”两枪。

枪声一响，但见那匹白马四蹄立定，前腿微弓，后退紧绷，马头“啪”一扬：马眼外突，马耳直笃，摆出准备冲锋陷阵的英姿。“哈哒——”一阵急促的马蹄声响，王家庄内又飞奔出来一匹枣红色的战马：马背上端坐一位二十几岁的英俊军人，一身新四军灰布军装，腰里插一支二十发快慢机，显得英姿勃勃。谁？王参谋。他来到冷炳发的阵前将马拉住：“哪一部分的？为何开枪？”

冷炳发想，我投石问路问出名堂来了，而且是单人骑不像接火要打仗的样子，立即拍了拍身上的积雪，整一整军服，把胸挺了挺，摆出一副国军的架势：“兄弟是国军二师三营的，刚才是部下见一只野兔，偶然走火的。请原谅!”

“哦，果然是友军光临，我们陈总指挥有请冷营长。”

冷炳发一愣！来人如何知道我姓冷呢？而且陈毅果然在此，此刻请我进庄是何用意？是谈判吗？不可能。诱我进庄来瓮中捉鳖？也不像。那么进不进庄？不进吧，有失体面；进吧，实在有些冒险。因此，犹犹豫豫答应不出来。那王参谋像看穿了他的心思，又说：“冷营长，请不必多虑，我们陈总指挥与贵军冷副指挥早有前约，我军北移之后，后方医院还请贵军照顾。现在就请冷营长进庄参观一下吧！”

那冷炳发一听，心中暗暗发笑：“照顾”什么！叫你们死到临头还不知晓。说道：“理应前往慰劳，兄弟安顿一下部队，立刻进庄。请稍待。”

冷炳发招呼了几个人离开王参谋到一个僻静所在，如此这般地嘱咐一番。然后带上十几个人，壮着胆子、挺着肚子、搭着架子，老三老四地跟着王参谋进了王家庄。

再讲得意楼上，更是另外一番情景，纪成纲吩咐手下人生起了炉火，室内已经和暖如春；陈毅已经脱掉了棉军大衣，更显得春风满面，神采奕奕。他双手叉腰，正凝神注视着楼上横匾上写的几个大字“思近及远”。片刻，王参谋带同冷炳发上了得意楼。“报告，国军二师三营冷炳发营长到！”陈毅转过身来说：“唷，冷营长，欢迎欢迎！”入座后，陈毅劈面就问：“请问冷营长，前方战事正紧，你为何领着一帮人奔这王家庄而来呢？”

“这……冷副指挥对这里的伤病员放心不下，让我特地来看看，表示我军一片慰劳之意。可是，眼前有你亲领部队在此，我们就放心啦！”

陈毅心想，好狡猾的家伙，想摸我的底细。好！那就来个顺水推舟，将计就计，于是说道：“我来有啥子用？部队在前面，我还得赶上去呢！我也放心不下，到这里看看就走。”

哦，陈毅这句话“唰”地钻进冷炳发的耳朵，在脑子里“嘚儿”打了几个转。好，人不多，我冷炳发今天要把情况摸个一清二楚才是。于是又说：“陈毅将军，我既来此，理当探望贵军劳苦功高的伤病员。”

“好！我陈毅奉陪。”

“岂敢，岂敢。冷某实不敢当！”

“哎！来者都是客嘛！”说罢，两人起身要走。一旁急坏了纪成纲老先生。

他心想：这只吃人不吐骨头的“阴山虎”，明明是黄鼠狼给鸡拜年没安好心，你陈将军难道会看不出？刚才还说要摆什么“空城计”，现在好，老底都要露给对方了，这还不算，还要引狼入室……想到此，要紧踏上前，将陈毅一拦：“慢！陈将军，伤病员大都伤重势危，血污淋漓，就此前往探视，多有不便。”纪成纲一边说，一边拼命暗暗做手势，意思是：当心别上当。不料，陈毅好像没看见。连王参谋也急得开口了：“陈总，纪老先生的话有道理，因为我军曾和友军多次发生摩擦，伤病员大都情绪烦躁，万一见了冷营长一行，发生不愉快之事，岂不节外生枝，更添麻烦了吗？”冷炳发心想，你们若不让我去，我倒偏要去。因此，满脸堆笑道：“哎，哎，误会么总可以消除的。”陈毅紧接上去：“对！军人连死都不怕，难道还怕血吗？冷营长，你怕吗？”

“这……不怕，不怕！”

“那好，既然冷营长不怕，就请纪老先生带路吧！”

一行人正要往伤病员住房去探视时，突然间，两名新四军战士狠狠架住一个猴子脸的人进门而来。

“报告！我们抓到一个奸细。”

众人都一呆。陈毅威严地发问：“怎么回事？”

“他在偷听，我们正在遵照您的吩咐……”

讲到这里，报告的战士欲言又止，把眼睛朝冷炳发等人一瞟，意思是下面的话不大好讲。陈毅摆一摆手，说：“没关系，这里没外人，啥子事情？说罢！”

“这……反正，您的指示以及那批鬼子服装的事都被他偷听去了。”

陈毅听到这里，怒斥一声：“混账东西！特务工作做到我陈毅的头上来啦！拉出去！”

那人一听，脸色“唰”地变得煞白，但朝冷炳发看看，脸色又慢慢变晃，脸上肉动一动，鼻子掀二掀，说：“别误会。兄弟是三战区二师三营一连一排排长，我们冷营长可作证。”

陈毅两条剑眉一扬，一双大眼直盯冷炳发道：“此话当真？你的排长如何会去当奸细？”

这辰光的冷炳发面孔上是一阵青一阵白，眼珠“骨碌碌”一转，窜上去对准那人就是“啪啪”左右开弓两个耳光，喝道：“王八蛋，谁让你对友军耍这套把戏的?”

原来此人原是冷营长手下的一个排长，姓赖。他吃着这两个巴掌，捂着面孔，朝冷炳发看看：不是你叫我化装成要饭的进庄来摸底的嘛，现在假戏真做，你周瑜打我黄盖，算我晦气！冷炳发心里真是恨得发痒，暗地里咬牢牙齿骂：你这个笨蛋，大事恐怕要坏在你的手里！现在只能把戏做得像，做功要足。马上转身，对陈毅道：“卑职教导部下无方，冒犯贵军。我将此人交于贵军，听便处置。”

冷炳发是唱功加做功，这样可以大大地麻痹一下陈毅，干掉一个排长何足道哉！可是这一下吓得那赖排长浑身上下颤抖不已，哭道：“营长，千万使不得呀!”

陈毅一见这场面，早就洞察一切，看透了对方的用意，立即宽容地淡淡一笑：“既然如此，是冷营长的人，我们也就不追究啦。不过，我可把话说到前头：下不为例，否则伤了两家和气可不好啊!”

“当然，当然，下不为例，下不为例。”

冷炳发一听，又正中下怀，连忙一口应承，唯恐变卦，对着赖排长大喝一声：“还不快滚!”说着，对陈毅拱一拱手说：“区区小事，误了时间，病员改日拜访，就此告辞了。”

陈毅见他急着要走，也不挽留，便说：“好，请便请便。”

冷炳发带着一帮人出得庄来，连忙问：“赖排长，你偷听到点啥?”赖排长想，刚刚请我吃耳光，现在派我用场啦?捧着脸吃力地说：“新四军一个伤病在讲：‘陈总指挥倒真有本事，“空城计”一摆，敌人真的被吓得不敢进来了。’另外还听到：‘鬼子衣服太少，恐怕不够穿。顶重要还有，天黑之后要，要……’”他“要”不出来了。

“要什么?”

“要……我正要再听下去，只觉得腰上硬邦邦一来，头颈被掐牢了。”

“哦——”冷炳发眼珠一转，把进庄前后情况同赖排长所讲一联系，完全明白了。哈哈！他差点笑出声来。原来，陈毅身边无兵，想摆个“空城计”吓住我，然后等天黑以后，化装成日本兵脱逃。对，一定是这样。好，既然如此，我也就来个将计就计，你陈毅善于用化装巧取，今日我冷炳发也来以假乱真，叫你真假难辨。立即命令集合队伍，缓缓向东北方向撤去。等转入山坳，马上命令部队，全部剥掉军装，埋伏待命。天黑之后，等化装成日本兵的新四军伤病员一出现，就来个饿虎扑羊。

再讲王家庄内，纪成纲见陈毅将军居然又放走了冷炳发的探子，对他一顿埋怨。陈毅笑笑说："纪老，别发愁。如今我还要借你一颗棋子。"

"借用什么棋子?"纪成纲有点丈二和尚摸不着头脑。

"等会儿你会明白的。"说着，将纪成纲按在安乐椅上。陈毅到底要借一颗什么棋子呢？一个活人。啥人？就是关押在此的土匪兼汉奸头子张宝山。他命令立即将其押来。

张宝山自从被清风道长一剑戳翻，被王参谋再次活捉，自知性命难保，现在听说提他，以为要去枪毙哉，所以一路走来，一路抖来。踏上得意楼的楼梯，听到上面有位四川口音的人在说话，更加吓得要死，楼梯迈一步足足要有一分钟，这叫啥个名堂经——挨死！人在挨上去，耳朵倒笃起，本想听听自己什么时候一命呜呼，谁知，倒被他听到几句极重要的话语。只听得陈毅在讲："好，就这样决定。今晚不住在王家庄，天黑之后行动，拂晓前一定要把伤员转移光。""是!"一个年轻战士响亮地答应一声，"噔噔"跑下楼来。张宝山再也站不牢，只好上楼。见了陈毅，垂手而立，一副可怜相。陈毅看了他一会，开口了："张宝山，你这个民族败类，本来抗日政府应该判你罪的，但是，你纪家爷叔一再为你托保，我们也想再给你一次重新做人的机会，所以，今天决定放掉你。不过，我警告你，二十里外就有鬼子的小李庄据点，如果你再投敌，与抗日人民为敌，再被抓住，就要枪毙!"

张宝山一听，几乎不相信自己的耳朵，有介好的事体？马上自己劈自己的巴掌："我如果再不改正，真当不是人啦，你陈司令，随便要杀要剐都可以。"

"好，相信你说的是真话，去吧。这是给你做路费的十块光洋。"

张宝山心想此时不走更待何时，连忙跪下朝陈毅"咚咚咚"三个响头。拿起银圆，别转头就跑。出得庄来，想想到哪里去呢？哦，刚刚陈毅说过，二十里外就有日本人据点，再一想，自己上楼时听到陈毅的话语。哈哈，自己抢功发财的机会又来了，真是吉人自有天相，何不将此情报送给日本鬼子，将陈毅除掉，立上一功呢？真是恶习难除，毒心难改，顷刻之间就把刚才赌咒发誓的话忘得一干二净。“无毒不丈夫”，他得意地朝小李庄日本人据点跑去。

再讲得意楼上，纪成纲见陈毅将这个坏透坏绝的张宝山又放脱，气得差点晕过去，不顾一切，连连指责：“我纪某何时替这畜生讨过保？为啥要放虎归山？你说！”

陈毅哈哈大笑道：“兵不厌诈，纪老先生万勿动怒。此处不是说话地，还是让我们赶快准备走吧。”

“上哪里去？”

“你不是说庄后有小路直通山里吗？”

“唉，早知如此，我们老早好走啦，何必与冷某缠到现在？”

“嘿嘿，纪老先生，这里面就大有名堂啰，我们这时候走才是走的时候。等一会你就明白啰！”陈毅拉上纪成纲老先生便走，说：“快快，你我去占个有利的位置，好戏快开场啰！”等陈毅率众伤病员从庄后撤上茅山，这辰光，天刚刚擦黑，突然间——

〔韵白〕枪炮声震动王家庄，照明弹开花拖曳光。
两支队伍交战茅麓，势均力敌各不相让。
冷炳发一见黄呢军装，立即下令猛扫机枪；
鬼子兵一见来势凶猛，慌忙架起小炮抵抗。
火拼闹剧准时开场，直打得双方哭爹喊娘……

这正是：
陈毅将军计谋强，牵着鼻子打豺狼。
独坐茅山观虎斗，大江南北军威扬！

［此曲本与张永春合作于1981年冬。初发表于浙江省文化局主办的《文化娱乐》1982年第12期，1983年8月被江苏人民出版社《垦春泥》期刊转载。1986年又由作者改编为苏州评话《将计就计》，由浙江曲艺团魏真柏演出，参加浙江省曲艺新曲（书）目比赛并获创作、表演一等奖；同年参加文化部全国曲艺新曲（书）目比赛获创作、表演三等奖。］

九福宫护宝记

道家圣地九霄万福宫雄踞在苏南茅山大茅峰之巅，初建于汉哀帝元寿年间，至今已有二千余年的历史了。它古树依傍，白云缭绕，红墙青瓦，高脊飞檐，远远望去，煞是壮观，被历代名人雅士誉为“仙家第八洞天”，亦称九福宫。

更为引人注目的是：这九福宫还藏有一批稀世的民族瑰宝。据说远在北宋仁宗年间，茅山有位道士治好了双目失明的皇太后，因而龙颜大悦，钦赐道士十数件极其珍贵的宝物，其中尤以哈砚和玉印最为珍奇。哈砚外形古朴粗犷，奇异的是只要在砚上哈口气，即可润笔书写，墨色浓淡相宜。玉印则玉脂凝结，熠熠生辉，印面镌有“九老仙都君印”六个古朴篆字，具有“夜吃四两朱砂，日盖万颗印章”的奇效功能。

一九三九年六月初的一天，九福宫前却是另外一幅景象：枪声大作，狼烟冲天，道士们四散惊逃。日本兵荷枪实弹，突然占领了整个宫观，这道教胜境，瞬刻之间变成了血与火的屠场！为的何故？原来事出有因：

自从新四军挺进茅山后，如一把尖刀，搁在日本军国主义这条野牛的咽喉边，急得坐镇南京的日寇头目坐卧不宁。他急令日军少佐伊藤野雄率领大队日军直扑大茅峰顶，占领了九福宫。日寇此举，目的有二：一来可居高临下，严密监视新四军的活动；二来借机夺取藏于九福宫的稀世珍宝，进献天皇。

九福宫的茅山道士见鬼子兵突然杀进宫来，四散惊逃。谁知伊藤野雄早有准备，霎时间，缩小了包围，将宫中的九个道士生擒活捉，带到九福宫前空地上一字排开。

那伊藤手戴白手套，紧捏腰间的指挥刀柄，在道士面前“咯、咯、咯”

地踱了一回，然后停下步来，脸上露出了一丝笑容，操着半生不熟的中国话说道："你们，统统的不用害怕，皇军尊重道教大大的，只要说出哈砚、玉印藏在什么地方，皇军将对你们优待大大的。"哪知九个道士的十八只耳朵好像不派用场，个个如同菩萨，站在那里一动不动，闷声不响。"咯、咯、咯"，伊藤的皮靴又响了二十四响，九个道士仍不开口，九福宫静得出奇！那伊藤火了，脸上的皮肉拉紧，脸色一变："啊"的一声怪叫，抽出锃亮的指挥刀，高高擎起，双眼突出，如同野狼号叫："不说的，不行！从现在起，我数一、二、三。数到三，愿说的站到右边去，不然的话统统死啦！"说罢，伊藤就恶声恶气地喊："一——二——"眼看伊藤嘴里就要迸出"三"字来，只要他钢刀一挥，鬼子兵手中的枪就要射出子弹……正在这千钧一发之际，猛听得一声："慢！我说。"只见道士中走出一个人来，向右边连跨三步。其他八个道士一看，不由得倒抽一口冷气。原来，走出来的不是别人，正是这道宫的住持清风道长的得意门徒、白云院主管顺吉道人。原来这九个道士中，唯一知晓宝物藏匿所在的就只有他。那么，是否顺吉道人被日本鬼子的指挥刀吓坏了呢？不！顺吉道人三十开外年纪，七岁时就进九福宫归道。他生性善良，心地纯洁，眼见道友行将送命，血溅道观，如何容忍？因而挺身而出，佯称愿将宝物献给皇军，想先解一时之危险。那伊藤一见有人愿说，不禁得意地狂笑起来："好，你的大大的好！"话音未落，那柄高举过头的指挥刀随手一挥，"啊"的一声惨叫，站在排首的一个十七八岁的年轻道士应声倒在顺吉道人身旁，惨不忍睹。顺吉道人双眼紧闭，牙关紧咬，周身发颤，真是悲愤交集，凄惨惨两手合掌，微吟一阵，便径自转身拾级而上，进二圣殿，在二圣神像前的坐蒲上双脚一盘，合掌闭目，默默地诵起《二圣经》来。三两鬼子跟进二圣殿，用枪威逼。顺吉道人视而不见，旁若无人。伊藤几番将手中的钢刀架在顺吉的肩胛上，千般威吓利诱，顺吉依然双目紧闭，不发一语。为了从顺吉口中掏出藏宝密地，伊藤只得强压杀性，没敢轻下毒手。一天一夜，顺吉道人粒米不进，滴水不沾。伊藤只得一面用电台向上司报告，一面将其绑在二圣殿柱子上，拟将他活活饿死。

就在第三天夜晚，浮云蔽月，乌鹊惊枝，从大茅峰十八盘的黑松林中闪出一个人来。但见他穿一身黑色夜行衣服，头蒙纱巾，腰佩短剑，身高一米七十左右，身手轻捷，窜蹦纵跳如履平地一般。他转过虎头岩，来到九福宫外，轻而易举避开了日寇的流动哨，取出随身携带的九丝绳翻上了宫墙，随后跳入宫内，如夜猫一般，来到二圣殿前。看守二圣殿的一名日军正搂枪坐在石阶上打瞌睡。那夜行人绕过看守，悄悄地进了二圣殿，只见殿内油灯半昏半暗，绑在柱子上的顺吉半死半活。夜行人急步上前，割断捆绑绳索，将顺吉抱在怀中，轻声呼唤，一边解下蒙面的纱巾为其擦拭血迹。

顺吉道人昏沉沉之中听得有人呼唤，双眼微微睁开。只见来人非道非俗，非军非民，素不相识，心中好生奇怪。夜行人见顺吉睁开了双眼，已经清醒过来，低声说道："休慌，我是这个！奉命来取宝的。"说着，伸出四个手指。啊！新四军？顺吉无神的双眼突然明亮起来，他用惊讶的目光审视着对方，一语不发。来人似乎懂得顺吉的意思，从腰间取出一物，摊在手掌之中，让顺吉辨认。顺吉一见，眼前"唰"地一亮，见来人手心中十块熠熠发光的翠玉片。顺吉识得此物，名曰"莹蓝孔雀片"，乃是九福宫住持清风道长道冠上的嵌饰之物。他与师父昔日有约：见此玉如见其面。本当确信无疑，但转念一想，此人来得突然，且素不相识，不能掉以轻心。于是开口问道："师父何时相托，有何言语？"来人道："昨日相见，以玉片为证，要你我转移宝物，乌龙山相会。"顺吉闻听其言，忘却伤痛，立即站起身来。哪知，门口的日本兵瞌睡刚醒，听得二圣殿里有说话之声，手上执着明晃晃刺刀的三八枪，进来查看。一看此景此情，并不做声，目露凶光，挺枪便往夜行人后背猛刺过去。那夜行人听得响动，急转身向旁一侧，手中的短剑划个弧形，"嚓——"日本兵一声未哼，"叭"的倒在地上，再不动弹了。顺吉道人看他动作干净利落，想想新四军果然本领非凡，不由得肃然起敬。在夜行人的搀扶下，摸到后院柴房，推开柴房的小门，领着来人避开岗哨，急急朝藏宝的朝阳洞而去。

列位，夜行者究竟是何许人？他并非清风道长所遣，更非新四军所扮，而是一名日本的高级特务，名唤宫本哲一。此人出生在中国的满洲里，地道的中国通，而且武艺高强。宫本远在金坛特务队，专门搜寻掠夺中国的文物瑰宝，运往日本。昨日他接到上司密令，得知伊藤用钢刀逼顺吉道人交出九福宫的宝物失败，想出一条计策：一面电令伊藤仍将顺吉捆绑在二圣殿，自己由金坛乘汽车赶到镇南街，待等天黑，夜走十八盘，闯进九福宫，冒充新四军，假称受清风道长相托前来取宝。那么，他骗得顺吉信任的“莹蓝孔雀片”又从何而来呢？原来，清风道长受新四军委托，只身前往金坛乌龙山联合宗教界人士共商抗日大计，因走漏风声，被金坛日寇宪兵特务队包围。混战中，清风道长脱险，道冠却丢失，被这个阴险的特务拿来混淆视听了。此举在九福宫的日军中也只伊藤一人知晓，因此，二圣殿前的那个日军哨兵连自己为何死去，也莫名其妙。

且说顺吉和宫本离了九福宫，直奔后山朝阳洞而去。万万没有料到，宫墙外的一棵千年大樟树上滑下两个黑影，远远尾随两人而去。

顺吉由宫本搀扶着转过一个山弯，来到一片黑松林内，只见岩崖下有一山洞，洞口不大，一人弯腰方能进出。宫本即在洞口拾些松枝干柴扎成火把，用打火机点燃，两人一前一后潜入洞中。洞口虽小，里面恰如厅堂相仿，曲径迂回，幽深莫测。在顺吉道人的指领下，走到大约一百步处，便停下步来。顺吉示意夜行人撬启一块大方石，然后亲自俯身取出个油布包，打开一看，是一方黄布包扎的木盒。顺吉刚将黄布解开，宫本伸过手来，“嗒”，将那只精致的红木盒抢在手中。这当儿，他禁不住发出一阵狂笑。这狂笑声惊动了洞内的蝙蝠，“啪啪啪”地飞了起来，吓得顺吉的心“突突突”地跳个不停。顺吉朝夜行人一看，顿时大惊失色，只见他的脸在火光照耀下，五官都挪了位置，目露凶光。于是急问道：“你为何发笑？”那宫本见目的已达到，也不掩饰，说道：“我笑你空学道教，却真假不辨！实话告诉你，我是大大的皇军！”“啊！”顺吉死命要想从宫本手中夺回红木盒子，宫本只在顺吉前胸轻轻一掌，就将他击倒在地。然后剥下他的道服，穿在自己身上，而将自己的夜行装，硬穿在顺吉身上，并用手帕将顺吉嘴巴塞住，推他朝洞口走去。

顺吉一出洞口，未走几步，就遭到两个“突击手”的捆绑。这两个人不是别人，正是我新四军王参谋和爱国教徒清风道长。他俩刚才从宫外大樟树上滑下，尾随宫本和顺吉至朝阳洞口，心想等宫本取宝出洞时一举将他生擒。谁知宫本早已觉察到有人跟踪，便事先在洞内耍了个“调换衣衫”的把戏，一出洞口，这只狡猾的狐狸便旋风似的跑回据点，连夜向伊藤汇报。伊藤见宝大喜，即电告南京总部，并连夜将宝物护送至日寇驻南京“东亚企业总社”这个伪装的东方宝物鉴定机构。第二天晚上，正当伊藤在本部宴请宫本时，南京总部急电下来。伊藤接过一看，见上面写着："送来的九宫二件皆系赝品。据悉，二件真品尚在宫内，务须于三日内查获……"

一看此电，伊藤差点晕倒，他将桌上酒席全部撂在地上，咬牙切齿地咆哮了一回，而后两手抱头，倒在沙发上，慢慢地冷静下来。他把宫本拉在身边，对"真品尚在宫内"六个字，作了半夜研究，最后，如此这般，对宫本作了最后一招的布置。

回头再说王参谋和清风道长中敌奸计，绑错了对象，待缓过神来，那宫本已溜得无影无踪。王参谋将昏迷了的顺吉背回后山营地，灌汤敷药，才使他苏醒过来。顺吉一见道长和王参谋，便失声哭泣起来："道长，我……我受骗了！"清风道长忙安慰说："徒弟不必难过，那骗去的二宝，并非原物，原物尚在宫内，你千万安心吧！"顺吉闻言，转悲为喜，说："日寇残忍无比，他们如发现不是原物，定然再施毒计，望首长和道长小心为上！"

古话说：计有三十六计，策有七十二策，人间妙计，虽鬼神莫及。王参谋和清风道长连夜促膝计议，估计日寇得不到真宝之后，肯定会使出新的花招，便连夜请示司令部，作相应布置。

但事态的发展却变得蹊跷。第二天中午，日寇在山门前贴出告示，称："宫中宝物，已由南京当局暂管。皇军即刻退出九福宫，以护圣地安宁……"并释放了全部在押的道士。

消息传来，使清风道长迷惑不解：是日寇未识破假宝呢，还是另有企图？正疑虑间，忽听被释放的道士来报，日寇撤出前，伊藤亲自指挥，将九福宫前前后后、里里外外搜查了一遍，凡值钱的器皿佛像，统统劫走了。清风道长一听，怒火顿生，大骂日寇毁我中华文物。王参谋获悉这些情况后，一面安慰清风道长，一面密报陈毅司令员。陈司令员批了四个大字："将计就计。"

第二天深夜，大茅峰月色溶溶，九福宫一片沉寂。清风道长一身轻装，翻过深沟，越过高墙，来到观音殿前。

他见到紧靠北墙的千手观音佛像尚完好无损，那悬起的心才放了下来，便三脚并作两步奔到千手观音佛像前，从左面数起的第九只手心中按动机关。说也奇怪，机关一按，那佛像下面的莲花石座便慢慢地移了开来。他钻进身去，捧出一包用黄绫包着的东西，这就是九福宫的珍宝哈砚和玉印。正当他紧抱珍宝、暗自庆幸的时候，突然一声怪叫，从梁上窜下一个人来，将清风道长踢倒。清风道长本是武林高手，人虽然往地下倒去，但手中这柄伏魔剑，却很快地抽出鞘来，向那梁上君子猛刺过去。那人见一道白光飞来，晓得不对，身子一侧，好险！宝剑擦到头颈，刺出一条血丝。清风道长怒喝一声："你是什么人?"那人并不示弱，笑道："大日本天皇卫士宫本哲一。"说着，飞起一腿，将清风道长踢出一丈开外，并顺势夺过滚落在莲花座下的宝盒蹿出大殿，越过高墙，飞也似的落荒而逃。他心中暗忖：只要过了十八盘险道，下面就是镇南街，有皇军驻守，只要冲到下面就奈何我不得了。哪知，刚刚翻过虎头岩，从十八盘险道口林立的怪石后面冲出三名挡路英雄，为首的一位大汉，正是我新四军王参谋。宫本见去路被挡，转身欲返回宫内，但定睛一看，后路上也一字儿排着三名大汉，且那个银髯飘动、手持宝剑的清风老道，也呼喊着杀将出来。此时的宫本，明知前后受阻，却作困兽犹斗。他"咿呀呀"地怪叫一声，就将怀中红木盒高高举起，妄想在岩石上将它砸个粉碎。说时迟，那时快，王参谋举枪点射，"啪"的一声，子弹正中宫本手腕。红木盒落在草丛中，宫本被新四军生擒活捉。

此时，在二龙桥通往九福宫的要道黑风峡，枪声、手榴弹爆炸声、喊杀声震天动地，那伊藤在接应宫本途中，又中了新四军的埋伏，不得已，只好连夜撤走镇南街据点，放弃了索宝的邪念。

这正是：

计中还藏巧计谋，强中更有强中手。

民族瑰宝岂容夺，中华男儿志当酬！

(此曲本与张永春合作于1983年夏。初发表于浙江省文化局主办的《文化娱乐》1984年第7期，后被山西人民出版社《通俗文学选刊》1984年第4期转载。)

苏州弹词　短篇曲本

将错就错

〔表〕世界上的尴尬面孔很多，有种尴尬面孔看上去讨厌，像拍马屁拍僵，吹牛皮被戳穿帮，这种面孔像秋天败蓬的南瓜，又像松了线的绷鼓皮，苏州的土话：百格烂皱。不过尴尬面孔也有讨人喜欢的。毛脚女婿初次上门，这只尴尬面孔你仔细研究，像西湖十八景那样好看：嘴里甜蜜蜜，心里吓势势，要想装得大方点，怕人家说他“老茄”；老实点吧，又怕人家说他勿“出趟”，方面孔会变圆，长面孔会缩短，这种尴尬面孔好玩，的确讨人喜欢。

今朝的小李就是这样。西湖乡有个小伙子叫李志良，今年三十岁，同清溪乡的姑娘张敏敏交朋友，谈了三年，进度缓慢。为啥？出名的老实头，恋爱过程中缺少进攻性。幸亏敏敏人灵活，眼睛尖，心思巧，看中这小伙子捏住不放。这姑娘叫敏敏，确实是聪敏加聪敏，不但田里屋里的“生活”都拿得起，而且还当兽医，别人不敢，她敢。照敏敏的意思，毛脚女婿早就好上门，因为志良老实，横拖竖拖拖到今朝不能再拖了。五月一日结婚，今朝已经四月二十三，女婿的面孔是长是短，丈人丈母都还没有见过，未免说不过去——丑媳妇难免见公婆，憨女婿终要见丈母。志良换了套新衣裳，左手拎了送丈人的两瓶补酒，右手拿了送给丈母的四斤桂圆。敏敏同他讲好的，在村口杨树下等。一看她不在，心里慌了。不过敏敏讲过，万一她家里有事走不开，就叫他志良直接去。既然来了，只好硬硬头皮。

敏敏家一排三间青砖楼房，是前年新造的。十一届三中全会后，党的政策好，让农民富起来，农村经济搞活了，丈人家里生活好了，房子前面一片晒场特别大。志良踏进晒场，只觉得背心上已经有点儿汗滋滋，这汗是急出来的。自己关照自己不要慌，有敏敏在，不要紧。人刚接近门口，里面冲出来一个人。

敏　志良！

志　〔表〕一看，是敏敏，观音菩萨来了。不碰见你，我这门槛怎么踏得进？

敏　你怎么这样慢？我在大杨树下等了你半天。

志　我大约脚上生了鸡眼，走不快。

敏　〔表〕这老实头在自我检讨了。

〔白〕志良，今朝不巧，刚刚东村派人来喊我，说他们有头老牛在养小牛，难产，叫我马上去。你在屋里坐一会儿，等我吧。

志　〔表〕啊，你怎么可以走？我不要弄僵的？陌生女婿见陌生丈母娘，彼此陌里陌生。我又不会讲话，大家不开口，像头蟋蟀那样怎么吃得消？唉，这头牛怎么早不养晚不养，齐巧这时养！

〔白〕敏敏，你能不能同那头牛商量商量，叫它休息一天，今朝不要养，明朝养吧？

敏　怎么让你说出口的？

志　敏敏，要么我下次再来吧？

敏　来也来了，不进去算啥？我教你，进去么，叫一声……

志　姆妈！

敏　用不着叫我嘛！

志　我是在练习，学给你听呀！你要做姆妈，我就可以做爸爸了。

敏　呸！你倒死桃树也会开花的！

志　年成好，不要说死桃树开花，据说人生了癌也不会死的。

敏　去！不同你啰唆，我来不及了。姆妈，小李来了！你招呼他坐一会儿，我去了。

志　咦？

〔表〕丈母娘叫赵桂香，做过妇女队长，见过县长省长，非但精明，而且“出趟”，附近一带有点儿小名气。对女儿这桩亲事心里有点儿气恼，为啥？耳边早听着了，女儿在交男朋友，但毛脚女婿从来不上门，女儿却一趟又一趟，男朋友家里跑得起劲。交朋友应当男的追求女的，没听说女的颠倒凑上去，真正坍我娘的台！

桂香平常看到戏里女的追求男的，她就很气，常常把电视机关掉不看了。她男人有意见："咦？你关掉它做啥？""没啥看头！全是瞎编，写这种剧本的都是男的，有意抬高自己，压倒我们女的。我问你，当初是你追求我还是我追你？""我开始当然横求竖求，你家一直不答应，后来我也横竖横，随便了，你倒迁就上来了。""啊？我迁就你呀？""不不不，是我求你。"能干的女人好胜心强，要面子，今朝听说毛脚女婿要来，倒要看看怎样一个人。现在听女儿喊，要我招呼他，招呼啥？不见得要我去接他，他生了脚总会进来。咦？等等不进来，怎么没有声音？莫非走了？去看看，刚刚踏出来。

志　〔表〕哟！两个人差一点儿碰鼻头！女婿丈母第一次见面，弄得像拥抱那样，倒是外国人派头！

桂　〔表〕一看小伙子，体格健壮，身高约莫有一米七八，人倒蛮"登样"。不过走起路来有点"极立各"，为啥？原来脚上穿了一双硬底新皮鞋，后跟还钉了两枚马蹄钉。他下身一条牛仔裤，新式上装很挺括，五官端正，一股灵气，还有点儿气喘吁吁。为啥？心里紧张呀！怪不得女儿一趟一趟跑得起劲。他人品"登样"，是有三分讨人欢喜。不过，我的条件他不知能不能答应？假使能答应，这女婿也不差；假如不答应，你长得再"登样"也是白碌碌。

〔白〕你是不是小李同志？

志　〔表〕丈母同女婿称同志，倒是八十年代的称呼。

〔白〕姆……

桂　〔托白〕喔唷，吃力煞了。

志　姆——妈——

桂　〔托白〕大概他是属羊的，像羊妈妈叫。

〔白〕里面来坐吧。

志　〔表〕这声"姆妈"，是勉强从喉咙里逼出来，叫得人汗毛凛凛，倒要当心点儿。

〔白〕是，姆妈！

桂　〔表〕嗳，这样还好听听，对我一直像羊妈妈叫，我也吃不消。

〔表〕志良跟到里面，把礼物往台上一放。

桂 你坐吧。

志 是，姆妈。

桂 〔表〕这声“姆妈”多叫了的。看他沙发上不坐，就坐在凳子上。泡好一碗糖茶。

〔白〕吃碗糖茶吧。

志 谢谢姆妈！

桂 〔托白〕“姆妈”不要花钱买的，横一声竖一声。大概他是养蜜蜂的专业户，嘴巴比人家甜一点儿吧！

〔表〕桂花自己过来往沙发里一坐。怎么她家有沙发？是的，现在农村大变样，非但有沙发，靠窗的长台上还摆着电视机、双卡录音机，音箱喇叭装在角落里，靠新女婿的孝顺，还想添一只电冰箱，六月里可以吃冰咖啡。

桂 小李，你名字叫……

志 志良。

桂 今年几岁？

志 姆妈今年三十岁。

桂 你姆妈只有三十岁？

志 不，我三十岁。西湖乡人，住在村东小桥堍十四家门面转弯斜对面，姆妈。

桂 〔托白〕弄得像查户口一样。

〔白〕你不要横一声“姆妈”竖一声“姆妈”，不知道我有没有资格做你的姆妈呢！

志 〔表〕咦？这句什么话？听上去距离远得很，味道勿灵，好像黄梅天的香烟。心里想，又不是我要叫。

〔白〕敏敏关照我叫你姆妈。

桂 〔表〕老实倒老实的，“敏敏关照”的，连幕后指使人也牵出来了。老实是好的，但是老实过了头，就有点儿笨了。我要考考他，问他一句话，看他怎么回答。

〔白〕小李啊，你今朝来做啥？

志 〔表〕“今朝来相亲”怎么讲得出呢？

〔白〕这个……

桂　〔表〕看你怎么回答！一般的回答："来看看你"；有一种不识相，还要加一句"望望你老人家"，老人家是离死不远了啰！这种回答考试不及格，最多五十分。

〔表〕志良晓得这是丈母娘审查开始了，看来丈母娘那里这张"毕业文凭"不太好拿的。

志　〔白〕敏敏讲，你要看看我，所以我今朝特地来给你看看的呀！

桂　〔表〕噢！（忍不住笑）你难道这么好看吗？不过，他这种回答倒出乎意外，八十、一百分换不着，至少六十分及格。啊呀，接下去我倒难讲了，看了后要表态的，像产品那样是正品、副品还是等外品？一动脑筋，有了。

〔白〕是呀，因为我听敏敏讲，同你在交朋友，所以叫你来玩玩。

〔咕白〕叫你来玩玩，多少大方。

桂　〔白〕你同敏敏认识有多少日子了？

志　三年了。

桂　三年？〔咕白〕喔唷，这小鬼丫头嘴巴倒紧，已经三年了，我才知道不久呢。

〔白〕那么你们接下去怎么准备？

志　我俩商量下来，准备五一劳动节结婚。

桂　〔表〕啊？连头也只有八天，怎么要结婚了？

〔白〕时间来得及吗？

志　我们已经都准备好了。

桂　〔表〕你倒都准备好了，我这里一点儿都没有呢。那么，我要向他谈条件了。

〔白〕你们是不是有一越事体还没做好呢？

志　没有了。〔咕白〕房子、家具……

〔白〕我们窗帘也做好了。

桂　我们女家面上有没有事体没做好呢？

志　〔咕白〕女家面上？要么是准备尿布？早着呢？

〔白〕没有了。

桂　〔表〕没有？要丢点儿“音头”给他了。

〔白〕唉，这老头子一天到晚酒水糊涂，拿了别人彩礼，响都不响一声……

志　〔表〕彩礼我可没有送，这倒要讲讲明白的！勿讲清爽，害他们老夫妻吵架可不好。

〔白〕彩礼吗？我没送。

桂　〔表〕木头！听不出，我这是在转了弯讨彩礼呀。

〔白〕噢，怎么你没送？

〔衬白〕隐隐然，现在补还来得及。

志　〔表〕老实头呀！你这些话是浪费的，听了不懂，好像中国人碰到法国人。

〔白〕敏敏讲，市面上通行婚事新办，所以我们也讲新法。

桂　新？〔表〕哎哟，真触气！不是他不送，是我女儿要讲新法？

〔表〕对毛脚女婿望望，你们门槛倒精的。赵桂香听完这句话，心里像塞了件东西，一句话都讲不出。

桂　〔唱〕新女婿初次来登门，破旧立新念正经。

说什么婚事新办讲新法，分明是想赖聘金。

〔表〕对他看看，没有这么个道理的！

桂　〔唱〕自古养儿为防老，收彩礼本是人常情。

敏敏今朝长成人，做母亲耗尽精力费尽心。

此番女儿嫁人去，娘收彩礼名正又言顺。

更何况，彩礼一事非小可。

讲新法难免招议论，说敏敏是倒贴夫家掗上门！

为了女儿的好名声，我今朝定要将彩礼争！

〔表〕眼珠转两转，嘿，什么叫“新法”？分明是想赖掉彩礼，一毛不拔。让我另换办法变变戏法。

〔白〕新法？蛮好。

志　〔表〕丈母娘到底做过妇女队长，思想开通……

桂　现在啥个时代？八十年代！彩礼是勿行了。

志　对！

桂　〔托白〕对个屁！

〔白〕不过大家都不要彩礼多少好，可是有人要彩礼。

志　〔托白〕啥人？喔，会不会是老丈人要彩礼？

桂　我是不要的，倒是我的亲家，老脑筋旧思想，他不要面孔，一定要彩礼！

志　〔表〕亲家？什么人？

桂　〔白〕不瞒你说，敏敏出嫁后我儿子也要办事体了，我儿子的亲家要彩礼！

志　喔，儿子面上的亲家。

桂　唉，我不要彩礼，他们倒要彩礼，是不是逼煞我了？

志　这倒的确。

桂　老实讲，我一面嫁出女儿，一面讨进媳妇，一只手来，一只手出，我是无啥进账，你说对不对？

志　对！

桂　我不要彩礼，对不对？

志　对！

桂　他们要彩礼，对不对？

志　对！

桂　那么你看怎么办？

志　对——喔唷不对！

〔表〕刚刚横对竖对，现在倒对不下去了。兜了半天，丈母娘仍旧要彩礼。那么志良有没有意见？没有。他同敏敏商量过，对待彩礼问题既不能迁就老一套，也不能太心急，移风易俗要慢慢来，从前讨彩礼名正言顺，现在讨彩礼有点儿心虚，开不出口，这就是进步，要逐步改掉它。

志　我是准备送彩礼的。

桂　好！〔表〕这个女婿懂道理，预备送彩礼。但不知送多少，不要只送几百元，那是不行的，要说清楚。

〔白〕喔，你准备送的。我是开不出口，倒是我的亲家有个数字在这里。

志　那么他们要多少？

桂　本来吗，只要千把元，现在外头物价都调整了。

志　那么敏敏也要涨价了。

桂　议价。

志　啊？议价？

桂　〔咕白〕啊哟哟，话讲出格了。

〔白〕现在生活水平都提高了，用掉两千元也不稀奇。我想，三千太多，两千太少，两千五百元吧。

志　〔表〕两千五？呀，这下弄僵了！造房子买家具，钱用得差不多了，结婚费用例外，现在手里还剩一千五。原来准备送一千元彩礼，还有五百元作机动。现在你要两千五百，哪里来？回绝吧，五一节怎么能结婚？还还价吧，又不是自由市场讨价还价！想到日子近了，不要为了彩礼，老婆吹掉。硬硬头皮吧！

〔白〕好的，两千五，不贵，不贵！

桂　啊？你说什么？

志　不，不多，不多。

桂　〔表〕好！这女婿有气派，一口答应。让他去吧，等一会儿女儿回来要从中作梗，讨厌的。

〔白〕那么就这样吧。本来吗，我今朝要留你吃饭，只怪敏敏讲得太迟，今天早上才同我讲，怎么来得及准备菜？这样吧，你明天送彩礼来，在这里吃饭，今朝我也不客气了，不留你了。

志　〔表〕搞了半天饭也没吃着，倒霉！赶我动身。而且限时限刻，明天两千五百元彩礼要送来的。缺一千，快去想办法，走吧。

〔白〕那么我去了。

桂　去了？

志　哎。

桂　就这样去了？

志　〔表〕难道还有花头吗？怎么吃得消！

〔白〕怎么？

桂　好像还有一句话，半天没听见了，是不是要了你两千五百元彩礼，连姆妈也不敢叫了？

志　不不不，敢叫的，姆妈！

桂　嗳，志良，明朝我等你吃饭呀！

志　〔托白〕现在她是小李不叫，算亲热的叫志良。她在说“明朝我等你来吃饭呀”，听到耳朵里“明朝两千五百元送来呀”！

〔表〕丈母娘欢天喜地，弄僵了憨大女婿。一路走，一路转念头，一千元哪里来？对天望望，天上不会落下来；对地看看，地上不会长出来。“嘚儿……”一阵风，风也不会吹它来。哎，桥面上过来一个人。看见他，只觉着眼前一亮。什么人？这人两手空空，百万富翁——乡信用社的杨主任。碰见他好像睡觉送个枕头来。

志　杨主任。

杨　噢，小李。

志　今天同你商量件事：我自己有一千五百元，想向你贷款一千元。

杨　什么用场？

志　〔表〕讲“讨老婆”？借不着的。从来没说过谎，今天第一趟。

〔白〕发展生产。

杨　现在贷款上头规定很紧，一般情况勿批，除非发展种植业、畜牧业还可以。

志　〔表〕想敏敏是兽医，刚才什么养牛不养牛，现在嘴里冲口而出——

〔白〕我是发展畜牧业……养牛。

杨　是不是养奶牛？

志　……买奶牛。

杨　好！城市里需要牛奶，你有眼光！

志　〔咕白〕还讲“有眼光”呢，被女家知道么要吃耳光！

杨　我们本来也在寻人养奶牛。有前途！你哪里去买？

志　〔咕白〕听说清溪乡有地方卖奶牛的。

〔白〕到清溪乡去买。

杨　卖主有没有确定？

志　〔表〕这下僵了！清溪乡除了敏敏家，我都不认识。钱是丈母娘要的，那么拿丈母娘的名字救救急罢！

〔衬白〕那么你要掂掂分量后再讲呀！老实头一时转不过弯，脱口而出——

志　〔白〕呃，卖主是清溪乡的，名叫赵桂香。讲好五月一日一手交钱一手交货。

杨　蛮好！蛮好！

志　杨主任，你看这贷款……

杨　你明天一早来办手续好了。

志　明朝？好，谢谢你。

〔表〕第二天一千元贷款到手，两千五百元彩礼送走。那么志良同敏敏讲一声吧？他想不用讲了，钱也送去了，过几天就要结婚了，如果害她们娘俩儿弄点儿气出来，算什么？所以不曾讲。一切很顺利，哪晓得事情出来了！杨主任是县广播站的通讯员，他想：我们乡里其他专业户都有，奶牛专业户倒还是第一个，这是好苗子，是条好新闻，要及时抓，赶写了一篇《李志良买奶牛》的报道送到广播站。今朝五一劳动节，上半天出发去接亲，中饭喜酒在女家吃，晚饭喜酒在男家吃。志良的爷娘没有了，靠些小朋友支撑市面。一个小乐队，炮仗沿路放，吹吹打打地过来。这里依山傍水，山前山后风景特别美。志良走在山路上好像没有分量似的，得意啊！

志　〔唱〕山花红，菜花黄，柳阴溪边流水长。
春风拂煦吹人醉，艳阳天气暖洋洋。
他是装作斯文样，心内喜欲狂。
李志良我今日总算做新郎。
敏敏是身材美，俏面庞，心眼好，品端方，
今朝与我喜成双。
远亲近邻多热闹，都说我双手捧住了金凤凰，
美姻缘顷刻传四方。

〔表〕到女家门口，放炮仗呼啪三响，小乐队吹吹打打，闹猛啊！客气一番入席吃喜酒。

〔表〕正在欢天喜地的时候，本村上根生的娘，过去几次求亲要讨敏敏做媳妇，被赵桂香谢绝，心里气啊，所以今朝几次去请她吃喜酒总不肯来。现

在不请倒自己来了。

根　桂香！

桂　根生娘！

根　怎么？你家里好热闹嘛！

桂　〔衬白〕咦？我女儿办喜事，请你你不来。

〔白〕我们敏敏结婚。来来来，请坐。

根　敏敏结婚？要么热昏！怎么外面在说什么你今朝卖出去一头奶牛？

桂　根生娘，你在说什么？

根　说什么？你又不是外国人，听不懂？价格也有的，两千五百元。

桂　〔表〕两千五百元她怎么知道？这是女儿的彩礼，卖奶牛？搭不上的嘛！

〔白〕根生娘，今朝我们好日子，你讲话牙齿捉捉齐。

根　捉捉齐？又不是一个人在讲。

桂　什么人在讲？

根　你想找着他？

桂　哼，寻着他，我请他吃耳光！

根　你要找他很方便，只要这只广播喇叭拉线开关拉一拉，就可以找到他了。

桂　广播喇叭？

根　广播喇叭里叫得应天响，全县都听得见。

桂　怎么有这种事情？

〔咕白〕哼！你胡说，告你一个造谣诽谤罪！

〔表〕拉线开关一拉，齐巧报着这段新闻——

〔广播〕西湖乡青年农民李志良，在完成承包粮食生产的同时，自筹资金两千五百元……

桂　〔表〕李志良？是女婿呀！两千五百元，数目对的，下面说点儿什么？

〔广播〕为了发展畜牧业，向清溪乡赵桂香家买回奶牛一头，成为全乡第一个饲养奶牛的专业户……

〔表〕桂香听完哪能不跳起来？对李志良看看，两千五百元是你送的彩礼，你不肯出彩礼可以讲，不应该说买奶牛来说坏我们。

桂　李志良！

志　〔表〕李志良吓得姓啥叫啥都忘记了！会不会是在叫别人的？杨主任怎么会弄出这么一场戏？我还讲得清楚吗？

〔白〕姆妈！

桂　还要叫我姆妈？不要你叫！

〔托白〕女儿是奶牛，我变成老奶牛了！

根　不要吵！听下去，还有呢！

桂　〔咕白〕还有啊？

〔广播〕据了解，赵桂香饲养奶牛很有经验，她饲养的奶牛身胚大，膘势足，奶水多……

〔表〕哗——这一来喜堂上不像样了，这种事情怎么想得到？

〔轮唱〕冷灰里爆出热栗子，六月里下了大冰雹。

油锅里丢进一把红辣椒，又是呛，又是哮。

闻着这股辣味道，

有的喊，有的跳，有的哭，有的笑；

笑的不顾哭，哭的不顾笑；

有的眼泪鼻涕淌淌滴，有的捧牢肚皮笑弯了腰。

〔表〕赵桂香这只面孔气得变了色。

〔轮唱〕有的是面孔转青青泛白，

有的是气得胡须根根翘！

喜堂乱糟糟，一片难开交，

根生娘火上添油说话刁。

根　我说你卖奶牛，你说是嫁女儿，究竟是嫁女儿还是卖奶牛？你到底是拿奶牛当女儿，还是拿女儿当奶牛？

桂　〔咕白〕这话多少刁？同她有什么可讲的！

〔白〕李志良，你给我讲！

志　〔表〕这一来连名带姓一道来了。丈母娘变成王母娘娘了！少个地洞钻钻。

〔唱〕躲也无处躲，逃也没处逃，听凭她生吞活剥任煎熬。

〔表〕说谎话说出报应来，这种谎话快要说出人性命了，随便吧！

桂　你怎么能这样恶毒呢？

众　对对对！不能放他走，抓住他！

〔表〕志良带来的这批小朋友，赶紧将新郎围在正中，好像保护出土文物一样，有个小青年火冒三丈。

〔白〕赵桂香！你是不是想赖婚啊？

〔托白〕这一下“赖婚”都说出来了。

〔表〕有的人要挤上去看，有的要退下来，衣袖带到盆子，嚓唧，筷子落地，一片啰唣，冷盆热炒全打翻，小菜搞得糊搭搭，好像奶油色拉。

〔表〕敏敏在房里分喜糖，外头的事她全听见了。心想：怎么回事，我新娘子变成一头奶牛了？这一来叫我怎么做人？李志良，你在搞啥名堂？要想冲出去问问他。再一想，慢！志良绝对不是这样的人，这其中一定有原因。

〔唱〕敏敏在房内听清楚，想不到这漫天风波蓦地生！

好容易喜鹊做窝九成半，实指望石榴张口喜期临。

听广播，细思忖，敏敏她心里明白六七分。

怪只怪，姆妈不该守旧争彩礼；

怨只怨，志良他不该谎言误事情；

恨只恨，陈规旧俗流毒深；

叹只叹，杨主任自作聪明报新闻；

难只难，我这待嫁的新娘脸又嫩；

苦只苦，一时无人能帮衬。

〔表〕怎么办？想着“奶牛”有了。

敏　〔唱〕当初与志良曾相商：

我为畜牧当医生，婚后如何撑门庭。

志良啊，

你是无可奈何巧成拙，杨主任才会拎错秤纽绳，

今日里解铃还须系铃人，少不得要我亲自出马扭乾坤。

〔表〕先叫娘进来问问清楚。

〔白〕姆妈!

桂　敏敏。(哭)

敏　姆妈,不要哭。

桂　我从来没有受过这种气。敏敏,我跟你讲,这件亲事一刀两断,两刀四段!难道你可以嫁给他吗?你嫁给他一生一世还抬得起头来?你变成奶牛了呀!

敏　姆妈,我问你,你有没有拿他两千五百元?

桂　两千五百元是他送的彩礼呀!怎么是买奶牛呢?你要嫁过去,除非你鼻子上穿了绳,让他牵过去,否则我同你拼命!

敏　噢!

〔表〕这下敏敏懂了。问题就出在这两千五百元彩礼上。心想:娘啊,今朝的事都是你弄出来的。现在外头这局面,别人没办法收拾,只有我来。敏敏一想,有了。

敏　姆妈,你把两千五百元拿出来。

桂　做啥?

敏　他今朝坍你的台,我替你将面子争回来。

桂　好!无论如何要替妈争口气。

敏　他要奶牛,蛮好,我买一头奶牛给他!

桂　对!让他同奶牛去结婚,今朝叫他睡在牛棚里!

〔表〕桂香赶紧从里面把两千五百元拿出来。

桂　阿囡,你门不要走前面,从后房出去。

敏　噢,姆妈。你不能放他们走,等我来解决。

桂　得令!

〔衬白〕这下子娘听女儿的命令了。

〔表〕等女儿从后房出去,桂香把门一开,到外面。

桂　你们不许走!等我女儿来解决,嘿!

〔表〕外边倒又来了个人。什么人?信用社杨主任。他闯了祸还不知道呢,自以为经验丰富,工作抓得及时,志良讲五一买奶牛,我五一发报道,分秒必争，火箭新闻；而且听说他今朝结婚，双喜临门。现在寻李志良寻到这里。

〔衬白〕那么你轧轧“苗头”呀！

杨　小李，你结婚，怎么连喜酒也不请我吃？

〔表〕志良想：还要吃喜酒？要么吃拳头！

杨　你的奶牛买好了？

志　〔表〕拎不清，还要奶牛！

杨　我写的报道听没听见？报得及时吗？

志　〔表〕及时！弄得我新郎像吃官司！

桂　这篇报道你写的？

杨　是的。

桂　同党！

杨　怎么弄了个同党出来？我是党员，志良又没入党。

〔表〕志良对他看看，你瞎搞啥，冬瓜缠到茄门里，七里传八里，鞋子穿在袜子里！

桂　你也不许走！等我女儿来一道解决！

杨　〔表〕咦？三句话还没讲光，不许走，弄了个“临时拘留”。

〔表〕正在这时，只听见外边在喊了：“奶牛来了！奶牛来了！”大家拥到外边一看，只见新娘子敏敏手里牵了头花白奶牛，又壮又大，牛头上还披了块红绸。这头奶牛是到畜牧场去买来的，敏敏当兽医，同场里都熟悉。

志良一看，苏州人卖豆腐花——完！敏敏牵头牛来，很清楚，叫我牵回去同奶牛做夫妻。所以面孔很尴尬。

志　敏敏……

〔表〕敏敏对他眼睛弹弹，你送彩礼怎么不同我商量？不过这事情也不能怪他。

敏　今朝的事情大家都有点儿糊涂，对不对？

〔表〕大家想，的确，仙人的阿爹也弄勿清楚。

敏　事情怪来怪去都怪我。

〔表〕桂香想：你怎么不怪志良倒怪自己？喔，对了，对这种男人，眼睛勿生，是要检讨。说话有技巧，自己身上掸一掸，别人头上榔头敲。

桂　对！

敏　怪我没说清，我同志良早就商量过，我是兽医，想当奶牛专业户，倒是钱不够，志良只有一千五，还有一千是想办法借的。

志　是我向信用社贷的款！

敏　姆妈么，要彩礼！

桂　〔表〕彩礼讲它做啥？场面上难听的。

敏　送了彩礼就没钱买奶牛，买了奶牛就没钱送彩礼。我想这笔钱先算彩礼，然后再向姆妈借了买奶牛。刚才我同姆妈商量了，姆妈说你们既然没钱，我彩礼也不要了，这两千五百元就支援你们买奶牛吧——姆妈你说对不对？

桂　〔咕白〕我连梦也没做着！

敏　我们发展畜牧业，争当专业户，姆妈你赞成不赞成？

桂　〔表〕喔唷！女儿厉害，话说在我前面！刚才她说帮我争回面子，对的。不过今朝有了面子就没有"票子"，有了"票子"就少面子。女儿现在的事情办得好，从心里佩服，牵头真奶牛来，又帮志良又帮娘，一面打墙两面光，不然今天都弄僵！一轧苗头，今朝的彩礼总归不能到手了，那场面上落得称大方。

〔白〕敏敏讲得对，我举双手赞成。

〔表〕倒是姿势勿像样，好像是投降。

桂　我向大家宣布：我要彩礼也是假的，八十年代还要彩礼，难道我是这种人？我是借口，想留一笔钱，帮他们做件有发展前途的事业，现在女儿女婿养奶牛，我坚决支持！

〔表〕好！大家一阵鼓掌。

桂　嗨，用不着的，用不着的。

〔咕白〕你们一拍手，我两千五百元拍掉了！

〔表〕正是：

将错就错买奶牛，移风易俗好姻缘。

［此曲本与沈祖安、陈才铮、朱良欣合作于1983年夏，根据吕树焕创作并在杭州市第七届新故事比赛上表演的新故事《清河庄奇婚记》改编。1984年由浙江曲艺团朱良欣、周剑英、陈慧琼演出，参加浙江省曲艺新曲（书）目比赛获创作、表演一等奖，同年参加文化部全国曲艺新曲（书）目比赛获创作、表演二等奖。后收入中国曲艺出版社《1986·全国新曲（书）目比赛获奖作品集》。］

“傻瓜”闪光

〔唱〕一辆公共汽车里，

嚓！亮光一闪出事体。

乘客们吃了一惊：这样的万里晴空怎么会有闪电？会勿会是地震前的蓝光噢！勿是的。

〔唱〕你们勿要自吓自！原来是，

有位乘客吃得太有趣，无空白地惹是非。

这毛头小伙子叫李志奇，刚刚买了只日本的“傻瓜”照相机。

他越看越欢喜，心里痒奇奇，

对准取景器，眼开又眼闭，

张东望西，忘乎所以，

车子一颠，手指一移，

快门按钮碰了记——

“咔嚓！”好！——

〔唱〕这下祸从风波起。

“喂喂！你偷拍人家大姑娘的照片啥意思？”

“啊?！我，我，我……”这小伙子人倒生得蛮登样，不过有个暗毛病的，一紧张，讲话嘴巴就要吃，越是心里急，越加话勿出：“我……我没有偷……偷拍!”

“还说没有偷——这倒是的，你是明目张胆拍的，老早在取景孔里瞄了半天哉!”

“勿……勿是的！我……我是白……白相相的啦!”

“啥东西?！人家大姑娘的容貌，你忲道是动物园的熊猫，好白相相的?!”

〔唱〕乘客们七嘴八舌似汤沸，一位小白脸讲得更离奇。

说道：

姑娘哎，肖像权，非儿戏，

更要防，他看你漂亮起歹意；

拍你头像，技术处理，

移花接木，装上裸体。

把这黄色照片，印刷大批，

四处兜售，一本万利。

你的名誉全扫地，永生永世像垃圾。

你快去夺他的照相机，拉出胶卷，

当场曝光甭客气！

讲到这里，把姑娘往李志奇面前一推，姑娘别别别连冲几步。

〔唱〕这姑娘名叫齐芳菲，眉清目秀蛮文气。

听周围的乘客一起哄，又急又羞又生气！

被人一推不由己，趁势冲向李志奇。

双手来夺照相机，小李吓得忙退避。

紧抱“傻瓜”，张口结舌，眼睛变斗鸡。

你抢来，我夺去，

无意中，碰着快门闪光又起！

嚓！嚓！又是几道闪光。姑娘一呆，双手松开，想想他力气比我大，我怎么抢得过他？旁边的人倒看得蛮有趣，当他们在跳交谊舞！姑娘越想越委屈，越想越委屈，眼泪滴滴答答滚下来。连忙拉过皮包，想拿块手帕出来揩揩。一看，咦，怎么皮包的拉链开了？再伸手进去一摸——

“啊呀！我的钞票不见了！”

〔唱〕我皮包里，有两千多元人民币，

是姐妹们的奖金、福利费。

我始终是手按皮包不分离，

哪晓得，刚刚松手就不翼而飞！

其实，姑娘啊，这事体一半也要怪你自己勿注意，你的手一直揿牢皮包，就等于在向小偷做广告：我这里钞票不少，请你认准目标，谨防假冒！刚刚推你一把的小白脸，就是位特种“钳工”，不过资格证书没有的。他一上车就看出苗头，所以叫你去抢照相机，他好趁机下手。

〔唱〕真是一波未平一波起，车内一片乱兮兮。

有人提醒齐芳菲，说：

拍照的家伙肯定有问题，

他同小偷，串通一气，

假装照相，引你注意，

好为搭档，创造良机。

抓牢此人追根究底，人赃俱获蛮容易。

姑娘此刻没主意，只好拉来黄牛当马骑。

一把揪住李志奇：我同你到派出所去论是非！

听说要开到派出所，小白脸倒抽一口气：

我身藏赃款两千几，岂能够自投罗网去寻死！

眼珠一转有主意，喉咙梆响唾沫飞，

说：姑娘哎，

既然罪犯在你手里，快拖他下车莫迟疑。

你俩的事体自处理，勿要连累大家受晦气。

这班乘客一听：“对对对！冤有头，债有主，一人做事一人当，用勿着我们满车子人做陪绑。前面车站就要到，姑娘你只管拖他下车勿用慌，他要逃走你只要喊一声，自有群众来帮忙。”李志奇一听，这下倒灶！今朝正式叫秋秋套牢。

〔唱〕李志奇差些要昏过去，欲辩无辞口难启。

虽则是，我光明磊落守法纪；

但只怕，一时难以脱干系。

等到平反冤枉伸，已经脱掉一层皮！

唯有我马上把小偷来捉起，方能够还我清白去污泥。

倒是我侦破乏术，搜查无权利，人赃俱获谈何容易！

眼看车站剩半里，不觉背上汁淋漓。

若做小偷的替死鬼，死了口眼也难闭！

脑筋开动像电扇飞，急中生智有妙计。

对！解铃还须系铃人，破案仍靠“傻瓜”机。

打定主意有胆气，口齿也顿时蛮伶俐。

“请驾驶员不要停车开门，以防小偷脱逃！各位乘客！我刚才并勿是在偷拍这位姑娘的人像，而是看到有人把手伸进她的皮包，我为了获取确凿证据，所以拿起照相机‘咔嚓’一揿。这三只手的动作、形象，已经全部进了我的镜头。”

“哗——”乘客顿时议论纷纷。

“大家静一静！现在我郑重宣布：被我拍进镜头的这位朋友，如果能主动自首，交出全部赃款，可以免于追究。假使他还不老实，那么，我们就请驾驶员同志把车子直开公安派出所！”

车厢里肃静无声，每个人都屏住呼吸，眼睛悄悄朝周围看：究竟哪个是三只手？只有小白脸的目光是朝下面看的，只听见胸口这颗心“怦怦怦”，一分钟跳一百九十六跳！

〔唱〕该死该死真该死，今朝蜈蚣碰着老雄鸡。

我还道他是笃底乡下阿曲死，想勿到他装佯吃相是便衣！

〔插白〕“刚才我下手的辰光，闪光灯是好像亮了亮的。”

〔接唱〕把我“尊容、凤爪”都拍进去，我死蟹一只难赖皮。

派出所里无论如何勿能去，还是自首价钱便宜。

这家伙方才上蹿下跳，兴风作浪，现在像晒瘪的绍兴霉干菜——汁头都没有哉！抖抖瑟瑟从身上摸出一叠一百元头的人民币——“同……同志，我，我，我……”

李志奇想，怎么我的口吃毛病到他那里去哉？

〔唱〕同志哎，

我自从生出娘肚皮，从来勿做坏事体。

今朝一时被贼鬼迷，初次失足你要从宽处理！

姑娘，好姐姐，你这叠人民币……

齐芳菲接过钞票数了数，一张勿少。

“现在好放我走了吧?”

“慢!”

“怎么样?”

“你站好！我还要给你拍三张照片。”

“啊，还要拍照?”

“对。因为你这相貌特别讨人欢喜，所以正面、两侧都要拍。”

〔唱〕这三张照片有意义，存进档案留根底。

倘若你今后再作案，老账新账并一起!

旁边的乘客一听，连忙让开：勿要一道拍了进去，这又不是去上光荣榜的。

〔唱〕小李拿起傻瓜机，闪光亮，快门启：

“咔嚓！咔嚓！咔嚓!”

三张照片都拍齐，像煞警官蛮神气!

其实都是电视里看得来的。——这才叫驾驶员靠站、停车、开门，放小白脸下去。这时候“三只手”恨不得变成“四只脚”，夹了尾巴逃得个快!

〔唱〕姑娘道歉谢小李，乘客纷纷赞扬伊：

年轻有为好便衣，反扒能手神通奇。

火眼金睛识妖狸，大智若愚有妙棋……

〔插白〕“嗨，嗨，难为情，难为情，我哪有这种本事。”

〔唱〕只因为我从小是个摄影迷，好不容易买了一只傻瓜机，

摆来弄去出事体，小偷煽动别有意。

为使小偷改前非，刚才是，故弄玄虚做场戏，

现在我打开天窗亮亮底。

讲到这里，啪！打开“傻瓜”机的后盖，高高举起。

〔插白〕“请各位朋友看仔细——照相机里面，胶卷都是没有的。”

［此曲本与汪黎明、蒋希均、倪齐全合作于1996年夏。由倪齐全在1997年演出并获文化部第七届文华奖的新节目奖。后收入大众文艺出版社1999年出版的《新时期曲艺作品选（1979—1999）》。］

湖州三跳　短篇曲本

英台乔装

〔唱〕三月桃红满枝放，柳絮拂面暖风扬。

远山青翠重重叠，近水溪流绵绵长。

渡过碧波曹娥江，大道向西路宽畅。

你看那，迎面走来人两个，一前一后奔波忙。

前面走的梁山伯，紧跟四九书童郎。

杭城南山求学去，奉父之命显门墙。

〔表〕梁山伯今年十七岁，生得眉清目秀。按照现在格说法：叫“小鲜肉”，勿晓得是猪头肉还是腿精肉？伊头戴方巾，身穿淡蓝色海青长袍，手里拿一把折扇，温文儒雅，一看就晓得是个读书人。伊后面跟勒一个十三四岁的书童，名字叫四九，他一根扁担横挑勒肩膀上，前头是竹头编制格书箱，编得精致细巧，你看：

〔韵白〕图案显示仙山鹿，展翅引颈是仙鹤。

每只箱子四只角，竹篾箱笼铜包角。

四只箱子分四托，装满书本无空落。

〔表〕四只书箱啥格分量呵？扁担后头是两个人的行李铺盖，四九挑得实在吃勿消哉！

九　〔白〕少爷！实在走勿动哉！

梁　〔白〕四九，既然你累了，就先歇歇吧！

〔表〕梁山伯家住明州，也就是现在的宁波。本来勒屋里厢读格私塾，梁山伯人长大哉！私塾先生吃不落教了，就介绍伊到杭州的凤凰山万松书院去读书。梁山伯是第一趟出远门，刚刚渡过曹娥江，现在走到上虞县的县界之内，伊立勒高坡上朝四面一看：嗯嗯！这个地方真当漂亮啊！心里一高兴，读书人嘛，少不得要吟诗一首；

〔吟诵〕癫狂柳絮随风舞，轻薄桃花逐水流……

〔表〕梁山伯刚刚吟完两句，脑子里正想第三句的词句，嗯！只听见有人接落去哉！

〔接吟〕静谧青苗翠盖地，树下两头小山羊。

〔表〕梁山伯一听：嗯——“树下两头小山羊”？朝四九看看，再看看自己，抬起头望望天，正好立勒一棵大樟树底下，哇！就是我搭侬啰！骂人嘛！真正岂有此理！朝声音发出来的方向一看：只看见前面田畈路上有两个小姑娘，一面笑一面向朝北的方向跑。梁山伯毕竟年少气盛！想想你们骂了人，就想逃之夭夭？无不介便当！“四九，追上去讲道理去！”说完，跨落田畈小路“哈哒哒……”朝北方向追了上去。四九没有办法，硬着头皮，只好挑起担子跟了上来。

接梁山伯格两句诗的是啥人呢？接前面一句诗的就是祝英台，接后面格句“小山羊”的，就是祝英台的丫鬟叫银杏。两个姑娘就住勒对面的村子里，叫祝家庄。刚刚是出来踏青赏桃花，听见梁山伯吟诗，就接了两句，特别是银杏格句“树下两头小山羊”，祝英台晓得勿对，得罪人啦！拉了银杏就走。好得道路熟悉，一眨眼睛辰光，就从后门逃进自己屋里。等到梁山伯追进村子，抬起头一看：咦！两个人影“唰唰”，已经钻进一座气派蛮大的房子里去了。梁山伯是年少气盛，有句话叫“初生牛犊不怕虎”，不管它三七二十一，抢步上前，来到朱红漆的大门口，伸手“扎”抓牢黄铜做的门环，“嘡，嘡，嘡，嘡”敲响大门！

仆　〔白〕这位相公，何事叫门？

梁　〔白〕快快告诉你家主人，明州府的梁山伯，前来拜访！

〔唱〕家人一听忙禀报，片刻山伯进厅堂。

但只见，中间坐位中年人，穿戴豪华富贵样。

不问可知是主人，豪门之中他当家。

虽然上门来评理，先礼后兵却应当。

梁　〔白〕在下明州梁山伯，拜见庄主！

〔唱〕正中端坐祝公远，祝家庄上有名望。

家有良田几百亩，家产殷实百间房。

年近五十无儿子，独缺男丁家业扬。

唯有女儿祝英台，掌上明珠宠顺她。

小名九妹喜读书，聪明伶俐喜文章。

教书先生请到家，东厢房里勤读忙。

听说有人来拜访，祝公远，客堂坐定看端详。

〔表〕朝进来个小伙子一看：唷！卖相蛮好，看得出是个读书人，年纪同自己女儿祝英台差仿不多。唉！想想自己要是有这样一个儿子多少好啊！再一看，旁边还有个小男孩，挑了一担书箱，是个书童。刚刚要想立起身来敷衍，突然，从客堂屏风背后闪出两个人来，前面一个：也是头戴方巾帽，穿一身湖绿色海青长衫的小伙子，后面也跟一个小男孩。祝公远还没有看清爽对方的面孔，声音已经来啦：

英　〔白〕啊，父亲！我刚才从外面回家，听说我家小九妹得罪了这位仁兄。喔！这位仁兄请了！在下姓祝名英台。只因为今日一早去了上虞城里和几位文友相聚，刚刚回到家中，前脚进门，后脚我家的小九妹就慌慌张张跟了进来，一问，才知她年少顽皮，冒犯了仁兄，真是不该啊，不该！在下已经狠狠地责备了我家的九妹！本来我要让小九妹前来厅堂，向仁兄当面赔礼认错，无奈我那不懂事的小九妹，她哭哭啼啼不敢前来！喏喏喏喏……现在，在下代表我家九妹，特来向仁兄赔礼道歉，当面谢罪！还望仁兄多原谅啊，原谅！

〔表〕“哒哒哒哒………”一番说话，像火箭炮一样连贯而出，弄得老头子祝公远目瞪口呆！我啥辰光有这么个儿子啊？格末这个小伙子到底是啥人？祝英台？勿对！祝英台是女的呀！勿要急，听我唱：

〔唱〕玲珑俏丽祝英台，求学读书心最爱。

听说杭城万松岭，开设书院招贤才。

英台有心去求学，奈何家父必为难。

千番苦思决心下，女扮男装早安排。

今日巧遇梁山伯，银杏对诗是非来。

将错就错巧装扮，众人面前试一番。

〔表〕祝英台格种做派，伊爷老头子祝公远脑子里赛过灌进了一瓶矿泉水，叫脑子进水！昏脱！

梁山伯倒非常尴尬！想想同样是年纪轻格人，别人家多少大气！还呒没等我开口，人家就一连串地认错，当面鞠躬，又是赔礼，又是道歉！自己呢？小家子气到了极点！为了一句开玩笑的诗，一本正经上门问罪，心胸也太狭窄啦！道歉的应该是我梁山伯呀！喏，往往人勒生活当中为了一句闲话，或者为了一点点小事情，凭一时的冲动，就会引发各种各样的矛盾冲突，乃至不可收拾！今朝梁山伯相差一滴滴就是这样！现在梁山伯想那亨办呢？他朝客堂外头格天空一看：办法有了！

梁　〔白〕啊呀呀……这位仁兄，你千万不要误会啊！

〔唱〕学生姓梁名山伯，家住明州吴桥旁。

求学攻读杭州去，途经贵地祝家庄。

闻听祝家好行善，助人为乐有名望。

南来北往过路客，若遇困难定相帮。

〔衬表〕旁边格四九一听：喔唷唷……进门辰光气势汹汹！现在拍马屁，麻油挟头浇哉！啥个路数呀？

梁　〔唱〕山伯上门来打扰，失礼之处实孟浪。

今有一事来相求，失礼之处望见谅。

英　〔白〕仁兄，请说无妨。

梁　〔唱〕原想奔赴上虞城，客栈之中歇天亮。

家童四九年纪小，体力不支实难撑。

如若贵府能借宿，感恩谢德在胸房。

倘使府上有难处，我俩告辞奔他方。

〔表〕祝英台万万没有想到，这位老兄会提出来要借宿，尴尬啦！因为自己是女扮男装，现在闯进厅堂，目的是想让自己格爷看看：我像不像是个男人？这位老兄提出来要借宿一晚，自己毕竟是一个女孩子呀，哪亨可以答应呢？父亲是一家之主，格桩事体只有爷能够做得了主！所以朝爷老头子看看，弄僵啦！你开口呀！此时此刻的祝公远，气得来真当相差一滴滴就要厥倒！

父　〔唱〕英台原是娇媚女，瞬息之间变了样。

莫非今朝入魔道，她身穿一身男人装。
狂言癫语胡乱说，口若悬河甚荒唐。
莫非白日做噩梦，厅堂之内发疯狂。
说什么，上虞城里文友聚，刚刚回家转门墙。
说什么，她有胞妹叫九妹，得罪来客不该当。
说什么，她在后堂骂九妹，啼啼哭泣在后房。
九妹原是祝英台，胡说八道瞎编谤。
为父是，被你一时搞糊涂，要想插嘴口难张。
本当立刻就责骂，现有外客暂忍让。
待我客人安置好，看你英台怎收场。

〔白〕来者均是客，眼看时辰不早，梁相公若不嫌弃，就在寒舍歇息一个晚上吧！来，安置梁相公与这位小哥到西厢房休息去吧！

梁　〔白〕多谢祝庄主！

〔表〕祝英台看见梁山伯走出客厅门，想想此时此刻自己不走，等待何时？刚刚抬脚想往屏风后面开溜：

父　〔白〕英台，跪下！

〔表〕祝英台想，喏！来勿及哉！幸亏自己思想老早有准备啦，今朝叫横世横，拆牛棚！

英　〔白〕父亲，孩儿不能下跪！

父　〔白〕啊！放肆！大胆！你，你……你竟敢无法无天！

英　〔白〕父亲啊！

〔唱〕男儿膝下有黄金，岂能随意跪下来。

父　〔唱〕分明是个女儿身，竟敢冒充男子汉。

英　〔唱〕自从走进客厅内，何处流露女儿态？

父　〔唱〕疯癫丫头瞎胡闹，胡言乱语为何来？

英　〔唱〕父亲呀！

启蒙读书进书馆，掐指数来有几载。
《女儿经》读得能倒背，书馆先生自辞退。
杭城已办好书院，许多学子都传开。

刚才那位梁山伯，家住明州也赴赶。

英台游学心中愿，立誓此结要打开。

如若此愿难实现，来此人生意何在?

无奈英台女儿身，若要父亲应允难。

女儿我，处处装男已日久，读书相公经常扮。

父亲啊！女儿乔装求学去；

今日里，父亲面前初试探。

父　〔白〕哼！为父也差些被你这丫头蒙蔽上当的了！

〔表〕祝英台动作格末叫快！“嗕儿……噌”双膝跪地，“噔、噔、噔”在地砖上磕三个响头！

英　〔唱〕多谢慈父开恩典，如愿以偿笑颜开。

父　〔衬表〕啊！硬上的啊！

英　〔唱〕勤奋苦读圣贤书，三年学成转门台。

好得英台早准备，一切用品已齐备。

带个银杏书童扮，来日清早出门台。

结伴同行梁山伯，来到杭州草桥关。

弟兄相称一路行，义结金兰兄弟拜。

今日里，英台乔装唱一段，下次要唱凤凰山。

（本曲本根据传说故事《梁山伯与祝英台》的相关内容于2015年与湖州市文化馆的戴育莲合作编写并由戴育莲演出。）

英台辞兄

〔唱〕万松书院云居山，今宵月明银光洒。

天空如洗地无尘，松木森森似浪翻。

群山叠叠成背影，心事重重祝英台。

钱江夜潮声声急，不及那，英台思绪纷纷乱。

〔表〕祝英台今朝傍晚收到父亲派家里的总管祝兴送来的一封家信，说母亲病重，要祝英台见信立即跟随祝兴赶回上虞祝家庄。

〔唱〕回首当年草桥亭，与兄山伯俩结拜。

同进书院读诗书，白驹过隙已三载。

书院恩师王延龄，是大儒返乡登杏坛。

三年来，三更灯火五更鸡；

书院中，无涯学海尽骋怀。

不料想，家书字字催人归；

实难舍，幽幽雅雅小书斋。

〔表〕这万松书院的老师叫王延龄，原来是朝廷里的高官，后来辞官隐居在钱塘县云居山万松岭办起了万松书院，凭着王延龄的满腹经学，名震东南！万松书院坐落在云居山东侧，南面是座楼房，楼下宽敞的大厅是老师王延龄的讲堂；楼上是王延龄二老的居室；楼房的东西侧是两排厢房，隔成一间间单独的书房，用现在的话来说，就是万松书院读书学生的书房兼宿舍。两排厢房中间隔着有一块空旷之地，种植有银杏、垂柳，更有玲珑剔透的太湖石假山立在池塘一旁，现在四周竹篱笆边上菊花盛开，银白色月光下更显得宁静安逸。那祝英台趁着月光，缓步从东厢沿着小道向西厢房走过去！想起结拜兄弟、同窗好友梁山伯，真是思绪万千！

祝　〔白〕呀!

〔唱〕(那)求学勤奋(的)梁山伯，深得恩师青眼看。

(他)谈文论典兴致高，滔滔不绝称奇才。

琴棋书画多精通，同学相互俱称赞。

待人接物真厚道，书院上下美名叹。

对待英台(似)亲兄弟，诚实君子来相待。

三年同窗共伴读，(他)不识英台女子扮。

憨呆书生梁山伯，更使英台心生爱。

三天前，英台担水井台边;

师母她，拆穿英台(是)女儿扮。

羞涩涩，恳求师母来成全;

情切切，留下一块玉扇坠。

三天来，无知无觉梁山伯;

欲说破，女儿面子甚难堪。

两难中，情急之下面孔板;

又谁知，憨呆山伯生误会;

呆笃笃，独坐书房不出来。

〔夹表〕格照祝英台急煞哉!

〔唱〕母病明晨归家去，面对梁兄怎交代?

冷清清寂静庭院走，声寂寂秋虫催寒来。

夜深深辞别梁山伯，愁恹恹难煞祝英台。

月明明缓步东厢房，琴声声幽然随风来。

〔表〕“呼……”一阵秋风，带仔桂花香向祝英台扑面而来，风声之中隐约几声“丁……当……”像是美妙的琴声，弄得祝英台鼻尖甜津津，心头痒丝丝。再侧耳细听，这琴声正是从梁山伯的书房里传出来的。祝英台走到书房外面，立停身体，侧耳细听，原来是梁山伯曾经教自己的《高山》和《流水》呀。

祝　〔白〕呀!真是天籁之音呀!

〔唱〕琴声先作《高山》曲，高山巍巍入霄汉。

山伯为人似此曲，品行高洁男儿汉。
山伯勤奋多好学，前途无限重任担。
琴声再作《流水》音，流水泠泠舒胸怀。
轻挑慢勾多飘逸，婉约柔情另一面。
《高山》好像梁山伯，《流水》又似祝英台。
（如）山伯英台成鸾凤，（我）英台此身生无憾。
想到此间脸发红，罢！倒不如，山伯面前去摊牌！

〔插表〕再一想：勿来讪格呀！

祝 〔唱〕自古只有凤求凰，哪有女儿去追郎？
三年来，苦读寒窗求学识；
不觉间，为情所系断柔肠。
数日前（我）师母面前来恳求；
但愿得，冰人妙手配鸾凰。
只求能，心愿得偿比翼飞；
效前贤，梁鸿得以配孟光。
英台是，想到此间心不稳；
气定定，锁住心猿意马狂。
步轻轻，跨过荷塘小石桥；
到西厢，站停身躯立窗旁。

〔表〕格歇辰光，书房里格梁山伯弹完《高山》《流水》，他松脱琴弦，将古琴装进琴囊，正在往墙壁上挂古琴。书房外头格祝英台想想那格会呒不一点声音哉？出于好奇，用只手指头蘸点儿口水，轻轻格朝桃花纸糊的窗门点开一个洞洞，祝英台用一只眼睛朝书房里向偷偷格仔细张望……

〔唱〕但只见，窗明几净小书房；
书柜上，四书五经叠上方。
书桌台，文房四宝样样有；
左侧旁，卧床枕被叠齐放。
虽则有，四九小童勤打扫；
梁山伯，（他）热爱生活心坦荡。

〔插表〕咦！山伯格人呢？喔，立勒墙边。

〔唱〕窗外一轮明月光，射进书房（像）白天样。

山伯挂好古琴囊，站立墙边气宇昂。

〔插表〕祝英台想想三年前头勒上虞祝家庄格田畈里第一次看见梁山伯，伊还是个十七岁的毛头小伙子哩！现在应该是二十岁啦！

祝 〔唱〕仔细看，暗张望，端正面庞红透亮。

两道浓眉高耸起，黑白分明眼一双。

高鼻梁，四方口，口鼻之间还有那，

还有那……（娇羞状）还有细细胡须长。

〔插表〕咦！这是啥末事？祝英台下意识地用手摸摸自己的鼻头下面，滑洁洁，光脱脱，一眼呒啥啥！突然想着，啊呀！格颗心"别别别……"跳个不停！想想自己再过一百年也生不出来的呀！因为晓得自家呒不这方面的功能！想想的格末事所有格同学都有，唯独自己光脱脱，没得！格是我女扮男妆马上要穿帮哉！所以更加要促使自己不得不暂时离开梁山伯。想到这里，用手轻轻地在书房门上"笃笃笃"敲了三记。

梁 〔白〕门外哪一位？

祝 〔白〕梁兄，是小弟祝英台呀！

〔表〕祝英台三天来不冷不热对待梁山伯，梁山伯百思不得其解，想想自己呒不勒啥地方得罪过这位好兄弟呀！所以他现在也是一肚皮的窝色！现在兄弟上门来哉，我倒要问问伊个清爽！"嘎，嘚儿……"门闩去脱，书房门打开。

梁 〔白〕贤弟请进！

祝 〔白〕梁兄，小弟冒昧打扰了！

梁 〔白〕说哪里话来？贤弟请坐！

〔表〕祝英台就勒靠墙边的椅子上坐定，梁山伯就在书桌旁边落座，两个人坐勒面对面。

祝 〔白〕梁兄啊！

〔唱〕上虞家父派人来，家书一封催我回。

家母因病卧床上，催我明晨立即归。

〔插白〕所以我连夜到此，向梁兄辞别，明日一早即刻就要起程回上虞祝家庄了！

梁　〔插白〕啊！

〔唱〕不理不睬有三天，（我）心中疑惑未解开。

今晚突然来告别，莫非又怀别种态？

顺水推舟说个谎，看他如何来交谈！

〔插白〕啊呀呀！贤弟呀，真是巧极了！

〔唱〕我家也有书信来，要我明日把家归。

三年之前杭城赶，同行路上两结拜。

明晨一起归家去，顺道贵府伯母探。

〔白〕我路过上虞祝家庄，一可拜谒伯父大人，二可探望伯母大人的病情。贤弟，你说巧亦不巧？

祝　〔白〕啊呀梁兄，你家叔父大人和叔母大人福体可好？

梁　〔白〕家父家母的身体可好着哩！

祝　〔白〕梁兄，叔父大人的家书里，可曾写明白有何等急事要梁兄立即归家？

〔表〕梁山伯想想，格是我临时编造出来骗骗你的，啥个道理要我回家？我自己连想都呒不想过！

梁　〔白〕这个末……

祝　〔白〕嗯？

梁　〔白〕那个末……

祝　〔白〕啊？

〔表〕梁山伯不是个经常会（说）谎话格厚道人，临时编格造话，顾头不顾尾的呀。现在被祝英台一逼，心里越来越慌，越慌越急，越急越讲勿出，格张面真当是哭笑勿得，面孔涨得喧喧红，尴尬之极！你梁山伯越显得尴尬，祝英台心里越发着急！英台两只眼睛盯牢梁山伯的面孔看，越看越清爽，梁山伯鼻头下面嘴唇上头格层极细极细格胡须更加看得清清爽爽。啊呀！伊虚岁二十岁啦，莫非……

祝　〔白〕梁兄，可是叔父大人要你回家订婚相亲？

梁　〔白〕嗳，嗳，嗳……嗯，嗯，嗯……

祝　〔白〕讲！

〔表〕梁山伯想你兄弟既然步步紧逼，我何不来一个顺水推舟，将错就错，等一歇再说清楚。

梁　〔白〕贤弟，你说得正是！

祝　〔白〕啊……

〔表〕祝英台听到梁山伯嘴里吐出来“正是”两个字，好像一大桶冰水，从头顶心一直浇到脚后跟，浑身冰冰阴！格颗心“别别别……”一分钟起码要跳到二百多跳，人像导弹一样从椅子上蹿了起来。

祝　〔白〕你，你，你……不许订婚！

梁　〔白〕这是为何？

祝　〔白〕这是因为……不管！我就是不许你订婚！不许！就是不许！

〔表〕咦？梁山伯弄勿懂哉！想想格位好弟弟今朝勿对头哉！伊脑子里进仔云居山上格山泉水哉，而且灌进去格山泉水有勿勿少少，起码有两百毫升。想想三年前头勒上虞祝家庄初次见到祝英台到现在，这位好兄弟一直是和和气气对待任何人，礼貌周全，文质彬彬，三年从来没有看见他有这样的态度对待过我！梁山伯格憨大脾气倒亦也上来哉！

梁　〔白〕自古以来，男大当婚，女大当嫁，此乃是人世间的伦理之道也！

祝　〔白〕这个……那个……别人的事情我不管！你梁兄……

梁　〔白〕我梁山伯又怎么样？

祝　〔白〕就不许订婚！

〔表〕啊……格辈子要我打光棍啊！朝祝英台看看：今朝夜里搭伊缠不灵清哉，反正我的封家信也是编造出来的，所以他回答祝英台只有一个字，这个字勿是从嘴巴里讲出来，而是从鼻孔里冒出来的。

梁　〔白〕哼！

〔表〕两人正缠勿清爽弄僵格辰光，书房门外头走进来一个人，啥人？师母！

师　〔白〕山伯，英台！

〔表〕祝英台一看：救命皇菩萨来哉！连忙上前搀扶师母到自己原来坐的椅子上坐好！梁山伯也毕恭毕敬立起身来口里喊一声“师母”站立一旁。

祝　〔白〕师母，梁兄他……

师　〔白〕英台你不用着急，待我来问他。山伯！

梁　〔白〕师母！

师　〔唱〕刚才你师对我讲，中秋佳节后天忙。

杭城文友要聚会，写诗论文（在）三元坊。

你师想带你下山去，以文会友聚一场。

未知可曾有雅兴？这样（的）机会难得撞。

梁　〔唱〕山伯闻听心欢畅，如此机会岂肯放。

文人雅士来集会，琢磨文章知识长。

如此雅集机缘少，此生难逢第一趟。

多谢恩师来提携，此恩此德永难忘。

〔白〕师母，这样的机会山伯是一定要去的。感谢先生、师母提携之恩。

〔表〕说完，梁山伯弯腰深深地向师母一鞠躬！

师　〔白〕你不是说有家书到来，你父母要你明天回家去吗？

梁　〔白〕那是我说谎编造出来的，骗骗英台贤弟的！

祝　〔白〕啊！你，你，你……

师　〔白〕哈，哈哈哈……

〔唱〕梁山伯与祝英台，一对冤家凑拢来。

若有机会再来唱——

〔插白〕再与观众朋友们，三跳书中寻英台。

（2017年与湖州市文化馆戴育莲合作，2018年6月30日病中改定。）

杭州评词　长篇曲本　选回

断桥初相会

〔表〕今朝我来说段长篇杭州评词《白蛇传》的选回，叫“断桥初相会”，同戏文《断桥相会》完全两样的！戏文《断桥相会》，是许仙被法海骗进镇江金山寺，白娘娘为救许仙，被逼无奈之下，怀着身孕与法海斗法，“水漫金山寺”失败回杭州；许仙逃出金山寺也回杭州，夫妻在断桥相会。今朝我说的是白娘娘与许仙刚刚认识，所以叫“断桥初相会”。

今朝是清明节，许仙上坟回来，勒断桥正好遇着落阵头雨，格潮阵头雨大啊！幸亏许仙出门辰光带了把油纸伞。暧，正巧碰着白素贞和小青勒断桥边的亭子里躲雨。“哗……”格潮阵头雨越来越大，雨点儿有黄豆儿介大！许仙毕竟是老实头人，看见亭子里有两个姑娘儿也勒躲雨，所以立勒亭子格撩檐口抬头勒看天：咦！奇怪！夹格套天高头落落来格阵头雨，雨里头有白条儿、虾儿、土步儿还有螺蛳挟勒里头的？你看：白条儿、虾儿跌到地高头，划勒活蹦活跳喏！许仙弄不懂？许仙末弄不灵清，我清爽滴：要晓得白素贞白娘娘是蛇妖，勒深山修炼了两千年，为报答两千年前的救命之恩，奉师命下山，变化为天下第一美女，格变得真当漂亮啊！啊？你问我漂亮到介格程度？喏，现在啥格女明星、女模特……统统靠边站！白娘娘来杭州的路高头收了青蛇妖怪小青青，现在从外表上看看，白娘娘是贵族人家的小姐，小青是丫鬟，实际上是姐妹。白娘娘是老早看中许仙格个小伙子啦！她不但晓得他叫许仙，还晓得他是清河坊保和堂药店里的伙计，而且算定他今朝要去上坟，格歇辰光肯定会来到断桥。白娘娘为了留牢许仙，所以暗中用修炼了两千年的法术，把西湖里的水运上天空，化作阵头雨落了下来。西湖里的鱼啊虾儿啊多少多来啦！格批鱼儿虾儿弄不懂的：同西湖水一道，一歇歇飞到天空高头吓煞！一歇歇掼落来末掼煞！亭子撩檐口头格许仙看得呆煞！

白娘娘坐勒亭子里看得清清爽爽，这个小伙子多少好！看见亭子里头有我同小青两个姑娘儿，他宁愿立勒亭子口头，自己吃斜风扫雨：真是论相貌有相貌，论品德有品德！

白 〔白〕小青，外面风雨交加，请这位小哥到里面来坐嘛！

青 〔白〕是！喂！这个小哥，我们小姐说请你到里边来坐。

许 〔白〕喔！不要紧的，我就在这里站站好啦！

〔表〕小青的脾气生来就火爆：想想真当是个“寿头”！不管三七二十一，“扎”伸手拉牢许仙格袖子管：

青 〔白〕我们小姐叫你到亭子中间去坐。

许 〔白〕这位姐姐，不要拉拉扯扯嘛，我进去，我进去！

〔表〕那个辰光格西湖断桥的亭子蛮小的，中间有两条长条凳儿。许仙拨小青青硬紧拉到凳儿旁边，与白娘娘面对面坐好。白娘娘朝许仙看看：你看他面孔涨得血红，头低倒，两只手好像都没地方摆，捏牢手里格把油纸伞，张开一点点又收拢，收拢又张开……收拢收拢张开……想想格个小伙子多少老实，看见我坐勒面对面，眼睛瞄都不敢瞄一瞄！所以白娘娘暗地里又用法术，让亭子外面的阵头雨变成为毛毛细雨。再朝小青看看：意思懂不懂？懂！小青多聪明啊，你不好开口，格末我来：

青 〔白〕喂！格位阿哥，介格称呼？

许 〔白〕喔！我姓许名仙，又叫许汉文。

青 〔白〕哪里人？今年几岁？做啥个行当的？

许 〔白〕杭州钱塘人，今年十七岁，在清河坊保和堂药店当伙计的。

青 〔白〕喂！我问你，你要老老实回答我：有没有讨老婆啡？

许 〔白〕这……

〔表〕白娘娘朝小青看看：你赛过勒审犯人啊？人家老实头吓都被你吓煞！还是我自己来问。

白 〔白〕啊！这位小哥，可是要回城里去啊？

许 〔白〕是的！

白 〔白〕外面的雨已经小啦！我们告辞了！

〔表〕白娘娘立起身来向许仙欠一欠身体，往亭子外面走了出去。

许　〔白〕喔！我也该回去了！

〔表〕许仙连忙立起身，想打开手里这把油纸伞，雨伞刚打开的一半，别转头来一看：只看见这两个姑娘儿立勒亭子撩檐口不动，格末自己硬轧出去！想想不来事的：人家是姑娘儿啊！朝亭子外头的天空看看，喔，许仙懂了：原来阵头雨末过去了，外头毛毛细雨没有停！再想想，人家是两个姑娘儿，我是小伙子，外头格点毛毛雨，我无所畏，格末我就做做好事，手里格把油纸伞先借她用用。

许　〔白〕外面的小雨还未停止，不知两位可是进钱塘门的呀？

青　〔白〕我们不进钱塘门，是去清波门。哎！进钱塘门怎么样？不进钱塘门又怎么样？

许　〔白〕啊！这位姐姐请不要误会！我手里有把纸伞，先借给两位用一用，可以遮遮雨呀！

青　〔白〕那么你呢？

许　〔白〕我无妨的。

青　〔白〕要不这样：你进你的钱塘门，我们去我们的清波门，雨伞借我们，明朝我送上门。

许　〔白〕啊呀呀！那不可以的，这把油纸伞是我向我们药店老板借来的，回去就要还的，今天不还，我们老板要骂我的！

〔表〕白娘娘听得焐心啊！你听，格个许仙宁可自己去淋雨，要将雨伞借给我们遮雨，格个人的心地多少善良啊，说出来的话语多少老实！你听：要紧不煞、急熬扳倒连“老板要骂我的”心里话都说出来了。格种小伙子啥地方去寻呵？所以自己马上开口：

白　〔白〕啊！青儿，你先向这位小哥的雨具借来用一用，你先快快去前边昭庆寺船埠头，租借一条西湖船，请船上人将船儿划到这里来，我和这位小哥就在这里等你，等一下我们上船，再将雨具奉还这位小哥。小哥，你肯行个方便，帮我们一下吗？

许　〔白〕好的，好的。我们就在这里等一下吧！

白　〔白〕青儿，你快点去，要快去快回！

青　〔白〕是！

〔表〕小青懂的！我勒格里变“电灯泡”啦！所以急急忙忙走出亭子，沿西湖边到昭庆寺船埠头格一条小路，一路小跑而去。

白　〔白〕这位小哥请坐！

许　〔白〕这位姐姐请坐！

〔表〕两个人重新坐到原来的位置面对面坐好。格辰光的许仙才仔正眼将白娘娘看得清清楚楚，哇！真当漂亮啊！想想虽然自己是个药店倌，各色各样的人都要打交道，见识的人算得多了，从来没有看见过眼睛面前介漂亮的美女！你看：条杆儿多少好！穿着打扮虽然一身素白，反而显得干净大方。你看她外面罩一件雪白颜色真丝双绉夹层披风，上衣和裙子沿口，刺绣的是深蓝颜色云纹图案，显得雍容华贵，特别是出言吐语，声音婉转，文静儒雅……看得出这是一位大家闺秀，肯定是杭州城里大户人家、贵族家庭的小姐。去昭庆寺船埠头叫船的那个嘴巴“呱嗒呱嗒……”蛮厉害的，是她的丫头。此时此刻的许仙，要想敷衍几句，短命的……勒紧要关头自己会得呆不愣登寻不着话语说的。

旁边的白娘娘看得心里暗暗好笑：这个许仙真当有滴儿戆头戆脑勒呆头呆脑。不过戆得有趣！呆得可爱！想想两个人都不开口，冰冷刮答，难过的！想想还是我先开口吧！

白　〔白〕啊，这位小哥！

　　〔唱〕多谢美意来帮衬，借伞遮雨将船寻。

许　〔唱〕些许小事何足谢，同路之人理照应。

白　〔唱〕未知家住何方地？归去定然远路程。

许　〔唱〕住在城中河坊街，数里之遥路途近。

白　〔唱〕敢动问，家中共有人几个？

　　想必是，合家团聚（要）晚餐等。

许　〔唱〕唯有一位亲姐姐，住在河东鼓楼近。

　　姐夫名字叫陈进，钱塘县衙（的）当差人。

白　〔唱〕再动问：小哥青春年少客，未知可曾已完婚？

〔表〕白娘娘直接问许仙有没有结婚咪？朋友们：《白蛇传》的故事是发生勒古代辰光喔，要是放到现在，不要说问你有没有结婚，哪怕抱牢勒

“啃”，也没啥稀奇的！西湖断桥边上是格种“啃”的浪漫镜头要多少有多少……现在走过的人也看得多见得多味……看见也只当没看见，是不是？我现在说的是古代辰光的事体啊！男女之间多少封建味！现在白娘娘和许仙，面对面坐着，亭子外头春雨绵绵，一男一女两个年轻人，坐勒断桥亭子里提出这个敏感性的问题，许仙介格吃得消！其实白娘娘心里明明白白，对许仙的前儿个世纪的事情都灵灵清清，现在的情况更是明明白白。她是明知故问，看你许仙介格回答。许仙哪里会晓得！只觉得自己格个颗心“啪，啪，啪……”照现在格说法：量量脉搏一分钟一百二十跳，血液上升，从脚低心一直升到头顶心，面孔涨得喧喧红。

许　〔白〕这个……那个……这位姐姐不要取笑，我只是河坊街保和堂药店里的一名小伙计，我……我尚未成亲，更没有婚约呀！

白　〔白〕啊呀呀！我不应该多问，冒犯了！小哥现在住在姐姐家中吗？

许　〔白〕不是的，我做伙计的就住在保和堂药店里的。

白　〔白〕喔——哎！我们雇的西湖船是到清波门头的，不知道清波门头离开你的住处远不远啊？

许　〔白〕那倒不远的，走小路很快就到河坊街了，保和堂药店就在河坊街上。

〔表〕喏！白娘娘就勒等你格句说话！

白　〔白〕既然离开清波门头不远，就搭我们雇的船儿一起去清波门吧！

许　〔白〕这……不太合适呀！

〔表〕许仙说的倒是真话，而不是假客气：想想自己袋儿里没有几个铜板，付付船钱还不晓得够不够呢！要你们姑娘儿买单到底难为情的，所以有点儿尴尬。正勒这歇辰光，小青来啦！手里撑着许仙的这把油纸伞，走到亭子檐口：

青　〔白〕小姐，走吧！船就在湖边等着！

〔表〕白娘娘立起身来，由小青撑着伞，缓缓地向西湖边走去。许仙一看：啊，你们闷声不响管自己去得啦！哎！格把油纸伞是我的呀！有点儿自说自话滴噢！再仔细想想：亭子外头还勒落毛毛雨，姑娘儿照顾她们点儿，今朝人做好人做到底，等歇你们落船格辰光，格把油纸伞总归会还我的！所以也立起身来跟勒后头。路不远，没几步路就看见西湖边停了一条豪华的画舫，船靠西湖岸边，上船的跳板已经铺好，特别宽阔，船工已经将缆绳系在一株粗大的柳树树干上。只看见小青撑着伞，扶着白娘娘走过跳板到船艄，让白娘娘进船舱。小青立勒船艄头，手里仍旧撑着许仙的油纸伞。

青　〔白〕哎！你站在那里做啥？上船来呀！

许　〔白〕我就不上船了，请你过来，将雨伞还给我吧！

青　〔白〕雨伞等会上岸可能还要用哩！你也到清波门去吧！

许　〔白〕这……这不好意思的。

青　〔白〕有啥不好意思的？这雇船银钱二两银子，我已经付掉啦！你不乘白不乘！快！上船来！

〔表〕许仙一听：啥？船钱要二两银子啊！想想我药店里当伙计，做一年也只有一两多银子啊！真当是不乘白不乘，去见识见识。所以走过跳板，上船。等许仙上船，船家解开缆绳，一根长竹竿的船篙往岸上一点，再往西湖水底撑一篙，格条西湖画舫离岸，船家摇橹"唰……"直向西湖南面方向而去。许仙走进画舫的船舱一看：真当雅致得极！中间一张紫檀木方桌，桌面上泡着新上市的明前龙井茶，清香扑鼻；时鲜水果，方糕、绿豆糕等等点心，所用的茶具器皿精细雅致，方桌周边放四张紫檀木靠背椅。只看见白娘娘凭栏而坐眺望西湖风景，小青立勒旁边侍奉。许仙不好意思坐到靠背椅子上，也不能同白娘娘坐成一排，所以就在船舱左手边凭栏端端正正坐好！

清明节前后杭州的天气真当是孩儿脸，说变就变，刚刚上船的辰光还毛毛雨落得蛮密，现在船到西湖中心水域，突然雨过天晴。雨后的西湖，风景如画，真当是人间天堂！

〔表唱〕西湖景致妙不同，千枝杨柳间桃红。
远望青山四面重叠叠，近看湖水碧波泓。
宝石光影映入西湖景，山中还有百花红。
人说断桥（它是）桥不断，孤山并无独山峰。
三潭印月多平静，湖心亭放在水当中。
沿路六桥（于）西湖内，各处的风景儿俏玲珑。
昭庆净寺相对西湖景，灵隐还有飞来峰。

雷峰塔钱王留，南屏撞的是晚钟。

各处亭台楼阁绕西湖，假山石岸造得俏玲珑。

西湖的名胜千古传，各处的人等齐赞颂。

〔表〕人往往勒开心的辰光，辰光过得最快！一歇歇工夫，这条画舫已经到清波门外的船码头。说也奇怪！天气说变又变，毛毛雨又越落越大，小青格把油纸伞不肯还许仙，许仙为了这把油纸伞，跟到万松岭脚下，小青做媒人，许仙和白娘娘当晚成亲，真当是“闪婚”——也许“闪婚”就是他们行出来的。下次有机会，再说唱许仙和白娘娘“闪婚”的故事。

（本曲本根据传统长篇节目《白蛇传》的相关回目于2015年与杭州滑稽艺术剧院青年演员朱贺镭合作整理改编，由朱贺镭于2015年演出。）

杭州评词　长篇曲本　选回

许仙成亲

〔表〕清明节许仙上坟回来，勒断桥亭子里躲阵头雨，碰着白娘子，为了讨回借拨小青的那把油纸伞，跟着她们乘船到清波门，被小青一直“嚎”到万松岭脚下，按现在来说，已经是下半日的毛五点钟啦！说已经到了！许仙抬起头来一看：忽唷！格户人家气派大的！但只见：

〔韵白〕眼前是幢高门墙，雕梁画栋极辉煌；
一条通道青石板，笔直纵深二十丈；
两边松柏参天树，此刻难见落夕阳；
石阶一级高一级，石人石马分两旁；
照壁石雕狮子图，气势磅礴极张扬。

许仙朝四面一看：咦！格份人家介格没有邻舍隔壁的呀？再仔细朝四周围看看……咦！都是坟墩头嘛！许仙弄不灵清的！你许仙末弄不灵清，我贺镭心里煞煞清爽：这里哪里是白娘子屋里啊，是座几百年前头一个大将军的坟墓！有朋友问啦，不是说是一座雕梁画栋、极其辉煌的大墙门房子吗？朋友喂，白娘子呀！现在，美国魔术师大卫·科波菲尔先生用魔术能够搬掉一座建筑物。白娘子在四川峨眉山修炼了有两千多年的修功道行，用法术将一座坟墩头变成一座墙门，有啥稀奇，小菜一碟嘛！

现在许仙和白娘子已经走到大门口，朱红颜色漆的两扇又高又大的正门，门上九九八十一颗黄铜泡钉，一对金黄色铜环。这辰光小青已经勒敲铜环：“噹噹噹……”“大伯，开门！大伯，开门！”“来了，来了……”许仙一听：里头格朋友说话的声音介格有点儿“嗡嗡嗡”的呀？你许仙不懂？我贺镭晓得的，等歇说拨大家听。许仙只听见门里头“刮！笃”门闩开启，“咯格，嘎嘎嘎……”两扇大门打开。

白　〔白〕小哥请!

许　〔白〕姐姐请!

白　〔白〕小哥是客，应该先请!

〔表〕许仙没办法，只好先进门，刚刚抬起脚，朝门槛一看：门栏介高的呀！而且是石头做的石门槛。一只左腿抬高跨进门槛，后腿还没有跟进，低着头一看：左边的大门下面露出一双脚，开门格朋友躲勒门背后，奇怪的是这双脚特别扁，扁得像鱼干介两片！许仙左脚已经跨进门了，后脚跟进立勒门里的踏步档上，朝前面一看：唷！进门就是一座花园天井末!

〔唱〕锦绣花园妙不同，风景布置巧玲珑。

左边太湖山石重叠叠，右侧墙开月洞门。

鹅卵石铺小路通向前，牡丹杜鹃百花红。

看前面楼房高又大，雕梁画栋是工程宏。

〔表〕许仙立勒大门的门楼底下看得呆掉了！穿过这片花园式的天井，前面是一座五开间的二层楼楼房。许仙想：我晓得这个姑娘儿是大户人家出来的，但是奇怪的是介大一份大户人家，会看不见人的呢？许仙勒发呆！小青“唰”已经勒许仙前头了：“喂！小哥，走啊！”许仙只好跟勒小青后头，走上用鹅卵石铺的中间甬道，耳朵里只听见背后的大门“砰”关门声音，他一面走一面回转头一看：大门关牢，人没得啦！刚刚开门躲勒门背后格人呢?

许仙啊！开门格朋友现在不好让你看见的，如果拨你看见，保证让你吓煞!

原来，白娘子从四川峨眉山下来格辰光，与长江源头里有座黑风洞的黑鱼精结拜为兄妹，临别辰光黑鱼精说：妹子，有啥事情尽管寻我！刚才勒西湖画舫船里，白娘子已经和师兄通了信息。黑鱼精说：妹子放心！我勒杭州西湖里有五个徒弟：他们是撞煞包头鱼、慢煞老乌龟、快煞白条儿、长腿鲜虾儿、河蚌硬壳儿，都有好儿百年的修功。妹子你尽管放心：万松岭脚下你将那座将军坟用法术变的大房子，我已经让西湖里五个徒儿，带了他们的徒子徒孙去打扫了，等妹子你一到，保证布置得富丽堂皇！啊？古代好通信息的啊？嗳，据说：现在大家用的微信最早就是白娘子发明的！不过这条包头鱼的修功还不到门，人的形象还没有变像，刚刚许仙在大门下边看见的那两只扁的脚，是包头鱼尾巴的两片梢头，要是包头鱼的头露出来拨许仙看见——包头鱼的两只眼睛不生勒鼻头上头，一面一只生勒太阳穴边上——许仙不要吓煞的呀！所以等许仙回转头来看格辰光，大门已经关闭，包头鱼精老早遁走了。

现在许仙跟着小青和白娘子走进客厅，唷，正当是富丽堂皇！只看见客堂正中间挂幅山水画，两边一副对联，下面一条横的长一丈宽一尺的红木案式画桌，上面摆放的是青花梅瓶、太湖石屏等古玩玉器一大排；前面八仙桌，左右太师椅：八张靠背椅配四张茶几分列两旁，全部是花梨红木的噢！照现在的人民币计算价格，格是弄不灵清了！

白　〔白〕小哥，您请坐！

许　〔白〕谢谢！姐姐也坐！

〔表〕白娘子与许仙分宾主在太师椅上坐好。许仙自出生以来，从来没有进过介高级的客厅，也从来没有坐过介高级的太师椅，现在两只手都没地方摆了，所以头低倒，一声……不响！

白　〔白〕啊，小哥一路劳累，先在此休息片刻，我要上楼去漱洗一下，换换衣服，马上就下楼陪伴小哥，不知小哥应允否？

〔表〕许仙格是拎得清的，人家大小姐外面回来，要上上洗手间，换换衣裳，所以嘴巴里“嗯”了一声，头仍然低倒不响！

白　〔白〕哎！小青，快快为小哥准备茶水呀！等一下准备些点心，让小哥先用点心，你要好好地伺候小哥！

〔表〕白娘子一面关照小青，两只明亮美丽的眼睛里都是话语，意思是：喂，我走开啦，这里一切的一切全靠你啦！特别是要你做红娘的格桩事体，是要两厢情愿的，不好硬揿牛头落水的！你脾气火爆，你硬上，许仙老实，拨你吓出毛病来我要心痛的。小青嘴巴里答应“是”，朝白娘子看看：意思是你放心，本来我叫小青，现在变颜色了，叫红娘！保证完成任务！

白娘子立起身，朝许仙嫣然一笑，走进客厅高大的屏门上楼去了。白娘子这个“嫣然一笑”，真当是魔力无穷呵！笑得许仙脸孔鲜红鲜红，两只眼睛会得盯牢白娘子背影，白娘子人已经转到屏风后了，他还在看！小青一看：

嗯！到门的，我这个红娘笃定做得成功！

青　〔白〕来人，给这位许小哥上茶！

〔表〕“卜的笃”眼睛一刹，客厅后面闪出一个小丫头，身上穿一身青蓝深色发亮的衣衫，手里一只红木托盘，从托盘里取出盖碗茶放到许仙面前的八仙桌上，一转眼人不见了！这个丫头是西湖鲜虾儿精的徒孙。许仙打开茶碗的盖儿：明前茶，碧碧绿，“嗞……”香啊！

青　〔白〕许小哥，小青给你去准备点心好吗？

〔表〕许仙想想：今朝一早出门上坟，中午吃了两只清明团子当餐中饭，断桥借了你一把油纸伞，被你七搅八搅搅到现在，肚子老早饿了！

许　〔白〕那就谢谢小青姐姐了！

青　〔白〕不要客气！

〔表〕小青出去准备点心让许仙吃。许仙一个人坐勒客厅端起茶杯喝茶，看看介介大的客厅只有自己一个人，冷冷清清倒难过的！嗳，借拨你们那把油纸伞，还还拨我末，我好回河坊街保和堂药店，回去迟了，老板要骂的呀！所以立起身来想去寻那把油纸伞，走到客厅门口，抬头看见那座玲珑剔透假山石，眼睛朝下看见假山石下面的一丛杜鹃花边上，“啊”……许仙脸色吓得雪雪白！只觉得从脚底心到头顶心，浑身根根汗毛笔笔直！脑子里“嗡——”发晕！看见啥东西？一个骷髅头！许仙是嘴巴张开、两眼发直！正勒格歇辰光，小青已经立勒许仙旁边。

青　〔白〕许小哥请到里边吃些点心吧！

许　〔白〕小青姐姐，你……你看，你看……

青　〔白〕啥东西啊？

〔表〕其实小青老早已经看见啦！是黑鱼精西湖里五个徒弟的徒子徒孙偷懒，没有处理干净。小青要解决骷髅头这种小事体真当是毛毛雨，因为她也有一千多年修功啊！小青乘许仙转过头与自己说话的辰光，用一只手指头朝假山石下边的死人骷髅头轻轻格一点。

许　〔白〕那边……咦！

〔表〕许仙再一看：真当是眼睛一煞猫拖酱瓜，骷髅头变毛相石头了！咦，介格桩事体？喔，一定是自己肚皮饿得眼睛发花了。所以跟了小青回进客厅，太师椅上坐落，看见八仙桌子摆满不少点心：有清明团子、细沙粽子、方糕、条头糕、云片糕勒洋糖糕，水果有青梅、荸荠、青皮甘蔗等等。有朋友说：你贺镭刚刚说这四周围都是坟墩头，莫非古代也有超市或者淘宝网的？淘宝网快递员送货上门也没有介快啊！朋友：不要忘记今朝啥日子，清明节呀！上坟扫墓的人多少多啊！有的祭祀好祖宗，供品就不带回去了，小青出来，在这个坟上捞一点儿，那道墓上的祭台上抓一点儿，足够许仙吃的了。许仙实在实在是饿煞了，叫饥不择食，拿来就吃！要晓得这些点心里，上坟烧过的纸钱灰、纸缸灰都粘贴了木佬佬！小青看许仙点心吃好，那要谈白娘子特别关心的正事了！她勒旁边的红木靠背椅子一坐。许仙朝小青看看，格个姑娘儿噱头蛮大，要当心她的！嗳，格把油纸伞还拨我好啦！——他倒还记牢那把油纸伞哩！

青　〔白〕许小哥，我问你：看你堂堂一表人才，为啥还没有结婚啊？

〔表〕许仙一听，尴尬！心里想想自己勒保和堂药店里做个小伙计，一个月工铟只有两百个铜板，每个月连付付房租费都不够！如果讨老婆，我许仙就是一个铜板都不用，做十年都储不起银子来送聘礼！办喜酒就算好收红包，这种人情债要还煞人咪！反正同你说不灵清的，所以头低倒不响。小青对许仙心里想的一切煞煞清爽，就切准脉搏，来对症下药！

青　〔白〕许小哥，你可知道我家小姐是谁？

许　〔白〕不知道呀！

青　〔白〕她姓白，芳名素贞，已经过世的父亲是当年边关总兵，可惜母亲也去世得太早，留下这么大一座豪府大宅，只有我们异姓姐妹两个相依为命！

许　〔白〕唷唷，可惜的。我许仙也父母双亡，只有个姐姐住在横河桥河下。

青　〔白〕那就方便了！

许　〔白〕啊？

青　〔白〕喔，我是说你要是结婚，不需要征求父母亲的意见了，自由啦！许小哥，告诉你，我们小姐喜欢你啦，不要你出彩礼，介大房子自己的，你尽管用！

〔表〕许仙听得人都昏起！白娘子介漂亮介漂亮的小姐拨我许仙这个小小的药店倌做老婆？介大介介大的房子尽管我用？会不会是勒做梦的喔？伸手偷偷叫捏捏自己大腿，痛的，不像做梦！再仔细一想，不对！这不就是做上门女婿吗？自己是许家门里的单丁独子，生个儿子如果姓白，不姓许，许家门里不要断种绝代的啊！所以头低倒，仍旧闷声不响。

青　〔白〕喂！你开口啊!!!

许　〔白〕这……那……那么如果有了孩子是姓许，还是姓白?

青　〔白〕当然姓许。你不要再这个那个了！择日不如撞日，就在今朝晚上成亲结婚！我一切都准备好啦，新房就是楼上小姐的闺房，都已经布置了。许小哥，噢，现在应该要叫你姐夫了，姐夫，来，来，来，我送你去东厢房换换新郎官新衣裳，新郎官新行头就在东厢房桌子上面放着，等一下你自己穿。

〔表〕许仙想结婚有介快的啊！早上和白娘子勒断桥的亭子里刚刚认识，现在就结婚啦？朋友们！人家这种闪婚才叫结棍！必过婚后要不是法海和尚活拆夫妻，他们是蛮恩爱的。不像现在，有对把年轻人今朝刚刚闪婚，过两天就离婚了，新名称叫啥个“闪离”，格真当吃不消的！

现在小青拉着许仙到东厢房门口，门打开，一把将许仙推进，说：“里面放着你新郎官穿的新衣裳，你自己换，换好衣裳坐在里面等，等歇我会来请你的。”说好，门“砰”一声关牢。许仙被推进东厢房，朝里面一看：一张四仙桌上放一只红木托盘，托盘里放着那个时代做新郎官穿的结婚礼服，叠放得整整齐齐：新郎官也算官，一顶乌纱帽，一件大红袍，腰里围的玉带，脚上穿的白袜，外面套双乌黑白底朝靴。到这个辰光许仙想想，管他！穿就穿！必过等穿好，朝自己看看：弄得来像城隍山上的城隍菩萨啦！

再说白娘子，人虽然在楼上，因为有两千年修功，早就算到许仙会同意这门婚事。办婚礼吃喜酒，总归要有客人来贺喜的呀！这万松岭脚下坟窝堆里哪里去邀请客人呢？不要紧，自己已经请黑风洞结拜阿哥黑鱼精帮忙，请他西湖里的五个徒弟召集所有的徒子徒孙前来贺喜吃喜酒。

辰光已经到下午的六点钟了，天色已晚，喔唷！小青是里里外外一个人大起忙头，“哒哒哒……”跑到东厢房门口，推开门：

青　〔白〕姐夫，姐夫，良辰已到，快出来和我姐姐拜堂成亲！

〔表〕许仙跟了小青到客厅正厅门口，一看，白娘子已经新娘子打扮好：凤冠霞帔，外罩一件大红缎子丝绸披风，四周金丝绣花云纹图案，看上去喜气而又雍容大度，脸面上罩一方鲜红的方巾，已经等在那里了。小青让许仙立在新娘白娘子边上，自己赶紧站到白娘子另一边，算是伴娘。哈哈，小青想想：今朝自己既当做媒的红娘，现在当伴娘，等歇做婚礼的主婚人，一塌刮子、咯赂三门我统吃！倒有趣的！她一声叫："婚礼开始！"

许仙只看见对面花园天井口的两扇大门"嘎嘎嘎……"自动打开，比现在的自动门还要灵光，不晓得是不是电脑操作还是手机操作的。大门外头"噔……叭"，礼炮声响，"咪哩啪啦"喜乐齐奏，闹猛啊！看！第一批客人进门了：由西湖里的快煞白条儿精带领，鱼贯而入，咦！许仙看得呆煞：第一批客人全是女的，人生得来又细又长，走起路来像现在的时装模特儿勒T形台上表演一样，面孔毕板，直接走进客厅分列两旁。第二批进来的还要噱：头特别小，而且小末小，好像缩进勒肩膀里的，真当是两个肩膀扛了个头！走路来得格慢，这是慢煞乌龟精带领他的徒子徒孙，慢慢叫总算爬进客厅。第三批男女各半，有大有小，有的手臂特别长，有的短，走起来东一蹦，西一跳，好像勒跳街舞——长腿虾儿精带领她的徒子徒孙跳进客厅。第四批贺客发靥！一人两把大蒲扇，走起路来，蒲扇张开合拢，合拢又张开，赛过勒跳广场扇子舞，这是由河蚌精带领徒子徒孙跳进客厅。喔唷！第五批结棍！一身青衣青裤，头大肚皮大，就是下身显得越来越小，脚都是扁的，这是撞煞包头鱼和他的徒子徒孙撞进客厅。小青一看客人到齐。

青　〔白〕两位新人，请进里面举行婚礼吧！请！

〔表〕许仙转过身体面向客厅里一望：呵！奇怪！介许多客人介格寂静无声的呀？许仙啊，西湖里的鱼修功不到，还不会开口说话呀！他再朝客厅正中一看：山水画已经换成红底金颜色的一个大大的"喜"字，八仙桌上一对龙凤花烛点得丈丈亮，一派喜气洋洋：

〔唱〕一对新人入华堂，龙凤花烛星火亮。

白蛇报答千年恩，结亲许仙成鸳鸯。

药店倌配天仙女，精灵与人亦成双。

双双行礼精怪贺，妖仙女配伙计郎，礼毕即可入洞房。

〔表〕小青立勒八仙桌边上主持婚礼。

青 〔白〕婚礼开始！新郎、新娘一拜天地……二拜高……

〔表〕小青本来说“二拜高堂”，高堂就是父母亲，她想了想：白娘子自己已经两千多岁了，阿爸姆妈到哪里去寻？许仙他刚刚自己说的，已经父母双亡。那介格办？小青也想得出的，改一个字：“二拜高房……”许仙想介格要拜房子的啊！喔！自己今后要住勒这里的，所以要拜拜房子，拜就拜。

青 〔白〕夫妻对拜……新郎新娘送入洞房！

〔表〕小青从旁边拿过一条长长的红绸带，中间打一个大大的鸳鸯结，红绸带一头交拨许仙捏牢，一头交拨白娘子，许仙走在前头，白娘子由小青搀扶，外面又“咪哩啪啦”喜乐齐奏响，一对新人转过屏风上楼梯进入洞房。小青又重新回到客厅，招呼客人，等到撞煞包头鱼、慢煞老乌龟、快煞白条儿、长腿鲜虾儿、河蚌硬壳儿带来的格帮徒子徒孙散尽，辰光已经到半夜十二点钟啦！小青刚刚想休息，突然接到白娘子给她的信息：说你姐夫勒保和堂药店里当伙计太苦了，我们夫妻已经商量好，决定自己开一家药店。你连夜派人去仁和县半山，到半山娘娘庙向半山娘娘借一千两银子，天亮之前一定要拿回来，我交拨你姐夫，等到天一亮就来不及了！

小青懂的，等到天一亮，格座房子就变坟墩头啦！但是现在撞煞包头鱼、慢煞老乌龟、快煞白条儿、长腿鲜虾儿、河蚌硬壳儿带来的格帮徒子徒孙都走光了！怎么办？抬头一看：唷！那个慢煞老乌龟精慢吞吞还没有出大门，小青一声叫：“老乌龟，过来！”老乌龟爬回到花园天井，小青对他说：“刚刚白娘娘吩咐，要你马上到半山娘娘那里去借一千两银子，天亮之前你必须赶回来，如果赶不回来，哼哼！敲扁你格只老乌龟！”老乌龟说：“放心，我保证完成任务。”

那末老乌龟出门，从万松岭脚下爬到清波门，乌龟头伸出来想想不对！我从清波门从旱路到半山打个来回，到明朝吃中饭也赶不回来的呀！乌龟头伸进伸出缩了三缩，办法有了！乌龟精从清波门爬进西湖，乌龟一落水动作就快，游到涌金门，一个右转弯，顺着浣纱河，再转进水沟，一口气游到藩司前，钻进钱塘县银库的地下阴沟，爬进钱塘县银库存放官银的库房，好得自己的背脊又阔又大又硬，背了一千两银子按照原路回到万松岭。

老乌龟啊！格末你闯大祸了！第二天钱塘县官发现少了一千两库房银子，派衙役四处缉拿盗银贼，将许仙拉进钱塘衙大堂，钱塘县官老爷不问青红皂白，许仙一上堂就命令“叭叭”打四十大板，咦！许仙倒一滴滴儿都不痛，倒是县官老爷屋里养的那个“小三”痛得哇哇直叫！到底介格桩事体？下次有机会再说给朋友们听。

（本曲本根据传统长篇节目《白蛇传》的相关回目于2015年与杭州滑稽艺术剧院青年演员朱贺镭合作整理改编而成，由朱贺镭于2016年演出。）

杭州评词　长篇曲本　选回

许仙被捕

〔表〕白娘娘与许仙昨天晚上勒万松岭拜堂成亲，喜结良缘。今朝一个老早，许仙已经出现在清波门的城门口！他头戴青蓝色毡帽，身穿青蓝色竹布海青，脚里穿一双新的薄底靴，簇崭全新的商人打扮。格套“行头”是白娘娘刚刚亲自拨许仙穿上身的！现在许仙手里捧了个蓝布包裹儿，别人家包裹儿都是背勒肩膀上的，为啥许仙会捧勒手里呢？而且要死要活捧得个牢！常言道：“一夜夫妻百夜恩。”许仙与白娘子新婚夫妻天蒙蒙亮就要分开，真当是难舍难分哪！白娘娘交拨许仙一千两白银，说：“许郎啊，药店里伙计甭做啦，去租间店面房子，仍旧做你的老本行，开间药材店。喏，这是我们白家的一滴儿积蓄，白银一千两！许郎你拿去租房子、顾伙计、进药材做开店的本钱。”用三块蓝布一层一层包三层，打好一个包裹儿交到许仙手里。啊！许仙接过包裹儿，人都差滴儿昏倒！白银一千两啊！自己从小到大，一千两白银不要说用，连看都没有看见过！

喏，我贺镭晓得的：这笔银子你许仙碰都碰不得的！连白娘娘自己都不接头！本来的打算蛮好：白娘娘让小青到半山娘娘那里去借一笔银子，让许仙开一间药材店做本钱。那里晓得小青格桩事体交拨乌龟精去办，乌龟精撤烂污，偷懒！到钱塘县金库里去背了一大包库银子出来！这笔官府里的库银好碰的啊！许仙你今朝碰一碰，嗨，你格辈子有得苦来！

现在，许仙捧牢个包白银的包裹儿，进清波门城门，沿西湖走到一条岔路口：如果靠右手走一条小路，马上就好到清河坊保和堂药店；笔直走大路，要穿过老杭州的十里路，直通太平门。自己的姐夫陈彪、阿姐许兰芝就住勒太平门不到的东街路横河桥。对！先到阿姐屋里去！

许　〔唱〕我许仙，自幼父母早丧亡；

全依靠，同胞姐姐扶养长。
昨夜晚，我与娘子已成婚；
今日里，再不禀告理不当。
亲姐姐，待我许仙恩如海；
我应该，新婚喜事告诉她。
让姐姐，知晓已有弟媳妇；
一定会，笑逐颜开乐无常。

〔表〕再说，我姐夫陈彪勒钱塘县衙门里当捕快头目，现在说起来就是刑警队队长，他勒外头朋友多，路道粗，世面广。现在娘子交拨我一千两银子，要我租间一楼一底的店面房子，我要是托托自己滴滴亲亲的姐夫，姐夫一定肯帮忙的，那真当是三个手指头捏田螺——笃定啦笃定！许仙想到这里，手里捧牢个银子包裹儿，包裹儿虽然分量重，但是许仙格走起路来脚步直当轻松，格快啊，一歇歇功夫就到横河桥河下阿姐的家门口！一看，两扇门关牢，用手"笃、笃、笃"轻轻叫敲门。

许仙格阿姐叫许芝兰，三十几岁年纪，坐勒客堂里做针线生活，拨阿弟许仙勒切一双鞋底。心里想想昨日仔一早阿弟到龙驹坞去上坟，到现在没有消息；再想想，对了，他上好坟回来一定蛮迟，就回到保和堂药店里去了，他是药店里一个小伙计呀！今朝一个清早就要做生活的呀！唉！格阿弟真当好！哎！听见有敲门的声音，立起身来到门边，"嘎，嘚儿……"门一开！"啊，阿弟！""阿姐！"许仙走进门，阿姐顺手把门一带。许仙走进客堂，将双手紧紧捧着的包裹儿朝八仙桌子上放一放好，阿姐已经倒好一杯温开水放在许仙面前。

姐　〔白〕阿弟！从保和堂药店里来？

许　〔白〕不是的，阿姐，我是从清波门外万松岭新房里来，等城门开，马上赶过来报喜的！

姐　〔白〕啊！

〔表〕阿姐弄不懂啦！照末许仙从昨天龙驹坞上好坟开始说起，说走到黄龙洞，翻过栖霞岭，过西泠桥，上孤山，走白堤到断桥，碰着一潮阵头雨，亭子里躲雨又碰着白娘娘同小青青，借雨伞，坐西湖船儿到清波门，到万松岭！小青做媒人，当晚同白娘子拜堂成亲！一长两短详详细细说拨勒阿姐听。一面说一面解开包裹儿，露出了一千两白银。听得格许仙阿姐人都呆起！雪白锃亮格银子看得格阿姐人都昏起！

“嘎！嘚儿……”门被推开，从门外走进一个人来，顺手仍旧将门关牢，“咯滴笃”门闩拴好！此人身材高大，年纪四十不到，长方脸，两条浓眉毛，一双眼睛特别有神，他就是许仙的姐夫陈彪！今朝走进门，脸孔毕板，满腹心事，为啥？因为钱塘县钱库里晚上头遭贼！官方的库银一千两被盗！那还将得了！钱塘县县官老爷吃牢自己，限时三天里破案，否则饭碗头敲碎，还要坐牢监！现在是回来取铺盖行李，马上准备出发，到杭州城外乡下头去搜索线索！进门一看：自己的舅佬许仙勒屋里，招呼一声：“汉文回来啦！”因为许仙姓许名仙，字汉文，家里人都称呼他“汉文”。

姐　〔白〕阿彪，我们汉文有一桩天大地大的大喜事要告诉你！

〔表〕那么许仙阿姐一长二短从头至尾详详细细一句不漏地说拨老公听，而且关照老公：赶快帮忙去寻找一间出租的店面房，阿弟马上要开一间参药店。陈彪听完，朝八仙桌的桌面上一看：啊，一堆雪白锃亮的银子！“扎”拿起一块，掂掂分量：嗯，有五十两！翻过来朝银块背面一看：啊！格张脸孔一下子吓得雪雪雪……白！心脏“别别别……”跳得越来越快！为啥？只看见银子背面清清爽爽刻着四个宋体字“钱塘库银”！

陈　〔唱〕啊呀！

钱塘库银四字清，吓得陈彪脸色青。

昨晚官库遭盗窃，莫非（那）强盗（是）许汉文。

他竟利用灯下黑，搬动赃银进我门。

〔夹表〕晓得我姐夫是钱塘县县衙门的捕快头目，将盗窃来的银子坑到我屋里，不会有人来查的！这就叫“灯下黑”！再朝许仙看看：呀！不会呀！

〔唱〕自幼看他来成长，姐弟相伴度辰光。

我们朝夕相聚十余年，他的性格我清爽。

（他）药材店里做学徒，三年满师伙计当。

我曾私下多询问，忠厚老实有名望。

（他）足不出店勤劳苦，从早到晚忙店堂。

昨日清明扫墓去，也是我去代请假。

深更半夜（去）盗库银，许仙岂敢做不良！

〔夹表〕不可能的！

陈　〔唱〕可是人赃都俱在，（我）县官面前怎交账？

倘若不将许仙抓，（我）私通盗贼罪难当。

我在衙门当公差，知法犯法遭祸殃。

〔夹表〕格末抓！再朝自己已经结婚十多年的老婆看看：

陈　〔唱〕妻子唯有（这）亲胞弟，抓了许仙她心伤。

许氏门中唯一脉，岂能容我带公堂。

她拼一死来阻挡，家园破碎在当场。

〔夹表〕那么放掉许仙，不抓！

天下哪有不破（的）案，更何况，盗窃库银罪孽大。

有朝一日案情破，要灭九族诛全家。

陈许两家命不存，满门抄斩在钱塘。

罢！罢！罢！休！休！休！

陈彪他，暗中设计在胸膛！

〔表〕陈彪想到这里，毕竟是老公事，经验真当是木佬佬格丰富，眼睛笃碌一转，脸色马上改变！脸色刚刚是从吓得雪雪白又转到铁铁青！现在，脸孔高头绷紧格肌肉慢慢叫一滴滴格松落来，微微一丝丝笑容推上来，然后哈哈大笑：

陈　〔白〕哈，哈哈……汉文：你真当是福来运来财气一道来！刚刚我路过官巷口，走到珠宝巷格巷口，这个地方热热闹闹，人来人往，嗳，巧末真当巧，这叫做运气来推不开！有一间一楼一底的店面房子，真当巧，门口头贴了一张招租房子的红纸儿。

〔表〕许仙一听，格末真叫高兴，想想珠宝巷旁边有一条道路，从南到北直穿杭州城，是从前的皇城御街，现在叫中山路，这地方比清河坊保和堂药材店的地段还要好！开间参药店，光卖卖人参、白木耳、鹿茸、燕窝各种格补品，一年工夫开参药店的本钱好全部翻转。再说，我许仙就喜欢研究各地的药材，譬如川贝，我只要看一眼，就晓得是四川的、云南的、贵州的；就说医喉咙痛的蝉衣，也就是六月里树高头“喳啦啦，喳啦啦”叫的知了儿的壳儿，我只要瞄一瞄，就晓得这只知了儿是梅家坞山高头的还是留下、小和山山高头的，这就是我勒保和堂药材店里当三年学徒学来的本事！等到药材店开起来生意兴隆，我许仙就是参药店老板，而且好“治病救人”！高兴啊！许仙阿姐兰芝格心里还要开心，还要来得着急！“扎”一把拖牢老公就要往门外头推……

姐　〔白〕毫燥去，介好的地段，万一被人家先落手为强，租了出去夹格办？

陈　〔白〕甭急嘛！空双手夹格去？租人家的房子要先付定金的。汉文，你先拿两锭银子勒身上，紧够付定金的了！其余的让你阿姐保管好！用多少来拿多少，你看好不好？

许　〔白〕姐夫，你想得真周到，多谢姐夫！

〔表〕那末许仙跟着姐夫陈彪出门，穿出横河桥河下，〔绕口令〕左转弯就是万安桥，再弯转上万安桥，斜转走落万安桥，右转弯穿阿弥陀佛弄，再右弯转拐过小营巷，再转弯跨进皮市巷，左弯转走过永宁院，再转弯来到直大方伯，格条路不转弯、弯不转，也转不了弯，也弯不了转，转弯、弯转，转也不好转，弯也不好弯！硬碰硬只好笔直笔笔直走，前面就是丰乐桥！

大方伯直街右手边有一间专门兑换零碎银子的银楼，隔壁紧靠丰乐桥的，是一间各行各业，三教九流密集的茶店：啥格开绸庄做丝绸生意的、开茶叶店卖龙井茶的、做房地产生意当瓦摇头的、中河里船帮里当头脑的、衙门里吃公事饭的、看相的、测字的、算命的，还有唱皮影戏的、变戏法儿的、唱滑稽的、说杭州大书的，还有像我贺镭一样唱杭州小书的……早上头都会集中勒格间上下两层楼的大茶店里吃茶，各谈各的生意经，热闹之极。

现在陈彪来到茶店不到格间兑换零碎银子的银楼门口人立定！

陈　〔白〕汉文，你随身带的是两锭银子？

许　〔白〕是的，姐夫！

陈　〔白〕一锭银子五十两？

许　〔白〕嗯！

陈　〔白〕汉文啊！付房钱的定金顶多只要五两银子，五十两一块太多。

你看，这里有间银楼，是专门兑换零碎银子的，兑换零碎银子里头的门槛蛮多的，花头特别透，如果你去兑，绝对要吃亏的！说不定零碎银子里假银子也会"塞"几块进去，你不小心把塞拨你的假银子拿出去用，你还要"吃生活"喽！喏，银楼里的老板我认识的，我去兑，他绝对不敢调枪花！要是他敢调枪花，我马上叫一帮人敲碎他的招牌掼勒茅坑里！必过我晓得，格辰光格个老板肯定勒隔壁茶店里吃茶，这样：你勒格里等，立勒格里一动也覅动！我到茶店里去寻银楼老板！

许　〔白〕噢噢噢！……谢谢姐夫！谢谢姐夫……

〔表〕许仙格心里感激姐夫啊！你看，姐夫想得多少周到！许仙做人本来就忠厚老实，小格辰光就听姐夫的说话，姐夫勒地上画个圆圈儿叫许仙立勒当中，从早晨到晚快边，姐夫不说声走出来，许仙就会立勒圆圈当中动都不动！你说许仙做人老不老实？何况今朝碰着介大介大介介大格大事体，许仙哪里还敢动！

陈彪一个转身大步走进茶店。格辰光茶店楼下茶桌边上已经坐好两个人，拔长了头颈骨勒等陈彪！一个叫蒋北，江苏苏北人；一个叫赵西，是浙江绍兴人，都是钱塘衙门里的捕快，是陈彪的部下，现在的叫法叫助手，也就像现在专门破刑事案件的公安刑警。现在都穿便衣打扮，是说好勒这间茶店里碰头，三个人要一道去城外四乡查寻钱塘县库银被盗案子的线索，勒等陈彪来，左等右等不见人影。一看，陈彪来了！想打招呼，陈彪手一摆，坐落身体，三个人的头聚拢一堆。陈彪压低声音说：

陈　案子破了！

江、赵　啊？

江　乖乖隆滴咚！这么大的案子，那么快就破案？哪一个本事那么大？

陈　我！陈彪！

赵　我是话。伢陈头儿破案格本事呆大呆大呆呆大！

江　阿西！现在不是你拍马屁的时候！哎，我家头头：盗贼在哪块？

陈　就勒茶店门口！

〔表〕啊！"刺啷啷"围勒蒋北腰里的铁链条解开，"叭叭"赵西从裤腰带里摸出铁锁，要想出去抓人！"勒！"陈彪两只手一手一个朝两个人肩膀上一揿，两个人坐落不动。原来陈彪同许仙出门辰光脑子里已经盘算好了，计划已经敲定了！想想舅佬许仙绝对不会是盗库银的贼！他的背后肯定有人，送他银子的新娘子儿也不可能是贼，一个姑娘儿能够盗库银？后头还有股势力！这股势力我陈彪是对付不了的，就是你钱塘县县大老爷也未必对付得了！我现在先想方设法把许仙诱捕到县衙门交差。凭自己和县官多年交情，判许仙算是投案自首，而且有告发真盗贼的功劳，可以从宽发落定罪，最最起码许仙格条性命总归保牢了！

陈　你们可晓得盗贼是哪个？你们都认识的！

蒋、赵　哪个？

陈　我舅佬——许仙！

蒋、赵　啊！

蒋　我的妈妈，乖乖弄地动，韭菜炒大葱，我们弄不懂！你内弟许仙我们都认得，他老老实实，规规矩矩，哪一个不晓得？

赵　受格。许仙是个老实头人，盗库银格桩件头伊勿会做，伊也勿敢做！

陈　现在人赃都拿牢了，是没有办法的事体！听我的，你们出去抓！我马上从茶店的后门口出去，先去衙门里见见县大老爷想想办法看。

蒋、赵　好！

陈　喂！我舅佬胆子小，要吓煞的！拜托两位喔，抓格辰光手下留情！

〔表〕陈彪立起身，朝蒋北、赵西拱拱手，意思是拜托照应了！走出茶店后门，“哈哒哒……”往钱塘县县衙门飞奔而去。再说蒋北、赵西走出茶店门一看：许仙立勒隔壁银楼门口动都不动。

蒋　唷，这一位是陈头儿的舅老爷许仙嘛！啊呀！你怎么一个人在这块啊？我们是陈彪陈捕头的手下。

赵　筹（是）格，筹（是）格！伢统统听陈头儿格说话格，就是归伊领导格！

许　喔！二位好！

蒋　今天这么巧，要不到我们衙门去喝杯茶啊？

许　我在这里等我的姐夫，他去茶店寻银楼老板，马上一起到银楼去换零碎银子。多谢两位的美意了！

赵　伢衙门里头是蛮舒服格，真当是冬暖夏凉，衙门里头格种味道是真当鲜透勒鲜透。

许　那是打官司的人才去的，我不去！

〔表〕“刺啷啷啷……”苏北人捕快蒋北，真当是眼快手快，一条铁链条已经套上了许仙的头颈；绍兴人捕快赵西，手里格把铁锁“阔哐”铁链条锁牢，因为头儿交代过，算是客气的，没有锁勒许仙的喉咙口，锁勒许仙胸口头，荡了荡像挂了块小伢儿的“长命百岁”牌！那末许仙被带进钱塘县县衙门。哪里晓得县老爷不买陈彪的账，开大堂审问许仙，还要动大刑，要许仙招供。白娘娘赶到能否救出许仙，下次有机会，再说给大家听。

（本曲本根据传统长篇节目《白蛇传》的相关回目于2016年与杭州滑稽艺术剧院青年演员朱贺镭合作整理改编而成，由朱贺镭于2017年演出。）

绍兴平湖调　短篇曲本

关云长单刀赴会

〔众唱〕豪气凌云透九霄，汉关公赴宴仗单刀。

随从唯有周仓将，不惧东吴奸计刁。

甲　〔表〕三国时期，诸葛亮设计，刘备联合东吴，赤壁一战，曹操战败，刘备进军四川，建都于成都，称蜀国。东吴想讨回赤壁之战辰光借拨刘备的军事重镇荆州。但是，镇守荆州的不是等闲之辈：是当年过五关斩六将，刘备的二弟，汉寿亭侯关羽关云长。

乙　〔表〕东吴孙权派大将甘宁、陆逊和鲁肃屯兵荆州的对岸陆口，务必要想夺回荆州。孙权对鲁肃话：当初借荆州拨刘备，是偌鲁肃做个担保人，今朝要讨回荆州城，就要寻着偌鲁肃！鲁肃吓煞哉！当即和甘宁、陆逊商量，决定在屯兵的柴桑口兵营外面，长江边上的临江亭里摆下一桌酒席，派人送请柬到荆州，当面交给关云长，请他过江到柴桑口临江亭赴宴。关云长接到请柬，回话说：一定准时赴宴！鲁肃就在临江亭四周埋伏了五十个刀斧手，酒席筵上就向偌讨回荆州！你关云长答应归还荆州就以礼相待，这场宴会好聚好散；如果你关云长不肯归还荆州，我鲁肃就勿客气！举起酒杯朝地上一摔，信号发出，五十个刀斧手一拥而上，将你关云长生擒活捉，真勿来事，杀！

甲　〔表〕来哉！长江对岸荆州方向过来一条船，十个水手分列两边，板桨划动，这条船缓缓而行。船头上竖起一面大红颜色的大纛旗，旗帜上用金丝线绣出一个大大的“关”字，迎风飘扬！大纛旗下面坐一位大将：头戴赤金盔帽，身披绿色战袍；两条卧蚕眉，一双丹凤眼，赤红色脸膛，颏下长须飘逸。他，就是千里送皇嫂，过五关斩六将，取敌将首级于百万军中，英勇善战、刘备的二弟、被封为汉寿君侯的关羽关云长！他身后的一个人：看上去个子勿高，两条眉毛像板刷，一双眼睛乌珠突出，络腮胡子横立，手捧关云长打仗用的兵器——青龙偃月刀，贴身立在关云长后边，寸步不离。他叫周仓，是关云长的部将。现在，关云长就带周仓和水手，总共连自己只有十二个人，应邀前来赴你鲁肃的宴会，就是来吃一顿！

关　〔白〕喔呵，周仓。

周　〔白〕有！

关　〔唱〕吩咐风帆休扯满，俺要大江东，平眺玩波涛。

但见天连水，水连天，风帆缓缓渡东潮。

追忆二十年前事，赤壁鏖战逞英豪。

青山绿水依然在，秋水长江浪滔滔。

周　〔白〕哇嚓嚓，好大的水呀！

关　〔白〕呵呵，周仓，这不是水——

周　〔白〕这是啥西呢？

关　〔唱〕这是二十年前冤未消。

乙　〔表〕鲁肃立来亨临江亭上，也勒望长江的江面，只看见江对岸过来一条船，船头上大纛旗上头有个大大的“关”字，晓得是关云长来哉！所以走出临江亭，快步来到江边。

丙　〔表〕船已经靠岸，抛锚停稳，随从水手铺平跳板。

乙　〔表〕鲁肃撩起衣袍走过跳板，只见关云长端端正正坐在船头。快步上前深深一鞠躬，这叫做礼多人勿怪！

鲁　〔白〕啊呀呀！君侯驾到，鲁肃迎接来迟，真正的失礼啊失礼！

甲　〔表〕关云长立起身来，双手抱拳，打一个拱。

关　〔白〕呵呵，鲁大夫久违了啊！闻得大夫到达陆口，关某因公务在身，未曾前来拜访。今日蒙鲁大夫邀请，有劳大夫相迎，不敢啊不敢！

鲁　〔白〕今日鲁肃在临江亭中略备薄酒，欲与君侯叙一叙旧情，君侯请！

关　〔白〕鲁大夫请！

乙　〔表〕鲁大夫在前，关云长居中，周仓手捧青龙偃月刀紧跟在后，三个人过船头，上跳板，来到岸上，一歇歇功夫走进临江亭。临江亭里头酒席已经摆好，关云长与鲁肃分宾主落座。

丙　〔表〕周仓立在关云长身后寸步不离。

鲁　〔白〕君侯过江劳累，理应该先饮三杯酒，以解劳乏。来，斟酒！

乙　〔表〕鲁肃手下军士斟满三杯酒，鲁肃拿起爵，也就是酒杯。

鲁　〔白〕君侯请！

甲　〔表〕关云长先后喝下鲁肃所敬的两杯酒，等到鲁肃捧起酒杯要敬第三杯酒。

关　〔白〕鲁大夫且慢！周仓，快快请过某的青龙偃月宝刀来！

周　〔白〕喳！献刀！

鲁　〔白〕啊！

乙　〔表〕鲁肃勿要吓煞格啊！面孔吓得煞煞白！吃老酒吃到一半，大刀陀出来做啥？

丙　〔表〕周仓将手里格把青龙偃月刀的刀杆横过来，大刀的刀刃向外，刀背向内，放在关云长面前。

甲　〔表〕其实此时此刻的关云长心里明明白白，有句话叫“宴无好宴，酒无好酒”，关云长上岸从江边走到临江亭，丹凤眼四面一扫，虽然呒有看清爽隐藏的刀斧手，但已经感觉得出有一股杀气！现在他左手捋着长须，右手举起酒杯：

关　〔白〕宝刀啊宝刀，想你随我关某在百万军中取上将首级，犹如囊中取物，立下了赫赫战功。今日鲁大夫设宴，你也饮上一杯，今日里，酒席宴上如有不平之事，嗨嗨！也要你出力的了！

甲　〔表〕说完，将手里格杯酒，“唰……”朝刀面上一倒，再朝鲁肃看看，意思是懂不懂？

乙　〔表〕懂！勿懂我变呆陀哉！偌是威慑我！但是你为你的蜀国，我保我的东吴！都为维护自己的利益，各保其主！你祭你的青龙偃月刀，我有我埋伏的刀斧手。现在偌来硬的，我来软的，有句说话叫“心急吃不来热豆腐”，我鲁肃就慢慢叫格侧偌磨！

鲁　〔唱〕君侯呀！

有屈光临乏酒肴，期待与君忆旧好。

望君开怀尽畅饮，共追当初情义高。

关　〔唱〕与你当阳一别至今朝，不觉二十年来鬓发萧。

今日里不弃故旧重又聚，开怀畅叙饮香醪。

鲁　〔唱〕君侯威名震河山，仁义礼智声望高。

〔白〕请问君侯，当初君侯与刘皇叔、三将军桃园结义之情之义，鲁肃只是听说，未知其详，君侯可否赐教一二？

关　〔白〕大夫若不厌絮烦，听某家慢慢道来。

鲁　〔白〕鲁肃当洗耳恭听。

关　〔唱〕俺桃园，三结义，胜似同胞。

屯土山，约三事，誓不降曹。

过五关，斩六将，兵势凶骁。

到古城，见三弟，把城门关了。

〔白〕俺说三弟开门。我那三弟言道：开了城门，岂不是让你杀一个里应外合？某说哪有此事！我那三弟言道：既无此事，那后边曹兵到来做甚？某家回头一望，果见曹兵蜂拥而来。某说三弟呀，一不要你添将，二不要你助人，只念当初桃园结义之情，助俺战鼓三通。

鲁　〔白〕呵，那三将军助也不助？

关　〔白〕喔呵呵，怎的不助！

〔唱〕俺三弟，在城楼，战鼓咚咚敲。

〔白〕某家单刀匹马。

〔唱〕只见那蔡阳头，落在荒郊。

俺三弟，释前嫌，欢腾喜笑。

开城门，迎皇嫂，兄弟相交。

鲁　〔白〕君侯真是一位仁义君子，可惜还有一个“信”字还没有得到。

乙　〔表〕鲁肃想：到格歇辰光要掼一句亮话拨偌嗒嗒味道哉！“信”字就是信用，做人要讲信用，你们弟兄勿讲信用！

甲　〔表〕关云长想：你们东吴的目的就是为了要想夺回荆州这块战略要地。前几天，你们东吴派诸葛亮的阿哥诸葛谨，作为使者到成都去要讨还荆州，孔明先生设了个计策，让我大哥刘备扮白脸，要我扮红脸，扮红脸我拿手戏，格张面孔永远是红的，从来呒有白过！

关　〔白〕大夫，此话怎讲？

鲁　〔白〕君侯呀！想二十年前令兄刘皇叔兵败当阳，身无容身之地，是诸葛亮先生与我鲁肃过得江去，面见我主孙权，由我鲁肃做的担保，暂借荆州与你们作为养军生息之地，并且立下了契约，言明待你们取得西川，荆州归还我们东吴。如今你们已取得西川，建都于成都，这荆州却迟迟不肯归还，岂不言而无信也！

〔唱〕你令兄，曾把荆州借，原说取得西川就归还东吴道。

如今是已有四川地，大丈夫岂可便把“信”字抛！

关　〔白〕请问大夫，今日请关某到来，还是饮酒，还是索取荆州？

鲁　〔白〕君侯，这个酒要饮，那个荆州末，也要还的呀！

乙　〔表〕鲁肃说到这里拿起桌面上的酒杯，心里想：看来今朝是要谈崩了，勿怕！如果谈判失败，老早已经做好准备，只要自己手里这只酒杯朝地上一摔，埋伏在临江亭四周围的刀斧手就会一拥而上！

丙　〔表〕正在这紧要关头，立勒关云长身后的周仓，“唰”一个箭步窜到筵席前面，手里的青龙偃月刀一横，一声怪叫：

周　〔白〕哔哟哟——呔！这荆州乃天下人之荆州，应该为仁义之人所有！

关　〔白〕哇！大胆周仓，国家大事岂能容你胡言乱语！宝刀留下，你速速退下！

周　〔白〕喳！

甲　〔表〕关云长接过周仓递过来的青龙偃月刀，这把刀是周仓横着递过来的，“扎”关云长右手抓牢刀杆，大刀的刀锋正好对牢鲁肃的头颈：

乙　〔表〕鲁肃勿要吓煞介！只要伊格刀锋稍微动格动，我只酒杯到呒有落地，我个头倒先落地哉！勿要说动酒杯，连气都勿敢透哉！

甲　〔表〕关云长右手执刀杆，左手抓牢鲁肃的右手：

关　〔白〕鲁大夫呀，承蒙大夫设宴款待，今日关某不胜酒力，有些微醉的了！你我来日再聚。我要回船休息去了，有劳鲁大夫相送的了，鲁大夫请！

乙　〔表〕鲁肃的左手腕被关云长抓牢，表面上看好像交关要好，两个人挽手而行，鲁肃是叫自吃苦头自晓得，右手格脉门拨伊“勒”一记抓牢，赛过老虎钳钳牢！

关　〔唱〕关云长早识其中意，将鲁肃一（呀）把紧拖牢。

勇猛将，提大刀，丹凤双眼（把）鲁肃瞧。

出亭来至长江口，周仓将，早来到，

水手们铺跳便收锚。

甲　〔表〕关云长左手将鲁肃的右手松开，提刀过跳板上船头，周仓接过青龙偃月刀，关云长回过身来朝岸上的鲁肃抱一抱拳：

关　〔白〕鲁大夫，承蒙大夫款待，关某不胜荣幸，不知鲁大夫可否与关某同船去往荆州，再和鲁大夫一叙，不知意下如何？

乙　〔表〕鲁肃勿要吓煞格啊！

鲁　〔白〕来日方长，日后当和君侯再聚，恭祝君侯一帆风顺！

关　〔白〕哈，哈哈哈……开船！

〔众唱〕神威浩荡赴单刀，东吴设计枉徒劳。

顺风顺水荆州去，真可谓智勇双全万古标。

（本曲本于2016年1月根据绍兴平湖调传统同名“节诗”扩充改编而成。）

杭州摊簧　长篇曲本　选回

夏母训子

甲　〔唱〕晚清腐败余杭县，

乙　〔唱〕杨乃武冤案已四年。

甲　〔唱〕刑讯逼供血泪惨，

乙　〔唱〕朝廷争斗天地暗。

甲　〔表〕清朝光绪二年，也就是1876年，农历十月卅日，浙江省余杭县“杨乃武与小白菜”一案，在北京刑部大堂整整审了一天，最后判定：明朝，也就是十一月初一正午十二点，要将杨乃武与小白菜葛毕氏，绑赴菜市口刑场开刀问斩！杀头！现在辰光是卅号晚上初更天，也就是晚上七点多，一顶轿子抬进北京内城棉花胡同刑部侍郎府。轿子停落，轿子里出来一位四十多岁年纪，头戴三品顶戴的官员。他，就是清朝光绪年间的刑部侍郎少司寇夏同善。只见他面色铁青，急匆匆走进内厅。

乙　〔表〕内花厅坐着一位七十多岁高龄的老太太。她就是夏同善的母亲夏沈氏。虽然儿子身居高官，她身上的穿着打扮仍然简单朴素，座位右手边，放一根江南细竹做的手杖。她老归老，却显得精神抖擞，相貌端庄，脸上皱纹蛮多，一双眼睛却炯炯有神。她是浙江余杭县塘栖镇人，自从跟随儿子夏同善进北京做京官，交往的都是官场中人，所以不知不觉说起话语来，也略微带滴儿“官腔”。

〔白〕儿啊，你回来了。

甲　〔表〕夏同善是个孝子，按照那个年代的礼节，儿子要向父母长辈要早请安，晚问安，所以他“啪啪啪”倒退三步，再“哒哒哒”向前三步，“嘚儿……扑”双膝跪下。

〔白〕母亲大人在上，孩儿问安来迟，望乞母亲大人恕罪！

乙 〔白〕儿啊！你起来说话。为娘问你：那杨乃武一案——

甲 〔白〕这……

〔表〕夏同善心里是叫有苦说不出！明明晓得杨乃武是天大的冤枉，官司整整打了四年，从余杭县，杭州府，到浙江巡抚杨昌浚、藩台钱友兰、臬台蒯士芗的三堂会审，一直到朝廷两次派钦差到杭州，杨乃武受尽各种酷刑，被打得满身伤残，最后屈打成招！他姐姐杨淑英，历尽千辛万苦到北京刑部大堂冒死滚钉板告部状！今朝……唉——

〔唱〕总以为，大清国法威无比，惩恶扬善举大旗。

谁知道，刑部终审判极刑；

杨乃武，明日问斩无归期。

朝廷中，虽有诸多明白人；

没奈何，无有一点公平理。

虽则我，官居刑部少司寇；

却无奈，上有尚书定主意。

倘然我，坚持要将案来翻；

定然会，得罪官员一大批。

常言道，各人自扫门前雪；

我只得，保得自身求太平。

乙 〔白〕儿啊！娘在问你哪！

甲 〔白〕母亲大人啊！今日刑部大堂终审一天，儿虽然看出那帮贪赃枉法的官员，已经买通刑部堂的上下官役，刑部尚书桑春荣桑大人，也看出其中奥妙，却也无可奈何！所以明日里，杨乃武与小白菜葛毕氏，要绑赴刑场斩首！

乙 〔唱〕啊——

闻听此言魂魄惊，犹似闷雷炸我心。

半月前，淑英申冤进北京；

就在此，内厅与我诉冤情。

她出生，余杭仓前杨家门；

与乃武，同胞姐弟手足情。

可怜她，嫁到塘栖三年后；
亲夫亡，守寡养子实苦命。
家贫穷，为保孩子能生存；
没奈何，进入我家做用人。
十年前，同善奉旨做京官；
杨淑英，回归仓前旧门庭。
谁知道，胞弟乃武遭冤屈；
四年来，屈打成招受酷刑。
听得我，年迈之人身发抖；
不由得，两行老泪流不停。
淑英她，冒死进京告部状；
想不到，杨乃武他、他、他……他（仍然）枉死在京城。

〔夹白〕儿啊！
你同善，身为刑部少司寇，
却枉空，顶戴花翎披在身。

〔白〕为娘问你，这杨乃武冤是不冤？

甲　〔白〕冤！

乙　〔白〕枉是不枉？

甲　〔白〕枉！连上海《申报》也为他鸣冤，连续发表文章，朝野轰动；浙江读书人罢读，递送联名公禀为他申冤！杨乃武当然冤枉！

〔唱〕儿子我，也曾据理去抗争；
没奈何，一刀难断藤千根。
只因为，官场黑幕层叠叠；
想行舟，一篙难破冰千层。
如今是，七审六决成铁案；
想翻案，泼水难收冤难伸。

乙　〔白〕好啊！你身为朝廷命官，头戴三品顶戴，身披三品花翎，明明知道杨乃武冤枉，你、你、你……你却见死不救。这世上要你这官员何用哪？

甲　〔白〕母亲啊！儿子官卑职小，倘若硬要我据理抗争，为杨乃武翻案，必将得罪上下一大批官员，让儿子如何站立朝堂啊？

乙　〔白〕哇——

甲　〔衬白〕喳！喳、喳、喳……

乙　〔唱〕黑夜虽长有鸡啼，翠竹不怕暴雨欺。

涧底松也有见天时，何必要，沉沉落日向山低。

〔白〕哼，娘来问你：我夏家的祖训你可曾记得？

甲　〔白〕为民则勤奋善良，为官则刚正清廉。

乙　〔白〕你在京城为官，在刑部任侍郎少司寇之职，所为何来？

甲　〔白〕上为朝廷分忧，下为黎民申冤。

乙　〔白〕好哇！想那杨乃武遭受泼天的冤枉，审清杨乃武一案，是你的职责所在，你！你、你……竟然草菅人命，不理民冤！

甲　〔白〕母亲息怒！孩儿何尝不想为民申冤，杨乃武一案要想推翻，千难万难啊！

乙　〔白〕吓吓——既然此案有冤，你说什么难！难！难！你却知难而退，忘却祖训，胆小如鼠，无有作为，草菅人命！为保你头上的顶戴，背挂的花翎，明哲保身，见死不救，见冤不申，不敢担当！你，你，你……有何面目面对祖训哪？

甲　〔紧接衬白〕喳！喳、喳、喳……

乙　〔唱〕害怕风浪（你）莫上船，（你）明哲保身求太平，

不如回到塘栖镇，运河打鱼度一生。

栽培枇杷种荸荠，养虫植梅过光阴。

如想为官留京城，要牢记家教严祖训。

要做那，百姓头上一把伞，

遮风雨，为民请命解愁闷。

（想那）杨家弱女子，为弟申冤情，

千里奔京城，不怕钉板滚，周身血淋淋。

（想那）浙江读书人，仗义敢言行，

罢读铁铮铮，联名递公禀。

做人须有忠义骨，敢作敢为正直人。

(你）身居刑部少司寇，当官定要廉明正。

黎民有苦你要顾，百姓有求你要应。

黎民有难你要问，乃武冤案你要审。

纵然此案多凶险，娘要你，唯拚一死尽忠诚！

甲　〔唱〕母亲她，震聋发聩一番话；

我同善，热血奔涌心头震。

杨乃武，冤屈大案要审清；

我定要，唯拚一命为黎民。

甲　〔表〕那末夏同善连夜立即赶到刑部尚书桑春荣的府上，面见顶头上司桑春荣。嗳，正巧光绪皇帝的爸爸醇亲王奕譞，也在桑春荣府上吃老酒。夏同善急中生智想出一条妙计：让杨乃武和小白菜也要吃老酒，在半夜里来一个刑部牢房里“密室相会”吃老酒！那末小白菜葛毕氏吐露真情，杨乃武冤案终于大白于天下！

甲　〔唱〕夏母训子家教严，

乙　〔唱〕字字句句深远情。

甲　〔唱〕为官要为民做主，

乙　〔唱〕世世代代颂清廉。

合　〔唱〕若有机会再来唱，密室相会一段情。

（本曲本2017年根据传统长篇节目《杨乃武与小白菜》的相关内容与谭均华合作整理改编。）

宁波走书　长篇曲本　选段

祝枝山观灯

〔唱〕正月十五杭州城，大街小巷挂花灯。

千家万户喜团圆，元宵佳节迎新春。

〔表〕今朝是，明朝万历十三年的元宵节，杭州城里厢是喜气洋洋，交关闹猛。住勒杭州清河坊吏部府的周文宾陪同苏州的好友祝枝山勒拉书房里厢吃酒谈心。

周　〔白〕酒逢知己千杯少……来，祝兄请啊！

祝　〔白〕唷！阿宾啊！侬相貌堂堂，风流倜傥，是个男子汉，为啥杭州城里厢人都叫侬“周美人”，格是啥个道理？

周　〔白〕话起格事体，难为情的……

祝　〔白〕勿要难为情，阿拉两人是要好朋友，话点拨我听听呐。

周　〔唱〕提起绰号周美人，往事历历记心中。

文宾有个亲姐姐，七岁夭折归了阴。

母亲痛女染上病，药石无效医无功。

〔夹白〕嫂嫂见我相貌很像姐姐，她情急之下：

〔唱〕将我（里格）带到她房中，换穿（里格）姐姐女衣裙。

为除母亲心头病，送汤送药我侍奉。

〔夹白〕我扮女郎两年，姆妈格毛病也好了，到七岁上学格辰光我才改扮回男装，从此绰号“周美人”。

祝　〔白〕唷，话起来侬还是个大孝子嘛！介末阿宾呀，侬扮小姑娘格辰光到现在已过十年哉，要是现在再让侬装扮女郎，侬还扮得像否？

〔表〕周文宾与祝枝山平时经常喜欢开开玩笑的，特别是老祝格性格顶喜欢寻开心。周文宾表面上是文质彬彬，内心里厢却是争强好胜，年纪亦轻，再加上酒醉三分，想想今朝是元宵节，搭格近视眼开开玩笑，寻寻开心，扮末就扮!

周　〔白〕好! 不过阿拉要打个赌! 我去扮女郎，如话被侬看出是我扮的，我输拨侬五百两银子；倘若侬看勿出是我所扮，侬就输拨我五百两。

祝　〔白〕啊! 五百两啊! 算数，不许赖账!

〔表〕乃末周文宾走出书房，顺手带上门，到后厅去装扮女郎。老祝一人勒拉书房里厢老酒注注、心里厢忖忖，(嘿嘿) 今朝我老祝：

祝　〔唱〕笃定会得赢!

小周后生哥扮女人：哪能会得辨勿清。

〔表〕吹牛! 哎，没一上工夫，“笃、笃、笃”!

祝　〔白〕嗯! 啥人啦?

周　〔白〕请问，周二公子在吗?

〔表〕唷、唷……的糯的糯松脆声，老祝是浑身骨节来疏松，嗯! 噶嘚儿……书房门开，骨得走进一位乡下姑娘。

祝　〔白〕哇! 漂亮!

〔唱〕老祝会看得呆顿顿。

祝　〔白〕难道是小周装扮介? 勿会格，对，我得问问清爽不可上当!

〔白〕这位姑娘侬叫啥名字?

周　〔白〕我叫梅冬花。

祝　〔白〕啥? 叫霉冬瓜? 格是宁波小菜嘛! 侬是从啥地方来格呀? 寻周文宾做啥?

周　〔白〕你且听了!

〔唱〕我家住西乡梅家坞，离开城里廿里路。

今朝本是元宵节，进城看灯到周府。

一来拜望老夫人，二来看看周哥哥。

祝　〔白〕周二公子侬认得介?

周　〔唱〕他经常来到梅家坞，踏青赏梅作画吟诗赋。

我俩交往二年多，我是小妹他是哥。

〔表〕祝枝山心里厢又勒忖：呵呵，小周啊小周，侬文质彬彬，想勿到勒拉乡下还会有红颜知己。等上侬扮千金小姐出来，两个女人碰头格辰光，格真当是有趣煞哉！

祝 〔白〕姑娘，周公子出去马上回来，来、来，来，侬请先坐坐呐。

〔表〕乃末祝枝山上当勒！原来格乡下姑娘就是周文宾所扮，现在掀开包头纱巾，又恢复原来腔调嘞。

周 〔白〕哈哈哈哈哈，老祝，侬输掉咧！来、来，五百两银子拿出来！

祝 〔白〕啊！五百两！慢叫！阿宾，你欺负我老祝一双近视眼，这个不算数格。今朝是元宵节，大街之上交关闹猛，阿拉两人出去，如话别人看勿出是侬所扮，格我老祝才肯服输！

周 〔白〕好！祝兄请啊！

〔表〕祝枝山和周文宾两人一直从清河坊走到三元坊，大街之上人头济济，两人被轧散。格辰光祝枝山只听前头勒喊：花灯队来哉……

〔唱〕祝枝山——

靠在牌坊看花灯，敲锣（里格）打鼓闹纷纷。

鞭炮烟花火流星，游来队队都是灯。

〔夹白板〕一品当朝灯，二品和合灯，三星祝寿灯，四季平安灯，五子夺魁灯，六月荷花灯，七星宝塔灯，八仙过海灯，九子十成灯，十面埋伏灯。

〔唱〕杭州历来称古城，集聚各地各样灯，

都来省城显本领。

侬看那，一颗明珠打头阵，

原来是，明州宁波舞龙灯。

还有观音坐莲灯，善男龙女拜观音。

老祝看得出了神，忘记朋友周文宾。

〔表〕周文宾被轧散挤在人流中，王老虎抢他回去想成婚。格观众朋友，两个男子咋成婚呢？介末下次有机会，再来唱给大家听。

（据苏州弹词传统长篇节目《三笑》相关情节改编。）

下编

谈艺录

锐意创新　宝刀不老

——谈朱桂英演唱宁波走书《冷酷的心》的表演特色

1988年12月13日晚，在省群众艺术馆小剧场举行的浙江省第二届曲艺会演授奖大会上，当宁波走书著名老演员朱桂英上台领取荣誉表演奖时，台下报以一阵雷鸣般的掌声。这是大家对这位老曲艺家在本届会演中锐意创新而获奖的最热烈的祝贺！

在浙江省第二届曲艺会演（绍兴片）上，朱桂英演唱了现代宁波走书《冷酷的心》，以细腻传神的表演、清新悠扬的唱腔、吐字清晰的说表，令观众和曲艺界同仁折服。

宁波走书《冷酷的心》的内容是反映现代生活中的伦理道德观念的。这在各类文艺作品中并非鲜见的题材，但作者选取的角度却另辟蹊径，设计了悬念迭起的情节，着意刻画人物的思想心态。它描写了在医院产子的海萍，望眼欲穿地等待丈夫章梦溪的到来，可是丈夫却拒绝探望，而来探望的却是另一个男子。这使得她的妹妹海芸疑云顿起，最后还是由她的丈夫解开了疑团。原来，这是丈夫为了教育妻子平时不尊重婆婆而采取的一种方式。由于朱桂英在表演上力求新意，使这个新节目在会演中分外增色，赢得好评。

宁波走书是浙江流传较广和有较长历史的曲种，在表演、唱腔、音乐伴奏上也和某些曲艺形式一样，形成了固有的程式。《冷酷的心》是一个反映现代生活题材的节目，如果仍套用陈旧的表演程式、唱腔、伴奏来反映当代人的生活，必然会使人感到表演形式和所反映的内容与时代相去甚远，格格不入。

朱桂英今年已五十八岁，可她在艺术上仍然是那样的勤奋好学，勇于进取，不断探索。她在演出宁波走书《冷酷的心》时，充分显示出锐意创新的艺术风格和魅力。在日常生活中，她可称是快人快语，甚至于直率得有点“过头”，可是在艺术追求中却耐心而细致得有点“戆”。为了演唱好《冷酷的心》这个新节目，在会演前，她不顾盛夏的酷热，多次和作者戚天法同志商讨并请教，领会人物的思想脉络、感情变化，做了大量的案头准备，对着录音机说一遍、教一遍，唱一段、改一段，不断地和作曲崔纪祥同志琢磨、钻研。在保持本曲种特色的基础上，她在唱腔曲调、结构方式、板式、节奏上进行了大胆改革。她精雕细刻、精益求精、刻意创新的创造，使这个节目既富有宁波走书的韵味、风格，也适应了当代观众的审美心理和要求。特别是她在抒发章梦溪心理活动时的一大段唱词：

浮云遮月月不明，夜雾迷茫星无影。
并非梦溪不盼儿，心中苦有难言隐。
章梦溪，出世不到三个月，父亲车祸丧性命。
母亲是，含辛茹苦二十载，辛酸苦辣都尝尽。
日间背我把田耕，夜里编席到鸡鸣。
省吃俭用供我读，才将梦溪育成人。
〔**插白**〕为了娶你做儿媳——
母亲她，冷水泡饭无荤腥，累折筋骨白发生。
新房家具皆齐备，我与你海萍结成亲。
实指望，从此可享天伦乐，和和睦睦过光阴。
〔**插白**〕谁知道，
燕子衔泥空劳碌，你冰冷脸孔赶娘亲。
敲敲笃笃出骂声，掼碗掼筷常发性。
你不愿与娘一道住。
〔**插白**〕将我娘的被褥——
扔到楼梯间内水门汀。
娘生毛病你火更大，不请医生说装病。
猫食碗里剩冷饭，窗门洞中递娘亲。
我娘是，含着老泪抱着病体回农村。
可怜她，有儿的“孤老”更伤心。
我暗寄十元生活费，你却是，全数追回还不开心。

如今我，养下儿子有何用?

到晚年，岂不是也给儿媳赶出门?!

在这大段唱词中，她博采众长，融会贯通，静中有动。除了充分运用宁波走书的“词调”“三顿”“赋调”等曲调外，还融汇了四明南词中的“平湖”和宁波唱新闻及甬剧、越剧、绍剧中的唱腔音乐，有机地连贯运用，达到了感情起伏、抑扬顿挫、跌宕生姿的境界，为人物感情的刻画增强了音乐立体感，并保持了宁波走书特有的浓郁韵味。当唱到“到晚年，岂不是也给儿媳赶出门”一句苍劲挺拔的高腔时，拨动了观众心中的弦，引来了一阵热烈的掌声。这既是为节目中人物的思想活动所感动，也是为朱桂英声情并茂的演唱技巧而鼓掌。

说功是曲艺表演中的重要艺术手段，历来有“七分话白三分唱”的说法。朱桂英同志长期以来吸收了苏州评话和苏州弹词的说表艺术，运用于宁波走书中的“说白”“分口”，通过长期的艺术实践，在说表技巧方面积累了丰富的经验，中气充沛，功力深厚。在《冷酷的心》这个节目中，其说白更显得干净利落、清脱飘逸。特别是对这个新编节目，更是新书新说，一扫那种拉腔拿调的陈旧感。她根据情节的需要，安排语言的节奏，轻重徐疾贴切自然，字音稳重而送远，字字入耳，掷地有声。当妹妹海芸听说姐夫章梦溪还未到医院来探望姐姐时，有段很长的说白。在这段说白中，既有第二人称的道白、咕白，也有第三人称的表白。海萍和海芸姐妹俩性格各异，海萍性格内向、沉默，海芸天真、爽直。朱桂英本身的年龄和体态，对塑造这对姐妹的艺术形象是有相当难度的。但她根据情节的起伏、转合，运用对人物“分口”的娴熟技巧，既描绘了产科医院的环境氛围，又在语气和声音的变化上下功夫，将两姐妹的不同性格和思想感情刻画得惟妙惟肖，形象生动逼真，真是如见其人，如闻其声。这大段说表的紧、慢、起、落处理熨帖、流畅而波澜起伏自如，为整个节目的情节发展作了有力的铺垫，紧紧扣住了观众的心弦。

朱桂英同志在宁波、舟山等地区的群众中和我省曲艺界享有盛誉。她虽在艺术上已形成了自己的演唱风格，但在对待艺术的创新方面所作的这些不懈努力，以及一丝不苟、精益求精的态度，更加值得我们学习。笔者最近去宁波，曾到她住所拜访，她在闲谈中的话题，也总离不开宁波走书的创新和对新人的培养。

我们期望宁波走书艺术新人辈出，更祝愿朱桂英宝刀不老，艺术之树常青！

（原载中国曲艺家协会浙江分会内刊《浙江曲艺》1988年第2期。）

从《晦气鬼告状》到《糊涂村长别传》

——记绍兴莲花落青年演员翁仁康

萧山市的绍兴莲花落演员翁仁康，是个满身江南农村味的小青年，可一登上舞台，却别有一番光彩。两年前，他创作、演出的绍兴莲花落《晦气鬼告状》曾获得省第一届曲艺会演创作一等奖、优秀表演奖，以后在全国曲艺新曲（书）目比赛中又夺得创作、表演、音乐设计、伴奏四项二等奖。翁仁康顿时声名鹊起，电视里有影、广播里有声、录音磁带畅销、报刊上有名，还被吸收为中国曲艺家协会会员，在省第三次曲代会上当选为省曲艺家协会理事。

翁仁康和徐士龙合作的绍兴莲花落《糊涂村长别传》，在绍兴莲花落的发源地绍兴演出，翁仁康以绍兴莲花落独有的幽默、风趣、夸张又不失含蓄的说白，将“糊涂村长”王阿炳的艺术形象活灵活现地展现在了观众面前。

《糊涂村长别传》这个作品，以曲艺特有的夸张手法，通俗易懂的唱词，风趣俏皮的语言，艺术地反映了当代农村中的一个生活侧面，着力塑造了一位刚被村民选为“村长”、自称是“高粱大学加饭系”毕业的“吃酒大王”王阿炳的典型形象。他是个貌似糊涂而实不糊涂，虽贪杯中之物，却又老酒吃饱就六亲不认，敢顶各种歪风而又憨厚中带机智的农村基层干部。由于作品贴近生活，使观众感到亲切，引起了共鸣。翁仁康在表演中以其精雕细琢的唱腔设计、节奏掌握自如的说白，把这个既爱喝酒又正直无私、善良朴实、豪放幽默的人物刻画得惟妙惟肖，令人信服。

曲艺艺术是“千斤话白四两唱”，绍兴莲花落对人物的刻画、情节的铺垫，主要依靠说白的功夫。翁仁康对绍兴莲花落的说功，是具有个性和风格的。《糊涂村长别传》中有这样一个情节：李阿三为刁难王阿炳，邀来了一个“野鸡”剧团，以庆祝妇女节为名，为孙子办剃头酒。他将王阿炳灌醉，逼他上台讲话，企图让这位新任村长当众出丑。王阿炳却借酒发挥，当众揭露李阿三的丑行。这里有一段很长的说白，如果演员没有过硬的说白功夫，容易使节目的情绪下跌。而翁仁康说得抑扬顿挫，节奏自然。当说到王阿炳讽刺李阿三“生个男的就嘻嘻哈哈、吹吹打打，还要办剃头酒，像哄丧事（方言，意为手忙脚乱地办丧事）一样”时，他将前面的大段说白加重语气，咬字清晰，及至“像哄丧事一样”，突然来了个急转直下，咬准字眼、用足口劲却又压低声腔，这一放一收，入木三分地刻画了王阿炳的性格，取得了极佳的艺术效果。

同行们称赞翁仁康今天的“糊涂村长”比两年前的“晦气鬼”唱腔更有创新、表演更趋成熟、说表更入佳境。

（原载1989年3月4日《浙江日报》。）

绍兴莲花落浅析

浙江的绍兴莲花落以浓郁的地方特色，风趣幽默的语言，灵动而醇厚的唱腔，深受浙江杭、绍、甬地区群众的喜爱，尤其在农村，更有广泛的基础。近十年来，绍兴莲花落演员如胡兆海、倪齐全、翁仁康等不仅在浙江省有相当的知名度，他们还参加了全国性的曲艺比赛和艺术节等交流演出，使绍兴莲花落这一地方曲种在全国有了一定影响力。

绍兴莲花落这朵小花，开得如此鲜润夺目，我认为，主要有以下几个方面的原因：

一、在社会主义市场经济蓬勃发展的条件下，随着经济结构的变化，文化格局也相应有所变革，群众的艺术爱好和参与意识增强了，绍兴莲花落的演出从单一的书场演出走向了多元化、多形式、多层次、多结构的演出格局，多种小型演出，出现在生活富裕的私人庭院中。从集体包场观看绍兴莲花落演出变为个人的包场，以售票方式和场方拆账的票房收入为主体的演出经营已被更灵活的方式所代替。以农村乡镇影剧院为主体的售票公演形式，多安排在春节和重要节日。这种大（广场）小（私人庭院）结合的演出活动，使演员和群众的感情交融更加深厚了。

二、以说唱长篇节目为主的绍兴莲花落演员队伍产生了新的变化。原有绍兴莲花落演出团体或组织，相当一部分是属于集体所有制；现在很大一部分为民间艺人（其中包括部分半职业艺人），这种演出市场的新格局，需要有不同性质的演出经营。专业演员不可能一年四季长期安排演出，需要半职业和非职业的演员去演出，因而形成了绍兴莲花落演出队伍的个体化和业余化。一些颇有影响的中青年演员担任不同的社会职务，有的已转事他业，演出绍兴莲花落成为第二职业或第三职业。然而，绍兴莲花落演员从业队伍的这种演变，并不意味着该曲种的衰落。演员们虽然不再像以前那么“专业”，但他们仍然热爱这门艺术，而且在艺术上有进取心，亦有凝聚力和影响力。

三、由于演出需求方是多方面的，所选择的题材多是反映现实生活的，在创作时间紧，篇幅要求短，趣味要更浓，唱腔需更美的情况下，促使绍兴莲花落演员加快创作演出的节奏。因此，演员们联系和团结了一批志同道合的朋友。他们有的是从事其他艺术的工作者，有的是群众文化工作者、新闻工作者，但对绍兴莲花落有兴趣，愿意从创作上来扶植这朵具有强烈泥土气息的小花。上虞市的袁伟文原是位戏曲方面的音乐工作者，他对绍兴莲花落的音乐做了大量的调查研究。上虞市的几位绍兴莲花落演员经常演出他创作的本子，在唱腔上也有长足的进步。浙江的音乐作曲家汪嘉宝，转到新闻广播岗位后，仍勤于绍兴莲花落文学脚本的写作，并在音乐上不断创新和丰富。他在绍兴市人民广播电台推出的以绍兴莲花落为主体的《嘉宝频道》曲艺专题节目，赢得了很高的收听率。

市（县）级的电视台发展迅猛，也常年举办一些文艺晚会，使得绍兴莲花落又有了一个更广阔的展示天地。当然，电视播放的时间“一刻千金”，因此，就更需要创作一些生动活泼、贴近生活、反映现代人心声的节目。由于作者和演员密切合作，推出一个个新作，受到了群众的欢迎。

几年来，由浙江省曲艺家协会组织，加上一些热心于绍兴莲花落的朋友牵线搭桥，使作者和演员、演员和音乐工作者之间，逐渐形成了若干群体，有纵向的、横向的，也有跨地区和行业的，既有组织的组合，也有朋友间的友谊合作。他们在艺术探讨和具体实践中，以自发和自愿相结合的形式形成了一支实力雄厚的编演队伍，带动了周围一些文化不高的老艺人，不断有所进取。如《三个巴掌》《割肉还娘》《卖座》《“傻瓜”闪光》《分爹》《萝卜裤》等这些深受观众喜爱的精彩短篇和小段节目的陆续出现，无不是这个群体努力的结晶。

四、随着小段绍兴莲花落的兴起，从表演中的说表、唱腔、手面动作、音乐伴奏、演出服装到演员的上下场，都相应有了新的要求，对绍兴莲花落演员艺术素质和文化素质的要求也日益提高。鉴于原来绍兴莲花落一些节目说表的粗、俗、拖、沓，以及和时代脱节，唱腔上平、直、简、单的局限，表演者从苏州评弹、相声、滑稽、电影、电视剧和戏曲中吸取营养，融入自身的表演之中。曾经在全国、全省多次获奖的青年演员翁仁康，从小具有表演新故事的能力，多年来注重编演新作，成果颇丰。为了提高技艺，他在文艺界广泛交游，多方吸收，把诸多的艺术元素自觉不自觉地融入绍兴莲花落，以引人入胜的表演征服了观众。上虞市曲艺团的老演员吴宝炎已五十多岁了，表演绍兴莲花落近三十年，长期在农村演出长篇。两三年前，在时代潮流的推动下，他开始演出新段子，但表演上仍有陈旧感。今年，他在浙江省第四届绍兴莲花落调演中，演出新节目《剪彩》，一上台，从服装到说表唱腔和以前判若两人，获得了本届调演的表演一等奖。这说明传统艺术经过改革创新，更富有生命力。

正是绍兴莲花落演出市场的变化，促使绍兴莲花落创作演出群体正在顺应时代，寻找改革创新之路。而他们在艺术上不断地改进，不断地创新，靠的就是一种对绍兴莲花落痴心不改的敬业精神。

（原载《曲艺》1995年10月号。）

从牛筋琴的改良
谈温州曲艺的艺术创新

在浙江众多的曲艺形式中，以叙事性强且在说唱表演中由演员自行伴奏的温州鼓词，有着优良的艺术传统和深厚的群众基础。温州鼓词以其浓郁的地方特色，富有韵味的唱腔和别具一格的伴奏乐器，为曲艺界所瞩目，在曲坛享有很高的声誉。

温州鼓词是流行于浙南地区最大的曲艺形式，是浙江的主要曲种之一，其历史源远流长，历来名家辈出。中华人民共和国成立以后，温州鼓词不仅在全省历届曲艺会演、比赛、调演中获奖，而且多次参加全国性的曲艺会演、比赛和巡演。如1958年8月，著名演员阮世池就以他的一曲温州鼓词《不靠天》和陈春华、戴春兰的温州莲花《高机卖绡》赴北京参加首届全国曲艺会演，受到周恩来等老一辈无产阶级革命家的亲切接见。会演结束以后，阮世池参加了全国曲艺会演巡回演出团，赴11个省的省会城市巡回演出；1976年，平阳的鼓词演员方克多和陈小珍再次赴北京参加全国曲艺调演，演出温州鼓词《家住安源》；1982年3月，由文化部举办的"全国曲艺优秀节目（南方片）观摩演出"在苏州市举行，方克多、胡平表演的温州鼓词《智闯龙潭桥》荣获创作、音乐设计、表演三项一等奖；1986年，方克多、胡平以温州鼓词《法庭擒鹰》参加文化部、中国曲艺家协会举办的全国曲艺新曲（书）目比赛获奖；1991年，平阳的王晗华、陈小卯又以温州鼓词《山路》参加首届中国曲艺节（南京）的演出，为温州鼓词赢得了声誉。

综上所述，由于温州鼓词以它浓郁的地方特色，作品的新意以及演员的艺术素质，在全国曲艺界和观众心中留下了深刻的印象。更应该看到的是，在全国性的各类重大曲艺活动中，温州鼓词的主要伴奏乐器——牛筋琴为全国曲艺界及音乐界人士所关注，引起了很大反响。1982年3月，在苏州举行的全国曲艺优秀节目观摩演出期间，中央音乐学院的教授以及全国曲艺界的专家，对牛筋琴产生了极大的兴趣。大家对牛筋琴这一来自民间，且非常适宜曲艺演员自行伴奏、音质优美的乐器深为赞叹。

从牛筋琴产生的历史，到它的变化、改良和发展，我们可以看到前辈曲艺家在追求艺术上的精益求精、敢于突破和争取表演艺术上的完美所作出的不懈努力。平阳县鳌江郑家墩的前辈艺人、被称为“牌仙”的陈昌牌先生，是温州鼓词的主要伴奏乐器——牛筋琴的改革先驱者，这位活跃在一百多年前的盲艺人，不满足当时鼓词在伴奏方面的单调及欠缺音乐性，大胆地进行改良。在一百多年前的旧时代，民间的说唱文艺同劳动人民所创造的人民文化一样，处于被压制、被歧视的地位。陈昌牌先生在那种历史背景下，在民间演出的实践中，运用自己善弦竹、懂音律的有利条件，用五根牛筋，配以宫、商、角、徵、羽的五音，创造形成了温州鼓词的主要伴奏乐器——牛筋琴的雏形，这在一百多年前是一种很了不起的创造。随着历史的推进，温州曲艺界的前辈们又将五弦琴改良成七弦琴，经过逐步的改良、充实、完善，现在已成为我国曲坛独树一帜的十二弦牛筋琴。

温故而知新。温州曲艺界现在相聚在平阳，举办纪念陈昌牌先生的艺术活动，其现实意义，主要是学习他敢于创新、勇于改革的精神。

时代即将进入二十一世纪。我们回顾温州曲艺的发展历史，面对现状，需要就当前温州曲艺的一些新情况，研究探讨一些新问题，这对温州鼓词等曲种的改革和发展，以及如何使之适应新形势，有着深远的意义。

在新形势下，人们的文化生活需求已呈现多元化。科学的传播媒体越来越发达，进入信息社会后，多种多样的载体正在改变着人们对文艺生活的需求习惯。毋庸置疑，曲艺艺术也和其他的传统表演艺术一样，受到了严峻的挑战和冲击。在日新月异飞速发展的新时代，温州鼓词能否适应人们的欣赏要求，应该是值得曲艺界有识之士深入思考的问题。

当然，温州的地方曲种在浙南地区的城乡，有一定的演出市场，拥有较大数量的老年观众。老年听众是目前曲艺特别是以说唱中长篇节目为主的各个曲种的基本听众，他们喜爱听一些传统的温州鼓词节目，我们应该为他们服务好。中华人民共和国成立以来，一部分传统鼓词经过推陈出新、加工整理，思想性、艺术性、文学性都有很大提高。曾经有一段历史时期，在传统节目的整理工作中有“左”的思想影响，否定了一些不应该否定的内容，删掉了一些不应该删掉的唱词乃至章节，造成了不好的后果。“文化大革命”中更不能说唱传统节目，“文化大革命”以后才逐步上演传统以及新编的历史题材的节目。现在我们温州鼓词的大部分中青年演员，是在这个时期，在老一辈名师名家们的传授下，依托传统节目的恢复演出成长起来的，他们起了温州鼓词承前启后的艺术骨干作用，为听众所欢迎。

现在，温州曲艺界的有识之士，包括深受群众欢迎的名家前辈演员，都在致力于鼓词艺术的改革创新，这是非常可喜和必要的，这也是温州鼓词艺术发展的历史经验。早在一百年前的陈昌牌先生就是先例。所以，时至今日，温州曲艺界在此举行纪念活动，以致敬仰，就是因为他敢为人先，开创了牛筋琴改良之先河；也正是有几代前辈艺人的努力创新，才使得地处一隅的温州鼓词，至今仍然拥有大量听众，才有全国和全省曲艺界的声誉和地位。同时也启示我们，如果因袭守旧，墨守成规，不能随着时代的发展而改革创新，任何艺术都不可能保持旺盛的生命力，甚至将趋于消亡。我们省有些曲艺品种已经渐渐消亡，便是明证。

我觉得，当前经常演出的温州鼓词的节目中，最重要的是要解决好节目内容较为老化、陈旧的问题。在以前的年代里，老先生们也许只要会唱几部词就能吃一辈子，今天的时代恐怕不行了。我认为对传统节目要常唱常新，所谓的常唱常新，就是对你所说唱的传统节目不断地加深理解，按照当代人的欣赏需求不断地推陈出新，从情节的发展和人物塑造到唱腔设计，以及具有独特风格的伴奏，都应有新的创造和突破。

何况，现在的音像市场非常活跃，早几年风行一时的录音磁带和录像带，转眼之间已成为过去的时髦，随之而来的是更先进的声画更完美的影碟片。这类发展迅猛的传播载体，对我们曲艺表演艺术是机遇，也是一种很大的压力。有利处在于：它能扩大我们曲艺艺术的影响力和辐射力；压力方面在于：我们曲艺的艺术生产力不能等同于碟片的生产力，让曲艺类碟片占领市场必将会影响自己的演出市场。但又决不能封闭自己，因为它毕竟是现代的传播手段。要解决这个矛盾，在大力开拓曲艺音像市场的同时，努力编演新节目；

演员要依靠作者的帮助和支持，不断地推出新的节目；也要有勇气自编自演，努力提高自身各方面的素质，全心全意地投入到艺术创新中去；对于已经录制成音像制品的节目，可在演出中不断创新。曲艺艺术的又一特征是灵活性强，每一场演出都可有所调整和完善，这是我们的优势和强项。使传统节目不断有变化、有新意，永远使听众有新鲜感，这样的节目才能久演不衰。诚然，这是要付出辛勤劳动的。要在当今时代成为名家，只有不断地耕耘，才会有收获，才不会被观众所冷落。

温州人勇于创业、敢于开拓的精神为世人瞩目。在曲艺事业方面，近年来，温州的曲艺界作出了不懈的努力，创作了不少优秀节目，对一些久已不演的传统节目，在经过整理加工提高后，深受群众欢迎；而一些节目则走向更广阔的舞台，参加电视、综艺性文艺晚会的演出活动越来越频繁，这是一个很好的势头。在市场经济的新局面下，艺术竞争非常激烈，不仅是同行之间的竞争，还有和其他表演艺术门类展开的竞争。曲艺艺术有它浓郁的地方特性，有丰富的语言和富有特色的音乐唱腔。曲艺的艺术规律和特点，其他表演艺术是无法代替的。但是，如果只片面强调自己的特色和规律，不吸收、借鉴姊妹艺术的长处，可能我们很难参与现代多样性的演出活动。如果我们的表演方式仍然是老样式，把传统的节目内容、样式搬到综合性很强的大型文艺晚会演出，我想是很难被观众所接受的。温州鼓词等地方曲种，是否能够自立于众多的艺术之林，并且日益扩大其影响，就在于我们是否能够不断地改革创新。我想，如果能在温州鼓词的开篇体裁上做点文章，拓宽题材，可写人叙事，也能状物抒情，再在音乐唱腔上花点功夫，在表演技巧上向其他表演艺术借鉴，既有纵向的继承，又有横向的借鉴，而借鉴的目的就是丰富自己。

近年来，我对温州鼓词听得不多。据说前年的温州市曲艺会演中，平阳演出的开篇《温州人》很有新意。最近有幸观摩温州市鹿城区第三届曲艺展演，可以看出，温州曲艺界正在着力进行表演艺术形式和音乐唱腔等方面的改革创新和探索。展演中，为适应当前观众的审美需求，追求从内容至形式的美感，令人振奋。鼓词弹唱《鹿城新面貌》以六分钟的演出时间，精心配曲，富有鼓词韵味又十分清新的唱腔，和谐而具艺术感染力的琵琶伴奏，是纵向继承和横向借鉴的巧妙结合，从而获得演出现场新老观众的欢迎。我想，这样一种符合现代审美要求又具曲艺特点的艺术革新，应该能跨越原有的演出场所的约束，大胆地走向时代意识很强的各种展示曲艺风采的场合。当然，这并不是说这个节目完美无缺，它尚有很多不足之处，特别是作品的文学性需要不断地加工提高等。展演中还欣赏了传统温州莲花选段《黄三㚖拜亲爷》，这个节目经过几代艺人的创造，从情节内容、人物塑造到唱词的韵律均不失为有代表性的传统节目；从表演形式到唱腔设计，既尊重传统温州莲花艺术的规律，又有新的创造，这样的艺术实践同样受到观众的赞扬。即便是已然歌曲化了的鼓词新唱《温州是个好地方》，用歌曲的唱法和演唱形式，以伴舞为烘托，作为一种尝试，只要有利于扩大曲艺艺术的影响，都可以一试。在此过程中，由于经验不足，出现这样和那样的缺点，或者走了些弯路，也是不足为怪的。只要方向对，基本情况是好的，对于曲艺艺术的改革创新，我们应该满腔热情地给予鼓励。

上述的一些新节目，新形式的创造革新并不是要和传统的表演形式相对立。这次非常高兴地欣赏到著名演员陈小宝演出的传统温州大词《斩猫狸》，唱得雄壮威武，形神皆备；男女档鼓词《秦琼当锏》和鼓词《访白袍》等传统节目，在情节人物处理及表现风格方面，都给人以清新的感觉，理所当然为观众所欢迎。因为听众面是多层次的，曲艺艺术的节目内容和表演形式也应该是多方位的、丰富多彩的、多样化的。

当前，曲艺界的迫切任务，是在新的形势下，更加自觉地担当起我们的历史使命，努力创作和演出更多富于时代精神、为群众喜闻乐见的好作品；表演艺术方面在继承传统的基础上要勇于创新，争取温州鼓词有更广阔的市场。我们的演员要既能演好中长篇的传统鼓词，也能演好新编鼓词，同时还能适应综艺性大型文艺演出活动。

温州曲艺界一百多年前就有创造牛筋琴的开拓者陈昌牌先生，继而不断涌现出许多有较强事业心和富有创造精神的艺术家，如曹岱卿、陈壬连、李庆新、谢沛清、登杰、季松年、岩聪、黄玉臣、管华山、高美卿等先辈艺人；当代的阮世池、丁凌生、陈志雄、项宗光、方克多等在群众中都有很大的影响。现在，温州又涌现了一大批优秀的中青年演员，他们是继承和发展温州曲艺事业的中坚力量，面对飞速发展的新时代，重任在肩，要努力开拓、敢于创新。深信，温州的曲艺事业一定会更加兴旺发达，也一定能够逐步达到人们所希望于我们的光辉目标。

（本文为作者在温州鼓词牛筋琴发明者陈昌牌先生135周年诞辰理论研讨会上的发言。原载浙江省曲艺家协会内刊《浙江曲艺》2000年10月总第37期。）

紧跟时代　继续开拓

——在绍兴莲花落理论研讨会上的发言

借中国说唱文艺学会、浙江省曲艺家协会、浙江省群众艺术馆、绍兴县文化广播电视局在绍兴柯桥联合举办浙江省绍兴莲花落新作大赛、倪齐全绍兴莲花落专场演出、南北曲艺交流演出系列活动的机会，我们召开绍兴莲花落理论研讨会，对于针对绍兴莲花落这一浙江的曲艺形式如何能与时俱进，更进一步明确前进方向，适应时代的发展，满足人民群众对文化生活新的更高要求，有着积极的意义。我想，今天到会的有大家熟悉的罗扬同志，有从事绍兴莲花落的理论研究、曲艺文学创作、曲艺音乐研究和富有实践经验的绍兴莲花落演员及伴奏人员等，也有长期从事文艺工作的组织和领导者。大家都有丰富的经验和深刻的见解，在会议之前各自都做了发表自己见解的准备。我深信研讨会一定能够开好。

绍兴莲花落在党的文艺方针政策指导下，有了很大的发展。特别是近二十多年来，由于不断地推出思想性和艺术性较高、富有时代精神的新节目，在全国和全省都有相当大的影响，频频获奖，成绩可喜。这是从事这项事业的同仁们共同努力的结果，也是在各级党和政府及有关部门的支持下取得的成就。同时，我们应该清醒地看到，在飞速发展的新形势下，还有许多新的问题出现，需要我们去探讨、去研究、去解决；在艺术市场竞争激烈的社会环境中，我们和其他水平高的曲艺品种，以及其他一些发展较快的姊妹表演艺术相比较，还存在一定的差距。今天，我们在探讨一些新问题的时候，一定会涉及一些实质性的困难。但是，我认为，我们遇到的困难是前进中的困难，应该对发展前途充满信心。在党和政府进一步加强对文化工作领导的良好环境下，只要我们群策群力，共同克服前进道路上的困难，绍兴莲花落一定能够更快更好地发展起来。

这次研讨会要研究讨论一些什么问题呢？我提出几点想法，供同志们参考：

一、节目创作问题。从本届绍兴莲花落比赛节目的创作题材来看，大都反映的是身边事、身边人，生活气息浓郁是其长处，这是无可非议的。但是，我们看到身边的一些事物，很多观念都在发生巨大的变化。浙江的经济建设已名列全国前茅，浙江精神应该在绍兴莲花落节目中有较广泛的反映。绍兴和周边地区的经济和文化发达，涌现了许多代表当今时代风貌的人和事，需要我们利用绍兴莲花落独特的、艺术的、生动形象的手段去反映和塑造。现在看来，这方面的题材还欠缺，这就需要我们的创作者们深入到火热的生活中去。这当然是句老话，但真正地去实现这句话，需要有坚定的决心和毅力。因此，我们要克服创作中急于求成的浮躁情绪。当然，也欢迎反映古今中外各类题材的作品。

近几年来，绍兴莲花落的创作队伍有所壮大，出了不少好作品。但是，创作队伍的素质仍应进一步稳定和提高，并不断争取新的力量，这就需要相关部门建立相应的激励机制，以提高作者的积极性和热情。

二、表演及音乐唱腔的改革创新问题。在保持绍兴莲花落基本艺术特色的前提下，加强从表演到音乐唱腔的改革创新是非常重要的。绍兴莲花落是叙事性很强的曲艺形式，是语言、音乐、表演三结合的表演形态。它涉及演员表演的说、表、做、唱的功力和绍兴莲花落的艺术规律。随着时代的发展，人们的语言也在起着变化，观众对音乐唱腔的接受要求也越来越高；对演员的做功及老的程式，观众可能会感到陈旧，新的则需要我们去创造，既要不违背绍兴莲花落的艺术特征和规律，又要适应当代观众的审美要求，这是个难点。可是，不变则退，安于现状就不可能前进。这就需要各位发表高见。

绍兴莲花落经过近二十多年来的艺术创新和实践，在音乐设计、唱腔处理、伴奏技巧等方面都有很大的突破，取得了可喜的成绩。这是从事绍兴莲花落音乐工作的朋友们辛勤努力的结果，也与他们以苦为乐、以事业为荣的精神追求分不开。我从内心感谢从事音乐工作的朋友们，你们付出了很多的心血。我们应该向从事绍兴莲花落音乐改革的朋友们道一声“谢谢”。

绍兴莲花落的音乐唱腔、音乐伴奏要继续走创新改革的道路，这是必然的，也是无可争议的，否则会使曲种处于保守和僵化。但是如何符合艺术规律，如何横向借鉴，如何吸取姊妹艺术的音乐元素为我所用，如何适应演员的艺术个性和嗓音天赋，如何形成流派纷呈又具有绍兴莲花落特有的艺术特色的缤纷局面，都值得我们进行学术性的、务实性的探讨。

三、青年演员表演素质的提高问题。在这次绍兴莲花落新作大赛中，我们欣喜地看到了一批青年演员的演出（包括年轻的伴奏员），尤其是看到几位年轻的女演员的演出，这恐怕是绍兴莲花落有史以来所少有的现象。青年演员的不断涌现，是曲种的希望所在，我们要倍加爱护和关心他们。我们也高兴地看到，这批男女青年天赋条件都非常好，现在的焦点是如何采取一些措施，对他们进行引导和辅导，帮助他们不断提高表演素质，给他们提供更多的实践机会，让他们在人生及艺术的道路上健康发展，成为我省曲艺界德艺双馨的精英。这是事业的需要，也是时代的需要。我认为，这个课题应该引起大家的关注和讨论。

四、努力提高新创节目的水平。这次新作大赛演出了十二个新节目，大家是花了不少心血的。我殷切地希望，参与创作和演出的同志们能经常性地、积极地演出这些新节目。评奖不是真正的目的，获得观众认可和欢迎才是最高奖赏。如果获得最高奖却很少演出，甚至束之高阁，我认为等于没有得奖！奖次不高的节目不等于没有价值和前途。我们在多年实践中，有很多节目在第一次参加调演或比赛中，奖次不高。后来通过不断地修改和演出实践，成为绍兴莲花落的品牌节目。为此，我建议演员同志无论获奖高低，都应该争取一切机会演出新节目，听取各方面的意见和观众的反映，不断地加以修改和提高，使之成为深受群众喜爱的节目。同时我也建议，各相关部门要千方百计扶持这些新节目的演出。

我记得在十多年之前，曾经在绍兴投醪河的老文化馆内，由王云根同志主持过绍兴莲花落艺术研讨会。事实证明，在此后十余年的艺术实践中，那次的研讨会发挥了积极的作用，后来绍兴莲花落创演取得的新成绩，足以见证那次研讨会的重要性和必要性。今天的理论研讨会，我们也希望能够发挥更大的作用。

这算是我对召开这次研讨会的一些想法，有的观点可能有失偏颇，只能起个抛砖引玉的作用。在座的各位都有自己的见地和学识，请畅所欲言。

（原载浙江省曲艺家协会内刊《浙江曲艺》2002年12月总第40、41期。）

深切的怀念

——痛悼顾锡东伯伯

今年6月29日，传来顾锡东同志逝世的噩耗，我惊呆了，不敢相信这是真的。就在春节前夕，我还邀约翁仁康去探望因骨折住院的顾伯伯。在半个月前，他在医院里还给我打电话，嘱我再找点苏州弹词录音带让他在病房里听听，而且诙谐风趣地开玩笑称我家为“马府”，戏称我为“马老太爷”。6月中旬，在他的病房里，我们还大谈弹词流派唱腔的各自特点。当时他颇乐观地说，他快下床可以走动了，等出院以后，如有好的评弹，约我一起去听书。可是倏忽间，这位慈祥的文艺界长者、浙江曲艺界的老领导和良师益友，怎么说走就走了呢？思绪万千，不能自已，他的音容笑貌，他的长者风范，始终如在眼前。

我于1981年到省曲艺家协会工作不久，跟着施振眉主席去湖州参加一次苏州评弹会书。时任省文联副主席、嘉兴地区文化局副局长的顾伯伯热情地邀请我俩到他在湖州的家中吃饭。我惊奇地发现，这位大剧作家的家竟然那样的简朴（后来他调到杭州，发现所有的家具还是湖州那套旧的）。顾师母用湖州菜招待了我们。顾伯伯和施振眉是老同事和老朋友了，开口就称“小施、小施”的。我是刚调到省文联的新兵，本来是个业余曲艺作者和演员。顾伯伯当时已是全国声望卓著的剧作家了，但给我的感觉是没有一丁点儿名人的派头，更不像那种拿腔拿调的文化官员。

席间，他和施振眉老友相叙，话非常之多，内容始终围绕着曲艺，他谈起苏州评弹如数家珍，对浙江的地方曲种更是了如指掌，我听得十分投入。

和施振眉主席回到住所，我问老施：顾锡东对曲艺怎么会如此内行，知识面如此渊博？老施说：你才知道啊！他是嘉善西塘人，从小就听苏州评弹，后来又在上海生活过一段时间，我们没听过的名演员说的书他都听过，还为好多著名评弹演员改写过唱段哩！20世纪50年代写过不少优秀曲艺作品，贺美珍唱的杭曲、安忠文的小锣书《比媳妇》就是他写的。哇，我这个半路出家的曲艺工作者只知道顾锡东是剧作家，我看过他创作编写的越剧《五姑娘》《银凤花开》《山花烂漫》和电影《蚕花姑娘》以及正由嘉兴地区越剧团演得非常红火的《五女拜寿》，没想到大名鼎鼎的剧作家也写曲艺。

80年代初，他仍在湖州工作，因兼省文联副主席、省剧协副主席，常来省文联开会。有天下午1点多了，剧协的同志已下班，顾伯伯只好到隔壁曲艺家协会来坐坐。他说刚从湖州乘长途车到武林门，公共汽车太挤就走路过来了。我急着想给他张罗午饭，他说不用了，随即从包里掏出两个面包，边喝着开水、啃着面包，边和我聊天。这件小事已过去近二十个年头了，至今给我留下非常深刻的印象。一位大剧作家，对自己的生活竟如此地随意，从中可以窥见他为人的俭朴和谦逊。

1983年冬，他从湖州调任省文联书记处书记，分管戏剧、电影、音乐、舞蹈、曲艺等艺术家协会，从此我有幸在他直接领导下工作十余年。他来省文联工作时已经是六十开外的人了，还兼浙江越剧院院长，公务之繁忙可想而知，但他仍笔耕不辍，不仅在工作之余创作了很多脍炙人口的优秀作品，还扶植年轻作者，指导修改了他们的许多作品。他精力充沛，弹钢琴式的领导艺术和对曲艺艺术的懂行，更使我钦佩之极。每次我向他汇报和请示工作时，都会感到格外亲切和舒畅。他不仅总是满腔热情地支持协会的工作，而且大多会提出一些非常好的建议。省曲艺家协会每年都要举办一次曲艺作品加工会，他只要抽得出时间一定会赶来指导。记得有一年在舟山普陀山举办曲艺作品讨论会，气象预报显示将有台风在沿海登陆，当时我们估计顾伯伯可能来不了。可是就在当晚，接到他在沈家门打来的电话，第二天他就在普陀山和曲艺作者们讨论作品题材和构思了。

顾伯伯是位有求必应的领导。省曲艺家协会有册内刊《浙江曲艺》，有时常为缺少高质量的曲艺理论研究文章犯愁。我常常厚着脸皮向这位大剧作家求稿，而他总是满口答应。多年来，他为曲艺写过不少带有指导性的理论文章，深入探讨和研究浙江曲艺的发展趋势，为浙江曲艺界在承前启后、改革创新工作方面，增强了勇气和信心，省内外诸多曲艺界朋友也都深受鼓舞。他撰写的多篇曲艺理论研究文章在《曲艺》杂志及《评弹艺术》等杂志上发表及转载。2001年底，苏州《评弹艺术》的主编周良给我来信，希望我代为向顾伯伯约稿，请他写一篇关于评弹的文章。我想，顾伯伯和周良也是老朋友了，怎么要转个弯子让我约稿？他当时年近80高龄，刚从浙江省文联主席职位上退下来，当名誉主席，曾对我说过："这下该颐养天年了。"向他约稿他会答应吗？于是，我受人之托，抱着试试看的想法，贸然写了封信，附了一册近期的《评弹艺术》，寄给了顾伯伯。谁知2002年的春节刚过去，省文联周中平同志交给我一个厚厚的大信封，说是顾伯伯要他转交给我的。我开启信封，眼前顿时一亮，顾伯伯那工整娟秀的隶书字体跃入眼帘，很厚的一叠稿笺纸，足足有近三万字。我一口气读完了全文，文章用翔实的史料、精辟的论点记述了评弹界前辈艺人的成长历程、艺术风格和当时社会对评弹艺术发展的影响。文章没有标题，是这样开头的：

> 来法同志：
>
> 《评弹艺术》收到了，谢谢周良同志。抱歉的是实在不想发表文章，文章是作家做出来的，做而且作，容易不说实话，或者言不由衷。所以只有向老朋友写信聊天，百分之百自由，聊天八只脚，飞机追不着，说到哪里算哪里，洋洋万言的书面聊天，只写给你一位读者看。写信其实也是一种写作，是无负担的养老法。……

反复读了这篇洋洋三万言的文字，我傻眼了！别具一格的文风，娓娓道来，如数家珍，让我爱不释手，简直是一篇独一无二的美文，忙不迭地马上将稿笺复印了一份，寄给了《评弹艺术》主编周良（原稿交省曲艺家协会留档保存）。数天后，周良同志就来信要我做顾锡东同志的工作，希望让所有从事评弹工作的朋友和爱好者能读到这篇文章，并建议用"听书话旧录"作为标题。我当即给顾伯伯打电话，检讨我事先未征得他的同意将稿件寄给周良了。他却以一贯的宽厚和慈祥的语气平静地说：既然你寄给周良了，那就发吧，标题就由周良定吧。

顾伯伯的《听书话旧录》于2002年5月、12月分上下两篇发表于《评弹艺术》，省曲艺家协会内刊《浙江曲艺》也刊登全文。这可是顾伯伯为曲艺界撰写的最后一篇文章，也是他留给浙江曲艺界的最后一份财富，我们将永远珍惜它！

顾伯伯走了，走得是这么匆忙，这么突然，来不及容我作一次道别，也没有了我们在一起听书话书的机会。我的心在隐隐作痛。我为浙江文艺界失去这么一位受人爱戴、博学多才的老人而惋惜，也为我们曲艺界失去了这么一位老朋友、好老师而悲痛。顾伯伯，浙江文艺界的朋友们都会永远怀念您。

（原载浙江省曲艺家协会内刊《浙江曲艺》2003年9月总第42期。）

乐炳成《宁波唱新闻作品选》序

乐炳成是一位业余作家，在群众文化创作活动中成果丰硕，继收集整理蛟川走书艺人乐静女士的曲艺集《奇葩留香》后，又将自费出版《宁波唱新闻作品选》。在目前曲艺著作出版难的情况下，乐炳成以坚强的毅力和韧性，抢救保护民族民间曲艺艺术的执著精神，使我这个多年从事曲艺艺术活动的工作者感到由衷地钦佩！以往无机会和乐炳成相识，在拜读其出版的《幽幽田野情》中的曲艺作品后，才对其有了一些了解。他作品中所具有的浙东农村独特的、质朴的幽默感和生活情趣，以及文笔的简练、语言的活泼，都可以看出他对民间说唱艺术的熟悉程度和对曲艺艺术特征的精准把握。我和乐炳成虽未曾谋面，但从他的曲艺作品文字中，我认定他是位民间曲艺艺人的知心人。

宁波新闻，又称“唱新闻”，曾名“锣鼓书”，流传于宁波的北仑、慈溪、象山、奉化以及舟山的定海、普陀、岱山等地。1959年，我因参加浙江省音乐、舞蹈、曲艺、木偶皮影戏会演的演出，有机会得以观摩宁波代表队的柴高夫、叶云彪、周宝甫等民间曲艺艺人演出的宁波唱新闻。那是我第一次在杭州听宁波唱新闻，感到该曲种语言质朴，韵味醇厚。时隔二十五年后，为编撰《中国曲艺音乐集成·浙江卷》，我曾赴宁波观摩“宁波地方曲艺交流演唱会”，再次观摩了几位老艺人演唱的宁波唱新闻。以后虽长期奔波于曲艺的组织工作，却很少见到宁波唱新闻的演出了。今年10月，我有幸赴宁波参加“宁波市小品、小戏、曲艺会演”的评奖工作，看到了慈溪艺人胡兴昌演唱的小锣书。虽称“小锣书”，可我怎么听，他唱的还是久违了的宁波唱新闻，进而知道，“小锣书”是宁波唱新闻的别称，说唱中带有生动、活泼、形象的语言特点，透着浓郁的乡土情结，深深地打动了观众，从中可以看出，这一民间艺术在群众中有着顽强的生命力。

旧时代，曲艺艺人均出身寒微，生活在社会底层，但他们熟悉和了解人民的日常语言、思想感情以及他们的艺术欣赏趣味。因此，宁波唱新闻在人民大众中，尤其是在农民中，有着广泛的影响，许多节目所反映的内容，多是发生在当地或艺人周边的人和事，以及当时的社会新闻；许多内容不是读书人坐在书房里可以想得到的。中华人民共和国成立后，艺人的翻身感特别强烈，对中国共产党和新社会充满感激之情，曾和新文艺工作者合作，创作和演唱了许多反映时代风貌的新节目。《宁波唱新闻作品选》所收集的节目演出本，题材面广，风格多样，既有反映中华人民共和国成立后及进入新时期以来反映人们精神面貌的作品，也有经过整理加工的传统节目。在节目形式上，有长篇，有短篇，也有艺人们的“吃饭书”——中篇，作品中许多生动的情节和说唱化了的语言，使艺人在演唱时能够朗朗上口。有的节目是经过几代艺人在演唱中的不断丰富，成为一个历史时期内久唱不衰的节目的。如《三县并审》，其说唱的内容是清代在镇海、慈溪、鄞县三县交界处发生的一起命案，以打击豪强势力、惩治邪恶为题材，具有传奇性，是一部可听性较强的中篇节目。从新闻传唱到节目固定的说唱脚本，都是艺人们创造的。在当时的历史条件下，这类节目满足了人民群众的审美要求并引起其心理共鸣，成为宁波唱新闻这一曲种的“当家”节目。现经乐炳成的认真整理，使这部传统中篇节目更为完善，更具说唱艺术的文学性。同时，《宁波唱新闻作品选》所辑录的一些宁波唱新闻的基本唱腔曲调，也为后人留下了宝贵的艺术资料。

宁波唱新闻这一民间曲艺形式，从它的产生、发展、衍变以及目前面临的濒危状态，是和各个历史时期的政治、经济、文化环境密切相关的。现在，它和我国其他民族民间曲艺艺术一样，面临着经济全球化和社会现代化的巨大冲击。但令人欣慰的是，近年来，为坚持弘扬民族民间艺术，浙江省政府启动了民族民间艺术保护工程。民族民间的表演和造型艺术，正在各级文化部门的推动下，较全面、规范地在全省范围内开展普查，有一定数量的民间曲艺艺术被列入浙江省非物质文化遗产保护项目。党和政府也正在关心着我们的民族民间艺术事业。

乐炳成收集、整理的《宁波唱新闻作品选》即将付印。这对宁波地区的民间曲艺保护、抢救工作起着推动作用，是件“功德无量”的大好事。乐炳成为民间曲艺尽了一份力，留下了一点“根”。可以深信，当民间艺术之春来临之际，它定能发“芽”成长，人们也将赋予它时代的“养料”，让富有宁波地方特色的曲艺艺术绽放出乡土气息更加浓郁的芳香！

（原载乐炳成、乐静主编，中国文联出版社2006年12月出版的《〈三县并审〉曲本集》。收入本书时，文字有所订正。）

浙江曲艺的生态现状及其思考

浙江是个多曲种的省份。据1956年经过甄别后的统计，浙江本地的曲艺品种有30余种。由于方言及地域性的差异，使各类曲艺形式具有各自的语言特色和表演风格。20世纪50年代后期，各地的民间曲艺职业艺人组织起来，成立了集体所有制性质的曲艺表演团体，后在“文化大革命”中又被解散，到70年代末又获重组，但至80年代后期，浙江以演出本省各地方曲种的专业团体（除两个兼演独脚戏、杭州小热昏的滑稽剧团外）又均解体。现在，浙江各类地方曲艺品种的艺人又真正回归民间，在基层演出，有的曲种还非常活跃。本文就此对浙江曲艺文化生态的状况作一些观察与思考。

民间曲艺文化的生态，即生存状态，包括它的活态、濒危状态和非活态等样态。鲜明的地方特色，是民众创造的这类优秀传统文化及其生命力的标识和价值取向的见证，故而这些富有特色的浙江地方曲种深得本地广大百姓的喜好，其中温州鼓词、绍兴平湖调、兰溪摊簧、绍兴莲花落、杭州小热昏五个具有悠久历史和传统特色的地方曲种，被列入了由国务院公布的《第一批国家级非物质文化遗产名录》。此前，在2005年，浙江省人民政府公布了《第一批浙江省非物质文化遗产代表作名录》，四明南词、宁波走书、金华道情、临海词调和平湖钹子书列入。近日，杭州小热昏演员周志华以一曲《没有拆迁的拆迁户》，荣获“第四届中国曲艺牡丹奖”表演奖。今年6月，我国首个文化遗产日，浙江的民族民间艺术热闹非凡，办展览，搞演出，地方曲艺也参与展示，新闻媒体一改以往的冷面孔，不惜版面和电视时段加以宣传，一时间似乎我们这些“地方曲艺”“小曲种”“草根艺术”不但能“传宗接代”，而且要“光耀门庭”了！

但是，这些曲种列入了非物质文化遗产名录，并不等于就一定得到了有效保护。传统民间艺术的保护很大程度上还依赖其在民间文化生态环境中的自然存活。笔者自2003年起参与浙江省民族民间艺术保护工程专家委员会的工作，又长期从事曲艺家协会的工作，深深感到，浙江列入国家、省级非物质文化遗产名录的曲种以及尚未列入的曲种，它们所生存的地域环境包括经济、人文、政府重视程度以及曲种本身在当地群众中的影响力等等，文化生存状态的“现在时”显然是不同的。一些已被列入国家、省级名录的曲种，即便是在尚好的环境中生存，也是非常艰难，许多保护措施在具体落实过程中也非一帆风顺。地方曲艺品种的“保护”远远难于对名录的“申报”。可以说，一些被列入名录的曲种如同一棵行将枯萎的古树，还需要我们花大力气去养护。它们“现在时”的生存状况实在令人担忧，令人深思，令人扼腕。

最近，杭州小热昏演员周志华先生获得了“第四届中国曲艺牡丹奖”表演奖，显然，对杭州小热昏这一地方曲种是一件喜事。然而，这一曲种的表演形式，却已在当前的演出市场上，成为一道正在逐渐淡去的文化风景。

杭州小热昏起源于一百年前的杭州市井文化，是从艺者以卖梨膏糖为载体的街头说唱表演，到20世纪50年代后期开始为适应舞台演出而嬗变成当今的表演形式。但是，现在观众能见到的演唱者仅为八十高龄的安忠文和获“牡丹奖”的六十二岁的周志华以及另一位杭州小热昏世家子弟徐筱安。周志华先生和另一位曲艺演员都是以演杭州独脚戏和滑稽戏为主业，演出杭州小热昏只是在曲艺会演、比赛中“偶尔露峥嵘”。诚然，两位都很努力，二十余年来创作、演出了很多获奖节目，甚至在他们主播的方言电视说新闻中，用杭州小热昏曲调作为新闻栏目的片头曲，在群众中广泛传播。这一切都离不开曲艺人的努力和拼搏，我把它叫做“张扬”。但由于艺术群体的单薄和后继乏人，形不成曲种的集群和张力，难成气候。从真正意义上说，我以为这种“张扬”的承载力度对一个曲种的“发展”乃至生存都是力不从心、远远不够的。

另一列入国家级名录的温州鼓词，从业的民间艺人相对较多，少说也有一百余人，他们分布于温州市区及瑞安、平阳、苍南、永嘉、乐清等市（县）。温州鼓词分平词、大词两类。前者演出的节目内容大致和说书类曲种相同，后者则是近年来温州地区演出活动最为红火的鼓词形式。温州鼓词中的大词（演唱者伴奏乐器除牛筋琴、檀板、扁鼓、小抱月外，另加大锣、大鼓）专演一部节目《南游》，又称“灵经大传”，俗称“娘娘词”。这部以叙述地方女神陈十四的传说为内容的节目已传唱一百五十余年。由于它的演出内容与温州地区的民俗信仰紧密结合，故而“十里八乡，众人群捧”。笔者于今年6月在温州瑞安仙降镇下林村的宫庙里就亲眼观看了一位温州鼓词女艺人和她二十多岁的女徒弟说唱《南游》的盛况：村口搭建了彩牌楼，场上拉起了欢迎艺人的横幅；宫庙外，一些老人和妇女焚香点烛祈求平安保福；庙台上，以现代声光烘托纸扎的演出节目中的各路神仙作为背景；观众人数达近两千人。要不是宫庙外停着一排排的轿车，身临其境的人真会有一种时空错觉。显然，在浙南沿海发达地区的农村，这一曲艺演出的场景成了一道奇特的风景。

演出结束后，笔者从艺人处了解到，该处演出为期七天，日夜两场，三位艺人（包括其徒弟）的酬劳为六万元人民币。该艺人今年上半年平均每月演出二十四天共计四十八场。这类曲艺“现在时”的状况，固然有民间自然存活的特点，却不可能成为我们发展民间曲艺的主流，但其中某些生态现象是值得我们在思辨中取舍的。

不过，绍兴莲花落却是令人兴奋的一例曲种。绍兴莲花落是浙江曲艺中名声在外的曲种之一。该曲种近二十多年来不断地推出短小的新节目，在艺术创新上有很大的成就，涌现了一批在群众中颇有影响力和号召力的演员。绍兴莲花落在杭州、绍兴等周边地区可称得上是家喻户晓的曲艺形式，也是浙江地方曲艺中的一张“名片”。

尽管绍兴莲花落已无专业性的表演团体，几位有知名度的演员的身份也均是市（县）级文联、文化馆的干部。而在民间的四十余位绍兴莲花落艺人也多数为兼职演唱，真正意义上的职业艺人为数甚少。但绍兴莲花落的一些小段节目却经常在综艺性晚会上演出，长篇、中篇节目结合民俗节庆活动也经常应邀在农村中演出。虽然该曲种已无固定的演出场所，从目前来看，它似乎在传统意义上的文化演出市场上已有所淡出，但从实际调查分析，该曲种的生命力依然十分强劲。绍兴电视台主办播出以绍兴莲花落为主的电视栏目《莲花剧场》，每晚播出30分钟，已连续播出五年之久，至今其收视率稳居该台第一。今年上半年，温州电视台也开辟出一档以温州鼓词（平词）为主要内容的《温州词场》栏目，也甚获好评。地方电视台播出地方曲艺所获得的成功，反映出大众对地方性文化的亲和力与解不开的民间乡土情结。

以上这些例子，很大程度上反映了目前浙江曲艺的生态现状。

我比较赞成这样的观点：非物质文化遗产的传承不同于物质文化遗产的保护。非物质文化遗产中诸如民间曲艺等门类的“无形性”是很难独立存在的，其外部条件的“依附性”使它的存活显得不够稳定。这种不稳定的生存态势使非物质文化遗产的存在和延续显得格外艰难。作为非物质文化遗产组成部分的民间曲艺，它传承的必要性和可能性已经不是我们讨论和思考的主题。因为国务院启动公布国家级非物质文化遗产名录的举措，已经在更高层面上回答了这个问题。现在需讨论的是如何进行保护。名录只表明一种保护价值的认定，并非等于保护措施的落实。我认为从保护的终极目的——存活、延续和发展出发考虑，有两个方面是值得我们去尝试和努力的。

一是实现保护方式和保护措施的多样性。从总体上说，曲艺千百年来的发展史证明了，它具有自身存在、延续的基因条件。但在漫长的生存和发展过程中，不断地演变，这种演变又因政治、经济、文化和社会发展的背景条件不同，而呈现出继承、发展、淘汰、衰灭、轮回、新生这样一种周而复始及逐步发展、提高、升华的轨迹。许多的民间曲艺有它惊人的生存能力，也有不少则是历史长河中的匆匆过客。这种“曾经有过”的匆匆过客，有的给我们留下了依稀的痕迹，更多的则是过眼云烟，没有留下任何可稽的东西。我想这正是“非物质”文化遗产的历史悲剧性体现，也正是“非物质”文化遗产保护的特殊性所在。鉴于此，我认为民间曲艺的遗产性可分为两类，一类为积极性保护，从“现在时”看有生存、发展必要和可能的，采取实质性措施，使其得以健康地存活和发展；一类为消极性保护，某种程度上也具抢救性保护的性质，对一些已经处在濒危状态，且自身又无生存免疫力、后继乏人或与时代审美需求不相适应的曲种，则利用现今的科技条件，进行“存遗”性抢救，使这种曾经在艺术长河中出现过甚至辉煌过的曲种实现科学的、真实的资料保存，将“根”留住，作为民族艺术宝库中的一页，留给后人稽查、研究和借鉴。这一过程中，尽可能地保留它的原貌，使它以科学的、学术的态度去见证自己的过去。

二是民间曲艺生态环境的营造。对于“现在时”尚存在的曲艺种类，经梳理后，具备存在必要性和可能性的，应当多渠道去营造其存活、发展的条件和环境。俗话说，存在必有它的合理性。曲艺也一样，经过大浪淘沙、生存斗争，如今能存在的，自有它的合理生存的条件存在。就是这种条件的差异性，使它们生存的状态差异也很大。要用一些政策措施，对曲艺的生存条件“均贫富”已经不合时宜，其实从来也不可能。但任何艺术形式都会以自身的特殊性和个性去营造出适合自己生存发展的环境。民间曲艺得以生存的基因条件在于它服务对象的基层性和民众性，表达内容的通俗化和生活化特点。我以为离开这些，曲艺就没有存活空间。当然，基层并不就是农村，民众也不独指平民；通俗不是庸俗，生活更不能概念化。因此，曲艺文化生态环境的营造，首先是自身条件的改造，使它在原来的基础上面对更大的层面，拓展更多的受众，提高大众的审美情趣，反映人类本性的生活内涵。我前面讲到的许多地方曲种借助媒体平台，扩大受众面，提高影响力，是成功的渠道。短小精悍，直面底层民众，揭示他们心灵深处的精神和信仰，表现他们关心的情感和追求，也是非常成功的路子。把握格调，投众所好，予人方便，自己方便。

同时，争取外部的良好生态环境同样重要。政府的支持和扶持，社会的资助和赞助，对于曲艺的传承保护都很急需。这种机制的主要作用，体现在对优秀节目的奖励，对优秀演员的培养和鼓励，对曲艺理论和曲艺批评的组织和实施上。时代发展到了今天，民众的生活水平、审美情趣、精神需求都发生了很大的变化；市场经济的良好条件以及由此带来的不可避免的负面影响，作为曲艺工作者如何去面对、如何去把握，也要从理论上进行研究和探讨。曲艺也要有理论的支撑，尽管目前这种支撑还显得那样的单薄。

面对欣欣向荣的当今时代，我们的民间曲艺应该满怀信心地去思考一些不可避免的问题。

（原载浙江省曲艺家协会内刊《浙江曲艺》2006年12月总第50期。）

我认识的老沈——沈祖安

二十世纪八九十年代，我每年都要赴京参加中国曲艺家协会召开的协会工作会议或一些曲艺艺术活动。时任中国文联副主席、中国曲艺家协会主席的曲艺编辑家和评论家罗扬同志见到我，第一句话总要问："施振眉和沈祖安同志好吧？"并曾多次对我说："来法，沈祖安可是我们曲艺界的'宝'，要留住他。"我当然连连称"喏"，心里却明白，老沈虽然艺术门类涉及得非常广，并且各方面活动很频繁，越来越没有时间关注浙江曲艺家协会，但是我深知他对曲艺的情结是解不开的。

我和老沈的相识，大约在1971年。当然他的大名在我1955年十六岁以业余演员的身份登台演出曲艺节目时就听说了，后来又经常读他发表在报刊上的作品（包括曲艺作品），但从未谋面。1971年，我是杭州摄影图片社的普通职工，上级部门知道我有点曲艺的表演才能，要我参加业余宣传队的节目编写和演出。我们摄影图片社有位同事，和我同一工作间，名叫诸纯清，他喜爱书画，也能裱画，和老沈是朋友。老沈那时刚从牛棚"解放"，在省曲艺队上班，比较清闲，而且还是在"控制使用"的阶段。但是他爱好艺术，尤其对书画非常有兴致。他经常骑着一辆除了铃不响其余都会响的破自行车，来摄影图片社找诸纯清，一来二往，我和老沈也开始熟悉了。一位是文艺界的"反动学术权威"，一个是照相馆的普通职工，但天生的爱好拉近了老沈和我的距离，很自然地成了朋友。我经常向他学习讨教，把他当作老师，但他却平和地把我当作忘年交，我称呼他"老沈"，他叫我"来法"。至今已相隔三十余年，尽管现在人们都称他"沈公"和"沈老"了，但是我们之间的称呼始终不变，也就是说，这样的相互称呼，是我们的友谊始终不变的标志。我小他十余岁，如果照世俗的"行情涨落"，我再称他"老沈"，似乎对他有点不敬。但是我们都愿意保持当初相识时的那份真挚和自然的忘年交的情谊，所以我无论任何场合仍然称他“老沈”；同样，他不管什么时候，总是大声叫我“来法”，我心里感到特别地热乎和舒畅。现在，曲艺界的老一辈和同辈朋友也都叫我“来法”，感到非常地亲切，这恐怕也是从老沈那里开始的吧。

记得1972年初的一个下午，我写了篇曲艺作品，马上要演出了，当我正为唱词写得不上口而犯愁时，老沈来了，我像遇到救兵似的求他修改。他二话没说，就伏在我修照片的工作台上，先仔细看了一遍，然后拔出他那支旧钢笔认真改稿，改几句还让我轻轻地唱一段。直到马路上的路灯亮了，周围的职工都下班了，他仍在改。等他改好收起那支旧钢笔说：“你看看能不能唱。我要回家吃饭了，否则我老婆要骂了。”立即起身骑着那辆破自行车走了。这就是我认识不久，对待一个业余曲艺爱好者如此诚心的老沈。

这样的例子不胜枚举。我心里很清楚，虽然那时候编写和演出了一些作品，有的还被宣传了一阵，但我除了有那么一点不怕失败的钻劲儿外，应该庆幸结识了老沈等一批良师益友。

这期间，我常到他居住的琵琶街元福巷那所老宅去求教。虽然我未称他为老师，但对他夫人陈国蓉我却尊称为“沈师母”。那时老沈家的经济状况也和大部分家庭一样，境遇并不好，沈岳、沈雷、沈雪三个孩子都在上学。可沈家的座上客却不少，而且都是些身处逆境中的人物，如高光、陆高平、肖闵、宋宝罗、张二鹏……沈师母会倾其所有招待大家。听人说沈祖安胆小，我就会说沈祖安胆大！在那个“文化大革命”年代，如果给他扣上“文艺黑线俱乐部主任”的帽子正合适。其实，在那个特殊的年代里，杭州曲艺界也有个“地下圈子”，虽然那时编写和演出的节目内容免不了带着那个时代的烙印，但是毕竟公道还在人心，人们并不相信违反文艺规律的假大空。曲艺工作者仍坚持直面人生、匡扶正义的宗旨，尤其注重以旁敲侧击来达到振聋发聩的作用，注重发挥曲艺应有的艺术功能。这是曲艺艺术的社会职能，也是曲艺人代代相传的责任心和使命感。那时候，曲艺已被大批判、大扫荡破坏殆尽，被赶到工厂和其他部门去的曲艺人仍然暗中相聚，人虽改行，却不能忘情曲艺。如独脚戏及滑稽戏演员王鹏飞、胡九皋，曲艺演员吴剑伟、周志华、朱伟芳、胡梦、毛礼龙、金小华和从上海警备区文工团下放到杭州工厂的武汉卿，曲艺界的作家朱秋僧、唐小凡和我这个业余作者兼演员的曲艺迷，常在一起活动。老沈就是我们幕后的核心人物之一，给我们出主意、改曲本。在当时，他的“帽子”还拿在别人手里，稍有人去告个状，他就会被旧账新账一起算，顷刻大祸临头，但是他似乎毫不在意，所以我说老沈并不胆小。

我们这些人就是在这样的环境中不甘寂寞和自得其乐，用自己身上微弱的热量度过严冬。尤其是天亮前的时光，会特别地冷，天也亮得特别地慢。那时候，善良的人们不仅相互取暖，还相濡以沫，挺过了严寒的冬夜。

好不容易挨到粉碎了“四人帮”，一个飘着雪花的冬天，老沈和我应《群众演唱》编辑部之约，各写一篇怀念周恩来总理的曲艺作品。我俩踏雪去梅家坞村的西湖楼外楼菜馆采访。他是位硕果累累的老编剧，而我是个业余的写作新手，为了共同缅怀周总理，又使我们走到了一起。我可能受极“左”思潮影响，思想还不够解放，总有点底气不足，何况那时期写伟人的文艺作品并不多见，显得非常胆怯。他说：“来法，你不用担心，你有你的优势，你是自编自演，可以边演边改，不对就从头来过，主动权掌握在自己手里，怕啥!”当时梅家坞大队的办公室，也就是现在的周恩来总理纪念室，大队的负责人在一开始接待我们采访时并不热情，但是老沈有他的本事，几句话就和这位大队干部“韭菜拌豆腐——一拌就熟了”。这位干部非常详细地介绍了周总理几次陪外宾和视察梅家坞的情况及细节，和老沈简直像相交多年的知己。接着，我俩又到楼外楼菜馆采访了多次接待周总理的老服务员姜松林（后来担任楼外楼副经理）。事先老沈和我有分工，他写梅家坞，我写楼外楼，但是我们的采访总是结伴同行。在楼外楼采访时，我因为没有经验，开头有些不知所措，老沈也和在梅家坞一样，和姜松林谈得非常投机，姜松林师傅把所有的心里话都掏了出来，我倒像个陪同者，默默记笔记。现在想想，老沈和陌生人谈话的口才和应变能力也并不高明，有时也会听错，冬瓜拉到豆棚里，闹出笑话，但是那股热情和认真的态度，常使对方感动，进而缩短了距离，得到了信任。采访回来，他帮我构思结构，设计人物语言，花了不少工夫，并要我尽快写出初稿，先演后改，边演边改。在他的鼓励和鞭策下，当晚一个通宵我写出了短篇杭州评话《周总理来到楼外楼》，数天后这个节目就在当时的省体育馆演出。他创作的苏州弹词开篇《春到梅家坞》，不久也由浙江曲艺队上演了。老沈对我在曲艺创作和工作上的扶持与辅导，我是永铭于心的。

自从我正式进入曲艺界，有两位老大哥是不能忘记的，一位是施振眉，一位就是沈祖安。我不仅对曲艺界的青年朋友说，也对我的家庭和子女这样说。据我所知，从上个世纪五十年代开始，受老沈教益的业余作者何止我马来法一位，还有一大批呢。

老沈是位“有求必应”的好人，“背木梢”（杭州方言，指热心主动地帮人解困和收拾残局，也有俗话“擦屁股”的意思。“背”即“承担”，“木梢”意为“细微末节”）早已名声在外，不但有事托他，他肯“背木梢”，没有托他的事情，也会热乎乎地自动来给你“背”。他知道我喜欢书画，也许是为提高我的鉴赏能力和欣赏的积极性，七十年代中后期常代我向当时的一些名家求书画。我至今尚珍藏着他给我“背木梢”“背”来的沙孟海、刘海粟的书法，余任天、蒋风白和王小摩的画……其中有幅王小摩的山水画，使我联想起老沈“背木梢”的传奇往事。王小摩先生是杭州民间的一位职业老画家，“文化大革命”使这位老画家贫病交加，粉碎“四人帮”后不久即病故。一天，老沈骑着那辆旧自行车通知我，说明天上午10时到新艺书场参加王小摩的追悼会。我准时走进新艺书场大门，傻眼了！书台变成了王小摩先生的灵堂，两侧摆满了花圈，而且花圈都是非常高档的。文艺界人士济济一堂，也有老领导参加，追悼会的规格相当高。有一只花圈就署着我的名字，我当即想：这只花圈可得花大价钱哪。由老沈主持追悼会，非常隆重肃穆。结束时，来了一辆汽车，书场职工和老沈请来的帮忙者将花圈搬上车拉走了。我盯着老沈要付花圈的钱，因为在民间习俗里，其他东西可请客，送花圈可不行。老沈见我纠缠不休，悄悄地对我说：“你知道这些花圈哪来的？告诉你，前几天省文化局一位领导病故，昨天开的追悼会，我征得这位领导家属同意，将这位领导开追悼会用过的花圈运来派用场，借给王小摩先生用用有何不可？这就叫‘借花献佛’！”新艺书场上午反正空着，他已和书场经理商量好了，场租费全免。天啊！这件事让我真钦佩会“背木梢”的老沈。

1981年我调入浙江省文联担任省曲艺家协会副秘书长，一个业余的曲艺工作者来到新的工作岗位上，真是“两眼一抹黑”，不知怎么入手。在业务工作方面除了请示主席施振眉，再就是拖着老沈不放。当时老沈正负责编辑《戏文》杂志，忙得不可开交。我缠着他为协会的工作出主意、解难题，他从来没有一句怨言，全身心地扶持我。他和各地文化部门的人缘关系也极佳，跟着他到各地办事会顺畅很多，只要有老沈在，任何场合绝对不会“弄僵”。当然，他后来也陆续被推荐为曲艺家协会的常务理事、副主席、顾问和首席顾问，仍会为曲艺家协会的各种朋友“背木梢”，这是他的性格，大家对他也非常尊敬。后来，他较少到曲艺家协会来，但我们总是忘不了他。整个八十年代初期，协会工作一直请他帮助，如到外地举办曲艺活动，我就会软磨硬缠拉他同行。他再忙也会抽出身来，乐意扶着我这个新手上路。记得1983年省曲艺家协会在天台县举办“宁波走书艺术革新座谈会”，我俩为办好这次活动提前一天到天台。到达天台县城住进招待所，已是傍晚时分。他说要去拜访一位离开舞台多年的县越剧团老团长、老演员。来时经过了六个小时长途车的颠簸，我实在有些疲劳了，但还得跟着他在天台城关镇里穿街走巷，累得我腿软肚饥。他边走边向我介绍这位越剧前辈演员，说他们已有十余年没见面了，既然到了天台说什么也得去拜访她。我俩终于走进一个居住着多户人家的大杂院，他似乎熟门熟路地往前走，嘴上说：“这地方我来过，错不了！”事实上却是七撞八撞地被他撞着了。终于摸黑进了这位老演员的家门，他的到来让这位唱越剧的老大姐惊喜不已。老沈见面第一句话，就说：“我们俩还没吃晚饭哩。”这位大姐只一刻工夫就端上一盘点心。老沈向我介绍说这是天台有名的“饺饼筒”，我实在饿坏了，吃得津津有味。老沈边吃边和这位大姐聊现在的剧团状况，他对天台的所有演员都非常熟悉，他们的艺术特点、生活、身体、嗓音等等好像都非常清楚，如同曾经是这个剧团中的人员。那餐饺饼筒至今我还体会得到它的鲜香，更体会到老沈对基层无名老演员那种火热的情意。对事热心，待人热情，是老沈为人处世的优点。

在天台的第二天，宁波走书的新老艺人和文化部门的与会者来到国清寺内的招待所报到，老沈交游广泛，这次会议的住所也是他和国清寺打招呼后我才得以联系上的。当宁波走书的老艺人朱桂英、张雅琴、杨永继等见到老沈时，可是热闹啦，老朋友见面聊个不停。他对年轻的走书艺人更是关怀备至，他知道宁波走书演员在农村演出时要唱三四个小时，再三嘱咐他们要善于研究唱法，保护嗓子。这次座谈会因为有老沈的参与，开得非常成功。

人们总以为老沈善于交结文化界上层的大师级人物，其实他对活跃在最基层的戏曲、曲艺工作者，尤其对待那些默默奉献的老艺人同样一片热情。

老沈涉及的艺术门类广，知识渊博，无所不精，在曲艺领域也是一部“百科全书”，能从出土的汉代说书俑说起，说到古代的“角抵戏”、滑稽起源的独脚戏，唐代的俗讲、变文、参军戏和戏弄，两宋的诸宫调、说话、唱赚，清代的子弟书，一直到当代的苏州评弹流派和滑稽三大家等等，都如数家珍。最有趣的是他花费半个月时间为上海曲艺家协会的刊物撰写的《从滑稽、像生说到近代的滑稽独脚戏》一文，化解了近五十年来关于杭、嘉、沪三地滑稽戏考证的争论。同时，他对杭州小热昏卖梨膏糖艺人六十年代前在众安桥说什么“卖口”，某位艺人擅长哪部“长脚笑话”，都能记得清清楚楚，真是一部“曲艺活辞典”，而且记忆力惊人地好。譬如对六十年前江笑笑、鲍乐乐、易方朔、张治儿、刘春山、包一飞到何双呆，以至姚慕双到周柏春的其人其事，他都尽义务为上海、江苏的滑稽演员撰写条目。

可是有趣的是他有时候的记忆力又惊人地差，尤其对自己的生活琐事，经常会闹出令人啼笑皆非的笑话。

有一次我和他赴宁波参加曲艺活动，这天我俩先去地区文化局拜访一位剧作家，接着转到宁波群众艺术馆探望几位曲艺界前辈，再赶到城隍庙书场看曲艺演出。演出结束后回到招待所，他说有把伞遗忘在了书场里。我跟着他折回书场，没有找到；再转到宁波群艺馆，还是找不到；打电话至地区文化局也无着落。在返回杭州的火车上，他还唠叨那把丢失的雨伞说：“我老婆总说我到哪里就丢一把伞。这次总想争口气，结果还是丢了。”谁知当晚他就给我打电话说：“来法，雨伞找到啦！蛮好，在家里，我没带到宁波去！”

十年前的初夏，我们赴绍兴参加省曲艺家协会举办的一届绍兴莲花落调演。活动结束后，因和作者、演员讨论加工一个基础较好的作品，老沈和我及曲艺家协会的工作人员庄洁滞留绍兴一天。第二天清晨，他出去了，我和庄洁准备乘下午的火车回杭，在招待所整理这届调演的材料。老沈回来说：“我要顺道去趟上虞，刚才我托人买了些霉千层托你们带回去，回杭州就给我家里打个电话，让沈岳来拿。”说完，提着包走了。不久，绍兴莲花落演员倪齐全送来一包霉千层，接着绍兴小百花越剧团一位演员又送来一包，绍剧团一位演员又急匆匆递上一包，文化局一位干部又送来一包。天哪，那么多霉千层送给食堂也吃不完啊！天气又热，霉得特别快，气味特浓。一定是这位沈先生托第一位购买后，自己忘了，又再托了第二位。受托的人怕自己办不好，就转托了第三位。也因为老沈人缘好，都愿意为他办事，所以就闹出许多人同时为他买霉千层的笑话。无奈，我只得和庄洁拎着众多霉千层到火车站排队检票进站台。因为天气炎热，霉千层易发酵，气味极浓，我们已经包了几层纸，气味还很重。后面正好排着两位“背包族”来旅游的外国学生，这两位年轻老外闻到了刺鼻的霉千层味道，正捂着鼻子到处寻找。进了车厢，说来真巧，那两位老外正和我们坐个面对面。他们实在受不了这浓郁的气味，就用手势询问气味的来源。我和庄洁又不懂外语，见他们坐立不安的样子，晓得是放在行李架上老沈的那两大包霉千层闯的祸。等火车到杭州站启开车门，这两位年轻老外一下火车就“落荒而逃”。他们哪知道霉千层越霉越好吃，而那股臭烘烘的气味几乎被误当作化学毒气弹了！最好笑的是老沈面对这许多霉千层，却无法处理，自己吃不完，送人却很少有人肯收，因为天热，越霉气味越重，最后自己也不敢吃了。这件事在曲艺界被当作笑话传闻，但作为当事人，我保证绝无夸张虚构之处。

老沈对事业和对朋友都非常非常地执著和热情，而对自己的生活琐事是确确实实地糊涂，并且糊涂得有些“笨”，当然有时也“笨”得很有趣。

我愿老沈对他的艺术事业永远地“痴”下去，痴心不改，痴情不变。我也希望老沈“背木梢”的劲头稍稍悠着点，虽年事已高，也应该量力而行。当然，按他的为人秉性，“木梢”还是要背，要改也难。

也愿老沈对自己的生活私事稍稍关心一些，也稍稍留意些自己的健康。当然你的个性如此，出点洋相也有趣，只要自己高兴，就有益健康，就能长寿。但是为了长寿，还是要有“刹车”，不能盲目“跑车”了。更愿老沈越来越年轻，我觉得他比三十年前还充满活力！这正是我们应该为他高兴的事！

（原载浙江省曲艺家协会内刊《浙江曲艺》2006年4月总第48期。）

论绍兴莲花落艺术

绍兴，这方“千岩竞秀，万壑争流”的软水温土，自古以来孕育和滋生着无数文化精灵，使其成为底蕴深厚的历史文化名城。其中，“其民循循”的民俗风尚，也滋养出质朴的曲艺形式——绍兴莲花落。现可稽查的资料应为绍兴文人周作人在一百零六年前所写日记。他于清光绪二十六年（1900）农历六月二十四日记述：“夜唱莲花落，其词多俗俚，还多是劝人忠孝节义的事，于人心世道非无裨益……”记载了一百余年前绍兴莲花落在民间的演唱状况。正因“其词多俗俚”的民间说唱表演，又多在农村作艺，文人们少有记载，周氏的记述可谓难得。据当代学者论称：“莲花落是源于隋唐佛教唱导，以‘散花落’的梵音泛声‘鲁流卢楼’转音‘哩啰莲’‘莲花落’为标志的一种说唱艺术，后由佛教宣传向世俗娱乐转化，与各地方言曲调相结合，形成了许多莲花落类的曲种，如十不闲莲花落、山东落子、绍兴莲花落、温州莲花、广西零零落等等，其声腔经过多种变异，也融入诸多曲种、剧种和俗曲的声腔之中，使莲花落音乐成为一个影响深广的庞大网络。”（《中国曲艺概论》）绍兴莲花落正是在古代民间宗教信仰活动中吸收民间小调、在历史长河中吸吮越文化的熏陶和滋养而成的口语说唱艺术。周作人在清末期认为“其词多俗俚”，随着社会政治、经济、文化环境的发展，“俗俚”在不同的历史背景条件下，随着欣赏者的需求和审美情趣的提高，绍兴莲花落艺术顺应时代的变革，得到升华和发展。当今的绍兴莲花落以一种新的面貌向世人嫣然展示民间曲艺新姿，成为浙江地方曲艺中的一张“名片”。2006年被列入《第一批国家级非物质文化遗产目录》。研究她的艺术特点和价值，是科学有效保护和传承发展绍兴莲花落的举措之一。

绍兴莲花落的语言特色

曲艺是口语的艺术。浙江近四十个民间曲艺品种，都以不同的地方方言为基础。绍兴莲花落用绍兴方言说唱，方言的语音、语法、词汇及其谚语是乡土文化的组成部分。但绍兴莲花落艺人在表演中所使用的口语，不等同于平时生活中使用的言语，它有别于人们在交往中的说话语言，也不同于文学家们使用的、供人阅读的文学语言，而是经过绍兴莲花落艺人的加工处理，具有说唱表演特性的口语，是曲艺艺术特有的生动、活泼、形象、幽默的语言。这种富有魅力的说唱语言，是绍兴莲花落艺人在生活中摄取绍兴方言的语音、语义、语调、节奏、韵律等并提炼加工后的口语艺术。它需要非常地口语化，让观众能字字入耳、句句听懂，且又非常之通俗却不粗俗，更不庸俗。通过说唱者配以相应的身势、表情和所说唱的节目中不同人物的语气、声调的烘托，产生出乡土语言的美感和情趣，为延续和丰富乡土文化增添更为绚丽的色彩。绍兴群众对生活中说话风趣的人会比喻为："喏，格个人说话像唱莲花落吠。"可见绍兴莲花落在民间的口语魅力及对社会民俗风尚所具有的影响力。

绍兴莲花落随着流行区域的拓展，影响力的扩大，在杭州地区的萧山，宁波地区的慈溪以及绍兴本地区的柯桥、上虞、诸暨、嵊州等地，不但拥有众多的观众及爱好者，而且出现了一批职业和半职业的艺人。方言是"十里不同音"，同在越语地区的绍兴莲花落艺人在口语表达上必然会产生语音、语法、词汇与绍兴本地艺人的差异。我们的曲艺艺术得以生存的基因条件在于它的服务对象的基层性和民众性。活跃在其他各地的绍兴莲花落艺人的受众面是当地群众，他们与绍兴本地莲花落艺人纯正的绍兴话存在着口语上的差异，他们以带有当地口音的语音、语法、语汇的口语来说唱，这是非常正常的。这，也是涵养他们的土壤所必需的生存条件，使当地观众备感亲切，产生一种乡土情怀的艺术感染力，显示出绍兴莲花落多方位的生存空间以及其折射出的影响力。

语言是思维的工具。随着社会的变革，地域之间、民族之间乃至国际文化交流的扩大，使当今社会人们的语言以出人意料的速度发生变化。据有关统计，近年来，在绍兴莲花落的流行地区，外来人口以每年27.4%的递增速度进入绍兴和周边地区。外来人口的骤增，使人们使用共同语——普通话的频率不断增加和扩大，普通话与绍兴话的共同使用，使人们已经进入"双语化”的阶段，传统的绍兴莲花落语言特色面临着严峻的挑战。任何一种民族民间曲艺形式都离不开外部条件的依附性，只有适应社会的变革，包括人们语言的“双语化”的现状，才能得到延续性的生存和发展。农业社会人们永不改变居住环境的格局已经打破，如今是人口大流动的社会，绍兴莲花落流行区域的所有受众，完全接受纯正的绍兴口语必然受到阻隔；另一方面，绍兴莲花落作为浙江的主要曲艺表演形式，也不能只局限于使用绍兴方言地区，在跨区域性的演出活动中，对绍兴口语的突破已势在必行。对此，老一辈党和国家领导人陈云早在1959年就指出：“评弹将来可以考虑在全国范围内推广。评弹用普通话来说唱是将来的事情，但现在可以考虑在语言上贯彻‘两条腿走路’的方针，可以使用普通话和其他地方的语言。如各地吸收了评弹形式，就会用自己的方言来演唱，这样也就会得到当地听众的欢迎。不过，目前的专业艺人仍可以用苏州话为主来说唱。其实，‘官白中的中州韵部分，已经逐步接近普通话了’。”（《陈云同志关于评弹的谈话与通信》）陈云的这段谈话，时过近半个世纪却在绍兴莲花落的口语说唱艺术中得到了很有成果的实践印证。二十世纪末期及二十一世纪初，有志于语言突破性改革的绍兴莲花落艺人，南赴广东、北至内蒙古及浙江省内语言差异很大的温州、丽水、义乌等地演出，使用带有浓重绍兴方言语音的普通话说白，使外地的观众既能听懂节目内容，又能感受到绍兴方言的口语情趣和魅力。虽然它在语汇上尚待研究改进，但在新形势下的大胆实践所取得的成果，是对绍兴莲花落生存空间的拓展。它的价值不仅在于本曲种的生存发展，也给浙江众多地方口语说唱的曲种以很大的启迪。

绍兴莲花落的唱腔音乐

绍兴莲花落的唱腔，在它的艺术载体中占有很大的比重。从它的传统节目中可以看出，早期的绍兴莲花落的叙述方式是以唱故事为主的，少有表、白等说的艺术手段。传统长篇节目《闹稽山》《马家抢亲》以及独立于长篇和短小的开篇之外的，在群众中流行甚广、影响最大的形式——节诗，是以七言或十字句式的唱词组成，以唱词来叙述故事的进展和抒发人物感情、描绘事件环境。传统的绍兴莲花落所谓的十八句半节诗，如《娘家节诗》《大衫节诗》等等，均是一唱到底，上下句结构，下句押韵，一韵至终。其词意通俗、生动、活泼、有趣，艺人在唱词的唱腔上辅以衬字。传统节诗节目每个段子可演唱一个小时左右，唱腔在反复时，艺人会结合情节、人物的需要，对唱词语调进行自由的变化。它在音乐声腔上的叙事功能的艺术规律，形成了传统节目以唱为主的独特性。

随着时代的前进，社会的发展，绍兴莲花落的唱腔也与时俱进。二十世纪八十年代初以来，绍兴莲花落创作演出了众多反映时代风貌、塑造当代人物形象的新节目。在节目结构上增加了说表和人物道白的力度，但它的唱句仍然是为叙述故事和塑造人物服务的。因此，依字行腔是绍兴莲花落声腔的艺术规律。艺人所唱的词句要让观众句句入耳、字字听懂，发音准确、吐字清晰，旋律接近生活节奏是绍兴莲花落演唱者的基本功力。在叙事中描景状物，抒发人物情感是否准确到位，声情和谐能否完美一致，是绍兴莲花落的说唱表演艺术水准高低的衡量标准。说唱者咬字欠准，吐字不清，观众难以听懂，是从艺者的大忌；一味地追求花腔，或随意地吸收不适宜说唱叙述的本质特点，以声害义，必然会伤害和违背绍兴莲花落这一曲艺形式的特征，并不可取。可喜的是进入新世纪以来，绍兴莲花落的一批主要表演者与罗萍、汪嘉宝、罗小令、袁伟文等曲艺音乐工作者一起，在绍兴莲花落不断地大胆创新过程中，始终遵循绍兴莲花落叙唱性这一艺术规律，既不墨守成规，又尊重说唱表演的特征，以适应当代观众对绍兴莲花落声腔音乐审美情趣的需求。更值得关注的是：在绍兴莲花落表演群体中出现了几位年轻的女性表演者，突破了原来曲种以男性演出“一统天下”的格局，在演出方式上出现了男女双档。罗萍、汪嘉宝为绍兴莲花落所创造的曲种女性声腔是极大的突破，为曲种的延续发展奠定了扎实基础。现已形成了绍兴莲花落不同风格的、丰富多彩的个性唱腔，如胡兆海的淳厚甜糯、倪齐全的朴质圆润、翁仁康的洒脱活泼、郑关富的清脆明亮等等。

绍兴莲花落的唱腔伴奏比之早期更为丰富。由于绍兴莲花落音乐工作者的努力，其前奏、间奏、尾声已相对固定。主要伴奏乐器四胡、琵琶、鼓板被称作该曲种的伴奏乐器三大件。其“前奏”部分已为杭州、绍兴地区群众所耳熟能详，并为当今一些电视栏目作为具有浓郁地方特色的音乐“品牌”

来使用。

绍兴莲花落的唱腔音乐，在继承中求创新，在传承中求发展，所取得的成果，令人瞩目，也引起了浙江其他地方曲种的关注和借鉴。

绍兴莲花落的文学创作

任何一种曲艺形式都曾经历过一个形成、演变和发展的复杂过程。然而，曲种在形成期就基本确定了它的文学题材的走向。据资料分析，绍兴莲花落源于绍兴周边农村，由宣讲宝卷等宗教俗讲和民间小曲结合，逐渐发展而成。它与其他传统曲艺品种中常见的讲史、公案、侠义、神怪类文学题材不同，在它的传统节目中难觅《三国志》《水浒传》《包公案》《西游记》等题材的节目。金戈铁马的战争场面，刀光剑影、棍棒拳脚相加的搏斗情景以及断案如神、铁面无私、袍带高官和神仙鬼怪、虚幻精灵的题材，在绍兴莲花落的节目中也难有所见。绍兴莲花落的传统节目内容多为反映男女、家庭、亲族、邻里悲欢离合的世情题材故事。在我国江南，称曲艺品种中的评话为“大书”，绍兴莲花落艺人开唱时的“小书要唱何方地”，就将自身曲种定位于“小书”。绍兴莲花落由于擅长反映世情、世态，它的传统基因为反映民众生活和心声，使其在表现各个历史时期的世风、世态、世相方面的内容得心应手。旧时代，绍兴莲花落的艺人们均来自农村或城市底层社会，他们熟悉农民和市井社会的生活、习俗、心理和语言，艺人们用通俗的、经过提炼的艺术语言，来编织叙述农民和市民阶层最熟悉的世俗故事。以最具代表性和影响力的绍兴莲花落传统节目《娘家节诗》为例：它叙述描写了绍兴农村村姑翠姐姐嫁到夫家已满三年，意欲回娘家探望父母和兄弟姐妹，却遭其婆婆、丈夫、小叔等的百般阻止。而阻止她回娘家的“理由”完全是旧时代绍兴农村中的习俗，条条“理由”似乎都是“堂堂正正”“合情合理”的，旧时代的农村新媳妇们也只能心甘情愿地接受封建制度的束缚。翠姐姐一直熬到第五个年头，才满怀喜悦地坐轿回到娘家。但她遇到的是嫂嫂的百般势利和婆媳之间的不和，这一切深深地刺痛了她。她，只能在无奈中返回夫家，从此她孝敬公婆，举家和睦。故事情节并不复杂，但有非常强烈的绍兴风情风俗和旧时代世态世情，以现实主义手法真实地、生动地、形象地塑造了翠姐姐这位旧时代农村妇女的典型形象。翠姐姐的生活经历带有旧时代农村中的普遍性，也是旧时代农村妇女的真实写照，因此引起了观众极大的共鸣，这是产生艺术魅力的关键。《娘家节诗》故事结构的要素是将人、物、事、境紧扣在绍兴旧时代农村特定的环境中，经几辈艺人的传唱，成为绍兴莲花落真正意义上的精品，至今仍久演不衰。1982年，该节目经王云根、杨乃浚、胡兆海整理、改编，由胡兆海演出，以“回娘家”的名称参加全国曲艺优秀节目（南方片）观摩演出并巡演于北京及西北、西南各省、市，引起全国曲艺界关注，有的曲艺表演团体还将它列为研究、探讨的教材。

进入新时期以来，中国社会发展到新的历史阶段，新时期的农民、市民的观念、理想和趣味决定着绍兴莲花落的文化品位和生存趋向。现代人的生活节奏，多元化的文化生活方式，对任何一种表演形式，尤其是曲艺艺术，都是一种冲击。二十世纪八十年代后期，绍兴莲花落以演出传统中长篇节目的“自给自足”式演出活动受到市场的冲击，电视银屏多种文艺形式的争奇斗艳，以及来势猛烈的商业性综艺晚会的几近泛滥，成为文娱演出市场的主流，这迫使曲艺艺术必须进行改革。各级文化部门采取了各种措施，通过举办全国性及省、市级的曲艺会演、调演、比赛，促使绍兴莲花落适应时代的需求，努力在绍兴莲花落的文学脚本、创作结构上进行适时的调整。一些有志于绍兴莲花落创作的文化人及音乐工作者与艺人合作，形成一股集群性的合力。在坚持继承绍兴莲花落口头说唱表演特征的根基上，创作演出了一批思想性、艺术性较为和谐统一的新短篇节目，如《晦气鬼告状》《疯姑娘》《姑娘上门》《糊涂村长》《新乡长上任》《阿Q与辫子》《“傻瓜”闪光》《三个巴掌》《卖座》《分爹》《救爹》《让座》《说也说不清楚》等等。这些节目既贴近现实生活，又贴近时代、贴近人民群众，既承传反映了世态民情、群众心声这一优良传统，又充满新时代的气息，使雅与俗相融合，舍弃粗俗，坚持通俗，雅俗交错，回应了当代观众的审美需求与情趣。新的短篇脚本的大量产生，也使绍兴莲花落的表演和音乐唱腔的改革创新迈出了新的步伐。绍兴莲花落这一民间草根性的曲艺形式，由此走进了首届、二届中国艺术节的艺术殿堂和一至五届中国曲艺节的展演，并获得文化部“文华奖”“群星奖”，中国曲艺艺术最高奖项“牡丹奖”等等，有的节日为浙江一些姐妹曲种所移植。绍兴莲花落紧跟时代、大胆创新、不断进取的现象，已为浙江曲艺界有识之士所公认，也为其他曲种提供了学习的借鉴。

绍兴莲花落的表演

绍兴莲花落是曲艺表演形式的一种。它的说与唱以及乐队的伴奏都属表演范畴。这里主要想说的“表演”，是指说和唱这两种核心表演形态之外所使用的各种辅助“说唱”叙述的技巧和手段，也就是通常所说“说功”和“唱功”之外的“做功”。当表演者走上舞台中心，即为观众所注目，人们的视点均集聚在表演者身上。前期的一切艺术创造活动，包括演出者长期积累的艺术功力与经验，都将在此刻得以呈现。面对观众的表演者将和伴奏者、音响灯光控制者等一切有关的艺术工作者群体一道，包括观看演出的观众，共同成为演出现场时空艺术创造的参与者。但说唱叙述者是主体，有很大的主动性和灵活性，其技巧、个性及其艺术、文化等多方面的素养都将得以展示。

绍兴莲花落自二十世纪六十年代起曾面临困境，只有少数老艺人从艺，行将湮没。七十年代后期出现了胡兆海等年轻的表演者，因没有其他曲种那样严格的口授心传的师承关系，他们继承的是前辈艺人的基本唱腔，多数年轻演员从事过表演新故事的历程，少有程式性“做功”的羁绊，尤其在表演现实生活题材中的“做功”，呈现在舞台演出时，具有自由灵活、和谐统一、时代感强的特点，给当时的观众以清新之感，同时把在表现传统节目方面的“做功”，在继承中吸收戏曲等表演艺术的技巧，融化于说唱表演的运用中。因此，当今绍兴莲花落的几位有影响的演员，在“做功”方面形成了多种风格和特色。如胡兆海的大气、倪齐全的沉稳、翁仁康的睿智、郑关富的老辣等等。现在绍兴莲花落演员中青年居多，在说与唱的基本功方面均有良好的基础。而在“做功”方面，也就是让观众直接观察到的技巧手段，显得差异颇大。因唱与说模仿较易，特别是“唱功”，尚有音乐作曲者所创作的曲谱为依托，而表演节目中以虚拟性的手段准确地虚示模拟人物神情体态，以及点染描绘情景事物，全靠说唱者的“做功”，即手、眼、身、法、步的技巧运用。戏曲是“现身中说法”，即通过演员扮着人物来推进故事进展；曲艺是“说法中现身”，是在叙述故事中“跳进”人物来虚拟性地演示人物，然后又

"跳出"人物以说唱者的身份来叙唱故事的发展。这就是人们通常说的曲艺表演的"跳进跳出"。绍兴莲花落的这一曲艺表演特色非常鲜明，其特征是若真若隐、虚实结合，既让观众在听唱节目时，沉浸在故事情节中，又感受到节目中人物形象的逼真显现，而说唱者对人物形象及其动作的表演是模拟性的。试举胡兆海在《娘家节诗》中的一节为例：当翠姐姐在娘家发现嫂嫂势利，和母亲婆媳不和，决定返回夫家，母女伤心痛别时的"做功"场景，胡兆海"跳进"母亲这一农村老太太人物时，他左手执三巧板缓缓抬起，右手伸向前方似向女儿招手，面部表情悲痛欲绝，两眼含泪平视远去的翠姐姐，用压抑着的悲凉声腔喊着："阿囡，阿囡娘格肉啊……可怜肉啊，肉啊……"在形体上的手势，方位准确，似左手扶门，右手伸向远方；运用眼法，替心说话，母亲含泪平视远方，生动地描绘悲切的表情；用欲动先静、欲远先近，母亲先看近处的女儿，再平视远去的翠姐姐；用八字步的步势，略弯腰，在形态上使观众脑海里显现一位老人。说唱者的服装仍是一袭长衫，也并不装扮，但却用他的神情，活生生地刻画了一位绍兴农村中朴实善良又无奈的老母亲的人物形象，在声腔辅助中催人泪下，产生强烈的艺术震撼力。这是模拟虚示的人物表演，紧随其后的一段简短伴奏过门，表演者又回到叙唱人的身份来说唱情节进展了。这种点出人物、收放自如，转形转情、进出有据的绍兴莲花落"做功"，这"手、眼、身、法、步"的娴熟运用，可称是经典的范例之一。

近年来，绍兴莲花落作为表演艺术，积极参与各种新的节庆演出活动。在浙江的杭州、绍兴地区，演艺界综艺性演出形式的"组台"演艺活动频繁，音乐、舞蹈、曲艺、杂技及戏剧小品品种多样。绍兴莲花落成为这类演艺"盛宴"中一道富有乡土特色的"菜肴"，除了演出以叙事为主的短篇节目外，还因舞台场面宏大，灯光、音响复杂，使绍兴莲花落的演出，出现了一些新的变革，产生了一大批音乐性更强、"做功"更为创新的抒情状物的开篇节目，如《绍兴风光绍兴酒》《外婆桥》等等兼具载歌载舞表演的新形式，在客观上拓展了绍兴莲花落表演艺术的"做功"。这类节目顺应时代的发展，内容紧贴时代脉搏，表演姿态优美，为观众提供了较好的视觉享受，也为曲种增添了新的色彩。

说功、唱功、做功以及近年来新出现的演出方式，构成了新时期绍兴莲花落的整体。但绍兴莲花落的说与唱，仍然是其主体，在其艺术表演中，“做功”及其他一切艺术手段只是一种辅助，理顺它们的主从关系，才能让绍兴莲花落的传承健康发展。它的多样性、现实性是服务于当今社会人民群众所需求的。目前绍兴莲花落在传承和发展方面所作出的尝试是较有现实价值的。

绍兴莲花落作为国务院公布的《第一批国家级非物质文化遗产名录》中的曲艺品种，正顺应多种渠道营造发展的条件和环境。戏曲电视剧绍兴莲花落《翠姐姐回娘家》《大年三十》《小小父母官》的全国播映，以绍兴莲花落为主体的电视栏目《莲花剧场》的高收视率，绍兴莲花落小戏曲《一只红木箱》的成功尝试并获奖等等，也为彰显绍兴莲花落这一非物质文化遗产的价值，营造出重要生态环境。而营造曲艺的文化生态环境，首先是使自身的条件不断顺应时代发展的需要，使它在原来的基础上面对更大的市场，赢得更多的观众，适应大众日益提高的审美情趣。绍兴莲花落的价值所在，正是能够面向欣欣向荣的当今时代，让我们满怀信心地努力吧！

［原载浙江省曲艺家协会内刊《浙江曲艺》（绍兴莲花落专辑）2007年3月总第51期。］

杭州评话的历史源流与其传统节目文化内涵初探

杭州评话在现代曲艺门类中属于散说类的艺术品种，只说不唱，俗称“杭州大书”，也称“说书”。从艺者被民间称作“说书先生”或“大书先生”，从明、清时期始至民国时期，官方称艺人为“说书人”。中华人民共和国成立以后，曲艺成为我国文学艺术中一个独立的艺术门类。杭州评话作为曲艺门类中古老的品种之一，从艺者被称为曲艺工作者、评话演员。杭州评话在清代初期已有现代意义上的曲艺品种名称，是我国曲艺的说书系统中南方评话的主要品种之一。

杭州评话的历史沿革

我们追溯杭州评话的历史渊源，探索它千百年来在历史长河中的发展史迹，了解它在衍变过程中社会诸多因素对它的影响，领会其流变过程中的内因和外因，寻觅它曾经呈现出的发展、继承、衰竭、变异、新生和再兴旺的依稀轨迹，是为当今传承与保护杭州评话，寻求有益的借鉴。

南宋时期的京都临安（杭州），古代的曲艺品种中有一种极为盛行的表演技艺，称作“说话”。而古代曲艺中的“说话”，也就是叙述故事，用现代的语言名称来解释，即为“说书”。中国古代曲艺中“说话”艺术可上溯至隋代，据《太平广记》中引《启颜录》和《隋书·陆爽传》记述：隋代有个名叫侯白的小官，能“说一个好话”。文中叙述了侯白常在隋朝当时的宰相杨素面前说好听的故事。“说话”即为讲故事，如此也可说这就是古代曲艺中“说书”技艺的萌芽。

唐代中后期，佛教盛行，寺庙中的僧侣们在佛教的讲经中，分出一支专讲有宗教故事内容的经文，称作“俗讲”。北宋时期的“俗讲”，不仅是僧侣们的宗教活动，而且已演变成有众多职业艺人卖艺的民间“说话”技艺，内容有宗教故事、历史故事和民间故事。北宋时期的“说话”技艺，为南宋京都杭州的古代曲艺“说话”的长足发展奠定了基础。

在南宋王朝定都临安后，原来以北宋京都汴梁为中心的、被称作瓦舍的古代娱乐场所及在瓦舍内表演的各式技艺人同时南移。中国的古代曲艺在南宋时期的杭州得到了迅速繁荣，成为中国古代曲艺发展的高峰期。其中“说话”技艺基本形成了题材多样、丰富多彩的古代说书。至元代，虽然统治阶级对民间说书、说唱词话类等曾明令禁演，但是民间的“说书”仍然流传着，一直不曾间断，称作“平话”。元代的杭州是经济繁荣的大都市，人口稠密，“说书”兴盛。据元代人陶宗仪所著《南村辍耕录》卷二七“胡仲彬聚众”条称：至正十七年（1357）杭州说野史者（即说书者），能聚众千人。可见在六百五十年之前，杭州说书人的巨大影响力。元代杭州是全国的刻书印书中心，至今尚有话本《新编五代史平话》《新刊大宋宣和遗事》刊刻本存世。这里值得注意的是：元代《新编五代史平话》的刊刻本，是清代人曹元忠于清光绪二十七年（1901）在杭州发现的。曹元忠在他的记述中说：“疑此平话或出南渡小说家（南宋时期杭州的说话艺人）所为，而书贾刻之，故目录及每卷首尾，辄大书《新编五代史平话》也。”曹元忠认为《新编五代史平话》，也许是在元代时，由说书艺人们继承南宋说话艺人的话本，经文人们整理后由杭州书商刻印的。话本经书商刻印营销，使杭州的平话向四周扩展，广泛传播的可能是存在的。

明代活字版印刷术推行，说书人的诸多话本经文人们的整理，刻印成了读物，一些听众成为话本读者。其时，浙江的南戏形成，并风靡一时，人们逐渐被新的戏曲所吸引。而南宋杭州瓦舍技艺中的“说话”“小说”“唱赚”“小唱”“嘌唱”等等古代曲艺，经历史的衍变，又派生出宣讲宝卷、弹词（词话）、道情等等和现代意义上的曲种靠近的明代曲艺。这样一来，杭州的说书就和其他古代曲艺品种、戏曲、读物等产生了激烈的艺术竞争，杭州的说书似有停滞不前之遭遇。明代，杭州的说书人少有像明末清初的说书人一样，与达官显贵交往甚密者。明末说书家柳敬亭的名声大，并留有诸多文字记载。他曾在明末军阀左良玉军队中说书，并帮办军务。但是，据明代杭州人田汝成《西湖游览志余》卷二〇中记载："杭州男女瞽者，多学琵琶，唱古今小说、平话，以觅衣食，谓之陶真。大抵说宋时事，盖汴京遗俗也。"有学者认为《西湖游览志余》所记载的"平话"指的是说唱故事。其他当时说书人的生存状况记载得不甚清晰。

清代康熙、乾隆盛世，社会相对稳定，杭州的说书经过数代艺人的努力，在传承南宋时的"说话"、元明时的"平话"艺术的基础上，近似现代的杭州评话已经逐步形成。据成书于清乾隆五十七年（1792）徐悔堂（清凉道人）著《听雨轩笔记》卷三《余记·评话》记述："后于杭州昭庆寺西廊茶店内，听说《飞龙传》'陈桥兵变'一段。言宋太祖领兵北伐，夜宿陈桥驿中。张光远、罗彦瑰等，议欲奉以为帝，太祖闻之大惊，遂逾墙至厩，独乘九天斑豹马而逃。……溽暑炎蒸，北窗高卧，静听说书者剧谈一回，亦一快事。"这一记载，不仅记述了杭州评话《飞龙传》中"陈桥兵变"一节的故事内容，而且记载了听评话的地点是在昭庆寺西廊茶店（即现杭州青少年活动中心），可以佐证清乾隆、嘉庆年间杭州的说书非常兴盛，有固定的演出场所和听众，其节目、表演形式等已与现代的杭州评话相似，基本上已形成了当今杭州评话的艺术特征。至嘉庆、道光年间，杭州的"说书"已成为一种较有影响的行业，从艺人数众多，名家辈出。道光十九年（1839），以杭州评话艺人王春乔为首任社长的行会组织"杭州评话社"建立。至此，杭州评话成为近代和现代意义上的独立曲种。其主要传统节目、表演艺术等基本特点，已逐渐形成和固定，它的表演群体和其艺术传承谱系，也比较明确、清晰了。

南宋时期杭州瓦舍中的古代曲艺——说话

研究和探索杭州评话的源流，必然要上溯至中国古代曲艺全盛时期的南宋。而南宋时期中国古代娱乐业的集中地正是京都杭州（时称临安）。自南宋绍兴八年（1138），南宋王朝正式定都临安，临安成为全国政治、经济、文化和军事中心。宋皇室的南渡，使北方人口大量南迁，流入杭州城内的有达官胥吏、富商大贾、文人学士、僧尼道众，更有大批的手工业者、小业主一类的市民阶层，还有众多的驻军。这些人的涌入使当时杭州城内人口骤增。据

《咸淳临安志》记载，其时临安府属钱塘、仁和两县，人口达九十三万多人，仅杭州城内人口就多达五十七万余人，杭州成为这一时期繁华的大都市。多层面的群体需要多样化的文化生活，因而众多的娱乐场所相继出现并陡增，这类游艺场称为“瓦舍”或“瓦子”“瓦肆”。在“瓦舍”内表演技艺的场地称“勾栏”。北宋汴京和全国各地的民间艺人纷纷集聚杭州，在“瓦子”中的各类技艺日益活跃起来。南宋西湖老人所著的《西湖老人繁胜录》、吴自牧所著的《梦粱录》、周密所著的《武林旧事》和南宋末期或元初的罗烨所著的《醉翁谈录》等古籍，均记载了南宋临安（杭州）的瓦舍、勾栏内古代曲艺及各类技艺活动的繁华景象。如《梦粱录》卷一九“瓦舍”条记载：

> 其杭之瓦舍，城内外不下有十七处，如清泠桥西熙春楼下，谓之南瓦子；市南坊北三元楼前谓之中瓦子；市西坊内三桥巷名大瓦子，旧呼上瓦子；众安桥南羊棚楼前名下瓦子，旧呼北瓦子；盐桥下蒲桥东谓之蒲桥瓦子，又名东瓦子，今废为民居；东青门外菜市桥侧名菜市瓦子；崇新门外章家桥南名荐桥门瓦子；新开门外南名新门瓦子，旧呼四通馆；保安门外名小堰门瓦子；候潮门外北首名候潮门瓦子，便门外北谓之便门瓦子；钱湖门外南首省马院前名钱湖门瓦子，亦废为民居；后军寨前谓之赤山瓦子；灵隐天竺路行春桥侧曰行春瓦子；北郭税务是北郭瓦子，又名大通店；米市桥下米市桥瓦子，石碑头北麻线巷内则曰旧瓦子。

南宋社会，由于手工业、商业的发达，市民阶层不断扩大，瓦舍作为人们的娱乐场所迅速增加，从南宋初期的十七处，增加到后来的二十三处。这类古代的娱乐场所——瓦舍，集聚着一大批作艺的伎艺人，他们长年累月在瓦舍以艺谋生。其古代的表演技艺诸如说话、杂剧、蹴鞠、唱赚、耍词、相扑、清乐、射弩、使棒、小说、影戏、吟叫、撮弄等等形式繁多。而作为古代曲艺的说话艺术，在南宋京都临安的瓦舍中，有众多的艺人表演，且占有重要的地位，并有很大的发展。如在《西湖老人繁胜录》“瓦市”段中记载：

> 唯北瓦大，有勾栏一十三座。常是两座勾栏，专说史书，乔万卷、

许贡生、张解元……说经，长啸和尚、彭道安、陆妙慧、陆妙净。小说，蔡和、李公佐。女流，史惠英、小张四郎，一世只在北瓦，占一座勾栏说话，不曾去别瓦作场，人叫做小张四郎勾栏。

用现在的语言来说，在杭州众安桥，南宋时期称作北瓦的游艺场，里面设有十三座勾栏。所谓勾栏，是专指艺人表演的舞台、书台，而并非是后人所比喻的妓院。十三座勾栏中有两座是专供说书的，那位叫做小张四郎的艺人，在众多技艺门类竞争的北瓦子游艺场，能一辈子占据一座场地说书，而他说书的场地也被称为“小张四郎勾栏”。其他艺人也有姓有名，更有女性说书艺人的记载，由此可见古代杭州说书的兴旺及其地位和影响力。

《梦粱录》在卷二〇“小说讲经史”条中说：

说话者，谓之“舌辩”，虽有四家数，各有门庭。且小说名“银字儿”，如烟粉、灵怪、传奇、公案、朴刀、杆棒发发踪参之事，有谭淡子、翁三郎、雍燕、王保义、陈良甫、陈郎妇、枣儿余二郎等，谈论古今，如水之流。谈经者，谓演说佛书；说参请者，谓宾主参禅悟道等事；有宝庵、管庵、喜然和尚等；又有说诨经者，戴忻庵。讲史书者，谓讲说《通鉴》、汉唐历代书史文传，兴废争战之事。有戴书生、周进士、张小娘子、宋小娘子、丘机山、徐宣教。又有王六大夫，元系御前供话，为幕士请给讲，诸史俱通，于咸淳年间，敷演《复华篇》及《中兴名将传》，听者纷纷，盖讲得字真不俗，记问渊源甚广耳。但最畏小说人，盖小说者，能讲一朝一代故争，顷刻间捏合，（合生）与起令、随令相似，各占一事也。商谜者，先用鼓儿贺之，然后聚人猜诗谜、字谜、戾谜、社谜，本是隐语。

在《武林旧事》《西湖老人繁胜录》《梦粱录》《醉翁谈录》等南宋时期古籍的记载中，我们可以探寻到南宋临安（杭州）瓦舍中的“说话”，而以“说”为艺术表演手段的古代曲艺，成为瓦舍众多技艺中具有很大影响力的代表。瓦舍不仅为普通人提供了娱乐场所及技艺欣赏，而如“御前供话”“为幕士请给”等“说话”还为偏安杭州的南宋皇室及士大夫们“供奉”说话艺术。更值得关注的是,《武林旧事》在卷六“瓦子勾栏”条中,除了列出当时杭州城内众多的瓦舍名称以外,尚有以下记载:

> 北瓦羊棚楼等,谓之“邀棚”,外又有勾栏甚多,北瓦内勾栏十三座最盛。或有路歧,不入勾栏,只在要闹宽阔之处做场者,谓之“打野呵”,此又艺之次者。

《武林旧事》记载,除在瓦舍勾栏载有杭州“诸色伎艺人”中的说话艺人有七十六人(其中讲史艺人二十三人,小说艺人五十三人),更有“路歧”“打野呵”的作艺者,指的是那些未能进入瓦舍中勾栏内作艺的,带有流动性质的说话艺人。他们走出了寺庙、豪宅、宫廷,乃至瓦舍勾栏,走街串巷“打野呵”,为生存而卖艺,有的还“撂地”露天作场。他们促进了南宋时期说话艺术在底层社会的普及,形成以“说”为主体的、在各类技艺中独立而红火的一门说书技艺。

南宋以瓦舍为中心的说话艺术,其受众面有不同的社会层面,有众多的听众群体,从而产生了不同层次的说话艺人,其艺术表演水准必然有高低之分。为了满足各种层面听众的需求,在表现的题材上也产生了不同的内容。南宋各类记述说话艺术的书籍中,载有“说话四家”之说,这并非是当今人们所理解的艺术门类或风格流派之家,而是说话艺术中的内容题材的划分。

如果我们仅用古代存留的史料来划分南宋说话艺术所表演的题材内容,有一定的难度。长期以来,学者们也做过很多研究和努力,在“说话”技艺的内容题材划分方面,观点也不甚一致。比较统一的观点是分讲史、小说、说经三大类。

一、讲史。即为讲说前朝的历史故事。但涉及的内容却非常丰富,如吴自牧《梦粱录》所载“谓讲说《通鉴》、汉唐历代书史文传,兴废争战之事”。南宋末元代初的罗烨在所著《醉翁谈录》卷一“舌耕叙引·小说开辟”条中,叙述了说话艺人有说刘邦与项羽争雄、论机密的孙庞斗智、诸葛亮雄才大略、黄巢乱天下等历史故事。我们可以从由南宋时期说话艺人们所演说的各朝各代的历史故事所反映的题材来分析，其大致内容与长篇历史话本如《西汉演义》《三国演义》等类同，也和流传至今的杭州评话中一些属讲史类的传统节目相类似。

更值得我们关注的是讲史中的“说铁骑儿”，说的内容也是“士马金鼓”的战争场面，属于讲史的范畴。但所讲故事的历史背景是“今事”，也就是南宋皇帝赵构偏安杭州后，发生在朝廷里的大事，即所谓“说新话”，用我们现代曲艺的说法，也就有“说新编节目”的意思。“说新话”中就有关于张俊、韩世忠、刘锜、岳飞等南宋时期人物的故事。抗金将领岳飞于南宋绍兴十一年（1142年1月）被杀害于杭州风波亭。绍兴三十二年（1162）岳飞冤案昭雪。南宋前期的这一千古冤案与重大事件，当时的说话艺人就将其作为艺术素材，演出于瓦舍勾栏，街头巷尾。故吴自牧所著《梦粱录》中说：“又有王六大夫，原系御前供话，为幕士请给讲，诸史俱通，于咸淳年间（1265—1274），敷衍《复华篇》及《中兴名将传》，听者纷纷，盖讲得字真不俗，记问渊源甚广耳。”反映出南宋杭州瓦舍中“说话”的艺人们，敢于面对当时的社会现实，以古代曲艺“说话”为手段，代表着当时老百姓的心声，说演、评议着他们自己心目中的英雄人物，树立了自己理想中所要宣扬的榜样。南宋时期，杭州瓦舍中的“说话”艺人们，不仅为人们提供消遣娱乐，而且“发扬义士显忠臣”，反映出南宋杭州的“说书”先辈们，具有“话以载道”的使命感。

自然，随着时间的推移与历史的变迁，古代曲艺向近代、现代曲艺转化与衍变。南宋时期由“说话”技艺人演述的“说新话”中的“今事”，为后世形成长篇历史说部积累了素材，诸如《岳飞传》等杭州评话节目，早就成为久说不衰的优秀讲史类节目之一，并造就了诸多说书名家。

二、小说。南宋时期京都杭州瓦舍中说话艺人演说的小说，不能理解成当代人们所熟知的供阅读的文学小说。它是南宋古代曲艺说话技艺中的题材分类的名称。而说话技艺中的小说所反映的题材面非常广阔。在南宋末元代初罗烨所著的《新编醉翁谈录》卷一“舌耕叙引·小说开辟”条中，列出了小说中的再分类及内容目录：

灵怪：杨元子、汀州记、崔智韬、李达道、红蜘蛛、铁瓮儿、水月仙、大槐王、妃子记、铁车记、葫芦儿、人虎传、太平钱、巴蕉扇、八怪国、无鬼论。

烟粉：推车鬼、灰骨匣、呼猿洞、闹宝录、燕子楼、贺小师、杨舜俞、青脚狼、错还魂、侧金盏、刁六十、斗车兵、钱塘佳梦、锦庄春游、柳参军、牛渚亭。

传奇：莺莺传、爱爱词、张康题壁、钱榆骂海、鸳鸯灯、夜游湖、紫香囊、徐都尉、惠娘魄偶、王魁负心、桃叶渡、牡丹记、花萼楼、章台柳、卓文君、李亚仙、崔护觅水、唐辅采莲。

公案：石头孙立、姜女寻夫、忧小十、驴垛儿、大烧灯、商氏儿、三现身、火杴笼、八角井、药巴子、独行虎、铁秤槌、沙河院、戴嗣宗、大朝国寺、圣手二郎。

朴刀：大虎头、李从吉、杨令公、十条龙、青面兽、季铁铃、陶铁僧、赖五郎、圣人虎、王沙马海、燕四马八。

杆棒：花和尚、武行者、飞龙记、梅大郎、斗刀楼、拦路虎、高拔钉、徐京落草、五郎为僧、王温上边、狄昭认父。

神仙：种叟神记、月井文、金光洞、竹叶舟、黄粱梦、粉盒儿、马谏议、许岩、四仙斗圣、谢溏落海。

妖术：西山聂隐娘、村邻亲、严师道、千圣姑、皮箧袋、骊山老母、贝州王则、红线盗印、丑女报恩。

《醉翁谈录》所列的目录，有些名称如《莺莺传》《王魁负心》《卓文君》《李亚仙》等等，如今均是人们所熟悉的人物和故事，却少有成为杭州评话节目中的人物，但为其他各种文艺形式传递了故事内容和人物形象。而传统长篇杭州评话《水浒传》中的人物，在宋末元初罗烨所著的《醉翁谈录》所列南宋说话人的分类目录中均能找到，有的成为杭州评话《水浒传》中的主要人物，或成为人物的诨号。如“花和尚”为“花和尚鲁智深”，“武行者”为《武十回·血溅鸳鸯楼》后的“行者武松”，“青面兽”是后来也被逼上梁山的好汉“青面兽杨志”，“石头孙立”成了“病尉迟孙立”等等。“杨令公”“五郎为僧”也可以在杭州评话《杨家将》中发现听众所熟悉的“老令公杨继业”和《杨五郎五台山削发》等人物和节目。这类公案、朴刀、杆棒类内容中的人物，无疑会现身善于演说金戈铁马、侠义搏斗的评话内容中。

由于南宋时期杭州的说话艺人们对这些故事和人物的传扬，元末明初施耐庵等在说话艺人话本的基础上，结合《大宋宣和遗事》和元代杂剧中的内容，写出了清代以来广为流传的章回体古典小说《水浒传》。要不是明末金圣叹砍掉七十回以后的情节，读者就会发现梁山好汉如武松、鲁达、张顺等诸多人物的悲烈结局的故事场景大多发生在杭州。又如明代的《西游记》《封神榜》，清初的《说岳全传》以及《杨家将》《济公传》等章回体话本小说，大体上都有相似的过程。我们能在南宋时期杭州瓦舍中盛行的、说话艺人表演的“说话”题材中寻觅到那些人物的踪影。南宋杭州瓦舍中的说话技艺是我国古代曲艺顶峰期最为繁荣的品种之一，在以后近千年的历史长河中，经过说书艺人—文人—说书艺人—文人……反复连环性的创造，历经说书、小说、戏剧等不同文艺形式无数次的相互借鉴、改编、吸收、升华，杭州的说书艺人在封建时代的历史条件下，按自己的意愿，将市井阶层听众群体心目中的历史人物和英雄人物、清官、神道等加以浪漫化的处理，从而创造出义勇的关羽、赵云，足智多谋的诸葛亮、刘伯温，精忠报国的岳飞、杨继业，憨厚莽猛的张飞、牛皋、胡大海，仗义豪侠的武松、鲁智深、金台，清正刚直的包拯、海瑞，救民众于苦难的济公活佛等经典形象。杭州评话传统节目中的这类典型人物，千百年来经说书艺人的口头语言艺术即评话表演艺术绘声绘色的传播，影响面极广，尤其是在市民阶层中，人人皆知，家喻户晓。

南宋时期，杭州盛行的说书艺术“说话”，虽然与当今的现代曲艺杭州评话尚无直接传承依据可印证，但是，历代以来的说书，曾引起一些文人的关注，尤其是南宋时期的著述较丰，在以后漫长的历史过程中也有零星记载。通过对这些古代文人著述和零星记载的研究探索，我们可以发现，现代的杭州评话和南宋时期的古代说书——说话，系一脉相承、薪火相传，其渊源“基因”、承袭关系是无可置疑的。

杭州评话传统节目的文化内涵

千百年来，杭州评话作为传统文化中的口语表演艺术，在杭州和周边地区曾经有过庞大的受众群体，在漫长的历史长河中有过辉煌的成就，特别是曾经影响着生活在各个历史时期社会底层的市民和农民，为劳动大众创造了丰富的精神食粮，其文化内涵，属于大众文化范畴。

杭州评话之所以被称作“杭州大书”，是因为杭州评话的传统节目，所反映的题材内容，主要是讲史、侠义、公案、神怪类的长篇故事。但就一部节目来说，其内容在表现的题材上，也有相互的兼容和穿插。节目内容分类的归属，主要是以节目内容的主线来判定的。曲艺文学中的另一类重要题材，如反映男女爱情、家庭、亲族、邻里的悲欢离合等等世情类为主线的题材，杭州评话反映甚少，有的也是兼容性的穿插。而杭州有另一古老的弹词体系属说唱类的杭州评词，却以反映世情类题材为主体，故称作“杭州小书”。杭州评词同属于曲艺门类中的说书范畴。杭州传统曲艺品种中的这两类说书，除在表演形式、技巧上的不同外，其主要不同点是所演出的节目内容，在题材上有明显区别。

杭州评话中的讲史类题材在传统节目中占有很大的比例，一般统称“长靠书”。《列国》《西汉》《东汉》《三国》《隋唐》《飞龙传》《大明英烈》等等均为讲史类传统节目。这些编年体的历史演义题材，综合每一朝代或历史时期发生的历史事件和历史人物并以之为依托，演绎为杭州评话讲史类题材的演义节目。在某个历史时期，人们心目中的历史英雄人物，均可成为杭州评话讲史类节目中歌颂的主角。主要人物多为将帅，他们忠诚，爱国爱民，金戈铁马，征战沙场，或与奸佞权臣斗争的历史演义性的传奇故事，在杭州评话中同属讲史类题材的节目，如《薛家将》《杨家将》《呼家将》《岳飞传》等等传记体的讲史类题材与演义性题材是并存的。这类节目以某个朝代的历史人物为依据，以历史朝代史实为背景，用虚构、浪漫的手法勾勒、刻画出中国古代无数的历史名人，展现出人民心目中的英雄人物及其业绩。有的节目如《杨家将》等歌颂反侵略、反压迫的爱国主义的英雄史迹，对市民阶层民族文化心理的养成，起到了激励的作用。

杭州评话中所有的讲史类节目不等同于对历史、正史的叙述，也不等同于民国时期萧山人蔡东藩所编写的正史夹杂野史的《中国历史通俗演义》。杭州评话的大量讲史类传统长篇说书，是历代说书人按照劳动人民的历史观与道德标准来讲述的，除历史背景基本属实外，其情节、内容、历史人物完全是浪漫化和诗化了的。说书艺人以历史或历史上的英雄人物为题材，运用杭州评话，借助虚化了的历史情节，对历史人物的思想和行为进行评说，这种评说代表了各演出历史时期市民阶层的心声和意愿。在封建社会中，生活在底层的社会阶层饱受战乱之苦，所以他们在听说书的过程中，评说朝代更替兴亡，除了通过听说书的娱乐形式获得慰藉外，还幻想现实生活中能出现“真命天子”式的好皇帝，能够治国安邦，救民于水火之中，所以刘邦、刘秀、刘备、李世民、赵匡胤、朱元璋就成为讲史类节目中的偶像式的“主公”。他们在说书中的形象大多是“尊贤容众”的“有道明君”。但是，在杭州评话讲史类传统节目众多的人物形象里，在听众心目中，这些人物并不处于主宰地位，而辅助他们争夺天下的忠臣良将群体，才是市民阶层听众中的真正偶像。如智慧无穷的诸葛亮、刘伯温，勇敢机智又武艺超群的赵云、常遇春等等，尤其是勇猛而性格独特的大将，如《三国》中卖肉出身的张飞，《隋唐》中卖竹筢出身的程咬金及《东汉》中的铫期，《大明英烈》中的胡大海，《岳飞传》中的牛皋等等人物，他们被历代杭州评话艺人塑造成其外在表现粗、莽、慈，甚至于有些“呆”，而内在表现却是细、智、精。这些人物还有几分“福气”，他们往往能化险为夷，被称作“福将”。由于他们的出身大多和市民阶层相接近，他们的语言在杭州评话的表演中又是平民化的，他们的人物性格充满着浓厚的喜剧色彩，所以他们成为市民阶层中杭州评话听众最熟悉和最喜爱的人物。

杭州评话这门口头艺术，经无数代艺人的艺术创造，塑造了众多名垂千古的艺术形象，刻画了讲史类传统节目中各种英雄人物的典型性格，构成了色彩斑斓的历史人物画卷。

杭州评话诸多讲史类的传统长篇节目，充分表现了劳动人民的历史观，反映了封建社会时期人民反抗封建剥削、反抗暴政、反抗外族侵略的文化内涵。若将杭州评话讲史类中各朝各代的所有节目连缀起来，可演绎为说书的

"史"。其内容尽管是虚多实少、浪漫化了的，然而，它毕竟是在讲"史"，对受众群体普及历史知识，揭示历代盛衰兴亡的历史经验、历史规律起到了推动作用。在旧时代，农民和市民阶层中一些不识字的听众，通过听说书，能将中国历史听得有头有尾，虽然它不是真实历史，但客观上起到了传播历史知识的作用。虽然杭州评话是将历史通过以说书的形式经过艺术处理虚多实少浪漫化了的，但是其历史观反映了旧时代生活在社会底层的劳动人民的意愿和情趣，是劳动人民和历代艺人共同创造而形成的。

杭州评话中传统的侠义类题材节目也占有很大的比例，因与讲史类题材相对应，所以被称为"短打书"。侠义题材的传统节目主要是讲述古代侠客、义士之类的英雄故事。《水浒传》是杭州评话中在听众中影响很大的侠义题材的主要节目，水泊梁山一百零八将中，虽然有"马上五虎将"等使长柄兵器的好汉，但严格地说，在杭州评话中它纯属于一部侠义类短打书，因它主要结构是采用单传体，重点节目如《武（松）十回》《宋（江）十回》《石（秀）十回》《鲁（达）十回》等，这些《水浒传》以侠义人物为主，以反压迫、反暴力及一切不正义行为为主线，反映了封建社会"官逼民反""逼上梁山"等具有民主主义的进步思想，表现了书中主要人物的侠义行为及其典型性格，符合旧时市民阶层的文化观念和审美情趣。

《金台传》在杭州评话中是一部很有听众基础的侠义类传统长篇节目。它叙述北宋嘉祐年间的义侠金台，武艺超群，矢志行义，遍游江湖，结交豪杰，扫灭邪恶的故事。杭州评话《金台传》从《金台韩庄扮新娘独探少林寺》开书，至《金台奉旨平安南　三仙台义侠归位》结束。全书能连演数月，其故事结构有别于话本小说《金台全传》[参见清光绪丙午年（1906）上海书局石印版本]，也不同于江南评话中相同题材的节目。杭州评话《金台传》表现了侠义思想的民主性，金台等侠义人物所表现的为国解忧、为民请命、与邪恶之流搏斗的行为，反映了旧时代被压迫劳动人民的幻想和企盼；也表现了旧时代小生产者，特别是破了产的小生产者——游民阶层的思想意识。杭州评话传统书中的侠义类题材节目甚多，如《明清八义》《周侗传》《胡桐传》等等。经过历史积淀，侠义类题材的传统节目已成为曲艺文化的一部分。当然，对于这些节目所表现的思想形态，应作历史唯物主义的具体分析。诸多传统的侠义题材节目中，侠义人士的超群武艺，道德高尚的个人作用，“除暴安良”、反抗暴力压迫及一切不正义行为的言行，表现了侠义思想的民主性；而因受历史的局限，节目中的一些重私人恩怨、搞江湖门派仇杀内容的思想意识，也客观地反映了侠义思想的落后性。

公案类题材的杭州评话节目中有《包公案》《海公案》《彭公案》《施公案》等等，称作“官带书”。所托名的清官，一般来说历史上实有其人，但节目的故事内容则多为虚构。在传统的杭州评话公案类节目中，可以分为清官公案题材和清官侠义混合题材。如以叙说宋真宗时宫廷倾轧，刘妃狸猫换太子，到仁宗接位，包拯陈州放粮遇李妃告状，包拯审判冤案，铲除奸臣恶吏为主线的《包公案》，可称是一部公案书。而以侠客义士展昭、欧阳春、白玉堂等人物为主线，协助包拯剿贼除恶，平定襄阳王造反的节目内容，就有很大成分是侠义类的武打书，节目名称为《七侠五义》。又如《彭公案》《施公案》以彭鹏、施世纶两个清正干练的清官形象为书领，却以代表正面力量的黄三太、欧阳德、黄天霸等豪侠协助清官平叛、剿匪为主线，形成公案—侠义书结合的节目模式。此外，杭州评话中常与《包公案》一起说的节目尚有《五虎平西》《紫金鞭》，这是与讲史类题材相关联的节目。

《海公案》是杭州评话中较为典型的公案类题材的“官带书”，又名《大红袍》。它以明嘉靖年间清官海瑞严明办案为主线，讲述清官海瑞刚正无私，不畏强暴，勇于和权奸豪强严嵩父子作斗争，为百姓平反冤狱，打击贪官污吏的故事。这部公案书充分反映了人民群众，尤其是普通市民阶层希望能多出现一些像海瑞那样刚正、机智、为民请命的清官的心声。这类公案类题材类节目中的主人公，是杭州评话听众心目中的英雄，表现了劳动人民的审美情趣。在今天看来，这类节目所反映的文化内涵是有积极意义的。

神怪类题材在杭州评话节目中为数不多，较有影响的是《封神榜》，又称《武王伐纣》。这是一部以元代平话《武王伐纣书》为基础，神怪、讲史相结合的传统书。其故事围绕周朝灭殷朝的历史事件展开，突出了以有道伐无道的主题，从商代的纣王无道、妖狐妲己乱朝开书，到姜子牙斩将封神结束，在天地间展开了一场忠奸、正邪、神怪、佛魔大战，故事情节纯为虚构，书中的神佛与怪魔的大会战，场面宏伟。杭州评话《封神榜》正反映了无论是神佛和怪魔之间还是人世间，都是邪不压正的主题思想。

杭州评话《济公传》是一个为听众所津津乐道的神怪类传统节目，也是杭州评话中最有地方特色且深受听众喜爱的节目，至今常演不衰。节目中的主人公“济公活佛”，历史上确有其人，法名道济，俗名李修缘，字湖隐，天台永宁人。出生于南宋绍兴十八年（1148）十二月初八。十八岁于杭州灵隐寺出家为僧，后因常不守佛门戒律，成为“狂嗜酒肉，浮沉市井”，敢说敢管民间不平事的传奇式僧人，人们称其为“济癫和尚”。南宋嘉泰元年（1201），道济迁往杭州南屏净慈寺。嘉泰四年（1204），净慈寺被大火所焚，道济为重建净慈寺，四处募化。道济于南宋嘉定二年（1209）五月十六日圆寂，寿六十，去世后葬杭州西湖景区虎跑，现建有济公塔院。他与杭州的市民百姓交往甚深，故民间尊他为“活佛”。

元、明时期杭州的说书人以这位济癫和尚为生活原型，以释即可成佛的宗教理念，创造了一个神通广大、济困扶危的活佛——济公。至清光绪二十三年（1897）七月，以杭州说书为基础，由郭小亭编纂而成的话本《评话济公传》由天津煮字山房石印出版，后《济公传》成为南方评话、北方评书神怪类题材的主要节目之一。杭州评话《济公传》中的主要回目和情节深深扎根于本土民间文化之间，其中《灵隐寺出家》《买死鱼放生》《重建大悲楼》《拿“疯僧”》《“疯僧”骂秦》《虎跑寺炼济公》乃是杭州评话《济公传》节目中保留的精彩回目。该书以杭州的著名佛寺等实地为环境，以济公痛骂秦桧等奸臣，惩恶扬善，抨击不仁，助人为乐为主题。济公在市民心目中是一位佛法无边、救苦救难的侠僧、活佛，该书以他的行动为核心，又具有杭州的地域性特征，符合市民阶层的审美情趣和乡土文化的要求，表现了揭丑显美、劝人为善的人文价值和思想内涵。

杭州评话是以说话艺术为文化基础的，用口语表演向评话听众传递传统的“精神”内容。它的诸多优秀传统节目有着涵容量丰富、吐纳百瑞、评说古今的优良传统，使得历史上许多已经消亡了的文化事象、历史人物和历史事件，得以在民间传扬，使助人为乐、推崇道德、爱国爱民、崇尚正义、揭露丑恶等文化内涵得以反映与体现。杭州评话是历史悠久的曲艺品种，它的独特形式能得以保存，是对非物质文化遗产的保护，能使传统节目中优秀的文化内涵得以延传。

同时，不可回避的现实是，在传统社会即农业社会，杭州评话传统节目的受众面是广大的市民阶层（手工业主、手工业者、商人、商贩和其他独立劳动者、雇用劳动者、自由职业者），当然也有少量的上层人士和文人雅士。其传统节目的文化内涵毕竟产生于传统社会。然而，在当今社会，城市现代化的迅速发展，现代社会市民与传统社会市民的意识形态中的思想观念和生产生活方式，已经发生了巨大变化。在广大市民中，包括知识分子在内的工人阶级作为社会化大生产的承担者和整个社会的领导力量，发挥着主力军的作用。受聘于外贸企业的管理技术人员、个体户、私营企业主、中介组织的从业人员和自由职业者，都是社会主义的建设者。

现代城市生活具有强竞争、快节奏的特点。新时代城市市民的观念、理想和对文化艺术的欣赏趣味，在一定程度上决定着杭州评话传统节目文化内涵的品位和发展方向。传统节目的文化内涵要随着时代的快速发展及所形成的现实性、变异性与之适应，才能得以生存、保护、传承和发展。

杭州评话已列入第二批浙江省非物质文化遗产保护名录。面对欣欣向荣的当今时代，我们应该满怀信心地思考一些现实的、不可避免的问题。

（原载2009年由浙江摄影出版社出版的“文化杭州丛书”之《杭州评话研究》。）

附注：本文写作中参考了姜昆、戴宏森主编并于2005年11月在人民文学出版社出版的《中国曲艺概论》一书中的相关内容，特此说明。

温州鼓词及其艺术特征

流行于浙江南部沿海地区的曲艺品种——温州鼓词，俗称“唱词”，形成于清代中叶，清末民初已盛行于温州地区民间，早期多为盲人从艺，曾称为“盲词”“瞽词”。有关温州鼓词历史源流的文字记载甚少，据清道光五年（1825）温州文人赵钧所著《过来语》载：“嘉庆、道光年间，有白门松最善唱词，到处皆悬灯结彩，倾动一时。”白门松是清嘉庆、道光年间的艺人（1797—1850），是早期温州鼓词尚处于以敲鼓击节说唱，其唱腔及伴奏音乐尚处在原始状态演唱时期的名艺人；清同治十一年（1872）刊本《温州竹枝词》收录有方鼎锐所作“乡评难免口雌黄，演出《荆钗》枉断肠。此日豆棚人共坐，盲词村鼓唱娘娘”的词句；瑞安人张棡（1862—1943）所著《杜隐园日记》较为全面地记述了温州鼓词在清同治、光绪年间的艺人上马发、东山德等的演唱盛况以及《双面貌》《陈十四收妖》《果报录》等节目目录。清光绪年间，平阳鳌江镇郑家墩村的鼓词盲艺人郑昌牌（1864—1947）创造了以宫、商、角、徵、羽为音阶的雏形牛筋琴。牛筋琴的诞生促进了温州鼓词音乐伴奏划时代的飞跃，后经几辈艺人的实践、改进，成为当今极适宜于艺人表演时自唱自奏、绝无其二的独特曲艺伴奏乐器，丰富了温州鼓词这一口语叙述的说唱表演技艺。

温州鼓词的传统节目分平词、大词两大类。平词演唱者多以一人自奏扁鼓、牛筋琴、檀板（三粒板）、小抱月等乐器说唱。20世纪60年代初，因吸收苏州弹词等曲种的表现形式，才出现有两人说唱合演，另一人以琵琶或三弦伴奏的“双档”。但至今仍以单人演出为多（有时因节目内容需要，也有“群口”演出的）。温州鼓词的表演集唱腔、念白、身段表情、自奏数件伴奏乐器于一身，在曲坛上独树一帜，是地域文化色彩浓郁的“坐唱”表演的曲艺形式。平词叙事性强，塑造人物生动形象，善于抒发情感、绘景状物、叙事说理、又说又唱、说唱并重。其说的部分：主要以节目中人物的念白为主，有时以演唱者的身份向听众评述节目中的事件或人物。唱的部分：有模拟人物对白及独白式的唱，有交代故事发生的历史环境和人物内心活动的唱，有演唱者对事件、人物的描绘和评述性的唱，称之“表唱”。唱是曲种的重要部分，故民间对温州鼓词的演出称“唱词”，称艺人为“唱词先生”。温州鼓词中的大词，由演唱平词的艺人兼演，均由一人演出，除自奏平词中的乐器外，再增加大锣、大鼓自奏，以烘托渲染气氛。平词、大词均在说唱中辅之以表情与动作。

温州鼓词在清代中后期（包括民国初期及中华人民共和国成立初期）由于受历史条件限制，操此业者多为盲人，但已成熟并具备曲艺艺术的条件：有具本曲种特色的说唱文学节目和表演程式，有丰富多彩、流派纷呈的音乐唱腔。20世纪20年代至30年代起，学艺者众，明眼艺人增多，集群性的演出队伍以及一批艺术造诣高、具有代表性的名艺人如林朝藩、管华山、郑明钦、陈月波等等温州鼓词演出名家的涌现，使曲种的受众面不断扩大。其流行地域除温州市区和所属的瑞安、平阳、苍南、永嘉、乐清、文城等县（市）外，曾扩展至台州的玉环、洞头和丽水的青田等县（市），一度曾在上海的南市等地作营业性演出。演出温州鼓词的“词场”（演出场所）遍布浙南各地。20世纪40年代至60年代中期，温州市区大街小巷遍布演唱温州鼓词的“词场”，处处可闻琴声、鼓声和艺人的说唱声。温州鼓词成为浙江省主要曲艺品种之一。

中华人民共和国成立以后，一向分散作艺的温州鼓词艺人在党和政府的关怀下，在各地相继成立了曲艺工作者协会，温州鼓词获得健康发展，曾多次参加全国、全省性的曲艺会演、调演、展演和比赛等重要艺术活动并获奖。温州鼓词成为中国曲艺艺术门类中颇有影响的艺术品种。2006年5月，温州鼓词被国务院公布列入《第一批国家级非物质文化遗产保护名录》。

温州鼓词曲本的文学题材

温州鼓词是口语说唱表演的艺术。它是以说唱者的面部表情、手势动作、娴熟的乐器自奏技巧相结合的综合表演艺术形态存在的。它和其他书面文学以供读者阅读为主体的文本形态不同。温州鼓词中以文本形态存在的脚本即曲本仅是其表演艺术的基础。诸多传统长篇节目的传承，大多以口授心传的方式得以继承，虽然有文字脚本的存在，但说唱表演者仍然以不同的口语艺术及说唱风格，将其内容体现在说唱叙述之中。即使是当今文字作者新创作的曲本，演出者仍然需在表演中运用口语艺术地呈现，很少“照本宣科”，即运用经过提炼的，形象生动的说唱艺术语言，模拟文本中的人物和内容来展示演绎。说与唱更需要有抑、扬、顿、挫的节奏，重音轻声的区分，咬字吐音的准确，现场发挥的睿智等等多样性的艺术手段来体现。这里指的文学题材，仅指温州鼓词演出节目的文学题材内容的划分。

温州鼓词的文学题材有形成、演变和发展的过程。从艺人数增多，受众面扩大，尤其是新文艺工作者的参与，大量历史的和现代题材新节目的创作、改编、演出，使温州鼓词演出节目的题材面非常广泛。然而，无论是古代题材和现代题材，长篇、短篇（词头）、开篇节目，从中还是能分析出曲种所反映的题材规律。温州鼓词节目的题材可分世情、讲史、侠义、公案、神怪等五大类，互相之间也有兼容和穿插。

世情故事题材。在温州鼓词的节目中比例较重，多为反映温州本土风情的民间传说故事，如《高机与吴三春》、《黄三袭林定郎》（又名“五雷开棺还魂记”）、《刘文龙》、《王十朋》等等，更具浓郁的地域特色、曲种特点和人文价值。更多的如《十二红》《玉蜻蜓》《玉堂春》《三卖桃娇》《九曲明珠》等传统世情类节目，多达两百余部。世情题材所表现的内容，多为节目故事内容所处时代的世风、世俗、世相、世态。大多反映男女、家庭、亲族、邻里间的悲欢离合故事。

讲史类题材。有《东周列国》《西汉》《三国》《隋唐》《大明英烈传》等等许多部，多为能演唱七场（每场以三小时计）的长篇节目。这类节目以历史事件和人物为背景，作说唱化的、浪漫式的艺术化处理，形成演义性的审美情趣，也给观众带来娱乐性的历史知识。同属于讲史类的如《薛仁贵征东》《三请樊梨花》《薛刚反唐》《杨家将》《呼家将》《岳飞传》等等。以讲史题材为背景的纪传体的节目更多，温州鼓词中讲史类题材的长篇节目约有二十余部。根据受众面的需要，也分回目或段落性的中篇及“折子”短段演唱。

侠义类题材。主要是说唱古代侠客、义士之类的英雄故事。最具代表性的节目为《水浒传》中的故事。其中篇节目《武松》《野猪林》，短篇节目《杨志卖刀》《忠义堂》都是久演不衰、在群众中颇有影响的节目。侠义类的温州鼓词长篇节目有《玉蟠龙》《七侠五义》《小五义》《七剑十三侠》等三十余部，是剑侠类一个支流。随着时代的发展，以剑侠内容为题材的节目中，一些荒谬内容比较多、艺术品位低下的节目逐渐减少。

公案类题材。公案类题材的传统长篇节目有《包公案》、《海公案》（又名“大红袍”）、《施公案》、《彭公案》、《大破狮子案》、《宋公奇案》、《杨乃武与小白菜》等等。也曾有由戏曲改编的《十五贯》等中篇节目上演。主要说唱颂扬秉公执法、铁面无私的清官，在侠义之士相助下破案折狱的故事。也有以实案为背景，如《杨乃武与小白菜》等奇案类的节目。

神怪类题材。《南游传》是一部在民间很有影响力的神怪类节目，在温州鼓词的大词中表演。该节目又称“灵经大传”，俗称“娘娘词”。它的演唱内容与温州地区的民间民俗信仰紧密结合。受道教影响的《南游传》，说唱的是浙南地区民间部分人所信仰的女神陈十四娘娘收服妖魔的内容；陈十四（陈靖姑）上庐山学道三年，返家途中路过温州、平阳等地，沿途收妖捉怪为民除害，保一方平安。这部神怪类节目，传唱至今已一百五十余年，如今可以连续演出七场，也是近年来温州鼓词艺人在农村演出最为红火的大词节目。其说唱的内容大量融入当地的人文背景和地理环境，如陈十四在平阳为救百姓斗败玄坛，将玄坛庙迁出城外的《斗玄坛》等等回目，表现出浓烈的地域性和趣味性。另有《封神榜》《西游记》《白蛇传》《济公传》等多部神怪类长篇和中篇节目。由于表演者逐渐减少，现这类长篇节目已近湮没。

温州鼓词有着丰富的传统节目，更有其题材的广泛性。但同样存在着演出节目的不稳定性。它不像其他文学作品，写成以后，就离开作者而独立地客观存在。温州鼓词作为说唱表演的口头流传艺术，它的节目是和艺人的演出一起存在的。传统节目因有名艺人的长期演出，反复修改提高，演唱艺术造诣高深，受到听众的欢迎而得以传承保留。反之，如演出水平低下，或节目内容不适应时代的发展，在艺术竞争中就会被淘汰。

中华人民共和国成立以后，对温州鼓词的传统节目都经过了不同程度的整理。更由于一批新文艺工作者的参与，创作、改编、演出了大量的现代生活题材节目。如反映革命历史题材的中篇节目《海英》《江姐》《铁道游击队》《野火春风斗古城》等十余部，现代短篇节目有《别靠天》《法庭擒鹰》《山路》等百余篇。其中有许多反映时代特征的新编节目参加省级及全国性的曲艺会演、调演、比赛并获奖。如1958年由谭伟创作、阮世池演唱的现代短篇节目《不靠天》参加由文化部举办的首届中国曲艺会演，并在华东地区作巡回演出；由吴锦明创作，王瑞芳编曲，方克多、胡平表演的中篇节目《海英》选回《智闯龙潭桥》，获1982年全国曲艺优秀节目（南方片）会演创作、表演和音乐设计等三项一等奖；1986年又以何琼玮创作，方克多、胡平表演的现代短篇节目《法庭擒鹰》参加全国新曲（书）目比赛并获奖；1990年由尤文贵创作，陈秀进、王晗华表演的现代短篇节目《山路》参加首届中国曲艺节的展演；2001年由潘泰辉创作，叶海琴、郑庆德等演出的现代短篇《青春情结》获文化部“群星奖”金奖等多项全国性大奖。2006年由阮世池创作的少儿温州鼓词节目《老鼠告状》晋京参加全国少儿曲艺大赛获二等奖中的第一名，并多次在中央电视台演播。新节目不断推出，艺术成果丰硕，使活跃在浙南地区的温州鼓词这一民间曲艺表演形式，在全国曲艺界扩大了影响力，也促进了自身的艺术创新和繁荣。

温州鼓词的表演艺术

温州鼓词是以唱为主的曲种。演唱者通过优美生动的演唱来叙述节目的故事内容，叙述事件的起缘、矛盾的展开、“关子”（悬念）的设置、情节的发展或绘景状物，并描绘人物之间的对话和人物的内心活动。说的部分，以模仿不同人物的言语和对话或独白称为“念白”，以第三人称即说唱人评点式的语言表演称为“说白”。“念白”是模仿不同历史时期的人物性格的语言，和生活中的言语不甚相同，富有声韵感和节奏感。“说白”近似日常生活中的言语，但也是经过提炼的生动、活泼、形象化的语言。在唱和说中，通常辅之以表情动作，并运用伴奏乐器的烘托，来叙述推进节目中故事情节的发展。演出者以其本色的、良好的表现风度直接面对观众叙唱节目，通过唱和说，使节目内容丝丝入扣、情深意切，让听众闻声如见其人、如入其境。唱词的内容通俗易懂、顺口流畅，唱腔是在其基本的板腔曲调的基础上，依内容、情绪、字声而变化。这种以艺人口头传承为依托的基本曲调，为温州鼓词的唱腔演唱者提供了创造的空间。人物的说白凝练、简洁、明快，历史题材中的人物，较多用接近普通话的“中州韵”。第三人称的语言称“说白”或“表白”，用以向观众作叙述性的解说或对节目中人物、事件的点评，在温州鼓词中所占比例不重。表演者通过唱、说、表情动作、自操乐器伴奏，形成一套系统化的、完整的、富有感染力的表演程式和技艺。

温州鼓词是叙唱式的表演，是“说法中现身”，在以“第三人称”演述古代、现代的各类节目中，演唱者以“自我”的身份出现，于说唱中塑造不同的各类人物，承担着节目中的各式人物的模拟性的虚示表演，所谓“一人多角，跳进跳出”，忽而现身节目中的生、旦、净、末、丑和现代生活中的各式人物，将其集于演出者一身，人物的表演动作只是象征性的模仿；又忽而还原于演出者自己，始终以演出者本色的身份演出，不穿节目中人物的服装，始终穿着演出者得体而大方的生活装，女演员的化妆也是生活化的。说唱者与人物之间“进出”自如，条理清晰，以娴熟的说唱艺术，推进节目中故事情节的发展。

温州鼓词是流行于浙江南部温州地区的曲艺形式，理所当然使用属吴语温台系的温州话。曲种的流行区域内，不但拥有众多的观众群，又均有各地的温州鼓词艺人作艺。但是，同处温州地区的温州市区和其他各县（市）的语言音韵与声调都有所区别。地方语言可称是“十里不同音”，流行区域内受众面的语言差异，促使同曲种生活在不同地区的艺人，以当地的语音、语韵来说唱，乡土色彩极浓，极富艺术感染力。艺谚说：“一方水土养一方人”，所以，这种差异是很正常的。但是，在某个历史时期，某地出现了某些艺术造诣很高的艺人，又四处流动作艺，其他地区的艺人模仿他们的语音、语韵来演唱，或以师徒方式授艺，如瑞安籍名艺人林朝藩、管华山、郑明钦、阮世池等等，他们享誉浙南曲坛，授徒众多，学艺者以他们的咬字、吐音为准，这也是理所当然的。庞杂的地方语音并不影响温州鼓词的表演艺术，更何况当今社会的普通话与方言共同使用，“双语化”已非常普及，地方乡音也在起着变化。所以，它以温州方言为基础，在长期的艺术实践与演变中，形成了丰富多彩、音韵和谐、优美动听的唱腔和特色鲜明的说功。

温州鼓词的表演艺术由唱功、说功、表情动作即做功和伴奏技巧组成，这是总体艺术特征和形态范畴。一些名家在继承老一辈艺人所创造的艺术形态基础上，依据自己的嗓音、个性特点等等条件，扬长补短、以巧补拙来选择适合自身演出的节目。他们在对节目内容的表述、人物的白和唱、乐器的自奏、身手表情等等表现手段上，追求创造温州鼓词中新的又具个性的艺术美，因而出现了风格各异、艺术个性鲜明、自成一派、为观众所欢迎的代表性人物。以20世纪80年代与90年代期间为观众所拥戴和认可的阮世池、丁凌生、陈志雄、方克多等名家的表演艺术为例：

阮世池声腔甜润清亮，音域宽广，吐字清晰、绵软、圆润，韵味独特。擅长表演经其整理的传统长篇节目《十二红》和《钗头凤》《十美图》《文武香球》及《庵堂认母》《长亭别》等折子，所塑造的众多妇女艺术形象逼真且各具个性，为同行和广大的温州鼓词听众所公认。其唱腔或欢快婉约，或凄悲苍凉，运用自如，声情并茂。

丁凌生的表演台风高雅稳健，唱腔挺拔豪放，音色苍凉，中气充沛；他的念白以铿锵有力、感情真挚、明朗刚健、节奏缓紧有度见长。自编自演长篇节目《玉幡龙》及短篇《杨志卖刀》《拳打镇关西》《包公赔情》等等，充分展示其表演须袍式人物的内在功力；在说唱武打场景时，明快利落，理路清晰。

陈志雄是位以表演优雅洒脱著称的名家。他唱腔质朴浑厚，在保持本曲种唱腔特点、吸收戏曲唱腔融入温州鼓词的基本调中，能使唱腔灵活多变，按节目人物形象的刚柔结合，形成清丽宏壮、富有韵味的声腔风格。他善于模拟演示各式人物，神态逼真，人物角色转换“进出”自如，神形兼备。他常演的有《铁弓缘》《王老虎抢亲》等多部经其改编的长篇节目。

方克多的表演风格节奏活泼多变，淳朴中显幽默，平易中求韵味，上台风度随和大方，唱腔质朴中显巧俏，格调清新，韵味醇厚，极富乡土气息。擅长表演的传统长篇节目有《孟丽君》《三请樊梨花》等。他在传统短篇节目《秋江》的演唱中，将老艄公的风趣、幽默、善良的人物个性刻画得淋漓尽致，充分展示他的艺术风格。他善于演唱反映现实生活题材的节目，曾多次参加全国性的曲艺调演或比赛并获奖。

20世纪70年代末至80年代期间，在文化部门和曲艺家协会的组织协调下，温州鼓词的曲本作者和表演艺术家们通力合作，推出并上演了多部由名家同台演出的中篇节目。这种富有集群性创造的艺术实践、流派风格多样的表演、创新力度强的演出形式，为一向分散作艺的艺人与曲本作者的优势互补，提供了良好的平台。这类中篇演出形式，能让演出者在同一中篇节目中各显其能并为其提供了交流、切磋技艺的机会，也让温州鼓词的同行们得到相互观摩的机会，温州鼓词的听众也能欣赏到艺术风格各异、使人耳目一新的温州鼓词新节目，它的影响力对温州鼓词的艺术创新是一种有力的推动。我们期望着温州鼓词年轻的曲艺家们，能够继承前辈的优良传统，在当今时代创造出适应时代需求的新的温州鼓词优秀节目，并形成新的艺术个性与风格，有更丰富多彩的流派出现。而从今天的视角来看，当年名家们留下的音像资料是温州鼓词的宝贵财富，也是保护非物质文化遗产传承所需的资源之一。

温州鼓词表演者的自我伴奏技艺

温州鼓词表演者以多种乐器自我伴奏进行表演，特色乐器的表现力及伴奏乐器的独特组合，成为其艺术的亮点之一，十分引人瞩目。

牛筋琴，俗称“唱词琴”，以梧桐树板制作琴面，用牛筋作弦，十二弦（也有十三弦的），按竹码以作调音，将琴放置于琴架，以竹签敲击琴弦，音色柔和、浑厚、沉稳。除用以演唱者伴奏唱腔外，还以敲、弹、拉、捺、划等弹奏方式为节目内容模拟器物音响等来烘托效果，是温州鼓词演唱者所用的主要特色乐器。

扁鼓，以竹签敲击鼓心、鼓边，轻重有别，徐疾有致，依据演唱现场或所唱节目内容情节的需要，或作定场前奏，或作热烈场景的烘托，或简洁击打，手法多样，灵活应用，以加强“念白”的节奏感。

檀板，又称三粒板，用以演唱者按行腔的快、慢、缓、急自行击节。

抱月，又称“小梆子”，用于唱腔转折处或人物之间及人物情绪转换，或配合牛筋琴、扁鼓、檀板，以烘托出激越、活泼、悲愤等各种特定场景的气氛。

温州鼓词表演者大多数为一人说唱，又说、又唱、又做动作表演，还得自奏四件乐器，有条不紊，一丝不乱，如同一支协调和谐的小乐队。在演出大词节目时，还需增加大锣和大鼓。因此，演出者对各类乐器娴熟掌握，也是技艺的基本功之一，和说功、唱功、做功（表情动作）一道，共同构成协调一致的综合性表演。

温州鼓词曾多次参加全国性的曲艺演出活动，其伴奏技巧及独特的乐器——牛筋琴，曾引起曲艺界和研究者的关注。1989年5月，日本中国曲艺鉴赏访华团在杭州观看中国曲艺家协会浙江分会组织的交流演出时，对温州鼓词的演唱、伴奏技巧非常钦佩，后在日本撰文并刊出图片介绍中国的温州鼓词。

温州鼓词在历史长河中曾经有过非常辉煌的业绩，但也和我国其他的民族民间表演艺术一样，遭遇到演出市场萧条、生存环境差的困境。据说平词的演唱活动在逐渐减少，而大词依托着民俗信仰活动却演出较多。大词演出活跃的状况，可以作为民俗学与曲艺界共同探讨的问题。但平词作为曲种的标志性表演形式，应该获得首要的保护。关心温州鼓词的人们和我们从事曲艺艺术的工作者，都关注着按曲艺表演的说唱规律来保护温州鼓词。像平词这类曲艺节目，更需要直接与观众面对面的演出交流，也可说是与观众一起创造的艺术，只有获取现场观众的信息反馈并营造良好的生存环境，温州鼓词的发展才能跟随着时代一同前进。

（原载浙江省曲艺家协会内刊《浙江曲艺》2007年11月总第53、54期。）

借重群众文化工作机制
推进传统曲艺继承发展

——以浙江曲艺的发展现状为例

浙江是个曲艺品种众多的省份。20世纪80年代，除台州、丽水、衢州等少数地区外，各地均有曲艺表演团体，演出的曲种多为地方色彩浓郁的当地曲艺。随着时间的推移，现在浙江除了浙江曲艺杂技总团的曲艺团演出苏州弹词，该团所属的滑稽剧团和杭州滑稽艺术剧院偶尔演出曲艺外，全省已无专业性曲艺表演团体，更谈不上曲艺专业艺术学校。艺术院校办班当然追求市场急需的时尚的门类，曲艺不可企及。这是当今浙江曲艺不争的堪忧现状。

笔者以为，在当前曲艺，特别是地方曲艺面临困境的状态下，更应重点关注群众文化活动中的曲艺创演，通过借助各级各地的群众文化工作，来着力推进传统曲艺，各地民间的地方曲艺品种才能得以在当下传承。理由有四：

一是当初各地曲艺团体消散时，部分业务骨干仍然保留在群众艺术馆或文化馆工作，从事的仍然是曲艺活动，有的虽已退休或即将退休，但他们长期从事曲艺活动，有丰富的实践经验，是传承地方曲艺可以依靠的主要力量。

二是国务院公布的首批和第二批《国家级非物质文化遗产名录》中，浙江的曲艺共有十九个项目列入其中。这些项目大多的申报、保护责任单位是群众艺术馆和文化馆。浙江除列入国家级的曲艺外，尚有一些已面临危亡或长期湮没的曲艺品类，也有些列入了省、市、县、区级保护名录，尚待责任单位的落实和传播。有的市、县已相继建立了由中、小学校参与配合的传承保护基地。诸如绍兴市群众艺术馆还组织中、小学音乐老师学唱绍兴平湖调，杭州在余杭区建立了杭州摊簧传承基地，平阳县建有以小学为基地的传承班等等，这是地方曲种从未有过的契机。曲艺界应抓住这种机遇，积极参与并投入这项工作。希冀他们能够在有关乡土教育的内容中借机予以普及。

三是近年来，浙江在群众性的曲艺创作、演出中，涌现了不少有一定影响力的曲艺节目。如久已失传的四明南词、绍兴平湖调、兰溪摊簧、杭州摊簧等等。宁波过去有一种主要由盲人说唱表演的曲种，称为“唱新闻”，现今基本无人会演，宁波象山县仅存一位九十余岁在养老院的老艺人。经过当地群众文化工作者的努力，去年学习、恢复并创作，演出了一个唱新闻节目，获得广泛好评。

四是20世纪90年代浙江的曲艺表演团体先后消失后，诸多曲艺演员转从他业，在从事别业的情况下，仍有不少人将曲艺的演出活动作为副业，就是颇具影响的绍兴莲花落，其大部分的演员，其职业身份也不全是专业演员。他们中的一些业余爱好者，包括几位有影响的，同样成为大家公认的曲艺家，同样用他们的追求，推动着曲艺事业的发展。

按照过去半个多世纪的陈旧观点去看，群众文化活动中的曲艺表演，属于自娱为主的业余爱好，不具备精深的专业水平，很少被大家看重。然而，随着当今社会城市和农村现代化的迅猛发展，人们的生活方式发生了巨大的变化。活跃于群众文化工作中的曲艺活动的组织者和爱好者，他们很了解新时代城市市民和农民的生活、思想与情感，包括他们对曲艺的欣赏趣味，因而在群众文化活动中所创作和表演曲艺节目颇受当今群众的欢迎。

比如浙江省近年来从群众文化活动中涌现，并相继获得文化部“群星奖”的一批曲艺节目，就是目前这种曲艺生态状况下的成功产物。而且，这些创作和演出，由于贴近群众、贴近生活、贴近社会，不仅内容时代特色鲜明，语言的乡土韵味浓郁；其艺术的表现形式，能够在保持本土曲种艺术特质的基础上，大胆创新，化用借鉴其他艺术形式的多种表现元素，非常适合当代当地人的审美情趣。

虽然那些列入各级政府主导保护的浙江地方曲种，多属“说书”类的品种，其精华部分，也应该是它的代表性传统节目，这是非常宝贵的文化遗产，但由于种种原因，却在当今不能适应新时代的演出市场需求，就连名声在外、影响颇大的绍兴莲花落，平时也仅以短段节目的创演为主，参加一些有市场需求的综艺性晚会，中长篇传统节目只能在春节等节日里偶尔演出。温州鼓词虽然从艺者众多，仅温州市瑞安的民间职业艺人即达近百人，日常演出中颇受欢迎的艺人就有二十余人，但温州鼓词中的平词，表演的技艺性很强，早些年，艺术性高的传统中长篇节目，也已演出很少。这是因为温州鼓词于2006年被列入《第一批国家级非物质文化遗产名录》，获得了当地政府和文化部门的深切关注，群文系统的文化馆是该曲种“申遗”的保护责任单位，因而对流散作艺的曲艺尤为重视。由此可见，浙江曲艺的艺术传统和非物质文化遗产，要想得到持续的传承与发展，借重群众文化工作机制，营造适宜其生存发展的社会生态环境，在目前显得尤其重要。

当然，浙江群众文化活动中的曲艺创演，在当前保护非物质文化遗产工作的推动下，恢复并排演了不少濒临消亡的曲艺品种的新节目，做出了很大的努力，取得了难能可贵的成绩。虽然演出的节目暂时还以短篇唱段与开篇为多，但在现阶段，这已不失为一种良好的开端。

可以相信，在目前各地专业的曲艺团体和工作队伍大量消散和严重萎缩的堪忧情势下，通过借重群众文化工作中的曲艺创演和保护活动，完全可以在一定程度上缓解传统曲艺的传承与发展困境，特别是群众文化工作队伍所肩负的非物质文化遗产保护工作，更是当前我们有必要扭住不放的、可以推动曲艺工作走出困境的重要思路和现实出路。

（本文为作者参加2008年第二届“中国曲艺·江苏论坛”的论文。）

浙江传统曲艺传承保护之我见

浙江的曲艺源远流长，据《梦粱录》《西湖老人繁胜录》《醉翁谈录》等古籍记载，早在近千年前的南宋时期的古都杭州，在众多的娱乐场所“瓦舍”中，古代曲艺就非常活跃。浙江曲艺千百年来的发展史证明了，曲艺具有自身存在、延续的基因条件。浙江曲艺在漫长的生存过程中，又因政治、经济、文化和社会背景条件不同，呈现出继承、扩展、淘汰、衰灭、轮回、新生这样一种周而复始的演变史迹。浙江省地处东南沿海，地形复杂多样，有高山丘陵，有盆地平原，有大海江河。由于受地形条件等自然条件和社会形态、文化氛围、民风民俗、方言土语、受众观念及审美取向的影响，使浙江各种曲艺品种的地域文化个性鲜明。曲艺是一门以口语说唱进行叙述的表演艺术，浙江各地方曲种是以各地域的方言为基础的，因此，在浙江省众多的地区性方言中，孕育形成的曲艺品种众多。20世纪80年代中期以降，为编纂《中国曲艺志·浙江卷》和《中国曲艺音乐集成·浙江卷》，曾进行全面深入的普查，知悉全省共有83个地方曲种（包括已消亡的曲种和外省市流传至浙江的曲种）。近年来，浙江省在非物质文化遗产的普查工作中获知，尚有演出的本省地方曲艺品种有40余种。我们以曲艺表演的话语形态来分类，可分作散说、叙唱、说唱（相间）、韵诵四类。其中说唱（相间）类的曲种占大多数。且其内容丰富、题材广泛，大致分为讲史、侠义、公案、世情四类；有表演者自操乐器伴奏的，也有小乐队参与伴奏的，演出形式比较多样。

自2003年国家开展非物质文化遗产保护工作以来（原称“中国民族民间文化保护工程”），浙江省列入第一批和第二批《国家级非物质文化遗产保护名录》的浙江地方曲艺品种有温州鼓词、绍兴平湖调、兰溪摊簧、绍兴莲花落、杭州小热昏、杭州评词、杭州评话、绍兴词调、四明南词、临海词调、平湖钹子书、宁波走书、独脚戏、金华道情、武林调、绍兴宣卷、温州莲花、杭州摊簧和绍兴摊簧等，共计十九项。浙江省更有一大批具有浓郁地方特色而风格各异的曲艺品种被列入省级、市级和县级的保护名录。历史上长时期活跃在民间的曲艺，尤其是地方性很强、主要由半职业艺人承载、群众自娱自乐的曲艺形式，在不同级别的保护名录中也都榜上有名，这在浙江曲艺的传承发展史上可以说是“史无前例”的。

可是，当今是飞速发展的时代，也是比较理性的时代。在国家飞速发展、信息社会到来的近数十年间，人们常用“落入低谷”四个字来形容浙江的曲艺发展，有的用“死亡”来形容某些曲种。如今，浙江的很多地方曲艺品种上了各级非物质文化遗产名录，每个曲种还确定了传承人，似乎进了“保险柜”，以为濒临危亡的曲种即可“转危为安”了，有“起死回生”之感觉，乃至觉得又有可能回到当年曲艺的辉煌时期。但是，如果我们用理性来思考，从它们不同的、差异性很大的实际生存状况来分析，浙江曲艺品种被列入各级非物质文化遗产项目名录的曲种，其传承和保护的工作远远难于非物质文化遗产名录项目的申报，真正要落实和做好保护传承工作，任重而道远，需要长时期的、坚持不懈的努力。

浙江的曲艺大多来自民间，多数艺人的说唱表演属于个体性的行为。因而各曲种之间的差别极大，具有一切民间文艺的典型特点。曲种之间目前的生存状态各自完全不同。我以为，曲艺类非物质文化遗产项目的有效传承和科学保护，应该针对不同曲种的生存状态，实事求是地针对各曲种的生存现状，采取不同的方式和办法进行科学传承和保护，决不能搞“一刀切”。现就传承和保护的具体工作，提出以下几点想法：

一、必须深入了解列入国家、省、市、县各级非物质文化遗产保护名录的曲艺类项目在当前的真实生存状态。

浙江省列入国家级及各级别名录的曲种种类很多，其历史渊源各不相同，随着社会的变革，各曲种之间的生存环境差异极大，一些曲种发生了很大的流变，而且这种流变仍然更快地持续着，消亡和衰灭也时刻发生着。浙江省在20世纪80年代曾有演出各曲种的专业性曲艺艺术表演团、队近40个。可是，现在浙江省仅存一个半专业性曲艺艺术表演团体，即浙江曲艺杂技总团所属的以演出苏州弹词为主的浙江曲艺团，另外半个为杭州滑稽艺术剧院，因该剧院除演出滑稽类的曲艺节目外（尚存一位未退休的杭州评话演员），演员均演滑稽戏。浙江省大量的曲艺艺人是民间职业艺人或半职业艺人，各曲艺品种之间在从业艺人的数量上有很大的差异。如温州鼓词的从业艺人相对较多，少说也有百余人，且大多为中青年艺人，他们常年分布演出于温州市及瑞安、平阳、苍南、永嘉、乐清等市（县）的农村城镇，演出从艺活动仍然活跃；有些曲种在群众性的文艺活动中非常活跃，虽然所演的节目与曲种的传统形式的变异性很大，为了适应现代群众审美情趣的需求，这也是正常的；有的曲种与电视媒体等相结合，与地方电视台合作，办了诸如以绍兴莲花落为主的《莲花剧场》、以杭州小热昏为主的《开心茶馆》等等电视专栏，这是以电子影像和声音信号为传播媒介的又一种再生曲艺，听觉与视觉并重，拥有更大的受众面。有的曲艺品种的节目制成光盘发行后也曾非常畅销；有的曲种依附着民俗信仰活动（如温州鼓词中的大词《娘娘词》、绍兴的绍兴宣卷等），在相应的时令时期也非常活跃。以上所指的是生存环境较好或尚可生存的曲艺品种，如对其传承保护措施得当，加以引导，是能促使一些曲种健康发展的。

但是，我们应当清醒地看到，浙江大多数列入非物质文化遗产保护名录的曲艺品种，其传承保护工作是非常艰难的。因为多数曲种已经濒临危亡，在曲艺演出市场或群众性文艺活动中已近消失，如浙江省自清代乾隆年间已经形成和发展的属弹词类的各个曲艺品种，包括绍兴的绍兴平湖调、宁波的四明南词等等，其历史源远流长，人文价值较高，技艺性较强，却早在20世纪60年代初期已淡出演出市场。浙江省大部分列入各级名录的曲艺品种虽确定了传承人，各曲种在其历史上都曾辉煌过，也曾有过众多的从艺者群体，并有各自的受众群体，且各曲种的传承人也曾长期从艺，有着丰富的演出经验和艺术建树，但均已年迈体弱，成为曲种传承的“孤身寡人”。更何况自20世纪80年代以来，各类曲种流失了大量的受众群体，尤其是青年受众。有的曲艺品种在20世纪80年代初中期，在浙江的曲艺界尚能偶尔见到老艺人的展示性演出。尽管在20世纪60年代初，这些老一辈曲艺家曾经传授有学生或徒弟，但是由于历史的原因，诸多优秀的传统书（曲）目未能得到完整的继承。而且大多数从业者已转入别业。目前当年学生或徒弟的年龄，也已步入高龄。有些列入保护名录的曲艺品种，在20世纪五六十年代曾很活跃，但本曲种具有代表性的曲艺家群体原来就不多，经过时代的变迁，现仅存一二位代表性传人，而且基本年迈体衰。如同属弹词类的杭州评词，现仅存两位年过八十高龄的老艺人。全省诸多文化底蕴较深厚、技艺性较强的曲艺品种的状况，也都大致相同。但是，这类曲艺品种的传承保护价值确实又非常高，因为这类说唱表演的形式、腔调、唱法、乐器伴奏和说唱的传统节目等等，都保持了浙江曲艺的乡音本色，是浙江省乡土文化的重要组成部分。

由于社会的急剧变革及现代化的快速推进，人们文化生活需求的多样性日益增大，但浙江省众多曲艺品种的演出场所却更为稀少。这类曲艺演出场所在浙北、浙东、浙中等地区称作书场，在浙南的温州地区称作词场。书场可以称为曲艺发展的摇篮。诸多曲艺书场的消失，同样对曲艺的传承保护带来困境。如杭州评话的演出书场，据1979年至1984年的统计，在杭州市区就有24家之多，现在仅存3家。1981年初，笔者曾赴宁波市周边的农村调查曲艺活动状况，那时每个乡镇均有演出宁波走书的书场，其他地区的曲艺状况也大致相同。现在这些说唱演出长篇节目的曲艺场所大量萎缩，使得民间曲艺失去了赖以生存的环境依托和展示平台。只有这种曲艺演员在城镇的茶馆书场及其他类似场合日常演出传统长篇节目的传播方式得以保存和延续，使艺人与听众直接交流思想感情与艺术信息的方式得以延传，才能使艺人所擅长的传统节目随着时代的发展常说常新，得以传承和保护。特别是，列入保护名录的浙江曲艺品种又大多以说唱长篇节目为主，且这些节目都是世代口头传承、多次积累加工而成的，不坐场演出，无法体现其本真面貌和艺术价值，也无法做到真正的传承与保护。诚然，曲艺作为一种精神产品，在市场经济的条件下，必然会受到价值规律、供求关系和竞争法则的支配。但面向观众的坐场演出，会在接受现实洗礼的过程中，激发艺术的自身活力，实现曲艺的社会价值。而大量演出传统节目的书场的急剧消失，使得众多优秀的传统节目失去了日常演出的机会及口头传承的平台。这是必须面对和改变的严峻现实！

曲艺作为非物质文化遗产的申报条件尤其是国家级项目的门槛之一，是其历史发展至少要逾百年！而浙江现已列入各级名录的曲种又是以说唱长篇节目为主体的。有些地区的曲种由于文化部门或曲艺工作者的关心和努力，记录、整理、出版了一些本曲种的传统长篇节目。但是，自20世纪50年代起，由于历史的原因，一些有艺术价值的长篇传统节目少有完整的演出。尤其是如技艺性很强的绍兴平湖调、四明南词等古老曲种，已无人能演出长篇传统节目，也难以寻觅到前辈老艺人的传唱脚本或音像资料。我想，一个曲艺种类列入非物质文化遗产项目名录，它的保护应该是完整的。如果仅仅保护一种表演形式或几段唱腔唱段，这种状态不能完整地代表某个曲种。更何况，一些优秀的传统长篇节目是一些曲种艺术的主要特征和精华所在。大量说唱传统节目的书场消失，也使得以说唱相间方式表现长篇故事并经过历史上数代艺人磨砺创造的、活态的、具有本曲种标志性特点的节目的传承与保护，带来更大的艰难。

上述情况是本人对列入浙江各级非物质文化遗产名录曲艺品种的生态现状的粗浅分析和看法。

二、用实事求是的科学态度做好曲艺类非物质文化遗产项目的传承保护工作，必须对各曲种采取多样性的保护措施。

近年来，浙江省正编纂出版“浙江省非物质文化遗产代表作丛书”。列入第一批国家级非物质文化遗产曲艺类项目的曲种均已分别成书出版的有《温州鼓词》《绍兴莲花落》《绍兴平湖调》《兰溪摊簧》《杭州小热昏》等。列入第二批国家级非物质文化遗产曲艺类项目分曲种的丛书也正在编纂之中。在旧时代，曲艺被视作不登大雅之堂的玩意儿，所以在正统的文献资料中，难以见到有关曲艺的记载，只是在野史笔记和一些文人诗文中有一些关于曲艺的演出活动及演出习俗的零星记述。现在出版的“浙江省非物质文化遗产丛书”，对浙江的地方曲艺品种分曲种成书，对各曲种的历史渊源、表演程式、技巧风格、声腔唱调、民俗活动等种种事项均有较完整的记载。在一些地区以文化部门和曲艺家协会乃至个人出资及企业资助等方式，组织老艺人、编写人员，也相继出版了介绍和研究各曲艺品种的书籍，说明人们在重视曲艺的历史、现状和传承保护方面已经在做较为系统的研究。如杭州市出版了

《杭州评话研究》之后，杭州市曲艺家协会又根据老艺人的记录和整理，将八部传统杭州评话和一部传统杭州评词的书台演出本也予以出版。宁波市曲艺家协会的《宁波传统曲艺作品精选》分《四明南词卷》《宁波走书卷》和《综合曲艺卷》也已编纂出版，温州市的瑞安、平阳和嘉兴市的桐乡、平湖，金华市和有的县（市），都相继编纂出版了本地域特色浓郁的地方曲艺艺术资料、老艺人的演出脚本和研究等方面的书籍，较完整地勾勒出浙江曲艺的传承脉络，对普及浙江地方曲艺曲种知识，为进一步做好传承保护工作，起到了推动作用。这些状况在浙江曲艺界可称是前所少有的，也是功不可没的大好事。曲艺书籍的编者们串村走巷，寻访老艺人、记录曲艺演出脚本、分析曲本及唱腔的曲调，留下了浙江地方曲种珍贵的文献资料。这无疑是一种重要的曲艺传承保护方式之一。

对一些已经处在濒危状态的曲种，自身在当今时代又无生存的能力，后继乏人或原有的表演艺术形态与时代审美需求不相适应，且仅存少数艺人的曲艺品种，则要采取抢救性的保护，迫切需要争时间抢速度，要有强烈的紧迫感，因为时间不等人。

曲艺艺术的传承保护不可能像申报项目那样是“赶任务”所能完成的，而是有它特定的延续性。曲艺的传承保护方式和保护措施应该采取多样性，有的必须采取抢救性保护。浙江有个曲种的传承人名单刚公布，这位作为传承人的老艺人就过世了。今年3月，另一个曲种的传承人在公示其姓名的第三天就离开人间。这样的例子在浙江省曲艺界很多，所以说，一些急待抢救性保护的曲种，时间不允许拖啊！杭州市有个列入“国遗”名录的曲种“武林调”，该曲种在杭州曲坛绝迹近半个世纪了，现仅存83岁和82岁的两位高龄老艺人。今年初，杭州市非遗保护中心做了大量工作，动员他们回忆曾经演出过的、具有代表性的传统节目。两位老人非常兴奋和认真，自行组织符合本曲种伴奏特色风格的乐队，经过排练，由杭州市非遗保护中心分两个阶段，分别录下了她俩几段传统节目的唱段。两位老艺人的嗓音虽然远不及半个世纪前到北京参加第一届中国曲艺会演时那么甜美，但她们丰富的经验和唱法，充分展示了本曲种的独特风格的唱腔的艺术特征，其运气、发声、吐字、咬字、润腔的字止腔圆的方法，靠记谱是难以完成的。这样的艺术资料是学习研究、传承保护曲种难得的好教材。我认为做这样的工作是“功德无量”的。实事求是地说，当今社会，在曲艺特别是地方曲艺生态环境非常困难的状况下，类似的曲种要在短期内或更长时间内重复当年的辉煌是不可能的，也难以快速地排个新节目急功近利地去获奖，更不可能产生什么轰动效应。但这是“存遗”性的抢救性保护，这是真实的、可贵的资料保护。我们这代人也许一时难以恢复该曲种，暂时无能为力改革发展它，但是，我们现在总有这点能量将这类曲种的“根”或者说“基因”留住，总可以做到的吧！它可以作为我们浙江省民族民间曲艺中的一页，留给后人去稽查、研究和借鉴。

杭州滑稽艺术剧院有一位早已退休的杭州评话老艺人，也是国家级的传承人李自新，他今年已77岁高龄，自幼拜师学艺，擅说传统长篇杭州评话《东汉》，他也是杭州评话中唯一能说演这部讲史类长篇节目的有据可查的第五代传人。只是这部传统长篇节目当前暂时尚无人来学习和继承。杭州滑稽艺术剧院是杭州评话保护责任单位，借这位老艺人正在杭州市的一家茶馆书场演出《东汉》之际，他们派出专人，投入设备，进行现场录像。这部传统长篇杭州评话《东汉》的演出时间，以每天两小时计算，要长达九十天，从今年的10月1日开演起，共录制了三个多月。我认为，这类“存遗”的方式也是一种传承保护。有人说，没有市场的曲艺就让它进“博物馆”吧。我想，进“博物馆”也得有“物”可进啊！

政府部门应该积极引导和营造民间曲艺的生态环境。曲艺是一门以口语叙述为特征的表演艺术，它的本质特性是口语叙述，技艺具有无形性，它所赖以生存的环境依附于各种不同的外部条件，包括曲艺的受众面，所以，观众也是需要培养的。浙江省有那么多各级非物质文化遗产曲艺类保护名录，其大部分曲种是说书类的，都拥有大量的传统中长篇节目。通过艺人口述，用文字记录成文本确是一种方法。但它只不过是将口语的无形性转化为有形的曲本。有的曲种如果只继承曲种的唱段和段落，或仅限于曲种的表演形式，也是欠完整的。而书场等小型曲艺演出场所的存在，能经常性地演出单档、双档（一至两人）的传统长篇节目。曲艺表演艺术是活态的，在长篇节目的说唱中，曲艺演员有许多即兴的口头创作及与听（观）众之间直接的艺术交流，使演出的节目能常说常新，是最贴近老百姓的，是非物质性的要素之一。同时，它也是曲种的传承人施展才艺、传授技艺的重要平台，也能让久违了的曲艺观众（听众）重回书场，引起兴趣。曲艺是向受众表演的艺术，离开观众和听众，曲艺表演就毫无意义。曲艺的观众或听众是土壤，如果让土壤流失，上了各级名录的曲种是存活不了的。如果“非遗”名录在老百姓心里没有任何关联，地方曲艺的传承保护就会失败，千万不能忽视这一极为重要的环节。近年来，金华市的金东区、义乌市先后由当地政府出资，办起了两家茶馆书场，义乌市文化馆因地制宜开设了“曲苑书场”，每周演出三场金华道情等长篇传统节目，深受当地曲艺爱好者特别是老年听众的欢迎，受众面在不断地扩大。浙江省的嘉兴、湖州地区有诸多城镇已恢复办起了演出苏州评弹的书场。实践证明，这种恢复曲艺书场的办法是切实可行的，对传承保护曲艺是富有成效的。为此，我们呼吁，如能在民众居住点较集中之处，多建一些公益性的书场或小型曲艺演出场所，这对传承保护现存民间曲艺会起至关重要的作用。这些情况希望引起政府部门的重视和进一步的主导，提供组织和硬件条件，有更多更广的社会参与，营造地方曲艺良好的生态环境。

扩大曲艺类非遗名录的宣传展示。去年，浙江省文化厅组织了一台部分列入国家级保护名录的戏曲、曲艺片段节目，到浙江大学演出，在演出中由相关人士对所展示的地方戏曲和曲艺，在现场进行解释性的介绍和评点。当代年轻的大学生们对浙江有那么多乡土气息极浓的地方戏曲和曲艺艺术，是闻所未闻的，表现得非常惊讶和热情，受到了热烈的欢迎。今年7月初，由中国艺术研究院曲艺研究所和浙江省文化厅主办的“浙江曲艺传承保护学术观摩展演及研讨活动”中，演出了两台浙江省列入国家级和省级非遗保护名录的曲种，其中相当一部分曲种的传统节目，至少已断绝二三十年了。这无疑是这项活动推动恢复的成果。现在有一个可喜的现象，浙江省有的地方电视媒体已关注并播放我省列入“国遗”名录中的曲种或各级非遗名录中的曲种，浙江地方曲艺的乡情乡音正以现代的传播媒介扩大其受众面。当然，为了电视艺术的需要，某些曲艺品种产生了一些流变，原来以听觉艺术为主体的说唱表演，变成了听觉视觉并重的曲艺，似乎不那么原生态了。但自古以来，曲艺始终是随着时代的发展而流变的，只要在保持曲艺以口语叙述为特征表演的前提下，吸收电视的艺术手段来丰富自己，目前来看，是传承保护和发展曲艺的一种很好的途径。特别是我们的一些传统长篇节目，能借此得以传播和留存，拓宽其生存空间，更觉珍贵。同时，我们也热切希望电视艺术家能尊重曲艺的艺术规律，共同为保护非物质文化遗产中的曲艺表演艺术作出努力。

在浙江省曲艺专业艺术表演团体极为稀少，艺术院校更无曲艺专业培养新一代艺术人才的状态下，要重视群众文化活动中曲艺的传承保护。浙江省在群众文化活动中，在传承保护非物质文化遗产的推动下，做了大量工作，创作、演出了不少浙江地域性很强的地方曲艺节目。有的在全国获奖，如濒临危亡的四明南词、绍兴平湖调、兰溪摊簧、杭州摊簧等等曲种，在群众性的文化活动中，创新意识强烈，不仅内容题材具有时代感，其表现形式在保持本曲种艺术本质特性的基础上有所发展创新，适应时代发展的现实需要，进行了较好的探索。宁波有个省级曲艺类项目叫“唱新闻”，该曲种在20世纪50年代的宁波和舟山地区的民间从艺艺人有近百人，现已近消亡。象山县文化馆群文工作者到敬老院走访一位年近九十的老艺人，并录制音像资料。近年来，就凭这些资料，组织群众文化活动中的曲艺爱好者，创作、演出了两个颇有影响力的新节目，受到欢迎，使人们感到这类即将湮没的曲种是能用不同的方式获得传承保护的。各类曲种均有各自不同的受众面或相应的爱好者。绍兴平湖调是被视作“曲高和寡”的曲艺形式，在绍兴市群众艺术馆组织下，一些中小学的音乐老师成为该曲种的爱好者，由于曲种传承人悉心传授，已经坚持了数年，取得了很大的成绩，为文学性音乐性较强、技艺性较高的曲种的传承保护作了有益尝试。今年，绍兴县举办了一次绍兴莲花落曲种的业余表演比赛，报名的业余爱好者多达八十余人，均来自各行各业，有七岁的儿童，也有八十高龄的老人。这对一个地方曲艺品种的传承保护来说，实在是可喜的好现象。

虽然在群众性的业余曲艺活动中，以演出各曲种的短篇、开篇或选段节目为主，但在浙江省，这无疑是一种很好的传播曲艺的主要途径和力量。在现阶段，也是传承保护地方曲艺的主要措施之一。

因此，我们对曲艺的传承和保护工作，应该按照它的艺术规律，即从传承保护的目的——存活、延续和发展出发，实事求是地根据不同曲艺品种和它们不同的生存、生态环境，用多样性措施和不同的方法，长期持之以恒、坚持不懈地切实做好非物质文化遗产中曲艺类项目的保护工作。

（原载浙江省曲艺家协会内刊《浙江曲艺》2009年12月总第57期。）

曲艺的说功

——“笑在长三角”江浙沪笑星电视邀请赛观后感

2010年11月26日至28日，笔者和戏剧理论家、原杭州市文化局局长胡效奇先生应大赛组委会邀请，有幸赴沪观摩邀请赛的三场演出并担任评委。大概近年来各种文艺演出的“花样”甚多，为避嫌疑吧，七名评委中的身份都是跳出“搞笑”之人，评委中有上海的三位资深媒体人、江苏的喜剧作家和演艺活动的组织者，目的大概是想为参赛的年轻笑星们创造一个公平的舞台。

三场“笑星”邀请赛共演出23个节目，其中有五档独脚戏、五档相声，作为综合艺术类的评比，小品所占比例最大，共有11个，还有一人表演的单口模仿秀和南方滑稽中的说唱《金陵塔》。南方滑稽中的传统节目有三档，其余均为反映现实生活题材的节目。一大批表演出色、格调清新的滑稽新人脱颖而出，令人振奋。

除五档相声、一档模仿秀及三个小品用北方口语外，一半以上的节目使用的均是江、浙、沪观众深感亲切而颇受欢迎的上海话、杭州话、绍兴话、苏州话、无锡话、常熟话等地方语音。当然，这种在曲艺舞台上表演的南、北口语，不等同于人们生活中的言语，是经过曲艺艺术家们提炼的生动、活泼、形象、夸张的艺术语言。

曲艺中的表演技艺，无论相声的“说、学、逗、唱”、独脚戏的“说、学、做、唱”，还是流行于江南的苏州弹词及其表演艺术讲究的“说、噱、弹、唱”，其中的“说”始终是排在首要的位置，说明无论是滑稽类曲艺还是叙唱类曲种，演员都要依靠扎实的“说功”。更不用说那些只说不唱的散说类的评书、评话、新故事等曲种了。浙江省这次参赛节目即使是杭州滑稽艺术剧院演出的独脚戏《看电视》，两位演员学唱的戏曲、歌曲，惟妙惟肖，夸张有趣，功力很深，观众掌声时起。但是，独脚戏是以“逗笑”为艺术手段的，最响的“噱头”还是体现在演员的“说功”中。浙江的参演节目除上述一档独脚戏外，几乎全是戏剧小品，有浙江曲艺杂技总团滑稽剧团的小品《电话那头的牵挂》《吻》和《三毛》。大概浙江各地的地方语言繁多，为使浙江各地的受众能直接感受，迅速获得语言所起的喜剧效果，所以清一色全用普通话的“北口”。杭州滑稽艺术剧院继承南方滑稽在语言上使用各地方言的传统，参演节目为戏剧小品《钉子》《生日》和《杭州大妈》，按不同人物使用杭州、绍兴等地方言，也有个别年轻人物用普通话表演。

笔者以为，在曲艺表演中，随着曲种的不同，采用普通话或各地方言的技艺都需要，关键在表演者“说功”的深浅。无论是以演出者的身份（第三人称）来讲述故事情节，描摹人物内心活动的叙事性节目，还是在小品中为人物代言的说白、对白，最受观众欢迎的是它语言的有趣，能出“噱头”、抖“包袱”、制造各种“笑料”。与戏剧小品通过文学构思及人物扮演生发喜剧效果的“现身说法”式表演不同，通过演员本色性的“说法现身”式表演，运用嘴上功夫即“口语性的叙述”将艺术形象传达给观众，引来“笑”的艺术效果，才是曲艺表演的本真。

曲艺表演中的说功，在指掌握说话的节奏方面，讲究抑、扬、顿、挫的技巧，这是很能体现演员功力的所在。在独脚戏和滑稽戏中，有句术语叫“吃进吐出”，是指言语的交错以及由此产生的差错，故意说错了的话再找回来说的意思。同样一句“吃进吐出”的言语，有些滑稽名家上口说来能引来一片笑声，有的演员就达不到这样的效果。有的演员“抑”和“扬”的关系处理欠妥，声调过高，看来显得非常卖力，结果适得其反，效果平平，这是当前曲艺界尤其是青年演员们值得花功夫琢磨的问题，也是笔者在看了三场江浙沪笑星电视邀请赛后的一点观感，和年轻的曲艺界朋友们共同探讨，如有不妥之处，望予指正。

（原载浙江省曲艺家协会内刊《浙江曲艺》2011年5月总第60期。）

叶海琴曲艺文集《给有需要的人》序

叶海琴是温州鼓词中颇有影响力的曲艺艺术家，自幼从艺，拜在名师项宗光门下，由乃师指点领路，多方求艺，道正路广。她投身曲艺，热爱曲艺，献身曲艺，也是位事业心很强的曲艺活动家。她是中国曲艺家协会会员，曾连任多届温州市曲艺家协会副主席兼秘书长，浙江省曲艺家协会第四、五届副主席。现为温州市曲艺家协会顾问。

我是1981年冬，在温州市一次曲艺会演中认识她的，算来，艺友间交往已近35个年头了。在省、市举办的曲艺会演或比赛等各种活动中，常能看到她所表演的温州鼓词、温州莲花等曲种形式。她表演风格稳健规范，吐字清晰，声情并茂，韵味醇厚，对传统节目和现代题材的节目，她力求思想性和艺术性的完整表达，擅长对人物的细腻刻画，表现出她对艺术孜孜追求、精益求精的进取精神，从而赢得了全省曲艺界的关注和赞赏。她的不断获奖，依托的是磨砺的扎实说唱表演基本功，是其综合艺术素养的长期积累。2001年她表演的温州鼓词《青春情结》，是一个现实生活题材的新节目，曲艺舞台表演现今尤其需要现代审美情趣的创新和开拓，就在该节目的艺术实践中，她以时代美为标准，努力丰富温州鼓词的传统表演手段，回应了时代审美需求对传统曲艺艺术的召唤，从而在参加全国群星奖曲艺类比赛中获得金奖。近年来，她凭借自己曲艺表演的艺术实践，也深刻体会到曲艺在当今时代要发展，曲本创作尤为迫切的重要性，也是时代提出的需要。她怀着对曲艺艺术的深厚情怀，不因工作变动有所懈怠，而是坚持利用业余时间，积极进行温州鼓词等新节目的曲本创作，在她的曲艺生涯中谱写新的篇章。其中她创作并自己演唱的温州鼓词开篇《喜看温州奔小康》，由于题材紧贴现实生活，运用她娴熟的、经过提炼的生动、活泼、形象的艺术语言，使受众感受到亲切而接地气，在各类文艺活动中演出一百余场，还应邀赴省、市电视台和香港同乡会演出，深受群众欢迎和喜爱。她笔耕不辍，虚心好学，经常就她的曲艺作品听取多方面的意见和建议。近年来，她创作和撰写的曲艺作品和论文频频获奖，与本书同名的温州鼓词《给有需要的人》，是她获得国家级奖项的处女作品。书中还收入了她的两篇曲艺论文，反映出她在追求曲艺理论修养方面重视全面自觉提高自己的可贵精神。叶海琴对温州地方曲种进行理论研究的探索，也值得点赞。

编纂出版此书，不仅是对叶海琴近三十年来从事群众文化和曲艺工作所创作的地方曲艺节目的整档汇总和集中展示，也是通过推介使温州方言曲艺在更大范围内为人所知、为人所用。这本书的付梓出版，也反映出她为浙江曲艺所付出的心血和贡献。

温州的曲艺类非物质文化遗产，是构成我国优秀传统文化中“活”的遗产之一，是民族艺术中的一朵绚丽之花，有悠久的历史及自己独特的艺术魅力。如今国家高度重视对非物质文化遗产的保护和传承，也引发了人民大众和社会各界的共同认知和高度共识。大力发掘、传承、保护和研究祖先留给我们的珍贵的民族民间艺术中的温州地方曲艺，发挥其文化艺术价值和社会功能价值，是曲艺界人士的责任。只有敢于担当，善于担当，科学担当，我们才能永久地传承它们，发扬它们，壮大它们！我想，我们现在所做的这一切，将会无愧于这个时代，将会得到后人的尊重。

此次约我撰写本书序言，因年迈笔拙，恐难承其意。但很高兴地看到，浙江能有一位像她那样，在曲艺艺术领域能表演、勤创作、善思考、深研究的曲艺家，不断地将艺术成果展现出来，也是我这老曲艺人的心愿。由衷地祝愿叶海琴在曲艺艺术创作、研究道路上越走越宽广，创作出更多更好的作品，在曲艺研究领域中有更深更广泛的作为，为温州乃至浙江地方曲艺多尽一份力量！

是为序。

（原载中国文联出版社2016年出版的叶海琴曲艺文集《给有需要的人》。）

《丽水鼓词研究》序

鼓词，是指我国曲艺表演艺术门类中，以艺人自奏鼓板、击节说唱的一类说书表演形式。北方多称大鼓，浙江多称鼓词。浙江的鼓词类曲种流行于浙南、浙西和金华等地区，均以当地的方言土语说唱表演，如温州鼓词、丽水鼓词、永康鼓词等。早期，鼓词的演出方式除用不同的当地方言和唱腔曲调外，艺人自奏鼓板、击节说唱的表现形式基本相同。在清末有艺人在温州鼓词自奏乐器中增添了自制的牛筋琴，自民国时期起，才逐渐演变成现有的表演形式。

起源于明末清初的丽水鼓词源远流长，是浙江古老的曲艺品种之一，至今仍以顽强的生命力生存于丽水民间，并于2014年10月被列入《第四批国家级非物质文化遗产曲艺类名录》，体现了国家和社会对丽水鼓词这一曲种独特价值的认可。

丽水鼓词在其兴衰的滚滚历史长河中，有过它的辉煌时期，表达了那个时代人民的心声，成为城乡大众喜闻乐见的娱乐形式，培育了人们对丽水鼓词的欣赏习惯。作为一种古老的曲艺品种，本应该有它自身丰厚的艺术资料和史料积累。然而，丽水鼓词的产生形成和生存环境，都处在农耕社会时期。它也和浙江的某些曲艺品种相似，从艺者多为盲艺人，他们以说唱丽水鼓词的技艺以求生存，称之为“盲词”“瞽词”。在旧时代，从艺的艺人们生活在社会底层，文人对丽水鼓词曲种的表演形态关注甚少，对这门民间说唱技艺的研究、记载更少，曲种处于自生自灭状态。虽然也有一些接近底层大众的文人偶尔有所记载，也仅仅是一些片段或琐闻性的只言片语，少有完整性的、研究性的介绍丽水鼓词的文章发现。

中华人民共和国成立后，中国共产党和政府对民族民间艺术的高度重视，特别是改革开放后的20世纪80年代中后期，为编纂被列入国家社科基金重大项目暨艺术科研规划重点项目的《中国曲艺志·浙江卷》及《中国曲艺音乐集成·浙江卷》的需要，曾在浙江全省范围开展了曲艺品种的普查工作，当时的丽水文艺工作者们付出了辛勤的劳动。从出版的这两部志书中看，丽水鼓词所立条目，虽显简略，却留下了可资借鉴研究的珍贵资料。而后，唐宗龙先生从民间文学的视角，整理出版了艺人黄景农的丽水鼓词口述文学唱本《陈十四夫人传》，对曲种也撰文作了介绍。但是，丽水鼓词是属于综合性的曲艺表演艺术，编纂一部较为系统地介绍丽水鼓词曲种的艺术读物，是一件艰难但非常有意义的工作。

21世纪初，浙江省启动了民族民间艺术保护工程，后转换成非物质文化遗产保护工作，由于中共丽水市莲都区党委和政府的重视，莲都区文化部门的高度关注，非遗工作者们对丽水鼓词付出了巨大的心血。编者们结合丽水鼓词非遗项目的申报，历尽艰辛对丽水鼓词作了进一步全面立体的调查研究。他们尊重丽水鼓词曲种历史的原貌，尽最大努力查漏补缺，拾遗补缺地搜集曲种的各类残存史料：通过深入田野农宅、艺人作艺场所及组织举办丽水鼓词演唱会等等工作，运用多种现代化的技术手段，制作原真性的视听记录，走门入户采访老艺人，记录他们在从艺生涯中实践磨砺的非物质性的曲艺艺术本质特征，积累起空前的研究资料。历来丽水鼓词的节目传承是师徒间口耳相传，随着时间的推移，诸多传统节目濒临消失。通过老艺人的鲜活记忆与说唱表演，记录了他们的传统曲本及区域性浓郁的基本曲调，以及他们艺术实践中所积累形成的演唱风格和个性各异的表演特色，乃至击打鼓板节奏的不同技巧与风格运用。通过音像制作，立此存照，保留于世。丽水鼓词存在着曲种“溯之源长”“佐证史缺”的现象，通过细致深入调查老艺人的师承关系，现可上溯近二百年的传承脉络。综合上述各类历史资料，以求解析曲种的前世今生，弥足珍贵。

《丽水鼓词研究》从曲种起源、表演形式、基本唱腔音乐、演艺场地、与民俗活动的关系、主要代表性的传统节目、可追溯的传承谱系、当今的代表性人物等等方面，均作了较为具体的梳理介绍。我以为，这不是简单的对丽水鼓词这一曲种历史史料和现存资料的介绍与整合，是对这一古老民间曲种的普及，增强了对民族民间曲艺文化内涵的自信，能为当代人们所感受和认知，会在丽水鼓词这一国家级非物质文化遗产曲艺类项目的保护、传承、发展中，彰显深广的价值，发挥积极的作用。

任何一个曲艺品种，在其历史流传衍变过程中，在表演艺术形态上如果停滞不前，离我们当代生活和艺术审美情趣渐趋远去，必然会导致消亡，这是诸多古老曲种消失所证实了的。当今社会已进入信息时代，人们的生活方式与审美方式发生了巨大的变化，丽水鼓词只有与时代同步，更加自信地传承、保护好曲种的本质属性和艺术特征，从节目题材的深度、广度到表演艺术进行不断革新，寻求、探索当今受众的审美需求，才能使曲种获得活态的传承、保护和发展。事实上，丽水鼓词近年来已经尝试着在编演一些新节目，在表演形式上也在努力作出创新的探索。在民间，也出现了明目艺人从艺，这显然是丽水鼓词呈现出的一种新的可喜现象。因为丽水鼓词是我国民族民间表演艺术门类中曲艺门类的一种，其在当今的发展，在需要有现代审美的视角作为标准来要求和衡量的同时，更应体现丽水鼓词自身曲种的传统表演特点及艺术本质特征，以此展示自己独特的艺术魅力，回应时代审美需求对传统曲艺的传承召唤。丽水鼓词是国家级曲艺类非物质文化遗产项目，是民族民间表演艺术中的一朵绚丽之花，要树立强烈的自信心和定力，传承、保护和发展好祖先留给我们的珍贵曲艺艺术特性，让古老的曲种在适应时代的审美要求中，更好地发挥它的文化价值和社会价值，而不是以创新的名义变异为其他表演艺术门类。这也是我们对丽水鼓词进行非遗项目保护时所要承担的责任。只有敢于担当、善于担当、科学担当，我们才能真正地传承它、保护它、发扬它、壮大它！我想，现在编纂出版的《丽水鼓词研究》所做的一切，正是为了有利于非物质文化遗产丽水鼓词的传播和普及，使之在艺术的传承、保护、发展中有根脉可查；同时在曲种追求时代审美创新的需求中，有丽水鼓词的传统艺术特征可依。

（原载浙江摄影出版社2018年出版的《丽水鼓词研究》。）

从浙江省“非遗薪传”展演展评活动看曲艺类非遗的传承保护与艺术创新

2015年，浙江省的传统曲艺表演形式，列入国家级非遗名录的曲艺品种有23项，列入浙江省级非遗名录的有18项。从非遗项目的数量来看，浙江似乎是个曲艺“大省”。如何使曲艺跟上时代的步伐，科学地传承、保护和发展浙江的曲艺类非遗项目，是我们浙江非遗工作者与曲艺界面临的一个实际问题。

浙江曲艺的曲种多数产生于农耕社会。各类曲艺品种的形成和盛行时期的时代背景、受众群体、作艺场所、艺人成色等等，在历史长河中都存在差异。随着现代社会的快速发展，传统曲艺表演艺术也和其他传统民族民间表演艺术一样，受到了极大的冲击，许多地方曲种被边缘化，有的曲种甚至趋于湮灭。例如这届曲艺“非遗薪传”所展现的一些如宁波的“唱新闻”、绍兴的“绍兴词调”、金华的“永康鼓词”、丽水的“丽水鼓词”等等，在20世纪五六十年代，由于历史的原因，几乎全是盲艺人作艺，进入20世纪的八九十年代已几近绝迹。现在有些地区的农村虽偶有所见，也只是依附在民俗信仰及祭祀等活动中，不能成为独立的、现代的曲艺表演艺术。如“杭州评词”等“国遗”或“省遗”项目的曲种，在非遗申报的时候，已经绝响曲艺舞台。在这届“非遗薪传”活动中，我们高兴地看到，诸如“唱新闻”“绍兴词调”“永康鼓词”“丽水鼓词”“杭州摊簧”“杭州评词”等等古老曲种，在沉睡了半个多世纪的今天，由于非遗保护与传承工作的深入开展，使我们看到了这类曲艺品种被激活的希望。

当前，浙江曲艺类非遗项目的生存状态各不相同。有的曲艺品种依然有较广的受众面，有相对而言的演出市场；由于非遗活动的深入开展，有些曲种创作演出了一批新节目，所表演的内容与当今社会人们的情感生活相关联，也发现了一批新的曲艺表演人才，表演形态在继承传统的基础上，进行了大胆的改革创新；即使是一些流传数百年的传统节目，也进行了创新的尝试，争取与当今观众的审美情趣相吻合，使传统曲艺尽可能得到科学的、活态的传承和保护。

现就浙江地方曲艺类非遗项目的保护传承与艺术创新的关系，提出几点个人的想法：

回顾浙江曲艺历史，它是永远处于不断改良、更新与创造之中的。前辈艺人的从艺生涯，是以说唱表演曲艺养家糊口，以艺为生，观（听）众是艺人的“衣食父母”。为了争取观众，都经历着自觉和不自觉的艺术改良，从而使曲种得到生存和传承。当然，时代不同了，“卖艺为生”已成为历史，但曲艺艺术要不断地创新，过去是如此，现在是如此，未来也必然是如此。例如温州鼓词在清末民初，平阳县盲艺人郑昌牌创造了牛筋琴，改良了伴奏，丰富了温州鼓词伴奏的表演力。后辈艺人又不断地改革，推出一批又一批适应当时时代的新节目，形成多种流派表演和声腔特色后，才成为今天的温州鼓词。绍兴莲花落在清代同治五年（1855）的《杭俗遗风》中记载，说唱形式仅仅是敲打竹板伴奏，民国时期和20世纪50年代，才增加了以四胡演奏伴唱。20世纪80年代初，因为演出新节目的需要，又增加了琵琶作为伴奏乐器。四胡、琵琶、鼓板现被称作伴奏乐器的三大件，广为流传，成为绍兴莲花落传统表演的伴奏程式之一。所以说，浙江曲艺从历史上就是在不断地改革创新，在改良中得到生存，成为现今的传统曲艺。可以说，任何一个曲艺品种，在流传过程中，如果在艺术形态上停滞不前，必然会导致消亡。因为曲艺是一门面向观众的表演艺术，它的非物质性存在于表演的内容与口语说唱的技艺性以及伴奏等诸多为内容和说唱服务的综合运用之中。而观众欣赏的，是曲艺表演的内容和演员呈现给他们的技艺、风格和趣味。如果当代观众不接受，不愿意听也不愿看，就不可能活态地生存，就失去了曲艺传承和保护的意义。

同样，有的曲种看似已经消亡，如果一旦赋予其当今时代的精神生活特征，符合当今人们所需要的审美需求，同样能抢救过来，获得活态的传承、保护和发展。这届“非遗薪传——浙江曲艺展演展评”活动中所呈现的几个曲艺类非遗项目，明显说明，只有与时代同步，不断地对曲艺艺术进行创新改革，才能获得活态的传承、保护和发展。以象山县演出的唱新闻《长年葱》为例，唱新闻这一曲种，曾经流行于宁波、舟山和台州地区，过去以盲艺人打小锣、击小鼓，走村串户，在房前屋后、航船渡轮等场合作艺，只有少量的艺高者才能进茶馆书场说唱表演长篇节目。这类表演形态在20世纪60年代后期几近消亡。自非遗保护工作开展以来，经过对曲种的挖掘，在收集前辈艺人留下来的艺术资料等方面，在保护传承曲种本质特征的基础上，努力创作了一些反映时代特征的新节目。象山县文化部门和曲艺工作者经过10年的努力，不断推出新节目，唱新闻《长年葱》是我看到的新出现的第三个节目，因为题材具有时代的鲜活感，表演形态的灵动感，丰富了原有基本曲调的优美感，更接地气，地域特色更鲜明。这个新节目已经演出了七十多场，获得过文化部“群星奖”等各类奖项。如果仍以半个多世纪前的表演形态进行原封不动的演出，所表现的题材也不进行创新，不可能获得成功，唱新闻也难以活态保护和传承。从唱新闻《长年葱》活态保护传承的这个实例可以看到，虽然在表演形态上作了大幅度的变革，但它的“根”没有改变，它的口语说唱叙述的本质特性没有改变。演员在舞台上的表情、动作表演，当然和当年的盲艺人相比有了飞跃性的改革。现在的表演形态有了叙事状物的描述性动作，人物塑造“跳进跳出”的技巧运用，演员形体上也吸收了其他的表演艺术元素，在唱腔音乐上保持了原来叙事性较强的基本曲调外，也融入了其他曲艺乃至戏曲的声腔，为新节目内容需要所用，显得更丰满。但它运用口语说和唱的曲艺第一要素没有改变，诸多的艺术元素都服从于唱新闻曲种的第一要素，用口语说唱叙述的本质属性非但没有改变，而且更为丰满，它仍是宁波地方曲艺唱新闻。又如湖州市演出的湖州三跳《英台担水》，这是个基于《梁山伯与祝英台》的流传很广、家喻户晓的故事，这个节目从不同视角演绎了一段新的情节，从内容上给观众以新鲜感。传统的湖州三跳为说书的形式，表演者击打三跳板（三块毛竹板）击节伴奏，所以曲种的名称也称作“三跳”，并在茶馆书场演出。而现今的演出场所已经发生了质的改变，从茶馆书场进入了剧场、农村文化礼堂乃至广场，这无疑需要在内容题材到演出时间及节目篇幅上，作相应的大幅度调整，演员也必须以新的表演技艺来制造气场，以适应和吸引今天知识面更为广泛的当代观众。这就必须从原来的小书场的表演环境中摆脱出来，进行改革，否则就无法适应现今的演出环境。《英台担水》演员的表演，保持了曲艺演员“第一自我”的说书叙述特点，又给观众以自信、大方、热情的当代演员的美好形象；一进入人物的虚示模拟，“说法中现身”（即说唱模拟人物的表演）的人物演示，融入了戏曲表演刻画人物的一些手法，但只点到为止，为我的曲艺表演所用，使节目中的人物转换空间得体而自然，丰富了曲种的表演力。现在该节目的声腔，在坚持本曲种基本唱调的基础上，进行了新的唱腔设计，增添小乐队伴奏等等，使三跳声腔更为丰满。这类创新改革都是为适应当今观众而作出的尝试，是对浙江曲艺类非遗的传承和保护所作的有益探索。

在浙江的诸多曲艺类非遗项目中，前辈艺人留下了浩瀚的长篇传统节目，我省从非遗保护工作开展以来，各地为老艺人记录了许多宝贵的文字、音像资料，有的曲种还出版了经过整理的长篇曲艺脚本。这无疑是非遗曲艺类传承保护的方式之一。但是当今社会的发展使人们的生活方式发生了巨大改变，发达的交通造成了前所未有的人口流动，人们的语言环境与前辈艺人表演环境已经发生了质的变化。如果原封不动地按照老艺人的曲本照本宣科演出，绝对不可能适应今天观众的审美需求。

这次看到的已经绝响半个多世纪的杭州评词传统节目《白蛇传》选回《断桥初相会》，给了观众耳目一新的感觉。杭州评词同样也绝响半个多世纪了，最后一位杭州评词的国家级代表性传承人也在早几年去世，仅仅留下一部长达数十万字的口述曲本和较少的唱腔资料。《断桥初相会》的演出，为这个曲种的复活，带来了希望。首先，它在传统节目内容的选择上，用观众熟悉的故事中的陌生细节来吸引观众。曲艺是面向观众进行说唱表演的艺术，主要艺术手段就是说和唱，所以，说和唱的口语语境应该具有时代特点，如果表演者所运用的艺术语言落后于时代，演唱者所表达的语境就与观众日常所运用的说话言语有着较大的距离，使得观众尤其是年轻的观众无法适应。如此，曲艺表演就毫无意义，也就谈不上传承和保护，因为观众听不懂你在说啥，只能离你而去。而杭州评词是用杭州方言叙述故事、评说事件、评议人物及其内心活动，说与唱相间的一种曲艺表演形式。《断桥初相会》除了在内容上予以创新，演员在说表技艺的语言运用上，也尽可能使用当今人们所熟悉的、经过表演者提炼的、生动活泼、形象性和比拟性很强的当代语言来表现。特别是对人物形象的处理上，前辈艺人均是通过模仿戏曲人物的生与旦，用“中州韵”的念白来表现人物，而在《断桥初相会》中，演员改用生活语言，以声调、语气来区分人物角色，这在当今观众听来，会显得更生活化而自然贴切，也容易被现代观众所接受。浙江省的地方方言众多，地方曲艺的本体特征是语言艺术，而且依托在方言特性上，普通话的大力推广，人口的大流动，使众多地方曲种，尤其是诸如评话之类只说不唱的曲种面临更大的困境。在宁波评话传统长篇节目《飞龙传》选回《寒窑赋》中，演员使用宁波方言以快口（贯口）的口语技巧，一气呵成念完大段“赋赞”，然后用普通话简练地介绍了“赋赞”内容，使观众既欣赏了宁波评话的艺术特色，又听懂了情节内容。这无疑又是一种创新改革的尝试。前辈老艺人也曾经提出曲艺“说书要常说常新”，要不断进行改良。今天曲艺中的传统节目及其传统表演技艺，可以说都是前辈艺人不断改革创新的结果。前辈艺人迫于生计而不断改良的精神，是值得我们思考学习的。当然，《断桥初相会》《寒窑赋》仅仅是传统长篇节目中的一个小段，也只是改革中一种小小的尝试。

对传统长篇节目的演出，在科技高度发达的当今社会，更需要有强烈的时代精神，只有从内容到表演技艺，与当今的观众紧密相连，审美情趣相吻合，从内容到表演不断改革创新，被当今观众所认可，才能得到活态的传承和保护。一味地要求“原汁原味”，原封不动地照搬表演，必将会失去观众。如果没有了观众，就谈不上传承和保护。我以为，曲艺类非物质文化遗产项目的保护不是静止而固定的，它需要在艺术创新发展中求生存。

曲艺的科学保护与创新改革，最重要的是遵循曲艺的基本艺术规律，也就是曲艺的“根”，具体而言就是每个曲种的自身艺术规律。首先在曲艺的内容题材上寻求“新”，从现实生活中汲取养料，有了与观众相贴近的内容，从现代精神中激活曲艺与当代观众的情感，才能引领曲艺表演技艺上的创新。对传统的节目也应该从观众的需求出发，寻求新的视角，在传统技艺基础上，寻求新的曲艺表演技巧；运用浙江各地方言叙述，是浙江所有曲艺类非遗项目的本质属性，也是地域文化的显著特点。但方言在流变，曲艺是以语言为主体的表演艺术，更应该在流变中创造更为生动、活泼、形象、幽默的艺术语言；一些有说有唱的曲种，声腔均有它鲜明的个性，宜于叙事和刻画人物的基本腔调，也是它本体特色的重要部分，应该吸收融入其他声腔艺术来丰富自己，但必须框范在其基本腔调内进行设计或整合，形成本曲种自身的个性化特征。改革创新是为了让古老的传统表演艺术得到更好的保护和传承，而不是改变曲艺，因而，我们绝对不能让曲艺衍变为戏剧、歌舞。如果失去曲艺独有的艺术特色和审美价值，就成为无根之木。可以说，这是曲艺类非遗项目在改革创新中的底线！只有在遵循曲艺艺术规律的基础上不断创新，浙江曲艺类非遗项目才能真正实现科学的保护传承与发展。

（本文为提交给2015年9月举行的浙江省“非遗薪传”曲艺展评活动理论研讨会的论文。）

附录一

马来法曲艺活动年谱

陈睿睿 编　吴文科 订

出生（1939年）　6月5日（农历四月十八），生于浙江省杭州市一个平民家庭。父亲马其昌系丝绸手工作坊工人，后失业。母亲王兰花无业，以帮别人做裁缝打临工贴补家用。从小家境贫寒，无兄弟姐妹。

7岁—11岁（1946年—1950年）　在杭州市下城区其园小学读书。

12岁—14岁（1951年9月—1953年）　在杭州宝记刻字社当学徒。

15岁—16岁（1954年—1955年）　为杭州联工刻字合作社职工。

17岁（1956年）　3月，调入杭州湖滨风景照相商店工作。因爱好文艺，业余时间积极参加多个业余文工团的戏曲、曲艺表演活动，尤专注于曲艺表演，业余时间常在杭州市工人文化宫、各区工人俱乐部等演出。9月，首次应邀在浙江人民广播电台演播刘剑士作词、以【苏摊赋】为基础调的杭州独脚戏节目《美丽的西湖》。

18岁（1957年）　参加杭州工人文化宫业余文工团的曲艺、沪剧等演出活动。以演出曲艺节目为主，兼演沪剧《陶福增休妻》、传统滑稽小戏《一毛不拔》等节目。

19岁（1958年）　4月，浙江人民广播电台文工团成立，被聘为该团特邀业余曲艺演员长达三年，编演各类配合中心任务的曲艺节目（直至该团1962年撤销）。5月，参加杭州市总工会宣传部组织的“总路线文艺宣传队”，编演宣传中心工作的曲艺节目，并赴富阳县、余杭县及市属的工厂企业巡回演出。

20岁（1959年）　5月，以业余身份创作演出上海说唱节目《发中取宝》，并参加浙江省文化厅在杭州举行的“浙江省音乐、舞蹈、曲艺、木偶戏会演”。12月，以业余演员身份参演沪剧小戏《三朵浪花》，参加“第一届浙江省职工业余文艺会演”。

21岁（1960年） 1月，调入杭州万象照相馆任摄影师。业余时间参加杭州市上城区文化馆组织的上城区业余文工团，创作、演出曲艺节目《为了六十一个阶级兄弟》等，巡演于工厂、商店等基层单位。5月，在工人剧场演出表现红军题材的沪剧《三月三》，饰演红军侦察连连长。

22岁（1961年） 利用业余时间担任上城区业余文工团导演兼曲艺演员，演出的曲艺节目有传统独脚戏《“瞎子”算命》《照镜子》《关亡》《看电影》等，并在工厂、商店等基层单位巡演。

23岁（1962年） 参加上城区业余文工团，经常为基层单位演出。同年与江苏省无锡县评弹团苏州弹词演员崔文彩结婚。自此，利用业余时间，向上海、苏州的专业苏州评话和苏州弹词演员学习。同时，自学苏州评话、苏州弹词的表演。

24岁（1963年） 3月，参加上城区业余文工团排演的大型沪剧《雷锋》，饰演主角雷锋，在杭州解放剧场演出七场，同时还在杭州市工人文化宫工人剧场、各区工人俱乐部剧场演出此剧。4月16日，改编成苏州弹词长篇新曲本《杨立贝》，供夫人崔文彩担任苏州弹词演员的江苏省无锡县评弹团演出。此为苏州弹词曲本创作的初学阶段。

25岁（1964年） 7—12月，调回湖滨风景照相商店，任摄影员。业余时间改编完成苏州弹词长篇新曲本《红色娘子军》，供江苏省无锡县评弹团演出。

26岁（1965年） 利用业余时间，不定期在下城区工人俱乐部书场、杭州制氧机厂建筑工人茶室、杭州钢铁厂工人茶室等场所，演出杭州评话新编短篇节目《铁道游击队》中的《打洋行》《打票车》和《平原枪声》中的《肖飞买药》等选回，并学习表演苏州弹词新编长篇节目《野火春风斗古城》。

27岁（1966年） 杭州摄影图片社成立，调入该社负责摄影工作。因“文化大革命”开始，业余曲艺活动中止。

28岁—32岁（1967—1971年） 业余曲艺活动持续中止。

33岁（1972年） 相隔6年后有机会重返业余曲艺舞台。3月，创作并演出以照相馆摄影员与顾客之间的生活琐事为题材的杭州评话新编短篇节目

《一张照片》（因“文化大革命”期间曲艺也被视为“四旧”，故演出时节目名称标为“故事”）。先后参加杭州市和浙江省文艺创作节目调演大会，该节目还赴工厂、工地、各中小学校等演出百余场。7月，《一张照片》的曲本发表于《革命文艺》第7期。

35岁（1974年）　5月，根据现代京剧《平原作战·袭扰县城》改编演出了杭州评话短篇节目《赵勇刚虎穴除奸》，也是自1966年以来，首次在杭州恢复演出杭州评话这一传统地方曲种。曲本同年发表于《杭州文艺》第2期；同时，和由工人身份转业的曲艺演员朱伟芳合作，改编演出杭州评话双档短篇节目《智取炮楼》，曲本发表于浙江《群众演唱》（1974年）；与马永春联合创作的杭州评话新编曲本《黑旋风怒扯招安诏》发表于《杭州文艺》第12期。

37岁（1976年）　3月，根据现代京剧《平原作战·智炸军火》改编演出杭州评话短篇节目《爆炸军火》，并参加当年的“浙江省曲艺会演”。6月，经选拔加入浙江省代表队，作为杭州评话演员赴北京参加“全国曲艺会演”，这是杭州评话首次赴北京演出，也是杭州市唯一赴京参演的节目。12月，应浙江省文化厅《群众演唱》编辑部邀请，与沈祖安合作，为编写反映周恩来总理在杭州生活为主题的曲本，分别赴杭州市西湖区的梅家坞村、“楼外楼”菜馆等地采访，创作了新编故事《周总理来到楼外楼》，并于12月30日在浙江体育馆（今杭州体育馆）由杭州市文化局（今杭州市文化广电旅游局）主办的“迎元旦文艺晚会”上首演。

38岁（1977年）　4月，应浙江省文化厅《群众演唱》编辑部邀请，与南京军区文工团曲艺作者、山东快书演员陈增智合作，赴中国人民解放军驻浙某部“硬骨头六连”采访，创作出杭州评话短篇曲本《练兵场上》并发表于同年的《杭州文艺》；同时创作杭州评话短篇曲本《威震爷台山》并发表于浙江《群众演唱》。12月，被借调至新成立的杭州曲艺队任杭州评话演员，在杭州红星剧院、“杭棉”工人剧场、余杭塘栖剧院、富阳剧院、桐庐新登剧院等轮番演出杭州评话短篇节目《练兵场上》《威震爷台山》达四个月，计120余场。

39岁（1978年）　7月，参加杭州市群众艺术馆在西湖涌金公园举办的“夜花园晚会”并演出杭州评话新编节目。8月，杭州市文化部门将西湖“夜花园晚会”移至柳浪闻莺公园演出，并设立杭州评话专场，即在前半场演出现代革命历史题材的节目如《茅山风云》等，后半场则由著名杭州评话前辈艺人陈俊芳表演杭州评话传统节目《岳飞传》，深受观众喜爱。12月，将新编故事《周总理来到楼外楼》改编成杭州评话节目，参加浙江省业余文艺创作会演，获优秀创作奖、优秀表演奖（当时该活动不分一、二、三等级奖，此为最高等级奖），并获1981—1984年浙江省曲艺作品评奖一等奖。

41岁（1980年） 6月，出席浙江省文学艺术工作者第二次代表大会及浙江省曲艺工作者代表大会并当选中国曲艺家协会浙江分会常务理事兼副秘书长。7月，出席在湖州市德清县莫干山召开的苏浙沪评弹研究会（有30多个团体会员）第一次年会，被推选为苏浙沪评弹研究会干事，中国曲艺家协会主席陶钝莅临指导。9月，与业余作者张永春在金华市双龙洞参加由浙江省文化厅《群众演唱》编辑部举办的浙江省文艺创作会，联合创作了表现无产阶级革命家陈毅抗日事迹的杭州评话短篇曲本《茅山风云》。10月，在杭州工人剧场首演新编短篇杭州评话节目《茅山风云》。12月，该节目曲本获中国《曲艺》杂志编辑部和中央人民广播电台文艺部举办的“从一九七六年十月到一九七九年十二月为止的全国优秀短篇曲艺作品评奖”二等奖，并收入《全国优秀短篇曲艺获奖作品集》（四川人民出版社1981年4月出版），同时被《文化娱乐》和《浙江曲艺》等多家期刊转载，还被改编为连环画出版。

42岁（1981年） 5月12日，作为浙江曲艺界的代表，在杭州云栖“舒篁阁”参加中央领导人陈云与苏浙沪苏州评弹界人士座谈会，并拍摄了大量陈云与苏州评弹演员交流的资料图片留存收藏。8月7日，调入浙江省文学艺术界联合会，以中国曲艺家协会浙江分会（今浙江省曲艺家协会前身）副秘书长身份主持协会日常工作，成为该会自1958年成立以来的第一个专职驻会干部。10月，与义乌的金华道情演员叶英盛赴天津市，观摩学习由文化部和中国曲艺家协会联合主办的“全国曲艺优秀节目（北方片）观摩演出”活动。12月，以中国曲艺家协会浙江分会副秘书长身份，出席中国曲艺家协会在北京召开的全国曲艺工作会议。

43岁（1982年） 2月，赴绍兴，组织曲艺作者王云根、杨乃浚，演员胡兆海，改编创作了绍兴莲花落曲本《回娘家》，并负责对该节目演出人员的排练辅导。同年，该节目获得文化部和中国曲艺家协会主办的“1982年全国曲艺优秀节目（南方片）观摩演出”创作、表演、伴奏一等奖，并参加由文化部组织的全国曲艺优秀节目演出团赴全国十一个省、市、自治区作巡回演出。3月，协助浙江省文化厅，组织绍兴莲花落、温州鼓词、苏州弹词、苏州评话、杭州独脚戏等浙江曲种，参加由文化部和中国曲艺家协会在江苏省苏州市举办的“全国曲艺优秀节目（南方片）观摩演出”，同时负责对参演节目进行加工与提高，推动绍兴莲花落《回娘家》和温州鼓词《智闯龙潭桥》在此次活动中脱颖而出。3月29日，与张永春联合创作的杭州评话新编短篇节目《茅山风云》获浙江省文学艺术作品荣誉奖。4月29日，在杭州云栖“舒篁阁”参加中央领导人陈云和苏州评弹界人士的座谈会。会上，拍摄留存了大量陈云与苏浙沪评弹界人士的珍贵照片资料。7月，创作了表现无产阶级革命家陈毅革命生涯的苏州弹词新编中篇节目《梅姑》，并将浙江曲艺团、嘉兴评弹团、湖州评弹团的青年苏州评弹演员组成浙江省青年评弹演出队，对该节目进行排练，在浙江的杭嘉湖地区及江苏、上海等地巡回演出长达半年之久。11月，与业余曲艺作者张永春一起，赴江苏南部的金坛、溧阳、茅山等曾是新四军抗日根据地的县区进行采风，联合创作了杭州评话新编曲本《茅峰传奇》和《九福宫护宝》等，并在《文化娱乐》等多家刊物上发表。

44岁（1983年）　2月，和宁波市鄞县文化馆曲艺干部翁孝琦、陈少康一起，深入走访宁波市鄞县（今鄞州区）周边村镇的20余家书场，调查曲艺在农村的演出情况，了解当地农民对曲艺的需求，同时与当地的曲艺艺人进行交流，了解宁波地方曲种和外来曲种在当地的演出及交流状况，撰写了题为“浙江的宁波地方曲艺在农村”的调查报告。3月，参加中国曲艺家协会在河南省郑州市召开的“全国农村曲艺工作座谈会”，作了《浙江的宁波地方曲艺在农村》的发言。4月，在天台县国清寺主持召开为期一周的宁波走书艺术革新座谈会，宁波、舟山、台州地区的曲艺界代表30余人出席，并组织宁波走书、蛟川走书、翁洲走书在天台县城的县文化馆书场举办三场交流演出。30日，在有中央领导人陈云等观看的庆祝“五一”国际劳动节苏州评弹专场演出中，组织浙江曲艺团苏州弹词开篇《颠倒古人名》和传统长篇选回《梅花梦·枝山为媒》参加。

45岁（1984年）　4月，被浙江省文化厅任命为浙江曲艺团副团长（兼职)。8月6—30日，在湖州市德清县的莫干山，主持由浙江省文化厅和中国曲艺家协会浙江分会召开的为期25天的苏州评弹作品加工会，浙江的苏州评弹作者、演员60余人参加，创作了一批中、短篇苏州评弹节目。9月16—22日，在杭州大华书场，主持由浙江省文化厅和中国曲艺家协会浙江分会主办的“1984年浙江省评弹会书”工作，同时兼任会书活动的领导小组成员及办公室主任。浙江省10个评弹团体的140名演员参演，演出苏州评话和苏州弹词节目共11台计15个节目。

46岁（1985年） 2月16日，出席杭州市曲艺工作者协会会员代表大会，并在会上当选为杭州市曲艺家协会副主席。4月18日，赴北京出席中国曲艺家协会第三次代表大会，并当选为中国曲艺家协会第三届理事会理事。8月1—15日，在建德县白沙镇主持由中国曲艺家协会浙江分会召开的曲艺长篇节目加工会，浙江曲艺团和杭州、嘉兴、湖州、金华等地市20位曲艺作者和演员参加，创作加工了新编苏州弹词长篇曲本《朝阳血案》等，后被搬上书台演出，并在苏浙沪现代评弹长篇节目比赛中获奖。

47岁（1986年） 2月，与沈祖安、陈才铮、朱良欣联合创作短篇苏州弹词曲本《将错就错》，并由浙江曲艺团的苏州弹词演员朱良欣、周剑英、陈慧琼排演。3月至4月，改编绍兴莲花落新编节目《晦气鬼告状》，并赴萧山县（今萧山区）对青年绍兴莲花落演员翁仁康进行排练辅导。4月30日，联合创作的苏州弹词短篇节目《将错就错》，在陈云同志和中共浙江省委负责同志参加的庆祝“五一”国际劳动节苏州评弹专场中演出。5月1日，参与组织庆祝“五一”国际劳动节苏州评弹专场演出，中央领导人陈云等观看节目。演出节目有浙江曲艺团朱良欣、周剑英和陈慧琼表演的苏州弹词新编短篇节目《将错就错》，另有王柏荫、高美玲演出的苏州弹词传统长篇选回《白蛇传·投书》，拍摄留存了陈云观看此次演出时与浙江曲艺团评弹演员交流的图片资料。5月，《将错就错》参加浙江省曲艺新曲（书）目比赛，获创作、表演一等奖；与张永春联合创作，并由浙江曲艺团苏州评话演员魏真柏演出的苏州评话短篇节目《将计就计》获浙江省曲艺新曲（书）目比赛创作、表演一等奖；同月，辅导翁仁康表演的绍兴莲花落《晦气鬼告状》在浙江省曲艺新曲（书）目比赛中获创作、表演、音乐设计、伴奏共四项一等奖。同月，主持由浙江省文化厅和中国曲艺家协会浙江分会主办的浙江省曲艺新曲（书）目比赛，担任比赛领导小组成员兼办公室主任。浙江全省14个曲种共40个节目参赛，同时邀请四明南词、苏州弹词、温州鼓词、宁波走书等曲种的老艺人举办了一场交流展演，并请浙江人民广播电台进行现场录音，为浙江曲艺老一辈艺术家留下了珍贵的艺术资料。10月，联合创作的苏州弹词短篇节目《将错就错》和辅导翁仁康表演的绍兴莲花落新编节目《晦气鬼告状》，在文化部和中国曲艺家协会联合主办的“1986年全国曲艺新曲（书）目比赛”中分别获得创作、表演三等奖和创作、表演、音乐设计、伴奏四项二等奖（唯一囊括所有奖项的二等奖节目）。10月18日，在浙江省曲艺家协会为筹备第三次会员代表大会召开的二届理事扩大会议上，与施振眉、李伟清、沈祖安、周剑英、胡仲华、蒋希均等7人组成了第三次会员代表大会筹备领导小组，任常务副组长，主持浙江省第三次曲代会筹备的日常工作。11月，与绍兴莲花落演员翁仁康赴北京人民大会堂参加由文化部和中国曲艺家协会主办的“1986年全国曲艺新曲（书）目比赛”颁奖大会。从本年度起至2008年，参与“国家社科基金资助重大项目及国家艺术科学规划重点项目”《中国曲艺志·浙江卷》的编纂工作并任副主编；从本年度起至2006年，参与“国家社科基金资助重大项目及国家艺术科学规划重点项目”《中国曲艺音乐集成·浙江卷》的编纂工作并任副主编。

48岁（1987年）　2月，将浙江省曲艺家协会的内部刊物《浙江曲艺通讯》更名为“浙江曲艺”，改为半年期刊，并担任主编，刊出浙江的曲艺信息、曲艺评论、曲艺史（资）料、曲艺作品等。5月1日，参与组织有中央领导人陈云等观看的浙江省庆祝“五一”国际劳动节苏州评弹专场演出，由湖州市德清县评弹团演出苏州弹词新编长篇选回《董小宛·参相》等，拍摄并留存了陈云观看此次演出时与演员交流的图片资料。9月6—13日，组织辅导加工由胡兆海演出的绍兴莲花落《姑娘上门》，赴北京参加第一届中国艺术节中心场的演出，并担任浙江曲艺演出队领队。12月27—28日，浙江省曲艺家协会第三次会员代表大会召开，被推选为浙江省曲艺家协会第三届副主席，并被主席团任命为秘书长（兼），主持协会日常工作。

49岁（1988）　2月3日至3月底，组织由浙江曲艺团和杭州、湖州、德清评弹团及部分上海、江苏的苏州弹词演员组成的浙江曲艺改革实验演出队，赴萧山、绍兴及浙东象山等地的城镇进行试验性改革演出，以扩大对非苏州评弹艺术流行区域的观众服务。3月10日，浙江省文化厅下发《关于举办浙江省第二届曲艺会演的通知》（浙文艺〔88〕4号），被任命为会演领导小组成员兼办公室主任，主持会演日常工作。5月27日—12月14日，主持浙江省第二届曲艺会演嘉兴市、温州市、绍兴市三个片区的9台演出活动，全省有14个曲种的37个节目参加。8月26日，被任命为浙江曲艺团艺术指导，任期三年。12月，撰写的《锐意创新，宝刀不老——谈朱桂英演唱宁波走书〈冷酷的心〉的表演特色》一文发表于《浙江曲艺》第2期。

50岁（1989年） 2月3日，参与组织有中央领导人陈云等观看的浙江省1989年欢度春节苏州评弹专场演出，演出由浙江曲艺团、杭州曲艺团和湖州评弹团的苏州弹词演员朱良欣、周剑英、郑缨、王文稼、严燕君、严晓明参加，节目包括新创作的苏州弹词开篇《说书先生办年货》《有粮则稳》和传统长篇选回《杨乃武·捉拿刘子和》等，这是陈云生前最后一次在现场听赏苏州评弹，同时拍摄留存了一批陈云观看演出并和演员交谈的珍贵资料照片。3月4日，在《浙江日报》发表曲艺评论文章《从“晦气鬼”到“糊涂村长”——记青年绍兴莲花落演员翁仁康》。8月9—19日，主持在杭州云栖工人疗养院召开的1989年浙江省曲艺作品讨论会，苏州弹词、绍兴莲花落和金华道情的多名作者参加，借此推出了一批曲艺新曲本和新作者。9月，被浙江省文化厅聘为绍兴莲花落《糊涂村长》艺术指导，负责对该节目继续进行排练加工。同月，作为浙江省代表队领队，率领绍兴莲花落演员翁仁康等赴北京参加第二届中国艺术节北京中心场南北曲艺荟萃专场的演出。12月1—3日，主持在杭州大华书场举办的“江浙沪著名评弹演员会书”活动。

51岁（1990年） 1月13—15日，参与组织并进行节目选拔、加工和辅导的“浙江省‘农行杯’业余相声、独脚戏大会串”复赛及决赛先后在富阳剧院和杭州胜利剧院举行。2月23—28日，组织萧山县（今萧山区）的绍兴莲花落节目《糊涂村长》，赴山西省长治市参加由中国曲艺家协会等主办的“‘长治杯’全国曲艺（鼓曲唱曲部分）大赛”。3月，与萧山市（今萧山区）曲艺作者徐士龙赴浙江嘉兴市嘉善县西塘镇农村体验生活，联合创作绍兴莲花落曲本《情满江塘春》，后组织绍兴和萧山的绍兴莲花落演员胡兆海、倪齐全、翁仁康、周汝珍及著名绍剧演员赵秀治等排演，由浙江电视台录像播出，该曲本发表于《曲艺》杂志1991年第12期。4月，被浙江省文化厅任命为浙江省第三届曲艺会演领导小组成员兼会演办公室主任，主持会演日常工作。7月24—28日，主持在建德县白沙镇召开的浙江省1990年曲艺作品讨论会，全省20余位曲艺作者和演员参加，推出了一批新作品。9月，主持由宁波、温州、萧山三个片区举办的浙江省第三届曲艺会演共计11场。苏州弹词、杭州独脚戏、相声、温州鼓词、绍兴莲花落、杭州评话等曲种的40个节目参加。10月，参与选拔和加工，并作为领队组织绍兴莲花落《阿Q的辫子》、苏州弹词开篇《幸福的老年》、温州鼓词《山路》等节目，参加首届中国曲艺节（南京）演出。12月24—28日，出席浙江省文学艺术界联合会第三次代表大会，当选为浙江省文联第三届委员会委员。12月28日—1991年1月6日，组织绍兴莲花落、杭州独脚戏等演员赴广东深圳采风并在当地演出。

52岁（1991年）　4月，出面邀请时任中国曲艺家协会主席的著名京韵大鼓表演艺术家骆玉笙（小彩舞），来浙江与绍兴莲花落、杭州小热昏、杭州独脚戏和苏州弹词、相声等南北曲种的演员，在杭州胜利剧院、萧山体育馆、绍兴人民剧院分别举办了几场“‘钱塘曲荟’南北曲艺交流演出”，并在浙江省政协俱乐部主持召开了由浙江在杭著名文艺界人士参加的“南北曲艺艺术交流座谈会”。5月，作为浙江省曲艺代表队领队，组织萧山市（今萧山区）的绍兴莲花落演员翁仁康表演的《新乡长上任》、浙江曲艺团薛丽兰演唱的苏州弹词开篇《苏堤春晓》两个节目，参加首届中国曲艺节（天津）演出。

53岁（1992年）　1月，组织杭州独脚戏、杭州小热昏、绍兴莲花落、苏州评话和苏州弹词等曲种的40余位演员组成“迎新春”演出队，赴萧山市（今萧山区）夹灶乡等地的农村进行演出。11月，组织由浙江省文联、浙江省曲艺家协会、山海经杂志社、浙江省人民广播电台文艺部、浙江电视台文艺部等主办的浙江省“西湖味精杯”相声、独脚戏、笑话大奖赛，任组委会副主任兼办公室主任。

54岁（1993年）　9月，在杭州植物园组织举办为期一个月的“金秋赏桂”文艺演出活动，演出以曲艺节目为主体，推出了一批曲艺新节目和新演员。10月，作为浙江省领队，组织相声《手》等多个节目，赴安徽合肥市参加由文化部主办的中国相声节，其中相声《手》获“金玫瑰”奖。12月，组织举办了“纪念毛泽东同志《在延安文艺座谈会上的讲话》发表50周年”苏州评弹专场演出。

55岁（1994年） 1月10日—3月20日，在杭州植物园景区组织为期40天的“灵峰探梅”文艺演出系列活动，演出以曲艺节目为主，以培养锻炼青年曲艺演员。10月，全面负责在舟山市举行的浙江省“金帆杯”相声、独脚戏、曲艺决赛，活动由浙江省曲艺家协会、浙江省群众艺术馆、浙江钱江电视台、舟山电视台主办，舟山市群众艺术馆承办，其间还赴全省多个地（市）对参赛节目进行选拔、辅导。11月28—30日，出席浙江省曲艺家协会第四次会员代表大会并被推选为浙江省曲艺家协会第四届主席。

56岁（1995年） 1月1日—4月30日，负责策划、组织、撰稿、导演以反映江南某城市老墙门内市民生活为题材的“曲艺广播系列剧”《62号墙门》，每天中午在浙江人民广播电台播出，15分钟一集，总计120集，同时在剧中兼演主要人物“林科长”。5月，与汪黎明、蒋希均、倪齐全联合创作绍兴莲花落曲本《“傻瓜”闪光》，并进行排练辅导。10月，被中国曲艺家协会聘请为第二届中国曲艺节组织委员会委员；同时，作为浙江代表队领队，组织绍兴莲花落《“傻瓜”闪光》、南词小引《大禹祭》、相声《手》三个节目，赴河南平顶山市参加由中国曲艺家协会主办的第二届中国曲艺节，参与加工辅导的这三个节目均获第二届中国曲艺节上颁发的牡丹奖。11月23—25日，出席浙江省文学艺术界联合会第四次代表大会，并当选浙江省文联第四届委员会委员。12月，与汪黎明、蒋希均、倪齐全联合创作的绍兴莲花落曲本《“傻瓜”闪光》在《曲艺》杂志1995年12月号发表。

57岁（1996年） 1月7日—1997年7月20日，担任浙江电视台“江南市民系列剧”《快乐家园》栏目的总策划、文字编辑和总导演，组织近20位作者和数十位演员参与制作，共播出77集。1月，在浙江省桐乡市乌镇主持召开了“电视系列江南市民剧《快乐家园》与曲艺艺术相结合理论研讨会”，中国曲艺家协会主席罗扬、剧作家顾锡东及部分电视艺术研究者出席，会议围绕传统曲艺在保持本质特征的前提下如何与电视媒体相结合，进行了学术探讨；同月，在江苏文艺出版社出版的《评弹艺术》（第十八集）上发表《回忆陈云同志在杭州的几次接见活动》一文。6月，赴金华市磐安县出席金华市的文艺会演，对已湮没半个多世纪的兰溪摊簧进行恢复和上演。10月，被浙江省文化厅和浙江省曲艺家协会聘请为“'96浙江艺术节·全省曲艺展演”评委会副主任。11月，赴北京参加中国曲艺家协会第四次全国代表大会并当选中国曲艺家协会第四届理事会理事。12月16—20日，赴北京出席中国文学艺术界联合会第六次全国代表大会。

58岁（1997年）　1月，主导筹划、征稿、筛选、整理和编辑的《浙江曲艺新作专辑》在《曲艺》杂志1月号刊出；5月，与汪黎明、蒋希均、倪齐全联合创作的绍兴莲花落新编曲本《“傻瓜”闪光》获浙江省人民政府颁发的“第二届浙江鲁迅文学艺术奖‘优秀成果奖’提名”；8月26日，《“傻瓜”闪光》获文化部主办的第七届全国“文华奖”文华新节目奖及文华剧作奖。

59岁（1998年）　4月1—2日，在浙江省曲艺家协会四届四次常务理事（扩大）会议上，传达1998年中国曲艺家协会工作会议精神并作题为“开拓进取，开展协会工作新局面——浙江省曲艺家协会1997年工作回顾”和“浙江省曲艺家协会1998年工作要点”的报告。7月，率领翁仁康表演的绍兴莲花落短篇节目《分爹》赴内蒙古呼和浩特市参加第三届中国曲艺节，荣获第三届中国曲艺节·内蒙古之夏组委会颁发的贡献证书。8—10月，参加浙江省文联组织的浙江民间艺术团，任舞台总监，赴西班牙参加国际民间艺术节巡演，历时40天。

60岁（1999年）　2月，组织举办了“纪念小热昏、独脚戏创始人杜宝林、江笑笑滑稽艺术专场演出暨滑稽艺术研讨会”，并在杭州剧院举办两场沪杭名家交流公演。中国曲艺家协会主席罗扬、上海市曲艺家协会副主席徐维新及杜宝林和江笑笑的传人杨华生等和在杭曲艺界人士出席。7月初，办理退休手续，开始退休生活。7月20—21日，在浙江省曲艺家协会第五次会员代表大会上，代表四届理事会作了题为“满怀必胜信心，迎着困难，开创二十一世纪浙江曲艺的辉煌事业”的工作报告和关于修改《浙江省曲艺家协会章程》的报告，并在五届一次理事会上继续当选浙江省曲艺家协会主席。9月，与汪黎明、蒋希均、倪齐全联合创作的绍兴莲花落新编曲本《“傻瓜”闪光》

入选由大众文艺出版社出版的《新时期曲艺作品选》。12月，与周志华、韩天虹联合创作的相声曲本《该出手时就出手》，荣获由中国曲艺家协会主办的“迎接新中国建国50周年全国相声有奖征文”三等奖。12月28日，在浙江省曲艺家协会五届二次主席团扩大会议上，提出的浙江省曲艺家协会2000年工作要点获会议讨论通过。

61岁（2000年） 1月6—8日，赴山东省威海市参加中国曲艺家协会2000年工作会议。4—11月期间，参与兰溪摊簧《见面礼》的曲本修改、表演辅导及伴奏配制等方面的辅导，使长期没有演出的兰溪摊簧得以初步恢复。该节目也获金华市第七届曲艺会演表演特等奖。8月30日，赴温州市参加温州市鹿城区第三届曲艺展演，其间与温州鼓词艺人进行深入交流，进一步了解温州鼓词的主要演出节目以及温州鼓词中大词与平词两种不同演出形态的生存状态，鼓励演员克服平词演出困难，提高平词演出质量。10月1日，被浙江大学艺术学院聘请为浙江大学艺术学科专家委员会委员，浙江大学中国艺术研究所特聘研究员。

62岁（2001年） 4月，在杭州住处接待温州鼓词演员叶海琴和温州市鹿城区文化部门人员，组织杭州的相关曲艺作者、演员共同讨论并研究温州鼓词的新编节目《青春情结》。6月，赴温州市鹿城区指导温州鼓词《青春情结》。7月，温州鼓词《青春情结》和兰溪摊簧《见面礼》分别荣获浙江省曲艺新作大赛表演二等奖和浙江省曲艺新作展演创作一等奖、表演二等奖。9月，应宁波市文化馆邀请，赴宁波辅导湮没多年的宁波地方曲种四明南词新编节目《中华旗袍》。同时，为了解决青年演员吐字运腔等问题，往返于杭甬之间，将个人收藏的前辈艺人录音资料提供给青年曲艺演员学习。12月，所辅导的温州鼓词《青春情结》获全国第十一届群星奖曲艺类金奖。

63岁（2002年） 2月，辅导的四明南词新编节目《中华旗袍》参加华东六省一市“春节联欢晚会”，演出场次达50余场。3月，参加浙江省曲艺家协会在嘉兴市海盐南北湖召开的全省曲艺作品加工会，对兰溪摊簧开篇曲本《兰花吟》进行修改加工。此后，还多次对节目进行排练辅导。6月，辅导的兰溪摊簧开篇《兰花吟》参加浙江省首届曲艺杂技节“钱塘曲荟”专场会演，获节目一等奖、表演一等奖、优秀作词奖、音乐设计奖、舞美设计奖。12月

6—8日，赴北京金台饭店出席中国曲艺家协会第五次全国代表大会。12月，担任由上海百家出版社出版的《中国苏州评弹》一书编委，并为本书提供苏州评弹资料图片24幅。

64岁（2003年）　5月14日，被浙江省文化厅聘为浙江省民族民间文化保护工程专家委员会委员，8月23日获得由浙江省文化厅颁发的聘书。同日，应邀赴温州市参加温州市鹿城区温州鼓词十大名家评选颁奖晚会暨鹿城区温州鼓词名家演唱会，并在水心影剧院与该活动的组织单位温州市鹿城区文联、文化局和鹿城区戏剧曲艺家协会的负责人及陈小宝等十位温州鼓词中青年演员，就温州鼓词如何继承老一辈艺术家的表演技艺和风格，以及在继承中如何寻求艺术发展等问题，进行了深入探讨。

65岁（2004年）　4月，辅导修改由浙江省武警总队政治部文工团作者唐爱超创作的杭州评话短篇曲本《跳车之后》，并向该团女演员沈莹传授杭州评话表演技艺，同时对该曲本进行排练辅导，使该节目在同年举行的浙江省曲艺新作大赛中荣获金奖，并获文化部"群星奖"曲艺类三等奖，武警部队全国曲艺大赛金奖。

66岁（2005年）　5月，应邀赴象山县参加浙江省群众艺术馆组织的曲艺作品讨论会。为对该地区已绝响半个世纪的地方曲种"唱新闻"进行抢救性恢复，利用会议间隙与象山县的曲艺作者，就该曲种新编曲本《陈老大的心事》的文学结构及唱词进行修改辅导。6月10日，担任《出人出书走正路——陈云与评弹艺术》一书编委会副主任，具体负责该书的选稿和编辑等工作，刊出了为陈云拍摄的珍贵历史图片60幅（其中大部分是首次发表）。该书由浙江省文联主编，浙江省曲艺家协会组稿，浙江人民出版社出版，以纪念陈云同志一百周年诞辰。7月，应浙江省文化厅邀请，参加浙江省申报第一批国家级非物质文化遗产名录专家论证会议，担任浙江曲艺申报名录论证组组长。7月31日，在第五届中国曲艺节上，被中国曲艺家协会授予个人突出贡献奖，并获颁荣誉证书。8月11—12日，在浙江省曲艺家协会第六次会员代表大会上，作了题为"开拓创新，绘制浙江曲艺事业的新蓝图"的工作报告和关于修改《浙江省曲艺家协会章程》的报告，并被聘请为浙江省曲艺家协会首席顾问。

67岁（2006年） 2月，承担“浙江省非物质文化遗产代表作丛书”曲艺类丛书稿的专家终审工作，提供了大量浙江曲艺曲种的历史图片资料（至2016年12月，共完成曲艺类丛书专家终审稿20分册，并出版发行。此书由浙江省文化厅主编，浙江摄影出版社出版，曲艺类国家级项目共有24项，每一个项目即曲种编纂一册分卷）。4月，为抢救性保护和传承曲艺类国家级非物质文化遗产代表性项目——杭州独脚戏，提供收藏多年的独脚戏曲本《阿毛乘火车》，并邀请杭州滑稽艺术剧院青年演员董其峰、方菁萍来住所辅导排练，使该节目在省级曲艺活动中多次获奖，成为杭州滑稽艺术剧院经常上演的保留节目。5月，应邀赴象山县文化馆辅导宁波地方曲种——唱新闻新编节目《陈老大的心事》，该节目同年获浙江省曲艺新作大赛创作、表演一等奖，并获中国曲艺“牡丹奖”提名，同时发现和培养了该曲种的表演艺术新人才。

68岁（2007年） 2月，为抢救性保护和传承已湮没多年的杭州地方曲种——杭州摊簧，参与策划由浙江省文化馆、杭州市余杭区文化馆组织的杭州摊簧开篇《西湖春秋》的曲本创作、音乐设计、表演技巧创新等工作。3—4月，多次组织杭州摊簧开篇《西湖春秋》的演员，在音乐设计等方面对其进行辅导，后该节目获浙江省级曲艺大赛和文化部主办的“群星奖”曲艺类大奖。6月，应浙江省文化厅邀请，参加第二批浙江省非物质文化遗产名录专家评审会议，担任曲艺评审组组长。8月，应浙江省文化厅邀请，参加第二批国家级和浙江省非物质文化遗产代表作名录申报工作专家论证会，担任曲艺论证组组长。8月下旬，赴宁波市出席浙江省非物质文化遗产普查宁波试点模式推广会，并就浙江省传统曲艺和曲种的本质属性和艺术特征作了介绍。8—10月，应绍兴市群众艺术馆邀请，辅导绍兴平湖调节目《白雪遗音》的排演，其间六次往返绍兴与杭州，与作者、音乐设计者以及演员共同研究探讨，对节目进行加工打磨，并在湖北荆门参加文化部“全国第十四届群星奖大赛”中获曲艺类“群星奖大奖”。9月，建议并帮助象山曲艺作者将原小品《让新房》，改编成宁波地方曲种唱新闻的同名节目，并多次对演员进行辅导，后该节目在浙江省曲艺新作大赛中获创作、表演一等奖，参加浙江省曲艺杂技节演出获奖，使唱新闻这一即将消失的曲种在当地群众中产生了新的影响力。

69岁（2008年） 1月初，出席浙江省文化厅召开的“全省非物质文化遗产普查试点工作交流会”，并就浙江省传统曲艺曲种的本质属性和艺术特征作了发言。1月中旬，应浙江省文化厅邀请，参加第一批浙江省非物质文化遗产项目代表性传承人专家评审会议，任曲艺类代表性传承人专家评审组组长。1月25—27日，参加在台州举行的浙江省民间艺术研究会第二次代表大会，被聘任为浙江省民间艺术研究会顾问。4月，参加浙江省文化厅组织的非物质文化遗产普查工作督查组，赴金华市、衢州市和部分县（市、区），对正在全省开展的非物质文化遗产普查工作进行专题督查。6月27日，被浙江图书馆聘请为浙江图书馆文澜讲坛客座教授。同日，在浙江图书馆文澜讲坛作《浙江曲艺曲种》讲座。9月，撰写的《浙江曲艺的生态现状及思考》获中国文学艺术界联合会、中国曲艺家协会颁发的第五届中国曲艺牡丹奖理论奖。11月16日，参加杭州市召开的第二批杭州市非物质文化遗产保护项目专家评审会，对杭州市申报第三批浙江省非遗名录项目进行评审推荐。11月28日，获中国曲艺家协会和绍兴县人民政府（中曲字〔2008〕文）授予的绍兴莲花落特别贡献奖。12月中旬，应浙江省文化厅邀请，参加第二批浙江省非物质文化遗产代表性传承人专家评审会议，担任曲艺代表性传承人专家评审组组长。12月下旬，参加浙江省文化厅召开的第三批国家级非物质文化遗产项目代表性传承人申报专家评审会，担任申报第三批国家级非物质文化遗产曲艺类项目代表性传承人专家评审组组长。

70岁（2009年） 1月，参加浙江省非物质文化遗产普查工作验收组，赴宁波市、舟山市对非物质文化遗产普查工作进行重点抽查验收，并出席专家评议会，就两地曲种的历史渊源和衍变状况作了介绍，并提供相关的历史资料。6月，应浙江省文化厅邀请，参加第三批浙江省非物质文化遗产名录和第一批、第二批浙江省非物质文化遗产扩展项目评审会议，担任曲艺评审组组长。7月2—3日，参加由中国艺术研究院曲艺研究所和浙江省文化厅联合主办的“浙江曲艺传承保护学术观摩展演及研讨活动”。7月9—10日，为杭州市各非遗项目的保护责任单位负责人、各区县（市）有关业务干部等60余人作非遗名录申报相关工作的培训讲座。7月，被中国曲艺家协会授予1949—2009新中国曲艺60年“突出贡献曲艺家”称号，并获颁荣誉证书和奖牌。8月，受浙江省文化厅之邀，参加浙江省申报第三批国家级非物质文化遗产名录专家论证会，担任曲艺类论证组组长。8月下旬，应浙江省文化厅邀请，参加第三批浙江省非物质文化遗产项目代表性传承人专家评审会议，担任曲艺类代表性传承人专家评审组组长。9月14日，作为专家参加首届非物质文化遗产博览会开幕式，并出席浙江省非物质文化遗产产业发展座谈会，就浙江曲艺项目的抢救、保护和传承作发言。9月17日，作为嘉宾代表参加浙江省非遗传承人、工艺大师、老字号企业、外贸企业、文化经销商、非遗精品项目落户东方文化园推介恳谈会，就浙江曲艺介入旅游活动提出建设性建议。11月21日，参加杭州市举办的曲艺类国家级非物质文化遗产代表性项目保护传承专题研讨会，就如何做好保护传承曲艺提出了一些建设性意见和建议。12月20—26日，应邀参加由文化部、浙江省文化厅在杭州主办的“中国非物质文化遗产传统戏剧类项目保护工作培训班”，作为曲艺类专家为全国各地200余名非物质文化遗产保护工作者授课。

71岁（2010年） 4月7日，获浙江省“中国民族民间文艺志书集成”优秀编纂成果奖。4月，担任《听书备览》副主编，负责编撰在浙江的苏州评弹长、中、短篇节目介绍，苏州评弹界浙江籍人物的介绍；浙江的苏州评弹组织、表演团体、演出书场等介绍，并提供在浙江的相关资料图片（此书由周良主编，苏州古吴轩出版社出版）。5月10日，被浙江省文化厅聘请为浙江省非物质文化遗产保护专家委员会专家。5月，辅导修改由浙江省武警总队政治部文工团作者唐爱超创作的杭州评话短篇曲本《反恐行动》，并对该团女演员沈莹进行排演辅导，使该节目在同年举行的浙江省曲艺杂技节上获创作、表演一等奖，中国曲艺“牡丹奖”提名奖。5月18日，作为杭州市非物质文化遗产保护专家参加第二批杭州市非遗项目代表性传承人专家评审会，评审推荐了40位申报者列入第二批杭州市非遗代表性传承人名单。6月，受邀作为传统表演艺术领域的专家，参加浙江全省传统表演艺术精品培育工作会议，并作指导讲座。7月6日，浙江省非物质文化遗产保护协会成立大会暨首届会员大会召开，担任顾问、常务理事。8月，参加浙江省文化厅召开的“全省传统表演艺术精品项目培育工作会议暨第六届浙江省非物质文化遗产保护论坛”，并作了关于浙江省曲艺类非物质文化遗产传承保护和现状的发言。9月8日，出席由杭州市非物质文化遗产保护中心举办的杭州摊簧和武林调传承培训班开班仪式。9月22日，出席小热昏国家级代表性传承人周志华的“周志华非遗（曲艺）传承工作室”成立仪式。10月11日，出席浙江省曲艺家协会第七次会员代表大会，被聘为浙江省曲艺家协会第七届顾问。11月，应上海广播电视台、上海市曲艺家协会、上海今夜娱乐文化有限公司聘请，赴上海担任“笑在长三角——江浙沪笑星电视邀请赛”评委。12月1日，作为杭州市非物质文化遗产保护专家参加了杭州市第四批非遗名录专家评审会；2日，出席杭州市非遗中心召开的2010年度非遗专家座谈会。12月下旬，参加浙江省文化厅召开的第四批国家级非物质文化遗产代表性传承人评审会，担任曲艺类代表性传承人专家评审组组长。

72岁（2011年）　1月10日，获浙江省文化厅颁发的首届浙江省精神家园守护者荣誉奖；6月8日，出席首届浙江省精神家园守护者荣誉奖授奖仪式，获颁证书及勋章、绶带。9月，《我心中的老沈》一文刊于由中国戏剧出版社出版的沈祖安人物论集《大江东去》（第四卷）第108页。10月，杭州市文化广电新闻出版局（今杭州市文化广电旅游局）将杭州评词列入杭州市第一批重点濒危抢救项目，作为该项目的领衔专家进行重点指导，并花费大量精力对杭州评词传统长篇曲本《白蛇传》进行整理。11月，应浙江省文化厅邀请，参加第四批浙江省非物质文化遗产项目代表性传承人专家评审会议，担任曲艺类代表性传承人专家评审组组长。12月初，应绍兴市群众艺术馆邀请，参加绍兴地方曲艺传承座谈会，提出了传统曲艺传承必须在创作新节目的基础上才能出成果的观点，建议以绍兴南宋历史人物——陆游作为绍兴平湖调的创作题材，创作绍兴平湖调开篇《陆游与唐琬》。此后，四次赴绍兴对该节目进行辅导，使其在“非遗薪传——浙江省传统曲艺展演”中获特别演出奖。

73岁（2012年）　2月，应浙江省文化厅邀请，参加第四批浙江省非物质文化遗产名录和第一批、第二批、第三批浙江省非物质文化遗产扩展项目评审会议，担任曲艺类评审组组长。2—8月间，帮助创作了湖州三跳新编短篇节目《三张火车票》，并由湖州市文化馆表演。同时多次进行排演辅导，使该节目获第七届中国曲艺“牡丹奖”全国曲艺大赛提名奖。3月，参加浙江省文化厅召开的第五批国家级非物质文化遗产项目代表性传承人申报专家评审会，担任曲艺代表性传承人专家评审组组长。4月19日，任浙江省非物质文化遗产保护中心核查“国遗”项目的核查组成员。4月29日—5月2日，在2012中国浙江非物质文化遗产博览会·非遗薪传——浙江省非物质文化遗产（曲艺）展演中，担任博览会曲艺组组长、曲艺专业评委会副主任。8月，提供陈云与评弹界人士珍贵图片21幅，刊于《陈云与评弹》一书中（此书由中共中央文献研究室第三编研部编辑，中央文献出版社出版）。9月，获浙江省人民政府颁发的“在浙江省申报人类非物质文化遗产和国家级非物质文化遗产工作中成绩突出，授予专家特别贡献奖”证书。11月8日，应邀参加由中国说唱文学会和义乌市委宣传部主办的中国曲艺青年论坛，并在会上作了主旨发言。12月1日，应杭州滑稽艺术剧院邀请，为该院作《独脚戏历史和魅力》的专题讲座。25日，参加浙江省人民政府召开的浙江省申报人类与国家级非物质文化遗产保护项目及杭州西湖文化景观申报世界文化遗产工作总结表彰大会，作为专家代表发表获奖感言。

74岁（2013年） 3月3日，参加浙江省非物质文化遗产馆建设方案专题咨询会，就曲艺演出场馆的建设提出建议。4月，修改由浙江省武警总队政治部文工团唐爱超创作的杭州评话短篇曲本《斗牛》，并辅导该团女演员沈莹进行排演，使该节目在同年举行的浙江省曲艺新作大赛中获创作、表演一等奖，中国曲艺“牡丹奖”提名奖，文化部“群星奖”曲艺类金奖。5月，赴宁波象山县，辅导由象山县文化馆创作的宁波地方曲种——唱新闻节目《长年葱》，从曲本修改、唱腔设计到伴奏技巧、演员表演等方面进行细致入微的全面指导，使该节目获文化部“群星奖”曲艺类金奖，并赴北京、上海、广州等地参加多项全国性的重大交流演出，使之成为经常上演的保留节目。6月7日，在象山县塔山讲堂作题为“非物质文化遗产曲艺类项目的抢救、保护、传承与发展”的讲座。6月8日，在浙江省宁波市图书馆主办的“天一讲堂”作题为“浙江曲艺‘非遗’项目的传承与保护”的专题讲座，讲稿后刊于由中国文史出版社2014年6月出版的《天一讲堂》。9月，应邀赴绍兴市文化馆，指导绍兴曲艺类国家级非遗项目绍兴词调的保护传承工作，并对绍兴词调新编短篇节目《苦楝树下》的曲本进行修改指导。此后至12月间，先后多次赴绍兴市文化馆进行修改辅导，使该节目在浙江省第七届曲艺新作大赛中荣获创作、表演一等奖。10月，应邀参加浙江省文化厅召开的“光荣与梦想”浙江非遗十年座谈会，并在会上就浙江曲艺的国家级、省级及市、县级保护曲种如何进行抢救性保护和传承提出建设性意见。同月，辅导的湖州三跳新编短篇节目《三张火车票》在第十届中国艺术节上获优秀演出奖，为这一古老的湖州地方曲艺在当地的恢复起到了推动作用。11月10日，应浙江省文化厅邀请，参加浙江省申报第四批国家级非物质文化遗产项目专家论证会，担任曲艺类专家论证组组长。

75岁（2014年） 4月24日，被杭州市上城区文化广电新闻出版局（今杭州市上城区文化和广电旅游体育局）聘请为上城区非遗评审与论证工作专家。5月15日，被丽水市莲都区文化广电新闻出版局（今莲都区文化和广电旅游体育局）聘为首席专家。6月13日，被象山县人民政府聘为浙江省象山县非物质文化遗产保护暨国家级海洋渔文化生态保护区建设专家委员会特邀顾问。7月26日，应绍兴市文化馆邀请，在绍兴“道德讲堂”作题为“曲艺的艺术本质和艺术特征”的讲座，深入浅出地分析曲艺的性质、属性、特征，戏剧表演和曲艺表演的区别，怎样做好曲艺的艺术改革，群众文化工作中如何做好曲艺的相关工作等。8月7—8日，出席浙江省非遗保护中心召开的浙江省非物质文化遗产保护专家恳谈会，就浙江曲艺类非遗项目的抢救、传承、保护作重点发言。10月1日，编纂的“浙江省非物质文化遗产代表作丛书”分册《独脚戏》一书出版发行。24日，辅导的绍兴词调新编短篇节目《苦楝树下》参加中国曲艺家协会在江苏连云港市举办的第八届中国曲艺节。22—25日，协助浙江省非遗保护中心，组织辅导浙江曲艺类非遗包括杭州评话、杭州小热昏、杭州摊簧、绍兴摊簧、绍兴莲花落、绍兴宣卷、宁波唱新闻、湖州三跳书等曲种的节目，以参加由上海市非物质文化遗产保护中心、浙江省非物质文化遗产保护中心、江苏省非物质文化遗产保护中心、上海市徐汇区文化局联合主办的第十六届中国上海国际艺术节“艺聚徐家汇，雅集江南风——苏浙沪说唱艺术大赛”演出，并在23日的研讨会上作了《浙江非遗项目中的传统曲艺传承保护》的发言。10月15日，在绍兴出席国家级非物质文化遗产代表性传承人胡兆海先生从艺50周年专场演唱会并讲话。11月28日，出席由杭州市举办的非遗进高校专家指导会。12月2日，参加在杭州滑稽艺术剧院举办的“非遗传承拜师仪式”，并作为浙江非遗保护的曲艺类专家，就曲艺的传承保护工作进行发言。12月，被浙江省曲艺家协会聘任为首届浙江曲艺奖评委。12月10日，应邀赴湖州市文化馆指导湖州摊簧及湖州三跳的传承保护工作，提出了整理加工原湖州三跳传统节目《英台担水》的创作设想及实施计划，后多次对其进行艺术辅导，使该节目于2015年获第五届浙江省曲艺新作会演创作、表演双金奖，浙江省第五届曲艺杂技魔术节优秀作品奖、曲本创作奖、音乐设计奖、表演银奖，“非遗薪传——浙江曲艺展演展评”金奖，第四届“‘缤纷长三角·浦东北蔡杯’曲艺邀请赛”节目金奖、个人表演金奖；入围第九届中国曲艺牡丹奖全国曲艺大赛并获个人表演提名。截至2016年底，湖州三跳《英台担水》已演出32场。

76岁（2015年） 2月，创作湖州三跳《英台乔装》曲本，并交湖州市文化馆进行排演。5月，辅导的绍兴词调短篇节目《苦楝树下》参加在浙江省文化厅举办的“非遗薪传——浙江曲艺展演展评”获一等奖。6月13日，参加浙江省宁波市象山县非物质文化遗产精品节目展演的评审工作；14—15日，赴永康市参加由永康市非物质文化遗产保护中心主办的永康鼓词艺术交流会，就永康鼓词在保护传承中如何适应时代提出了具体建议，并对一些永康鼓词节目的表演进行辅导。8月19日，出席浙江省曲艺家协会第八次会员代表大会，被聘为浙江省曲艺家协会第八届理事会顾问。9月28—29日，受邀担任浙江省非遗保护中心举办的“非遗薪传——浙江曲艺展演展评”评奖委员会副主任。10月初，参加并主持“非遗薪传——浙江曲艺展演展评”活动，负责初选节目的评审工作，并赴宁波市鄞州区指导宁波评话的创作表演和传承保护工作；14日，作为浙江省非物质文化遗产保护协会曲艺专业委员会的主要发起人之一担任筹备领导小组组长，并在浙江省非物质文化遗产保护协会曲艺专业委员会成立大会暨第一次会员代表大会中，当选浙江省非物质文化遗产保护协会曲艺专业委员会主任。同日，在浙江省非遗保护中心举办的“非遗薪传——浙江曲艺展演展评”颁奖大会上，代表评奖委员会公布获奖名单。11月7日，辅导的绍兴词调新编短篇节目《苦楝树下》参加在上海浦东举办的第四届“‘缤纷长三角·浦东北蔡杯’曲艺邀请赛”并获金奖。12月7—8日，应邀赴嘉兴市参加《嘉兴市非遗大观》表演艺术部分的审稿会议，发现该书关于苏州评弹部分存在严重缺失，嘉兴地区系苏州评弹的主要流行区域之一，为此撰写了《嘉兴的苏州评弹》文字稿，并无偿提供资料图片38幅供编者选用；28—30日，作为老艺术家特邀代表，出席浙江省第八次文学艺术界代表大会。

77岁（2016年）　1月初，为增强绍兴平湖调的可听性、可看性，适应当今观众审美习惯，受绍兴市文化馆（绍兴市非物质文化遗产保护中心）邀请，创作了绍兴平湖调短篇曲本《单刀赴会》，并交绍兴市文化馆（绍兴市非物质文化遗产保护中心）组织排演。2月18日，应嘉兴市文化馆、嘉兴秀州区文化馆邀请，赴嘉兴市为2016年嘉兴市群文曲艺辅导培训班作《曲艺艺术的鉴赏》《嘉兴地区流行曲艺形式的探究》讲座，针对曲艺创演的戏曲化、歌舞化、碎片化倾向，提出了曲艺创演应正本清源的观点。4月28日，在杭州滑稽艺术剧院“艺海楼”书场，出席观看“钱塘余韵”——杭州地方戏曲曲艺国家级非遗项目展演活动第一季第一期“独脚戏”专场，并和参演的青年演员交流。6月3日，对湖州三跳节目《英台乔装》的舞台表演进行辅导，使该节目入选2017年浙江省第九届曲艺新作大赛。10月17日、11月26日，两次赴绍兴辅导绍兴平湖调短篇节目《单刀赴会》，该节目的参演者大多为教师、银行员工等业余爱好者，在绍兴市文化馆举办的绍兴地方曲艺传习成果汇报演出中获得好评。11月1—7日，受邀出席浙江省曲艺家协会主办的重点曲艺作品加工会，为全省入围的曲本进行加工润色。11月11日，赴绍兴市出席“吴越同音·江浙沪摊簧艺术精品展演”活动，并以“浙江摊簧的前滩和后滩”为题在随后举行的座谈会上作主题发言，梳理了浙江摊簧的发展和现状。12月2日，作为特邀主讲嘉宾，出席在杭州滑稽艺术剧院“艺海楼”剧场举行的“钱塘余韵”——杭州地方戏曲曲艺省级非遗项目展演活动第一季第六期“杭州评词”专场。12月26—28日，受邀赴温州市参加由浙江省非遗保护中心举办的传承人抢救性记录暨全省非遗中心主任培训班，并为该培训班作题为“浙江非遗项目中的传统曲艺传承保护之我见”的讲座。

78岁（2017年）　1月7日，出席在绍兴市文化馆举办的绍兴地方曲艺传习成果汇报演出及全国曲艺传承人示范交流展演。8日，参加由绍兴市文化馆举办的绍兴地方曲艺传承保护研讨会，就绍兴地方曲种的发展提出意见和建议。2月20日，赴绍兴柯桥区参加绍兴莲花落演员胡兆海和翁仁康的收徒拜师仪式，并见证性介绍这对师生以艺为缘的历程；同时参加中国曲艺家协会领导主持的听取对曲艺家协会意见的调查研究座谈会，会上提出了关于中国曲艺家协会举办的“中国曲艺节”，绝不能犯曲艺艺术碎片化的导向性错误的建议。3月上旬，受浙江省非遗保护中心邀请，组织部分浙江曲艺节目为赴香港演出做准备，其间整理改编了宁波走书的传统节目《王老虎抢亲·祝枝山观灯》，交由象山县非遗中心进行排演。3月19日，参加中国艺术研究院曲艺研究所、中国说唱文艺学会和浙江省文化厅等单位在“杭州艺苑”举办的“首届中国浙江·全国曲艺传承发展论坛及观摩交流展演暨中国浙江（杭州）·全国曲艺大书（评书评话）传承发展论坛及观摩交流展演”方案落实讨论会。3月27—29日，赴海宁市参加浙江省文化厅召开的“全省非遗工作现场会”，在会上就浙江曲艺类非遗项目的创新性保护作了发言。4月7日，应长兴市文化馆邀请，赴长兴为当地曲种花鼓摊簧节目《龙船吉祥》进行表演辅导，使该节目入选2017年浙江省第九届曲艺新作大赛。4月12日，赴绍兴市柯桥区担任浙江省文化厅举办的“浙江省第九届曲艺新作大赛”评委。4月29日，应邀赴绍兴市文化中心莲花书场，观摩为期三个月的绍兴莲花落长篇节目中的一场。4月30日和5月2日，先后赴宁波市象山县，对象山县非遗保护中心组织的宁波走书新编节目《王老虎抢亲·祝枝山观灯》进行排演辅导。5月12—15日，在杭州参加由中国艺术研究院曲艺研究所、中国说唱文艺学会和浙江省文化厅主办的首届“中国浙江（杭州）·全国曲艺大书（评书评话）传承发展论坛及观摩交流演出”及“振兴浙江曲艺”启动仪式，并在传承发展论坛上作了发言；同时，在“振兴浙江曲艺”启动仪式上，被浙江省文化厅授予“浙江省非物质文化遗产保护（曲艺）专家特别贡献奖”。

79岁（2018年） 5月，在绍兴参加由中国艺术研究院曲艺研究所、中国说唱文艺学会和浙江省文化厅主办的第二届“中国浙江（绍兴）·全国曲艺小书（弹词走书）传承发展论坛及观摩交流演出”活动。

80岁（2019年） 1月，因病入住医院，进行手术治疗，后全年在家休养。

附录二

舞台后面的明星

——记浙江省优秀的曲艺组织工作者马来法

王云根

马来法，是浙江曲坛继施振眉、沈祖安等曲艺作家、组织家之后的又一位代表性人物。他走上专业曲艺组织工作的道路已有十年。

那时，他才40岁。从40岁到50岁，是人生最富有贡献的一个阶段，也是个人特长最可发挥的一段年龄。马来法本来的特长似乎是曲艺的舞台表演和脚本创作，但是，他奉组织上的召遣把主要精力投放到了从事浙江的曲艺组织工作上，在一个为全省曲艺工作者所敬重但为广大人民群众所不熟悉的领域里干出了一番成绩，为浙江曲艺事业的发展作出了难能可贵的贡献。

马来法的组织工作才能与他原先所具备的表演、创作能力究竟是一个什么样的关系，哪些事件、哪些人物对他的发展或成长起过决定性作用？且让我们循着他的足迹去寻找这一问题的答案——

热爱曲艺　熟悉业务

考察马来法与曲艺的关系，我们应该追溯到他的幼年。

1939年6月，马来法出生在杭州一个城市贫民的家庭里。他的父母都是文盲。本人小学未毕业，只读了五年半。当旧社会剥夺广大劳动者进学校受教育的机会时，从另一方面为劳动者自己的曲艺造就了一代爱好者。马来法就是在这种情况下爱上通俗易懂、情趣无穷的曲艺艺术的。

马来法13岁进一家刻字店当学徒。其时，杭州已经解放三年。刻字店的工会经常组织职工参加文体活动，他从热爱听相声，看滑稽戏、独脚戏等曲艺节目，发展到参与职工自娱自乐的演唱。15岁那一年，他与本单位一个小伙子合作演出了一出独脚戏，在工会活动中取得很好的效果。

1955年，是他16岁那一年。一天，他去人民游艺场观看节目，发现说明书上印有一段苏摊唱词——《美丽的西湖》，不禁大感兴趣，便把它默诵了下来。观看演出时，他就跟着学唱，当然是不出声的。节目看完后，他竟学会哼唱这段唱词了。那时，工商界正在搞公私合营，他所在的杭州市下城区组织了一个工人业余文工团。他就拿这个节目参加了文工团的演出。一天，浙江电台的几位记者前来观看，一位名叫邢亚琴的女同志了解到他虚心好学，有一种刻苦钻研的精神，看了他的演出又觉得演唱水平也挺不错，就邀请他去电台录音。播出后，他的影响便得到了扩大。

不久，市里的工人业余艺术团吸收了他。除了继续学演曲艺，他还参加了沪剧《大雷雨》《三月三》和越剧《十五贯》等戏曲剧目的演出。在这里，他的艺术视野得到了扩大。

在此同时，他从爱好舞台表演发展到爱好动笔写作脚本了。继自编自演独脚戏《一碗饫面》以后，他又自编自演了说唱节目《发中取宝》。这个节目参加1959年举行的浙江省第一届音乐舞蹈会演，获得好评，成为他从事业余创作以后的第一个比较像样的作品。

20世纪60年代第一春，他在沪剧《雷锋》中主演雷锋。这段经历对他后来形成社会主义文艺应当反映新人的艺术观颇有影响。

除了幼时接触曲艺和参加业余文工团活动这样两大因素外，马来法之所以热爱曲艺还有一个重要因素。那就是1958年下半年他在上城区业余文宣队参加活动，结识了一位苏州弹词演员。这位苏州弹词演员当时正下放工厂劳动，后来成为他的妻子。

那段恋爱史促使马来法学会了弹拨三弦，学会了说唱苏州弹词。

1963年至1964年可说是他业余表演苏州弹词劲头最大的两年，从中苏友谊馆到工人文化宫，从区俱乐部到各工厂单位的礼堂会场，他无不踊跃前往。

1966年“文化大革命”开始了，群众性的文艺活动如被一盆冷水泼灭，马来法的曲艺社会活动也不得不暂时停止。直到1972年文艺界纪念毛主席《在延安文艺座谈会上的讲话》发表三十周年，一些艺术形式才相继恢复。这时，他那颗爱好曲艺的心又怦怦跳动。他索性拿起笔来，把重点投入到创作中。

新故事《一张照片》，是他创作道路上一个值得记录的脚印。这个作品，无论故事结构、情节安排，还是人物塑造，其水平都比他过去的作品大为提高。

接着，他以高涨的创作热情，写了反映理发行业新人新事的说唱《风向何处吹》；走沪剧、评弹的路子，用苏州、上海方言写了革命斗争故事《赵勇刚虎穴除奸》；成功后，又继写《智取炮楼》《爆炸军火》等抗战题材的系列故事。当时，这些故事的脚本为浙江好多市、县的文化馆翻印，并作为办班培训业余故事员的教材。《杭州文艺》也给予公开发表，浙江文艺出版社也以文艺资料的形式给予出版，影响范围颇大。

这以后，马来法对自己作了一番分析，认为自己在创作方面的发展前途会比当演员来得大，尽管当时一些专业艺术部门的同志称赞他路子正，不哗众取宠，在台上有一定的魅力。他决心搞创作了。

1975年底，杭州市文化局有关领导鉴于省曲艺会演和全国曲艺调演即将举行，把他从摄影图片社借到市文化局协助著名曲艺演员王鹏飞组建杭州代表队。于是，这期间他的组织才能得到激发，待人热情、处事公正的素质也被有关部门的领导和同志们所了解。这段经历为他日后从事专业的曲艺组织工作打下了基础。

1976年的全国曲艺会演于5月下旬在北京举行。通过4月份的省会演，全省选拔出一台节目。作为从杭州地区选拔的节目便是他所创作并改成杭州方言讲说的革命斗争故事《爆炸军火》。这个节目成了中华人民共和国成立以来杭州地区业余演员参加全国性会演的第一个节目。

粉碎文化专制主义的禁锢以后，作为一名工人作者的社会使命感促使他积极参加有关部门组织的深入生活。他先后深入到梅家坞村、“楼外楼”餐馆，写出杭州评话《周总理来到楼外楼》。这个节目于1976年底在杭州体育馆、胜利剧院、东风剧院连演三场，引起轰动，其中杭州体育馆三千多位观众观看，效果如同书场一样。

这个节目的成功，使他尝到深入生活的甜头。这对于他后来走上组织工作岗位，积极提倡创作人员下生活，反对搞闭门造车，起到很大作用。确实，一个没有尝到过深入生活甜头的组织工作者，是不可能像他那样具有切身体会的；而没有切身的体会，其坚定性也就不可避免地会受到一定程度的影响。

1977年初，他又深入到“硬骨头六连”，写出杭州评话《练兵场上》《威震爷台山》等。同年，杭州曲艺队成立，他被借到该曲艺队。《练兵场上》成了该曲艺队建队节目中的一个节目。那台节目在红星剧院曾连演十场。

紧接着，该曲艺队参加了1978年举行的浙江省业余文艺会演。马来法创作演出的《周总理来到楼外楼》，荣获优秀创作奖和优秀表演奖。同年，他利用自己已经比较熟悉杭州评话这种艺术形式的有利条件，又创作了一个节目，叫《茅山风云》，内容主要讲陈毅同志在抗日战争时期的事迹。该节目于1979年参加全国曲艺创作评奖获得二等奖。

在《茅山风云》创作喜获成功的基础上，他又创作出《茅峰传奇》《祭坛前的剑影》《将计就计》和《九福宫护宝》四篇关于陈毅的抗日斗争传奇。连同前一个，共五个，合计五万字，先后在浙江《文化娱乐》和全国《曲艺》杂志发表。这时，他的曲艺创作进入成熟期。

创作的成熟，是马来法熟悉多种曲艺形式及其舞台演出的结果。与此同时，马来法对曲艺演出活动的组织工作、事务工作，也进入较为熟悉的阶段。

也就在这个时候——1981年7月27日，他被施振眉等省文化主管部门的领导看中，推荐到中国曲艺家协会浙江分会工作。他走上了专业曲艺组织工作的道路。

一个熟悉业务的骨干，承担起组织工作的重任，对于本身的业务发展显然会有所影响。但是，对于整个事业来说，利大于弊，梯子的高度，与登梯人所能达到的高度成正比。在当代，一个组织工作者水平的高低，会明显地影明无数个业务骨干。

党中央在新时期的组织路线中，对新干部有一个“四化”要求：革命化、年轻化、知识化和专业化。除前面三个“化”外，还有一个专业化，这不是哪个人轻易提出来的。完全可以这么说：选择马来法进入曲艺家协会工作的有关领导者，组织部门的考察者，和最后的决策者，如施振眉等浙江文艺界的老一辈是十分清楚地认识到新时期组织路线的正确性的。无疑，他们选定这么一位热爱曲艺、熟悉曲艺的同志出任曲艺家协会秘书长，是对浙江曲艺事业的重大贡献。

不惜心血 忘情事业

当然，一个熟悉业务的骨干不一定会成为一名出色的组织工作者（其原因本文不作专门阐述）。

但我们认为，马来法既是一名出色的业务尖子，又是一位善于和甘于为他人“当红娘”“做嫁妆”的幕后英雄。

自1981年下半年调入省曲艺家协会担任秘书长工作以来，他在组织全省曲艺创作、举办全省曲艺活动、联系曲艺演员、协助省文化厅领导和管理曲艺事业，为有关市、县开展曲艺活动提供服务等等方面，做了大量工作，年年活动不断，月月为曲艺事业操心。一年三百六十五天，几乎有三分之一以上的时间他都工作到废寝忘食的程度。

十年，在整个人类历史的长河中只是短暂的一瞬，但是对于每个人的一生来说，却是十分宝贵的。他的十年献给了浙江的曲艺事业。

1981年为贯彻落实陈云同志对曲艺工作的指示“出人出书走正路”，省曲艺家协会发起组织浙江省评弹青年演出队，他帮助施振眉同志抓了队伍的组建，又抓了节目的创作排演。一个中篇《梅姑》，推出了魏真柏、周映红、钱玉龙、史啬华等十多名青年演员，巡演于江、浙、沪地区。

1982年，为迎接翌年举行的全国优秀曲艺节目（南方片）观摩演出，他数次深入绍兴、温州、湖州等地，抓绍兴莲花落《回娘家》、温州鼓词《智闯龙潭桥》、评弹《砸鼓》《刀下留人》、评话《李逵迎娘》和独脚戏《自有毛病自晓得》等节目。这一年年底，马来法还组织了六台曲艺节目在杭州胜利剧院、三元书场举办迎春晚会。

1983年，除了带队参加在苏州举行的全国曲艺优秀节目（南方片）观摩演出，他还抓了一个“宁波走书艺术革新座谈会”，并组织专场演出，让宁波走书在天台城里连演四场。同年，为参加全国农村曲艺工作座谈会，他还深入到宁波鄞县农村作调查，以自己的辛劳换取第一手资料，供从事曲艺工作的同志们对曲艺的现状、发展作研讨依据。年底，抓了迎春评弹书会，连演三场，其时，《陈云同志关于评弹的谈话和通讯》（编辑：施振眉、局良）一书出版，他又满怀热情地协助施振眉同志组织召开了一次颇有影响的座谈会。

1984年的浙江省评弹会书，在各级领导的支持和众多专家的关心下隆重举行。共108位评弹名家参加了这次会书，从抓脚本创作起，到闭幕演出，马来法一直不吝啬自己的心血，到会演结束，送走最后一位演员，他还不能喘口气，写总结、发简报……紧接着又转到组织下一次活动。

在1985年举行的中国曲艺家协会第三次会员代表大会上，他被来自全国各地的代表选举为中国曲艺家协会理事。回杭后，他投入了筹备浙江省第一届曲艺会演——即1986年浙江省曲艺新曲（书）目会演。

翌年5月，当来自全省各地、市、县的一百多名曲艺工作者汇集杭城，八台节目轮番在大华书场顺利演出时，他身上的肉又掉了好多斤。这次会演，由省文化厅一起主办，从那时候起，马来法作为一名曲艺群团组织的干部配合浙江省文化厅管理和领导全省曲艺事业发挥了自己应有的作用。

1987年，他在忙于省曲艺家协会第三次代表大会筹备工作的同时，见缝插针地抓参加首届中国艺术节的参演节目，组织萧山、绍兴等地的莲花落节目在萧山瓜沥剧场专场演出，让文化部的同志审看，确定演员之后，又多次赶赴绍兴，与绍兴文化主管部门一起，召集作者，议题材，谈构思。

1988年的浙江省第二届曲艺会演，分嘉兴、温州、绍兴三个片举行。当时，他和组委会的同志们确定分片调演的方针，是基于两种考虑：一是可以让更多的观众看到曲艺会演的节目。对于某些曲种来说，当地演出还可以出好效果。二是，由于文化经费的紧张，分片调演可以请各地都分担一点。省文化厅领导肯定了这一方案，并强调一定要达到预期效果。

但这样一来，对于他这个具体负责业务的曲艺干部来说，等于是一年中连搞三次会演了。从抓脚本创作，到参演演员的确定；从各片的会演日程、场地安排，到评委开展工作，他无不与三个片所在地的文化主管部门的同志反复研究。从杭州到嘉兴，再到绍兴，路途尚可，但跑一趟温州，旅途的疲劳，那可不是一两天就能恢复的！

1989年，他带队参加第二届中国艺术节。一曲绍兴莲花落《糊涂村长》，从脚本创作到排演，除了作者徐士龙同志和演员翁仁康付出艰辛的劳动，里面也有着马来法的心血。次年，日本的中国曲艺鉴赏访华团一行二十余人来到杭州，他不但在杭州组织起一台专场演出，还与绍兴文化部门磋商，在绍兴组织起一个专场，扩大了中国曲艺在日本友人中的影响。

一场活动刚结束，又一场活动兴起。与群艺馆一起举办的浙江省幽默笑话故事大奖赛，浙江省“农行怀”业余相声、独脚戏大会串，从发动、筹集资金，到会务安排，他既团结曲艺界的同志们一起干，又无处不体现出他责任在肩，他逐个问题、逐个环节地考虑、安排、落实。

1990年是他专业从事曲艺组织工作的第十个年头。这一年，又像往年一样，是他的一个大忙年。初春时节，“长治杯”全国曲艺（鼓曲、唱曲）大赛在山西举行，他带队前往。回来后，他又奔波于宁波、温州、萧山筹备举行浙江省第三届曲艺会演。当三个片的会演（共11台节）一个一个地结束，他显然已经疲惫不堪，可是，颁奖大会还未举行。11月19日，颁奖会终于召开了。

然而，第二天，浙江省参加首届中国曲艺节的三个节目的演员已汇集杭城，他又忙上了出发的准备。第三天一早，他带队登上了赶赴南京的列车。这次活动，浙江的三个节目被分别安排在不同的剧场演出，他顾着这边又顾那边，处处关心同志，关心演出的质量。这天下午，他身体不适卧床，连晚饭也没吃，但天一黑，他又坚持爬起来，赶赴剧场，为即将演出的温州鼓词《山路》放映字幕幻灯。

上面说的，是省曲艺家协会直接主办的和省曲艺家协会、文化厅、群艺馆等有关部门、单位联合举办的活动，不包括各地、市、县举办及省曲艺家协会协办的活动，也未涉及自1982年起每年组织召开的曲艺作品加工会的具体情况。

在十年组织工作的道路上，马来法认真贯彻落实以施振眉为主席、沈祖安等为副主席的中国曲艺家协会浙江分会主席团的工作规划，一心投入组织活动，发动曲艺创作，扶植曲艺新人。几年来，浙江省推向全国曲坛的优秀演员先后已有：朱良欣、周剑英、魏真柏、陈影秋、吴迪君、郑樱、王鹏飞、王双柏、黄宪高、徐长根、陈正民、翁仁康、汪黎明、王文稼、严燕君、张雪麟（已故）、胡兆海、倪齐全、方克平、胡平、叶海珍等二十余人，其中三位同志二十世纪六七十年代参加过全国活动，绝大部分都是八十年代涌现的新秀。

方法科学　甘心服务

如上所述，马来法从事浙江曲坛十年组织工作成绩显著。如果我们考察他的一系列具体行为，就会发现，他的成功，不但得益于他的熟悉业务，还在于他方法的科学。

首先，他明确地认识到曲艺家协会的职能不同于文化行政部门，其工作方法也有明显的区别。文化主管部门——文化厅、局是政府的职能部门，它领导本地区的文化事业，行使文化行政管理职能，往往是通过一级一级的组织来实现。而曲艺家协会是曲艺家自愿结合的群团组织，曲艺家协会干部与曲艺家之间的关系是朋友关系，不能以行政的一套方法来对待会员。曲艺家协会干部组织会员开展活动，主要用联络、服务、协调的方法，当然也有一个“指导”的问题。

其次，同是为了繁荣社会主义文艺，以满足人民群众日益增长的文化需求，曲艺家协会的工作目标与文化行政部门有一致之处，其活跃曲艺艺术的手段也是可以借鉴、通用的。文化部门往往通过搞文艺调演、会演、文化节、戏剧节和音乐舞蹈节之类的活动来发动创作，扶植演唱人才，推出好作品，活跃文艺舞台。而对于曲艺家协会来说，马来法一直认为也有必要持续不断地举办一些活动。通过搞专项的曲艺活动，让曲艺工作者有一个大显身手的机会，有一个竞争交流的场所，有一个扩大知名度的媒介。十年来，他这样想，也是这样做的。实践已经证明，这样做效果是好的。有句话：“体育靠比赛，教育靠考试，卫生靠检查，文艺靠调演”，至今仍有其意义。

再次，马来法充分认识到，同是文艺家的群团组织，曲艺家协会的工作与作协、美协、音协、书协和剧协等协会相比，有其自身的特点。表演艺术有自己的规律，而作为曲艺工作者，个体性又特别强，为会员服务、与会员联络、协调会员之间的关系和协调地、市、县之间的关系，以及给予一定的指导，都是一篇不能照搬兄弟协会经验的文章。

又次，他深深地懂得掌握信息的重要性。上自全国曲艺界的创作、演出动态，下至各地、市、县的曲艺活动情况，乃至曲艺家个人的活动情况，艺术素质的提高情况，个人家庭生活情况，他都竭力做到心中有数。在省级重大曲艺活动中他之所以能对参演演员的水平作出中肯的评价，就是因为他平时经常观看这些演员的演出，知道他们的实际水平。同时由于时刻掌握观众动态，不凭主观臆想，才作为一名组织工作者与各地、市、县的曲艺家保持共同语言，从而保持浙江曲艺基本适应时代前进的势头。

马来法现任中国曲艺家协会浙江分会常务副主席兼秘书长，在曲艺家协会主席团的集体领导下，一如既往地在曲艺家协会这个重要岗位上踏实工作，努力开拓着。我们相信他一定会为浙江曲艺的进一步繁荣尽心办好事，尽力办实事！

我们衷心希望各级党政领导在大力培养曲艺新星的同时，把培养新一代优秀的曲艺组织工作者提上议事日程。表演艺术发展到当代，组织工作者素质的优劣对事业具有举足轻重的影响，应该让更多舞台后面的明星闪烁光彩！

1991年2月

后 记

陈睿睿

由中国艺术研究院曲艺研究所、中国说唱文艺学会、浙江省文学艺术界联合会和浙江省非物质文化遗产保护中心联合编纂的《马来法曲艺文集》，终于编竣了，这是浙江乃至中国曲艺界值得庆幸的一件事情。

这是由于，马来法先生不仅是当代浙江曲艺的领军人物，也是当代中国曲艺的重要代表人物。他用自己大半生的辛勤努力和卓越奉献，为浙江乃至中国曲艺的当代发展，增添了动力，丰富了内涵。本书所收的17篇曲本作品和18篇评论文章，就是有力的证明。

作为一个曾经研习曲艺并在杭州市非物质文化遗产保护岗位工作的后学，能够具体参与本书的编纂工作并有幸承担《马来法曲艺活动年谱》的编订任务，实在是一个非常好的学习和锻炼机会。特别是在访问并编订《马来法曲艺活动年谱》的过程中，不仅得以全面了解马来法先生的艺术人生，而且得以深入学习马来法先生从事曲艺工作的执著精神与奉献情怀。自己的收获，因而也便超越了艺术和学术的进益，同时受到了生活价值乃至生命意义的教育和熏染。为此，由衷地感恩此次机遇，也非常地感谢马来法先生！

正如恩师吴文科先生曾经指出的，曲艺向来具有“口头创作、口述表演、口口相授、口耳相传”的艺术传统，因此一方面，曲艺的艺术文献及其文字留存由来比较稀少；另一方面，曲本创演及艺术思考的语言材质，也主要体现为方言口语。这使收入《马来法曲艺文集》的曲本作品，同样极具方言性特点和口语化特征，不很“规整”，缺乏“逻辑”。也正因为如此，我们在编纂过程中，十分注意尊重并保留曲本的语言风貌和作者的表达习惯，不以书面的所谓“规范”去进行文字的特别“加工”，而是将那些读起来感觉有些啰唆和绕口、表演时则会顺畅和自然的字句表达，依照原貌予以保留和呈现。这是曲艺文献的重要特征，也是本书文字的鲜明特点，同时也是本书编纂的基本考量。于此指出，也是对读者朋友的一个交代。当然，对于原稿中的明显错讹与疏漏，我们在编纂过程中也进行了必要的修改与校订。

最后需要说明的是，全书的体例设计及内容审定，由主编规划和把关；马来法先生本人为本书的编纂提供了主要的资料和线索，也对篇目的收录取舍提出了自己的意见；编委会老师们的指导和帮助，为本书的编成提供了重要保证。本人虽然承担了一些具体工作，但限于能力及水平，遗憾与瑕疵在所难免，恳请读者诸君和方家朋友予以谅解并不吝指正。

2020年1月15日